ひつじ研究叢書〈文学編〉7

# 明治の翻訳ディスクール

——坪内逍遙・森田思軒・若松賤子——

高橋修

ひつじ書房

ひつじ研究叢書〈文学編〉

第一巻　江戸和学論考　鈴木淳著
第二巻　中世王朝物語の引用と話型　中島泰貴著
第三巻　平家物語の多角的研究　千明守編
第四巻　高度経済成長期の文学　石川巧著
第五巻　日本統治期台湾と帝国の〈文壇〉　和泉司著
第六巻　〈崇高〉と〈帝国〉の明治　森本隆子著
第七巻　明治の翻訳ディスクール　高橋修著

ひつじ書房

# はじめに

翻訳の文化形成に関わる力は大きい。それはいつの時代にも当てはまることだが、とくに未知の新しい他者である西洋的知見と遭遇した明治初期には、われわれの想像を超える大きな役割を担った。物質文明から精神世界にいたるまで、翻訳行為は東西の言語共同体を媒介し、受けとめる側の発想の枠組みを組み替えるだけでなく、自己言及的に自らのシステムを映し出す鏡にもなっていたと思われる。

しかし、翻訳研究では長らく、たとえば「翻訳とは、言語で表現されている内容を、それに最も近く自然な受容言語で再表現することであり、まず意味内容の点で、次に文体の点で原語と受容言語が実質的に対応するようにするのである」（ユージン・A・ナイダほか『翻訳――理論と実際』研究社、一九七三年七月）というような理解をもとに、〈等価〉な意味の伝達を中心にして論じられてきたようにみえる。こうした〈等価〉論は、八十年代九十年代には、構築主義、テクスト論、ジェンダー論、ポストコロニアル批評、カルチュラル・スタディーズというさまざまな分野から批判にさらされたのは知るとおりであるが、それでもなお、具体的な翻訳の実践や翻訳研究においてはいまだ暗黙の前提であり続けているように思われる。(1)

しかし、発信者のメッセージを受けとめるべきことばも概念も持ち合わせていなかった明治初期の翻訳文学においては、原文の意味するところを〈等価〉に再現すべくもなかった。洋の東西を跨ぐことは容易なことではなく、そこには翻訳者たちの時に大胆で時に繊細な悪戦苦闘の歴史が刻み込まれている。こうした黎明期の翻訳営為を「原語と受容言語が実質的に対応するようにする」（前掲）とする等価論の枠組みからだけで論じ切ることはできない。それを明らかにするには、意味と運用にとどまらない、ことばを取り巻くメディアの情勢・メタファーの体系・ジャンルの記憶、また政治的な意味に限定されない、たとえば明治の青年たちを捉えた立身出世というイデオロギーなどを考えあわせなければならないのではないか。それはまさに、翻訳され散種されたことばを、言表と言表行為の総体であるディスクールとして問題化していくことにほかならない。そこには、その時代の表現意識が刻印されており、文体という意味にとどまらない、明治翻訳文学のスタイル・様式がおのずと表れていると思われるのである。

本書では、こうした見地から、発信者の意図がいかに正確に伝達されているか否かを検証・分析するのではなく、翻訳を文化交通《コミュニケーション》の一つの媒介者《メディア》とする観点に立ち、むしろ意味の変容とズレに着目し、異文化を受け取る側の問題認識に最大限の焦点をあてながら、明治期の翻訳文学のもつ問題性をテクスト受容論的に問い直すことを目指している。

そのために、具体的に次の三つの方向から考える。

①人称的世界の翻訳

関係指向性の強い日本語の文法において、〈人称代名詞〉はじめ〈人称〉の問題は歴史的に特別な位置を占めてこなかった。〈人称〉という概念そのものが西洋文化の摂取の過程で移入されてきたとされる。それまで希薄だった〈人称〉を意識化することが、表現史的にみてどのような意味があったかを、井上勤訳『絶世奇談魯敏孫漂流記』（明治一六年）、三木愛華・高須墨浦合訳『拍案驚奇地底旅行』（明治一八年）、坪内逍遙訳『贋貨つかひ』（明治二〇年）等を取り上げながら論ずる。

翻訳をとおして意識的になった人称という考え方を手にすることは、新たな描写意識の獲得を後押しするにとどまらず、近代的な小説文体の生成を促し、安定した三人称小説の語りの確立にも関わっていると思われるのである。

②言語交通としての翻訳

西洋の文学を受けとめるにあたって、どのような枠組みが作動していたかを論ずる。翻訳にともない日本的な文脈が前景化されると同時に、どのような枠組みが後景に押しやられたのか。もしくは見えなかったのか。かつ、新たなどのようなテクストを生み出すことになったのか。具体的には、丹羽純一郎訳『欧州奇事花柳春話』（明治一一～一二年）、内田魯庵訳『小説罪と罰』（明治二五年）、若松賤子訳『小公子』（明治二三～二五年）を取り上げながら、恋愛観・女性観、こども観、キリスト教的世界観の翻訳のありようを論ずる。

たとえば、『花柳春話』の原典であるリットンの『アーネスト・マルトラヴァーズ』は、ルソーの教育小説を踏まえた内なる「自然」の確認と実行が物語の大枠になっている。主人公たるマルトラヴァーズとアリスの恋愛が深まるのも「自然」の力によるものであり、十年の艱難の後、二人が再会するのも「自然の善性」に導かれたものとされている。一方の翻訳された『花柳春話』では、二人の結びつきは、アリスが「マルツラバース」の「深恩」に応えるという封建的な主従関係に置き換えられて説明されている。これを踏まえるように物語の枠組みは「情」と「理」の対立構造への傾斜を深め、教養小説的なありかたとは異なる方向に向かっている。

③冒険をめぐる想像力

明治の重要な物語構想力である冒険をめぐる想像力と、その根底にあるイデオロギーを問題にする。具体的には森田思軒訳『冒険奇談十五少年』（明治二九年）を中心にし、この翻訳を取り巻く状況と明治冒険小説の帰趨を論ずる。

「冒険」「探検」の奨励は植民地経営と結びつく「博物学」的な欲望と表裏をなしていた。これらの領域は互いに深く切り結びながら、ともに「蛮地」という外側の世界を指向し、「少年」たちを誘っていた。こうした「冒険」と「博物学」の要素を強く持つ森田思軒訳『十五少年』は一貫して、原文とは異なり、〈人種的・民族的〉な外部ではなく、空間的な意味での〈外部〉的世界への関心と想像力のもとに翻訳されていた。しかし、こうした冒険をめぐる想像力は、明治後期には大きく変質していくことになる。

このような翻訳論の試みは、翻訳あるいは翻訳行為を視座にした明治文学への言語文化論的なアプローチということもできよう。それをとおして、文学表現の問題にとどまらず、その背後にある時代の精神構造やら、歴史認識、政治力学、権力システムの一端を明らかにすることができれば幸いである。

【注】

（1）ジェレミー・マンデイは、「等価と等価効果」を論じて次のように指摘している。「実践志向の翻訳に関する文献はいまだに大量に生み出され、等価を規範的に論じ続けている。避けられないことではあろうが、翻訳者訓練コースもまたこうした考え方を採っており、訓練生の翻訳の誤りが教師の考える等価の基準に則って規範的に訂正される。こういう理由から等価の問題は、翻訳研究者の中にそれを周辺的な問題であると考える者がいようとも、翻訳の実践においては中心的な問題であり続けるのである」（ジェレミー・マンデイ『翻訳学入門』鳥飼玖美子監訳、みすず書房、二〇〇九年五月）。

ひつじ研究叢書〈文学編〉7　明治の翻訳ディスクール　目次

## 第二部　言語交通としての翻訳

目次



カバー画――『魯敏孫漂行紀略』（一八五七）中扉より
表紙、扉画――井上文香

亡父へ

# 第一部　〈人称〉の翻訳

## 発見される〈人称〉

「江戸時代には三人称を知らなかった」[1]と喝破したのは野口武彦であった。あまりに大胆できっぱりとした物言いに戸惑いもするが、今日いうところの「人称」なる概念が存在しなかった、「江戸人はまったく別の体系に属する「人称」で物を書いていた」というのである。それが、明治に入り、翻訳作業と西欧語文典の知識を介して「三人称的言表」の存在を知り、かつ日本語ではそれが「形態差異的に特立されていない」、つまり、ある形態を伴って標示されていないという事実に気づかされる。野口によれば、それまでの日本語の文法空間では一人称的に語る／書くしかなかったが、これを契機に「三人称的言表」のあり方が模索されることになる。そして、「三人称」を示す「た」という文末詞が浮上すると同じく言文一致体が作り上げられ、「言表対象の客観性と定在性、言表行為の公正性と信憑性の外見を保持すること」が可能になったという。その上で、こうした文法空間の出現が「明治の日本の公共圏」の成立を促したという壮大な見取り図が提示されることになる。該博な知識による緻密な論理展開と大胆な推理・洞察から成り立っており、いくつもの重要な問題を示唆している。

もちろん、江戸時代に人称という概念の萌芽が無かったわけではない。杉本つとむによれば、宇田川槐園（玄随）という漢方から蘭方に転じた医師が著した江戸における最初の語学書『蘭訳弁髦』（寛政五年〔一七九三〕）のなかに、「人ヲ称スル詞」の考察が述べられているという。日本語には本来的に代名詞はなく、その理解には「とまどい」があったとされるが、「第一の称」は以下のように記されていた。[2]

・第一ノ称

第三種の始ハ自己ヲ謂テ第一人ト称ス　窃ニ按スルニ凡ソ天ヲ戴キ地ヲ踏ムモノ何ソ限ン　然𪜈コレニ対ス

ルモノハ我ナリ　我有テ然後万物ノ擾ヾ乎トシテ森羅スルモノ得テ観ル　得テ指数フヘク得テ称乎スヘク得テ記載スヘシ　是故に我ナルモノハ眇尓トメ小ナリト雖モ品物名称ノ必ス由リ始ル所ナリ　是ヲ舎《ステ》テ爰《イクツ》ヨリ辞ヲ挙ン　是故ニ自己ヲ以始トシ人我相会接スルノ中第一人と名ケラルナルベシ（ik, mij, mijn の条）

蘭語では「自己」「我」を「第一人ト称ス」とするが、それは、万物自然に相対するものは「我」であり、「我有テ然後万物ノ擾ヾ乎トシテ森羅スルモノ得テ観ル」からであろうと推測する。我ありて後に新羅万象を意味づけることができるというのだ。杉本によれば、こうした主体観は、デカルトの「〈我考フル、故ニ我アリ〉」にも対比できる「人間中心の、あるいは個人中心の思考」「発想」であり、人称の考察をとおして槐園はそれを認識するに到ったとされる。人称の自覚は思想史的な出来事であるということになろう。「第二の称」、すなわち二人称についての記述はさらに興味深い。

「第一人」に対するものは等しく「第二人」となるはずだが、ここがなかなか飲み込めなかった。それは二人称を「相手の貴賤の別なしには考えられなかった」からだという。「第二人トハ第一人ニ次《つい》テ　サシ当リテ正シク相対スル処ハ一人ノミユヘニ　我カ相手トシテ対シ語ルトコロノ人ヲ称スルナリ」というところまではいいとして、「漢ニテ言ハ、尓汝ヨリ而上　君トイ、公トイ、子トイ、、先生トイフノ外　称呼貴賤ニヨリテ各殊ナレハ今爰ニ取テ対訳スベキナケレ」というのである。「漢」に限らず、われわれ日本人は相手との関係性によって他称詞を意識的、無意識的にその場に応じて選んでいる。社会言語学風にいえば、「日本語では、人称代名詞のみならず、広く対話に於ける話者と相手を指す言葉は、両者が持つ様々の現実的な人間的属性と結びついている(3)」（鈴木孝夫）ということになろう。だが、槐園は困難の末、蘭語の「第二人」を「語に貴賤の別なしと考えるに至」った。これについて、杉本は「文字どおり〈人称〉への開眼といってよく、ヨーロッパの言語の本質がここに一つの秘扉を公開された」とし、「この人称への認識は、まさしく近代化日本への志向をことばのうえで実践したもの」とまで述べている。杉本は、いかに〈人称〉という概念を理解することが難しく、しかもヨーロッパの世界観を受け入れるにあたり重要であったかを強調する。人称の扉を開けるとは、未知の文化領域に足を踏み入れることであり、その困難さと新しい世界に分け入る知的愉悦は想像するにあまりある。

ただし、槐園のいう人称の分析・分類は文法レベルのことであり、蘭学文典内の出来事であったともいえる。それが、いかほど江戸庶民に読まれ、いかほど流布したかは別の問題である。江戸の人々は、依然西洋の文法意識、人称意識とかけ離れたところでさまざまな表現活動をし、それを享受していた。考えてみれば、浄瑠璃にしても、仮名草子・浮世草子にしても語りをベースにしており、語るポジションを異にしていても、基本的には一人称的に、いや非=人称的に語られていた。いわゆる三人称小説風に語られることはなかった。

それが、幕末以降、国を挙げての西洋との本格的な接触をとおして、西洋的な人称の概念を手にすることになる。むろん、それは文法的な人称概念の獲得にとどまるものではない。それによって新しい表現空間に入り込んだのだ。細部はともかく、野口の見取り図のとおりにことは進展していたといえる。

ただし、疑問が無いわけではない。「言文一致と三人称とは同時発生的」であり、それを支えているのが三人称であることを形態標示している文末詞「た」であるというのが野口の基本テーゼである。著書の題名どおり「三人称発見まで」という問題設定ではあるが、この文末詞の一つの形式から、三人称的に書かれた（物語の）内容にまで踏み込むことができるのか。野口が言文一致と同時に三人称の達成とみる『浮雲』第三篇第十九回を、「た」止めの問題からだけで説明できるのかということである。

また、小説表現の流れとして作者の作者性標示を消すこと、透明化することが大きな流れだとして、それが三人称小説の成立とどれほどの強度をもって結びついているか。むしろ、「一人称性の強化」がそれに関わっているのではないか。

第一部では、こうした疑問を踏まえながら明治の翻訳者たちは、具体的に人称の問題をどう了解し、どのような新しい物語を創出したのか。坪内逍遙の試みの例を中心にして考えてみる。

【注】

（1） 野口武彦『三人称の発見まで』筑摩書房、一九九四年六月。

（2） 杉本つとむ「〈人称〉の発見のとまどい——ヨーロッパの個人主義を翻訳する」（『増訂 日本翻訳語史の研究』杉本つとむ著作選集4、八坂書房、一九九八年七月）。『蘭訳弁髦』の引用もこの書より（二三五頁・二三八頁）。

（3） 鈴木孝夫「言語と社会」岩波講座哲学11『言語』岩波書店、一九六八年一〇月。

第一章

# 〈人称〉の翻訳・序説

## はじめに

明治二十七年に刊行された高橋雄峰訳『ロビンソンクルーソー絶島漂流記』巻一（博文館、明治二七年三月）の例言には、「此書」が「世界三大奇書中の最大奇書」であり、「欧米諸国に於ては人として之を読まざる」なしという欧米読書界での特異な位置の紹介ののち、次のように記されている。

> 此書凡て自叙体を用ゆ故に書中「余」若くは「余等」の文字を使用すること多し 他人との問答中に於てもロビンソン自身に関する事は間々第一人称を以てす 此書を読むもの丶予め注意すべき一要点たり（傍線引用者、以下同じ）

訳者は、この書が「自叙体」（一人称小説）であることに特別な注意を促す。語り手自身を「余」とし、かつ他者との関係の中で選び取られるはずの「第一人称」代名詞を、作中人物の間の会話においても一様に「余」とすることからくる混乱を予想してのことであろう。こうした読者への懇切な配慮は、現在からみれば訳者の過剰な反応と受け取られるかもしれない。しかし、小説表現の方法としての〈人称〉の歴史性を考えれば、それは十分に妥当性を帯びてくる。

この高橋雄峰訳以前に『ロビンソン・クルーソー』の翻訳は江戸期のものを含め七回を数えることができるが[1]、うち半数を超える四種は「自叙体」をとってはいない。漂着した孤島から生還した人物が、本国においてその出来事を回想し記述するというこの典型的な一人称回想形式も、多くは「記述体」いわゆる〈三人称〉で翻訳されていたのである。しかも、それは必ずしも意識的に〈三人称〉の語りによって翻訳されているようにはみえない。

両者の間に横たわる方法論的な溝は無造作に跳び越えられているのだ。それは再話の問題[2]の域内を明らかにはみ出ている。また、それを翻訳／翻案という単純な二項対立的な図式で括ることもできない。明治初期の翻訳では両者の境界線は曖昧であったことは知るとおりであるが、[3]むしろその境界領域に原文と訳文との文化的な枠組みの葛藤がレアな形で表れており、重要な問題が潜んでいると思われるのである。

そうした葛藤を考える上で、まず注目しなければならないのは〈人称〉をめぐる問題であろう。当時、小説を翻訳するにあたって、また小説テクストを紡ぎあげるにあたり、〈人称〉をめぐる問題は必ずしも重要な位置を占めてはいなかったと思われるのだ。既に指摘があるように、明治のある時点で小説の方法としての〈人称〉なる概念がクローズアップされたと考えられるのである。[4]先の高橋雄峰訳に付された「例言」で、明治二十七年という時点において小説家たろうとしていたわけでもない訳者が、〈人称〉に意識的であろうとしたことは、当時の読書界で「自叙体」による翻訳表現が必ずしも馴染み深いものではなく、いまだ試みの段階であったということを示しているのではないか。

本来、多分に関係指向的な日本語の文法体系において、〈人称代名詞〉はじめ〈人称〉の問題は歴史的に特別な位置を占めてきたのではないという。[5]〈人称〉という概念そのものが西洋文化の摂取の過程で移入されたと考えられるのである。ならば、そうした近世においては方法化されなかった〈人称〉を意識化することが、表現史的に見てどのような意味を持つことになるのか。いや、それ以前に、〈人称〉を持たない側が、〈人称〉に極めて意識的である西洋の「自叙体」のディスクールをどう変容させて受け止めていたのだろうか。こうした疑問の背後には大きな問題領域が存在しているように思われる。それを考えるために、先ず、西洋小説の最も古い翻訳のひとつである『ロビンソン・クルーソー』の翻訳から取り上げていくことにする。

海の彼方を眺めるクルーソー。井上勤訳『絶世奇談魯敏孫漂流記』より

## 一　ダニエル・デフォー『ロビンソン・クルーソー』

「絶海の孤島」――、ロビンソンが流れ着いた島はこうイメージされることが多い。われわれにとってわかりやすい馴染みの深い言いまわしである。しかし、橋口稔によれば、この語の原語は〝some desolate island〟もしくは〝an island of meer desolation〟(荒涼とした島)であって、必ずしも「絶海の孤島」を意味してはいないという[5]。事実、ロビンソンが漂着したのは南米の大河オリノコ河の河口もしくはその湾内(in the Mouth, or the Gulph)にある小島であり、ロビンソン自身遠くに見える大きな陸地の存在に早くから気がついていたのである。にもかかわらず、今日に到るこうした紋切型の受け止め方は、われわれのこの小説についてのパターン化した物語認識と関わっていると思われる。つまり、「絶海の孤島」に「漂流」したある船乗りの「記」、高橋雄峰訳の表現を借りれば「宛《あた》かも絶海《ぜっかい》の孤島《ことう》に棄《す》てられて孤棲《こせい》する」漂流者の物語、という理解である。これがインターテクストとして近世漂流記物を含み込みながら、物語の最も基本的な〈図〉(第一の層)として読者の興味を惹いていることは間違いない。ただし、物語の大枠は別のところにある。

話は、早くから「放浪癖」(rambling Thoughts) に取り憑かれてしまった「私」(語り手自身) に対する「父」の忠告から始まる。父は、社会の上層でも下層でもない「中くらいの身分こそほんとうな幸福の基準」であるという考えから、「私」の「野心」「血気の勇にはやる」気持ちを諌め、そして「あとになってわしの忠告を馬鹿にしたことを後悔する日がかならずくる。もうそのときは今さら誰かにすがって助かろうとしたってだめなのだ[7]」と病床から涙ながらに説諭する。この忠告について、「私」は先ず第一に「父のこの話の終りのところは父自身は気がつかなかったろうが、じつに予言的というほかなかった」、と述懐する。つまり、「私」は父の「予言」どおりある無人島に流れ着きそこで何年か暮らし、かつそこから帰還し、この手記を記述する〈今〉という時間からこの父の訓戒を捉え直しているのである。こうした、かつての「私」をめぐる出来事を、書いている〈今〉から物語化しながら捉え返す運動が、自叙伝形式をとっているこの小説において、最も基底的な構成力として機能していると考えられる。

一例をあげれば、この後「私」が父の忠告を裏切って船に乗り、二度も続けて嵐に遇う場面は、次のように記されている。

> その当時私がどんな気持を味わっていたか、歳月をへた今日うまく伝えられるかどうかわからないが、前に一度殊勝《しゅしょう》な覚悟をしながら、またもとの非道な性根《しょうね》に逆もどりしたという、あのことのために、死の恐ろしさどころか、その十倍もの恐ろしさにおそわれていたのは事実だった。この恐ろしさに加うるに嵐のすさまじさ、そのときの私の気持はとても言葉でいいつくせるものではなかった。

語り手である「私」は、当時の自分の「気持」を呼び起こしながら、一回目に出会った嵐と今回の嵐を「歳月をへた今日」から因果づけ、もう一度おこる最悪のシナリオ（物語）に向かって、読者の興味を方向づけていく。こうした〈今の私〉と〈かつての私〉の「対話的な構造[8]」は無人島漂着後も続き、自分の行為、とくに父の忠告を裏切ったという事の発端の行為が、「私」が語るところの「原罪」（my ORIGINAL SIN）として繰り返し反省的に捉えられている。これが「父＝神の言葉に背く→無人島に漂着→信仰にめざめ悔い改める→精神的・肉体的に救われる[9]」という、しばしば聖書の「放蕩息子」（Prodigal）の比喩で語られる、ピューリタンの〈精神的自叙伝〉という大枠を形作っているのである。

また、こうした枠組みは、冒頭に付された「原著序」にすでに表れていたものでもある。「編者」（著者）によれば、ここで語られる「物語」はある人間の実際の「物語」の引用であり、「世の賢い人々がいつもするように、事件を宗教的な効用にあてはめて述べられている。つまり（中略）あらゆる変化のうちにあって摂理の知恵をよしとし、また、たたえんがために述べられているのである」とされる。ここでは、この物語を記述することの価値を確信したキリスト教徒によって、キリスト教の読者の「教化」のために語られる、というコンタクトのあり方にまで言及されているのである。これが物語の第二層であるといえよう。

それに対して、この枠組みから微妙にズレていくロビンソン像が問題にされている。無人島からの帰国後、裕福な生活を手にするが、生まれ持った性格である「放浪癖」を克服できず、またしても「私」は甥の一人とともに新たな航海へと出奔してしまう（以降第二部）。「私」は取り憑かれた「放浪癖」というアモルファスな情動から脱却できず、宗教的な魂の「救済」（deliverance）を得る機会をどこまでも遅延させることになる。いうなれば、行動すること自体を自己目的化し、行動に向かってひたすら走りつづけるロビンソン。岩尾龍太郎は、難破船からの搬出作業、過剰な砦の建設を視野に入れ、「島でのロビンソンの活動は、不安という舞台で演ぜられる目的設定のない（あるいは狂った）劇である」[10]とし、「無定形の衝動」によって突き動かされる存在としてのロビンソ像を物語の中心に置いている。これが第二層と緊張関係を孕む物語の三つ目の解釈コードということになろう。

では、こうした必然的に〈一人称〉であるはずの小説を、〈三人称〉によって切り取る／翻訳することは物語世界にどのような変更を強いることになるのだろうか。例を山田正隆訳『回生美談』（自家出版、明治一〇年一二月）の冒頭部にとれば、「鉄士ノ思能ク金石ヲ透スト宜ナル哉茲ニ英国貴族ノ一子ナル「ロビンソン、狗兒僧《クルソウ》」ト云ヘル人アリ」とされている。鉄のように固い「思」（意志）をもった「鉄士」を称えるというスタンスから語り起こされ、「英国貴族」（原文は"a good Family"「よい家柄」にすぎない）の「回生」の「美談」を〈三人称〉的に読者に語りかけるというコンタクトが選ばれている。いわば物語の枠組みそのものが、始めからさながら〈貴種流離譚〉の話型に変更されているのである。ここには、当時の受け止め方のありようが表れており興味深い。だが、こうした変更はここにとどまるものではない。先に引用した二度目の嵐の場面は次のように訳される。

> 嗚吁此書ヲ読ム人ヨ此狗兒僧ガ難儀ナル総テノ形状《アリサマ》ノ如何《イカニ》アリシヤヲ察スベシ　実ニ退《シリゾイ》テ考テモ嘸《サゾ》カシ恐キコトナルベシ　彼ガ以前ニ遇タリケル死スベキ程ノ難儀ノ上ニ猶モ嵐ヲ加ヘシカバ実ニ記スベキ一言ヲ持エヌコトデアリタリケリ

ここでは、物語構成の要点であった〈かつての私〉と〈今の私〉、あるいは〈書かれる私〉と〈書く私〉というコミュニケーションは顧みられていない。それによって、以前の「難儀」と今回の「難儀」の相対比較はなされるが、かつて父の言葉に背いた〈罪〉ゆえに、繰り返し嵐に遇うことになるという〈罰〉が、作中人物の意識にそって物語化されないのである。

この「対話的な構造」の欠落は極めて大きな意味を持つ。つまり、これらの〈三人称〉的な再話では、先に示した『ロビンソン・クルーソー』における三つの解釈コードのうち、第一の冒険譚と第三の「無定形の衝動」に取り憑かれた男は移し取ることができた。しかし、この小説の最も根底をなす〈枠組み〉である、自己省察をもとにしたピューリタンの〈精神的自叙伝〉を掬い上げることはできないのである。ここで物語は全く別な方向に向かわざるをえない。そして、この欠落を埋めるものとして、過剰な家族的関係が改めて物語を呼び集める〈場所《トポス》〉となされていると考えられるのである。

もちろん、原文の方も「私」―「父」という親子の関係をバネにしているが、それは対「神」の問題へと抽象化され、「私」の内省の原点とされていく。それに対し、同じく〈三人称〉によって訳された牛山良助訳『新訳魯敏遜漂流記』(明治二〇年三月)を例にとれば、全体がかなりの抄訳であるにもかかわらず、「アー子ゆゑに迷ふ親の心ろは少しも知らぬ余《わ》が子の薄情《うたてさ》」という〈人情小説〉風の、父の側の〈情〉が新たに書き込まれているのである。魯敏遜の方も「親に背きし罪深く斯《かく》困難をする事か去《さり》とは早き応報《むくひ》の小車回《をぐるまめぐ》る因果ぞ恐ろし」と、あるべき親子の倫理に背いた「不孝の罪」と「困難」を、「小車回《をぐるまめぐ》る因果」として再三後悔する。親子関係に由来する「因果」・〈人情〉という当時一般的だった読本的ともいえる構成概念によって物語が脈絡づけられているのである。

しかしながら、この魯敏遜は今の身の不幸を託つだけで〈悔い改める〉ことはしない。繰り返せば、それは〈今の私〉と〈かつての私〉との対話関係の不在に起因する。原文は、線条的な時間の流れにおける〈今〉という時間と同時に、回想されるべき〈かつて〉という二つの時間を抱え込んでいた。この二つの時間の往還による、〈今の私〉と〈かつての私〉との相互干渉/浸透をとおして、「私」(ロビンソン)の個人史をめぐる物語が浮上している。いわば、物語る行為をとおして、語る「今の私」が再構成されているのである。ここでは、語ることは正に自己の再組織化のプロセスであり、かつそのベクトルは「私」の「魂」の〈救済〉と〈成長〉という物語に向かっている。それは、かつての自分また自分にまつわる出来事を〈改悛→救済〉という図式のもとに物語化することによって、〈神〉の検閲を受け〈許し〉を得る、という宗教的な〈告白〉のシステムと重なっている。自叙伝『ロビンソン・クルーソー』においては〈一人称〉で語ることがすでに宗教的だったのだ。〈三人称〉による翻訳では、この〈懺悔〉〈告白〉のダイナミズムが掬《すく》い上げられなかったのは当然のことであったと考えられるのである。

ただし、問題のすべてが〈一人称〉対〈三人称〉に収斂していくわけではない。明治十六年に井上勤はこの『ロビンソン・クルーソー』を〈一人称〉で翻訳している。しかし、その強度を度外視するならば、やはりこの小説の持つ「対話的な関係」を移し取ることはできなかった。[11] いや、訳者には見えていなかった。野口武彦によれば、江戸時代の国学では「「人称」という用語はおろか、それに該当する概念すら想到されていなかった[12]」とされるが、これに従えば、〈一人称〉と〈三人称〉の分類自体が緩やかであり、本書で〈一人称〉的なものに対し、とりあえず〈三人称〉的と呼んできたものも、必ずしも西洋的な意味の〈三人称〉ではないといえよう。とするならば、こうした『ロビンソン・クルーソー』の受容の仕方は、〈一人称〉的ディスクールを西洋的文法範疇である〈三人称〉で訳し変えたというより、むしろ〈非＝人称〉的な受けとり方をしたのだと考えねばならないのではないか。当時の小説の翻訳者、読み手ともに小説を読み解く〈方法〉〈方途〉としての〈人称〉なる概念は希薄であった。彼らには、小説表現における西洋的な意味の〈人称〉が含み持つ広大な問題領域を可視化できていなかったのではないか。いうなれば、〈人称〉的世界それ自体が見えていなかった。だからこそ、当時の小説の受容のあり方、小説についての考え方がレアな形でそこに現れているとも考えることができる。

では、やはり「記述体」で翻訳された、西洋的〈告白〉小説の典型でもあるルソーの『告白』は、〈非＝人称〉的にどう訳されることになるのか。次節ではそこから考えてみることにする。

## 二　ジャン・ジャック・ルソー『告白』

明治初期、日本におけるルソーは二様の受け取り方をされていた。いうまでもなく一つは政治思想家としてであり、最初に紹介された、国家権力の正当性を論ずる『社会契約論』（一七六二年）は、後に「東洋のルソー」と呼ばれる中江兆民によって『民約訳解』（明治一五年）として漢訳され、若い民権運動家たちのバイブルとされるに到る。もう一方は文学者としてであり、明治二十年以降浪漫主義から自然主義の作家たちにまで広範な反響を巻き起こすことになった。その機縁となったのがここで述べる『告白』（一七八二年）である。たとえば、若き日にこの書を読んだ島崎藤村は、その印象を「朧気ながら、此書を通して、近代人の考へ方といふものが、私の頭に解るやうになつて来て、（中略）自分等の行くべき道が多少理解されたやうな気がした[13]」と述べている。ヨーロッパに比して、いわゆる自伝の文学と呼ばれるものが少なかった日本の読書界において、『懺悔録』（『告白』）は極めて特異な位置を占めていくことになる。

では、その表現の特質はどこにあるのか。〈一人称〉のディスクールという点に着目すれば、自伝文学としての『告白』の独自性は大きく三つあげることができよう。

ルソーは第七巻で『告白』の方法について次のように自己言及している。

ただ一つたのみになる忠実な道案内がある。それは一連の感情のつながりであり、これがわたしの存在の連続をしるしづけ、また、その感情の原因あるいは結果になった事件の連続をも明かにするのである。[14]

ルソーは特に「感情」(sentiments)の連続性に着目する。その「つながり」が「わたし」の連続、出来事の連続をしるしづけており、それを時間の流れのなかで「機会原因」とともに描き出すことによって「魂の歴史」に至り着くことができる、と考える。中川久定によれば、この「感情」の連鎖を〈縦糸〉にして「自分の内面性のヴェールを順次はぎとっていくこと」[15]、これが『告白』の方法における第一の独自性ということになる。

第二の特徴は、しばしば指摘される〈意識の二重化〉である。これはルソー自身『告白』の草稿で触れていることであるが、角谷美和は第一巻に記された「櫛破損容疑事件」をモデルにして具体的に論じている。[16] それによれば、この事件をめぐる表現に内在する「時」は、「はなしの時」(語られる時間)、「語りの時」(語っている時間)、「永遠の現在」(語ることによって喚起される特定のできない時間)、「読み行為の時」(読者に語りかける今という時間)の四つに構造化できるとし、次のように述べられる。

この「時」の構造はまず、ルソーの意図した「意識あるいは時の二重化作用」すなわち、過去の事件を過去(主要人物の時点)と現在(語りの時点)との二重の時点、視点から意味づけたいという方法を反映している。

「時」の構造と「意識」の構造とがパラレルであるという指摘は興味深い。ただしこの分析は、自伝そのものとはいえないが先に論じた『ロビンソン・クルーソー』の語りの構造と、そう隔たってはいない。この方法にどこまで意識的であったかということを別にすれば、ここで抽出される表現の構造はむしろ〈一人称〉小説の固有の方法であるといえよう。

次に第三の特徴は、語り手がどのような読者を想定しているか、ということに関わっている。『告白』第一巻の冒頭には次のように記されていた。

わたしはかつて例のなかった、そして今後も模倣するものはないと思う、仕事をくわだてる。自分とおなじ人間仲間に、ひとりの人間をその自然のままの真実において見せてやりたい。

ルソーは、はじめから強く「読者」を頭に置いていた。ここでは「自分とおなじ人間仲間」(mes semblables un homme)とされているが、序の草稿においては、この自伝の第一読者でもある「草稿の処置をゆだねたあなた」に向かって、「わたしの敵どもによって歪曲されていないわたしの性格の唯一の確実な記録を、わたしの死後の名誉から除かぬようにお願いする」と、明瞭な〈他者〉を想定し、かつそれを自らの書のなかに「読者」(lecteur)として内在させようとしている。

個人史的にみれば、ここにはヴォルテールはじめルソーを追放しようとする勢力に対する反駁という執筆の動機が窺える、と同時に〈一人称〉独特の極めて緊密な読者とのコミュニケーション回路を見て取ることができよう。ジャン・スタロバンスキーは「『告白』はまず第一に他人の過誤の訂正の試み[17]」とするが、このコンタクトのありようは、『ロビンソン・クルーソー』の場合と異なり、〈神〉ではなく内在させた「読者」に向かって語り手である「私」が〈告白〉する、ということになる。ルソーの『告白』は自己の非力を反省するのではなく、自己正当化するために〈一人称〉的に語っているのである。いわば、〈神〉ではなく〈他人〉の検閲を経ることによって心の〈慰藉〉〈救い〉を得る、ということになる。この意味で、語ることによって自己を確認するというモチーフが、自伝的小説『告白』を貫いていたのである。それが正にロマン主義的な〈自己を語る〉というテーマの発見であるということができよう。

では、こうした近代小説の先駆的意味を担うことになるルソーの『告白』は、どのように「記述体」で翻訳されることになるのか。宮崎夢柳訳「垂天初影」（『土陽新聞』明治一九年一二月二二日〜二〇年二月三日）の序には次のように記されていた。

予頃日《このごろ》筐底《きやうてい》を探りて数葉の故紙を得たり 披《ひら》ひて之れを閲《けみ》すれば彼の意気一世を推倒し議論万古に卓出せし仏蘭西の偉人大家セイン、ヂヤツク、ルーソー先生が其の幼時の略履歴にして即はち予が曾つて先生の自叙詳伝なる「ジー、コンヘツシヨン」[18] より纂訳《さんやく》し置きたるものなるが就中《なかんづく》面白可笑《おもしろをか》しき事跡尠からず 予因つて其の一二を本紙に抄出し世の未だ先生の幼時を知らざるものに示さんと欲す

指摘するまでもなく、原文と較べれば読み手とのコンタクトの質は劇的に変換されている。「仏蘭西の偉人大家セイン、ヂヤツク、ルーソー先生」の「幼時」を知っている者が、〈知〉の非対称性をもとに知らない者に向かって一方的に物語る、という語りの場を作り上げようとしている。内在化させた読者を想定し、語ることによってその読者に受け入れられたいという〈一人称〉的な願望はここにはない。夢柳の文脈に引きつければ、文学者ではなく、『民約訳解』の著者である著名な政治思想家「ルーソー先生」の〈偉人伝〉として紹介しようというのである。ここには立志成功譚としての『西国立志編』（明治四年）が含み込まれていることは想像に難くないが、「偉人大家」の「略履歴」を「面白可笑《おもしろをか》しき事跡」の紹介という形で「抄出」・再話しようというのが、この翻訳の選んだスタンスであろう。ここに、仏文学史において「自我の探求」[19] の書とされるルソーの『告白』とは異質な物語世界が作り上げられていくことになるのである。

たとえば、ルソー十六歳の折、徒弟奉公先から逃亡した時の心情は「天性活溌磊落のルーソー」は「大胆にも

勇を皷《こ》し此れよりは一身の自主独立を得たる上此の社会の広大なる活劇場に躍出し貴紳の佳賓となるを得べし美人の情夫となるを得べし」（五回）と「惆悵《ちうちやう》」することを知らない。これに対して、原文も若さと解放感に突き動かされる若き日の「わたし」を回想しているのだが、次のようにも述べられている。

今まで辛抱しきれなかったのよりもっと頑丈なくびきを背負って、不幸と迷いと落し穴と隷属と死を、わざわざ遠いところへもとめに行く。これが、わたしのこれからしようとしていることであり、直面せねばならぬ前途はこういうものであった。（第二巻）

当時の「わたし」の心情と同時に、それを思い起し語っている〈今〉、すなわち五十数歳の「わたし」の心情が書き込まれている。いわば、〈語られる時点〉と〈語っている時点〉から過去の事件が〈二重化〉され記述されている。読者は、その両者のズレを読み解きながら物語を織りなしていくことになる。一方の訳文では「対話的な関係」は作りえず、時間・意識の〈二重化〉がなされることはない。ゆえに、〈語ることによる自己確認〉という『告白』を貫くモチーフは見えてこない。再話化の意図はあったにはせよ、ルソーが抱えている内面の陰翳とは程遠い、「天性活溌磊落のルーソー」が「自主独立」を求めて旅に出るというところで単純化され、おおらかに切り取られているといえよう。

そして、この変更された「豪放快達《がうはうくわいたつ》」「磊落不羈《らいらくふき》」の主人公像が、原文の「感情」の連鎖に代わる物語の新たな〈縦糸〉にされていると考えられるのである。ユーリー・ロトマンは作中人物を「動的な登場人物《ペルソナージ》」と「不動的な登場人物《ペルソナージ》」とに分類し、前者を「境界線横断の権利を持つ人物」[20]としているが、翻訳された「ルーソー」は明らかにそうしたタイプの側に振られている。「堂々たる男児《だんじ》」であるが貧しく不幸な生い立ちの「ルーソー」

が、幾多の出来事を経て偉大な思想家に上昇していく、それを物語の構成的な原理としているのである。いわば、原文における語り手の自己言及という枠組みが、主人公の意味論的な場の越境を基本とする「題材的《ジュジエートヌイ》」[21]な構成によって作り替えられているということができよう。

具体的にいえば、多分に遍歴小説的にされているのだ。もともとルソーは生涯放浪を続けた人物であるが、『告白』全十二巻中第三巻までを翻訳した「垂天初影」でも空間的移動は目まぐるしく、それにともなって、さまざまな女性に「愛慕眷恋」していく。十二歳の時の「婦人ウイルソン」をはじめ、「ワーレンス婦人」「ブレール嬢」と「恋」の遍歴を重ねる。無論、これらは原文にも記されていることではあるが、抄訳された「垂天初影」ではかなりの割合を占めることになる。主人公「ルーソー」は当時評判だった『欧州奇事花柳春話』（明治一一年）のマルツラバースさながら、何人もの女性から献身的援助と教育とを受けて立身出世していく。こうした冒険・遍歴譚をインターテクストとして内包し、かつ繰り返しながらメイン・プロットが展開しているのである。そこでは、自分が属している場への自己言及するような「心理」描写に目が向けられることはない。

ただし、このような新たな枠組みが小説の終わりまで有効に機能していたわけではない。序にいう「面白可笑《おもしろおか》し」い「笑話」を繋ぎ合わせ、英雄「ルーソー」の知られざる一面の紹介をするという目論見は、奇妙な結末を迎えることになっている。

「垂天初影」末尾の六回は主に音楽の師「メートル氏」との関わりにあてられている。「メートル氏」はワーレンス婦人の隣に住む音楽家で、「ルーソー」にとっては音楽の師である。その師が「饗宴」でのいざこざから、当地を去ろうとするのに「ルーソー」も同行するが、その途中、「メートル氏」は「劇病の発作」のため街頭で卒倒し人事不省に陥ってしまう。その時、「ルーソー」は、通行人たちが心配気に見守るのを尻目に、「病者を街頭」に捨て置き「忽然其處を逃亡し急行兼程《きふかうけんてい》アンネシー」つまりワーレンス婦人のもとへ遁走する、というところで話は閉じられている。後の展開を示せば、この出来事のあと「メートル氏」は人生上のさまざまなものを失ってしまうことになり、ルソーは自分のした行為を後悔しつつも、四十年間にわたりそれを胸に秘していくことになるのである。

こうした出来事を語ることは、原文においては誰にも語れない、もしくは語れなかった隠された真実を包み隠さず〈告白〉する、という意味で大きな意義がある。[22] しかし、このエピソードを偉大な思想家の「笑話」としてまとめ上げるにはいかにも無理がある。「垂天初影」の語り手は、

> ルーソーは何故に斯く人情に反対し信義に背戻し友愛に乏しきの行為をなしたるか当時を尋思想像するに更に解得する能はず只だ頻りに胸を痛め心を悼《いた》めたりしと云ふ（第二十三回）

と結び、その行為を「笑話」の枠内でまとめ切れず「只だ頻りに胸を痛め心を悼《いた》めたりし」とし、むしろ内省的に〈告白〉すること自体に価値があるという原文の枠組みに沿うかのように語っている。自ら作り上げた〈偉人伝〉〈立志譚〉という大枠から逸脱してしまっているのだ。そして、ここで連載は突然のように打ち切られることになるのである。[23]

柳田泉はこの幕切れについて「案ずるに、夢柳は、ルソーも『懺悔録』も誤解していたので、ルソーをフランス大革命の陣頭指揮者、その『懺悔録』を大革命起伏経過の記録と思っていたのであろう。然しそれがそうでないので、がっかりしてやめたのではないか[24]」と述べている。だが、さらにまた〈告白〉を〈非＝人称〉的に切り取ったことも奇妙な中断と無関係ではないのではないか。柄谷行人によれば、「告白という形式、あるいは告白という制度が、告白されるべき内面、あるいは『真の自己』なるものを産出する[25]」とされるが、〈告白〉とは

〈非＝人称〉的な理解では決して見えない〈制度〉なのである。訳者には、『告白』を翻訳しながら、〈告白〉という行為の担う意味に最後まで目が届かなかった。それは、伝記（自伝）という物語叙述における〈人称〉の持つ意味を十分につかみ切れていないことと関わっていたと思われるのである。

## 三　ジュール・ヴェルヌ『地底旅行』へ

ジェラール・ジュネットは、いわゆる「一人称」の語りにあたる「等質物語世界の物語言説」を、さらに①「語り手が自分の物語言説の主人公である場合」、②「語り手が二次的な役割――まず大抵は観察者と証人の役割に限られる――しか演じていない場合」に分類する。[26] これによれば、ここで論じてきた『ロビンソン・クルーソー』も『告白』もともに①のタイプということになる。それに対し、事件の〈同伴者的位置〉から〈一人称〉的に語ろうとするタイプ（②）が、J・ヴェルヌの『地底旅行』（一八六四年）ということになろう。

第二章で詳しく述べるが、語り手である「わたし」（アクセル）は、叔父の鉱物学者オットー・リデンブロック氏の地底冒険旅行に〈同伴者〉として同道し、人跡未踏の地底世界の姿をその場に居合わせた者としての迫真の描写をもってレポートする。こうした空想的冒険譚はヴェルヌの地質学に対する深い造詣に裏打ちされているのは知るとおりであるが、〈驚異の旅〉シリーズという名のとおりフィクションであることは明らかである。一方、明治十八年に訳された三木愛華・高須墨浦共訳『拍案驚奇地底旅行』（九春堂刊）では、はじめから確信犯的にこの書を「地質学」「動植物学」の教材の一部として翻訳しようとする。原文の〈一人称〉から〈三人称〉に改められた語り手は、小説の冒頭で、原文にはない「グンボリッツ」氏の「地中」「沸熱《ふつねつ》の流液体《りうゑきたい》」説、またそれに「駁撃《ばくげき》」する「プアツリン」氏の説等を先ずは紹介し、啓蒙主義的なパースペクティブから物語を展開させていこうとしている。こうした〈ＳＦ冒険小説〉から、いわば〈学術的科学小説〉への物語世界転換と、訳者たちが試みた〈一人称〉の語りから〈三人称〉の語りへという、〈人称〉の変換とは、どのように結びついているのか。次章ではJ・ヴェルヌの一人称小説『地底旅行』から論ずることにする。

【注】

(1) 高橋雄峰訳以前には次の七種がある。①黒田行元訳『漂荒紀事』(嘉永三年)、②横山保三(由清)訳『魯敏遜漂行紀略』(安政四年)、③斎藤了庵訳『英国魯敏孫全伝』(明治五年)、④山田政隆訳『回世美談』(明治一〇年)、⑤橘園迂史訳『魯敏孫嶋物語』(明治一二〜一三年)、⑥井上勤訳『絶世奇談魯敏孫漂流記』(明治一六年)、⑦牛山良助訳『新訳魯敏遜漂流記』(明治二〇年)。ただし③は①の重訳と考えられ、正確には六種中の四種が〈三人称〉で訳されているということになる。

(2) 「再話」研究の先学である佐藤宗子は『日本児童文学大事典』(大日本図書株式会社、一九九三年一〇月)の「再話」の項で、「一般に民話・昔話などの口承文芸を、近現代において文字テクストに定着させたものを指す場合と、いわゆる名作を全集などに収録するにあたり、長さの調節や、文章表現・筋の改変など独自に手を加えたものを指す場合に大別できる用いられ方をしてきた」とした上で、「再話」は「文学性・教育性・経済性の三つの方区からその成立を検討することができる」と述べている。その三つに〈メディア論〉的問題認識、意識的無意識的に機能している同時代の〈表現意識〉を加味して考えなければならないと思われる。

(3) 水野的は「翻訳文学システム内部」にはらむ「対立関係」の第一に「翻訳——翻案」をあげ、「明治初期は翻案(的翻訳)が翻訳文学の中心であり、中期までは翻案と翻訳が並立し、やがて翻訳が主要な位置を占めるようになる」(「明治・大正期の翻訳規範と日本近代文学の成立」『トランスレーション・スタディーズ』佐藤＝ロスベアグ・ナナ編、みすず書房、二〇一一年一〇月)と概観している。この指摘のとおり、両者の境界線はきわめて不明瞭で、たとえば本書第一部第三章で取りあげる『贋貨つかひ』の「緒言」で、坪内逍遥は「原書を其儘に示す方が読者の心得になる事も多かるべく且はカサリン女史に対する真の翻訳者の務ならんと斯う思ひて遂に有りの儘に翻訳すること、なしたり」と自己言及しているが、現代の感覚からすれば翻案の側に寄っているようにも見える。しかし、当時の意識では「有りの儘」の翻訳ということになる。翻訳と翻案、いずれも文学テクストであることには間違いなく、それを単純な二者択一的観点で捉えると、明治初期の翻訳がはらんでいる重要な問題が見落とされ、抜け落ちてしまうと思われる。

(4) 小森陽一「〈記述〉する『実境』中継者の一人称」(『構造としての語り』新曜社、一九八八年四月)参照。

(5) 本書「発見される人称」を参照。

(6) 橋口稔「日本における『ロビンソン・クルーソー』」『外国語科研究紀要英語教室論文集』一九八三年。

(7) 日本語訳は平井正穂訳(岩波文庫)による。なお原文は、"The Shakespeare Head Edition, Oxford, 1927"によった。

(8) 宇佐美毅「"Robinson Crusoe"の明治期翻訳をめぐって——表現構造が作り出す世界」『国語と国文学』一九八九年三月。

(9) 猪狩友一「『ロビンソン・クルーソー』の世界とその明治初期翻訳について——"Robinson"と『魯敏孫』の間」『国語と国文学』一九八九年三月。

(10) 岩尾龍太郎「『ロビンソン・クルーソー』を読む」『西南学院大学文理論集』一九八五年七月。

(11) 注8、9参照。

(12) 野口武彦「三人称の発見まで①」『批評空間』5、一九九二年四月。後に『三人称の発見まで』(筑摩書房、一九九四年六月)に再掲。

(13) 島崎藤村「ルウソオの『懺悔』中に見出したる自己」『秀才文壇』明治四二年三月。

(14) 桑原武夫訳(岩波文庫)による。以下同じ。なお原文の方はŒuvres completes de Jean-Jacques Rousseau, I, Confessions, Bibliotheque de la Pleiade, 1959, Paris. によった。

(15) 中川久定「ヨーロッパにおける自伝の文学(二)——ルソーとスタンダールの作品に即して」『図書』一九七八年八月。『告白』の分析についてはこの論文に負うところが大きい。

(16) 角谷美和「ルソーにおける不幸の原体験——『告白』の時間、空間の構造分析」『現代思想』臨時増刊、一九七九年一二月。
(17) ジャン・スタロバンスキー『ルソー 透明と障害』山路昭訳、みすず書房、一九七三年一一月。
(18) この読みが示すように、宮崎夢柳は英語の重訳から翻訳したと思われる。この原典については現在調査中である。なお本稿では、英訳本 *THE CONFESSIONS*, J. M. DENT & SONS LTD. LONDON, 1931 を参照している。
(19) 平岡昇「十八世紀の文学」『フランス文学史』新潮社、一九六七年一月。
(20) ユーリー・ロトマン『文学理論と構造主義――テキストへの記号論的アプローチ』磯谷孝訳、勁草書房、一九七八年二月。
(21) 注20に同じ。
(22) 森鷗外訳『懺悔録』(『立憲自由新聞』明治二四年三月一八日〜五月一日)では〈自伝〉という点はよく理解されている。これについては本書第一部第六章で論ずる。
(23) 「垂天初影」の続編として訳者不詳の「垂天余影」(『土陽新聞』明治二〇年二月二二日〜三月二日)があるが、今回は宮崎夢柳訳の「垂天初影」に問題を限っている。
(24) 柳田泉「解題」明治文学全集5『明治政治小説集(一)』筑摩書房、一九六六年一〇月。
(25) 柄谷行人「告白という制度」『日本近代文学の起源』講談社、一九八〇年八月。
(26) ジェラール・ジュネット『物語のディスクール』花輪光・和泉涼一訳、書肆風の薔薇、一九八五年八月。

# 第二章　〈人称〉的世界と語り――ジュール・ヴェルヌ『拍案驚奇地底旅行』

## 一　『拍案驚奇地底旅行』の典拠

明治初期、もっとも翻訳された小説としてジュール・ヴェルヌの諸作をあげることができる。明治十年代をとってみても、川島忠之助訳『新説八十日間世界一周』（明治一〇年）から、十九年の井上勤訳の『九十七時二十分間月世界旅行』まで、実に十数篇が数えられる。科学による未知なる世界の冒険というヴェルヌ的なテーマは、新しい世界に目を向けはじめた当時の人々の興味に十分応えるものであったのだろう。

こうした意味では、翻訳の嚆矢となったのが川島忠之助訳『新説八十日間世界一周』（明治一〇年）であることも偶然ではない。蒸気船や蒸気機関車という十九世紀における最新の乗物を駆使して、文字どおり八十日間世界一周の旅に出るという、この小説の根底に記されているのは、近代科学文明であり、西洋的な合理主義思想であるといえる。これらは、当時の読者たちに、慄きと驚異を与えると同時に、日本における「産業資本主義の（略）出現を予想させるもの」[1]（柳田泉）でもあった。栗本鋤雲は、この『八十日間世界一周』を読んで「一風変った小説で、日本のこれまでの小説だと災厄路を擁し、進退きわまった場合、これを救うものは神仏の加護か、狐狸妖怪の助けである。しかしこの小説は、すべて金によって窮地を脱出している。日本の社会は今後ますますこういう風に金本位になるであろう[2]」と語ったという。ここからは、初めて近代世界に窓を開いた日本人の戸惑いと驚きのみならず、文明開化期の人々の西洋に対する知的な関心のありようも窺い知ることができる。その文化史的な意味も小さくない。

だが、こうしたヴェルヌの翻訳についての研究は、必ずしも十分に進んでいるわけではない。この『八十日間世界一周』はしばしば取り上げられ詳細に論じられているのだが[3]、その一方で、典拠としたテクストもはっきりしていないものもある。たとえば、ここで問題にする〈驚異の旅〉シリーズの第一篇に数えられる *VOYAGE AU*

CENTRE DE LA TERRE（地球の中心への旅）、その翻訳である三木愛華・高須墨浦合訳『拍案驚奇地底旅行』（九春堂、明治一八年二月）は、何語から訳されたかさえも十分に検討されてきてはいない。

わが国のジュール・ヴェルヌ受容研究の先学である富田仁は、「ジュール・ヴェルヌ移入考」[4]の中で、この『地底旅行』について言及し「英訳本 *A journey to the centre of the Earth* を意識したものである」と述べている。しかし、当時訳者たちが参照する可能性がもっとも高い、一八七四年に出版された"*Works of Jules Verne*, published by SCRIBNER, ARMSTRONG & CO."版と比較すれば、必ずしも「英訳本」から「意訳」したとはいい難い。というのは、その意図は与り知るところではないが、この英訳自体が原文から大きく改変されており、アクセルを〈地底旅行〉に誘う叔父の鉱物学者リンデンブロック教授（professeur Lindenbrock）の名は一貫して"Professor Von Hardwigg"とされているのである。にもかかわらず、三木愛華・高須墨浦訳では、この叔父（名前は「某《なにがし》」とされ明確にされていない）が発見した地底の海洋は、原典における名リンデンブロックにちなんで「リデ

**THE CECTRAL SEA.「広大な水面がみわたすかぎり遠く広がっていた」（窪田般彌訳）**

ンプロックスコエ」海」と原文そのままに命名されているのである。一方の英訳では、この海は単に"the Central Sea"とされているのみで、三木・高須訳と呼応関係は薄い。こうした固有名詞の表記のしかたからすれば、むしろロシア語訳を原典にしている可能性が高いと考えられる。

「アクセリ」（訳文の表記）とその「叔父」が、地球の中心への入口があるという「イスランジヤ」島の「スネフエリス」山に向かう途中立ち寄るドイツ北部の地名は原文・英訳ともに"Holstein"であるが、三木・高須訳では「ゴルシュチンスク」とされており、両者の発音は大きく隔たっている。だが、"Holstein"のロシア語訳"Голштиния"（ゴルシチニヤ）、その語尾に地名を示す"—инск"（インスク）が付されていると考えれば辻褄があう。「イスランジヤ」（Islande アイスランド）も同様で、ロシア語の"Исландия"の読みと推測されるのである。

それは、この翻訳の中心的な役割を担っていたと思われる高須墨浦（治輔）の教養からも裏付けることができる。柳田泉の調査によれば高須は外国語学校露語科の出身で、明治三十七年頃出版された『露和字彙』の出版にも関わっていたという。また外務省に出仕し、ロシア領のある地方の領事として赴任したこともあるとされる。(5) こうした事実に照らしても、『拍案驚奇地底旅行』の典拠としたものはヴェルヌのロシア語訳であったことは間違いない。

彼等が実際に手にしたロシア語訳のテクストを現在詳《つまび》らかにすることはできないが、ロシアではヴェルヌは人気の高い作家の一人であり、時代が下っても多数の翻訳がなされ、当の*VOYAGE AU CENTRE DE LA TERRE*も"Путешествиекцентрземли"（ПечатныйдворъЛгр, 1927）として出版されていることを確認することができるのである。(6)

## 二　変換詞《シフター》としての人称

では、三木・高須訳の特質はどこにあるのか――。原典を特定できない今、両者の比較検討も不完全なものにならざるをえない。しかし、現時点における分析を試みることなしに研究を先に進めることはできない。ともかくも、歩を進めることにしよう。

　原文では、物語は以下のように展開する。一人称の語り手である「わたし」（アクセル）の叔父・鉱物学者リンデンブロック教授は、十六世紀の錬金術師が書き残した、地球の中心に到り着く道が記されているという古文書の暗号を解読し、それをもとに、アイスランドにある死火山の噴火口に向かう。「わたし」は気の進まないままその旅行に同道させられ、さまざまな冒険のすえ叔父と案内者のハンスとともに人跡未踏の地球の内部世界に到達する。そこには固有の動植物が存在し、広い海洋さえあった。短い滞在の後、地上への出口を探す途中、三人は深い穴の中に落ち込み、溶岩の激流とともにギリシャ神話の舞台でもあったイタリアのストロンボリ島の火口から排出されることになる。地底旅行を終えたリンデンブロック教授の学者としての名声は一層高まり、同道した「わたし」も教授の養女と結婚することになるのである。

　こうしたヴェルヌの〈驚くべき冒険旅行記〉は荒唐無稽な空想譚として、長い間正統的な文学の埒外におかれてきた。しかし、近年構造主義的にあるいは神話学的にその読み換えが進められていることは知るとおりである。マルセル・ブリヨンは、『地底旅行』は「騎士物語に似た構造を持」つとし、〈旅〉の終わりにおいて「アクセルはあらゆる意味で成人となり、リーンデンブロック教授は、書物から得た知識がすべてでないことを悟る」[7]とし、ミシェル・セールはそれを「奥義参入の〈旅〉」と位置づけ、そこに「オデュセウスの周航、ヘブライ民族の出エジプト」を重ね合わせる[8]。また、ミシェル・フーコーは、「ジュール・ヴェルヌ説話は、そのテーマと寓話性とをつうじて、《通過儀礼《イニシアシオン》》の、または《人間形成《ビルドゥンク》》の長編小説《ロマン》にまったく近い」[9]と述べている。私市保彦の表現を借りれば、「この物語には［地獄下り］の神話的表象と枠組みがあるばかりか、典型的なイニシエイションの儀式の表象がみられる」、すなわち「地底という母胎幻想の世界に迷いこみ、地底の海という羊水にまでとどいた若者が熔岩の排出の奔流にのって押し出されるという、出産と再生の象徴的イメージが氾濫する物語[10]」とされることになるのである。原文にも「les entrailles de son ile」(島の胎内)、「les entrailles du sol」(地面の胎内)ということばが見えている。

これに対して、三木・高須訳ではこうした枠組みの強度は弱められ、物語世界が別様に切り取られている。それは「わたし」(アクセル)とドイツ人の叔父リンデンブロック教授との関係からも窺うことができる。

原文では、「わたし」がリンデンブロック教授の奇人ぶりに振り回されるところに面白味があり、またそれに巻き込まれていくこと自体が物語を展開させてもいる。そこには、書き手であるフランス人から見たエキセントリックなドイツ人気質の戯画が内在している。だが、いつしか「わたし」はこの奇矯な人物の情熱と行動力に引きこまれていくことになるのである。

一方の三木・高須訳では、叔父・甥の血縁者としての関係が強化される。叔父は〈リンデンブロック教授〉として距離をもって対象化されることはなく、その奇人ぶりはさながら厳父のきびしさとしてコード変換され、「柔弱《をくびょう》」な「アクセリ」を鍛え上げていく原理とされていく。たとえば、地底旅行への出発をためらい、旅支度を遅らせているアクセリを次のように挑発する。

叔父何《をぢうへい》かで斯《か》くまで急き賜ふにやと云へは　汝如何《なんぢいか》に思ふや我々は明日《めうにち》は早や出立《しゆつたつ》せんとする也と　余《あま》りに叔父《をぢ》が神速《しんそく》に唯だ驚くのみにて如何に明日は早や出立《しゆつたち》し賜ふとやと云ふに　問《と》ふまでもなきことなり　優遊《ぐつく》なし居るへきや　汝は何を左までに怖《をそ》る、や「クレツヘン」〔恋人の名〕と別れるを惜むにあらずや　大事《だいじ》を企《くわだつ》るものが別れを惜むがごとき柔弱《いくぢ》なくて叶ふべきやと　一心不乱に思ひつめたる叔父は少し冷笑《あざわらい》なしつ、「アクセリ」を嘲弄《てうらう》せし(第一回)

「アクセリ」はこの叔父の「冷笑《あざわらい》」と「嘲弄《てうろう》」にいたく反発し、女性との別れを惜しむ「柔弱者《をくびょうもの》」呼ばわりされることを不本意として心を決することになるのである。この後も「アクセリ」は「柔懦者《いくぢのなき》なる」として教導されるべき位置におかれていく。いうなれば両者の関係は、「大膽剛勇の鉄石人」である〈父〉と「柔弱男子の「アクセリ」」という〈子〉の対立として構図化されているのである。

しかしながら、こうした構図から「アクセリ」の〈「柔弱《いくぢ》」なさ〉が最終的に克服されるわけではない。困難に満ちた冒険からの帰還の後も、必ずしも別の地点に立つことにはならないのである。むしろ、物語の中心には「アクセリ」――クレッツヘンという恋人たちの〈人情〉が据えられていると考えられる。二人の再会の場面も、原文では思いのほか冷淡に語られているのに対し、翻訳では突然文体が改められ、特に女性の側の〈人情〉に焦点をあてながら、七五調で謳いあげられている。

羞《はじ》さへ今は打ち忘れ走り寄りて「アクセリ」の窄袖《つゝそで》にとすがりつき 抱《いだ》きついたる蟋蟀《きりぎりす》啼《なか》ん計《ばか》りの喜びは 今ま眼の前に思はれけり 暫時《しばし》し打遇《うちす》き「グレッツヘン」流す涙の緒《いとすじ》を皎歯《くち》に啣《くわ》へて微笑《ゑみ》を含み ヲ、マア無事にて能《よ》うこそ返《かい》り賜《たま》ひしと言ひたる時は まだ飛慣《とびな》れぬ黄鶯《うぐひす》の春風さそう梅が香をしたひて来り只《たゞ》一声初音《はつね》を出せし風情なり（第十七回）

一方の原文では次のように述べられていた。

マルテがどんなに驚き、グラウベンがどんなに喜んだか、このことは書かずにおこう。

「さあ、あなたは英雄よ」となつかしい婚約者はいった。「アクセル、もう、あたしのそばをはなれる必要はないのよ」

わたしは彼女をみつめた。彼女は微笑しながら泣いていた。(45)

これらの引用からも、三木・高須訳では、引き裂かれ離れ離れになった「アクセリ」とクレツヘンの〈人情〉が前景化され、それが物語の縦糸とされていることが窺われる。それは、ここぞとばかりに浄瑠璃のような口振りで饒舌に語る叙法にも表れており、〈情話〉の枠組みに積極的に則ろうとしているといえる。「地底(胎内)」を「旅行」することで再生するという《通過儀礼《イニシアシオン》》の物語から〈情話〉的世界への大いなる転換が図られているのである。これが、訳者たちにとって語りやすい物語の型だったのだろう。

こうした物語変換の有力なシフターとして機能しているのが、〈一人称〉から〈三人称〉の語りへという語りの変換であると考えられるのだ。繰り返せば、原典は物語内の人物に焦点化した〈一人称〉の語りで語られていた。これを、物語の枠組みを変更しながら、自己語りである〈一人称〉そのままに、男女間の〈人情〉(しかも自分自身の〈人情〉)を縦糸にして叙述するのは容易なことではない。男女の人情を語るためには、人情本的なスタンスの語り――男女の交情を俯瞰して語る〈非=人称〉的な語りに変換せざるをえなかったのだと思われる。

時間的にいっても、森田思軒らによって「自叙体」の可能性に目が向けられるのは、もう少し後のことであり、このような大転換ができたのは、むしろ〈人称〉という意識が希薄であったからではないか。そして、このシフト・チェンジが、「地中」「沸熱の流液体」説を紹介する冒頭部分、あるいは、序に示される地球の起源と歴史を説明する「学術」的小説に仕立てあげようという意図との齟齬を生むことになると考えられるのである。

## 三　空想的科学小説

『地底旅行』の原文は次のように語り起こされていた。

一八六三年五月二十四日の日曜日に、わたしの叔父リンデンブロック教授は、ハンブルクの旧市街でもっとも古い通りのひとつ、ケーニッヒ街十九番地の小さな家に、息せききって帰ってきた。[11]（1）

この日、叔父はアイスランド語で書かれた古文書を買い込んで勇んで帰ってきたのである。「わたし」（甥であるアクセル）はリンデンブロック教授の短気でせっかちな暴君振りをこわごわ読者に伝えたあと、以下のようにその人となりを紹介する。「彼は、自己本位の学者であり、知識の井戸ともいえたが、人がその井戸からなにかをくみあげようとすれば、つるべがすなおに動かず、かならずきしり鳴るといったぐあいだった」「こんな変わりものとつきあうには、服従する以外に方法がない」――。科学者として一途な叔父を尊敬すると同時に、一人の「変わりもの」として容赦なく対象化している。かつ、語り手である「わたし」も、叔父の「実験の助手」であり、「正直にいえば、わたしは好んで地質学をかじっていたのである。わたしの血管には鉱物学者となりうる血が流れていて、貴重な石を相手にしていれば、けっして退屈なんかしなかった」と、確かな「鉱物学者」としての〈視線〉をもって眼差す存在として設定されていた。つまり、旅行の同伴者として〈奇人〉の叔父を対象化すると同時に、科学的な言葉のシステムに則って地球の内部を〈一人称〉的にレポートすることが可能な〈語り手〉が選ばれていたのである。

たとえば、「それがいかに驚くべきものであったにしても、自然の驚異は、かならず物理的理由によって説明できるものだ」という、科学に対する認識（あるいは信仰）が述べられ、地中内部の様子は次のように語られる。

電灯の光に、壁の片岩や石灰岩や古い赤色砂岩が燦然と輝いていた。この種の地層にその名を与えたデボンシャー（イングランド南西部の土地）の切り通しにいると思うこともできたにちがいない。壁はみごとな大理石の見本でおおわれていたが、そのあるものは、気まぐれにきわだって白い木目のある灰色の瑪瑙《めのう》のようなものもあり、肉色や、赤い斑点のある黄色のものもあった。そしてさらに先のところには、石灰質がくっきりと浮きでた、くすんだ色大理石の標本もあった。（20）

と、空想的世界が科学用語を用いながら徹底的に〈視覚〉的に表現されることになる。西洋の近代科学さながらに〈視る〉ことに重い信頼をおいて〈視覚〉的に対象化すること、それが『地底旅行』における科学的ディスクールを根本において支えているのである。そこにヴェルヌ的な空想科学小説の鍵もある。

これに対して、三木・高須訳では〈非＝人称〉の語り手が選ばれている。この翻訳には〈学術的科学小説〉として再話的にコード変換して語るという意図はあったにせよ、原文と訳文との差異には無視できない重要な意味を見て取ることができる。

それは〈三人称〉的な語りに改めながら、リンデンブロック教授を〈他称詞〉化せず、〈一人称〉の「わたし」という語り手との私的関係そのままに「叔父《をぢ》」と原文どおりに呼称するという、〈三人称〉と〈一人称〉の奇妙な混在にも表れている。つまり、語りにおける〈人称〉性の問題に無頓着で、それゆえ〈一人称〉の語りからいわゆる〈三人称〉的な語りへ易々と飛び越えられていると考えられるのだ。それによって、〈三人称〉に改められながら血縁という呪縛から逃れられず、叔父を〈奇人〉として距離をもって対象化し切れていないこともさることながら、いかなる地点から物語を語るかという語りの位置が曖昧化されてしまうことになる。いいかえれば、場面内に内在する〈一人称主体〉の視点から視向的に表現するという、原文の「同伴者的一人称[12]」の特性に十分目が向けられていないのである。

そのことによって、〈科学者の目から視た未知の世界の報告〉という原文において周到に選ばれた語りのスタンスは意識化されず、おのずと物語の臨場感の質も変わっていかざるをえない。

〈案内者のガンスから〉卑怯者めと笑い軽蔑《いやし》めらるゝをも亦た口惜しきことなりと独り心に嘆《かこ》つゝ怖る〳〵に進みける前にも已《すで》に陳《のべ》しごとく此の洞穴《どうけつ》は直経百「フート」周囲三百「フート」もあるなれば「アクセリ」は身を僂《かが》めて不測の下底《そこ》を覗きたるに毛髪倒竪《さかだ》ちて足下の中心力を失ひ眩暈《げんうん》して昏酔《こんすい》せる如くなにとなく我身は穴に引着けらるゝ如くにて怖ろしさに堪へがたければ（下略）（第六回）

物語は「柔弱」な「アクセリ」の不安と恐怖という〈内面〉に焦点化され語られていくことになり、必ずしも〈視覚〉に中心化されることはない。かつ、こうした語りの位相は必ずしも一貫しているわけでもなく、対象と距離をおいて語るのか、それともそれに即こうとしているのか語りのスタンスが微妙にブレている。いうなれば、原文の明瞭な〈人称〉的世界が漠と切り取られている。それが旧来の物語的な枠組みである人情本的世界に過剰に反応させてしまうことに関わっている。同時に、物語世界内に内在した科学者の〈目〉が消えてしまうことにもなる。〈科学小説〉を意図しながら科学的にならなかった理由はここにある。三木・高須訳では〈科学小説〉と〈空想小説〉の接合を一つのジャンルとして訳し切ることはできなかったのである。

それは、同伴者としての〈一人称〉的な語り手と強く結びついていた科学的なディスクールを訳するにあたり、

〈非＝人称〉的に対象化する常套的な語り手を無造作に選んだことに遠く由来している。語り手をどう選びとるか、そこには小説世界を決定する重要な契機が含まれているのである。ただし、それに思い到るにはさらにいくつかのハードルを越えなければならない。その一つが、〈人称〉的世界の必然性をいかに意識化するかということに深く関わっていると思われるのである。

【注】

（1）柳田泉『明治初期翻訳文学の研究』春秋社、一九六一年九月。
（2）木村毅「日本翻訳史概観」『明治翻訳文学集』明治文学全集7、筑摩書房、一九七二年一〇月。
（3）岡照雄・清水孝純・中丸宣明校注『新説八十日間世界一周』（新日本古典文学大系明治編『翻訳文学集二』岩波書店、二〇〇二年一月）参照。
（4）富田仁『ジュール・ヴェルヌと日本』花林書房、一九八四年六月。
（5）注1に同じ。
（6）"КНИЖНАЯЛЕТОПИСЬ 1927" KRAUS REPRINT LTD. VADUZ 1964.
（7）マルセル・ブリヨン「密議参入の旅」有田忠郎訳、『ユリイカ』青土社、一九七七年五月。
（8）ミシェル・セール「天と地との測地学」村上光彦訳、『ユリイカ』青土社、一九七七年五月。
（9）ミシェル・フーコー「寓話性の背後に」篠田浩一郎訳、『ユリイカ』青土社、一九七七年五月。
（10）私市保彦「ジュール・ヴェルヌ　科学と神話」『へるめす』一九九一年三月。
（11）窪田般弥訳『地底旅行』（創元ＳＦ文庫、一九六八年一一月）より。以下同様に、『地底旅行』の引用は窪田訳による。
（12）小森陽一『構造としての語り』新曜社、一九八八年四月。

第三章

# 変換される〈人称〉

――坪内逍遥訳『贋貨《にせがね》つかひ』

## はじめに

翻訳小説『贋貨つかひ』（『読売新聞』明治二〇年一一月二七日〜一二月二三日）は坪内逍遙研究の中で長らく冷遇されてきた。『妹と背鏡を読む』[1]でデビューし、逍遙文学にも理解を示していた石橋忍月は、明治二十一年八月大阪駸々堂より刊行されたばかりの『贋貨つかひ』を取り上げ、「予は三不可思議を発見せり」として批判し、次のように述べている。

第一。春の屋主人従来の著作は其主眼重《お》もに人情に在り、人物に在り、人物の意想性質に在り、然るに此書は如何なる訳にや、結構の奇と事蹟の面白きことを主となしたるが如し、故に、小説として見るときは毫も価値なしと謂つて可なり（中略）第二。贋貨つかひには愛情なし、七情中人間と最も切なる、最も密なる関係を有する者は、男女の愛なり、故に男女間の愛情を写さゞるの小説は殆んど見る能はず[2]

忍月によると、『贋貨つかひ』には逍遙が『小説神髄』（松月堂、明治一八年九月〜一九年四月）で主張するような「人情」や「人物の意想性質」が描かれておらず、また「男女間の愛情」も写されていないと評される。そして、その意味において小説として「毫も価値なし」と論断されるのである。あまりに画然とした裁断的批評に戸惑いもするが、これは今日の逍遙文学の受容のされ方とそう隔たっているわけではない。

逍遙によって著わされた初期の小説群は、概ね『一読三歎当世書生気質』『新磨妹と背かゞみ』『松のうち』『細君』という〈人情小説〉系統に中心化され、そこから逍遙文学そのものが意味づけられ評価されていることを認めざるをえない。そこから外れるものは論ぜられることが稀で、とくに「男女間の愛情を写さゞるの小説」（石橋忍月）とされる『贋貨つかひ』に到っては、殆ど注目されることはなかった。わずかに取り上げられるにしても、次のように簡単に一蹴されることになる。

「贋貨つかひ」は翻訳に過ぎないから、たとえ人名や事件の背景を我が国に置き換えたとしても、逍遙にはその作品の本質に関わるだけの責めはないし、殊にこれは探偵小説であって、文学的にどうの、思想内容がどうの、と言うものでもない。(3)

逍遙が「作品の本質」に「責め」を負うか負わないかは別にして、ここでは、「翻訳」であることと「探偵小説」であることが、すなわち論ずるに足りないこととされている。つまり、改めて〈中心〉から遠く隔たったものとして位置づけられているのである。

しかし、筆者は逍遙が実際に手にしたものに最も近いと思われる、一八八三年版のキャサリン・グリーン著X.Y.Z.(4)を閲読する機会を得て比較検討することができた。それによると、むしろ「翻訳」であること、とくに「探偵小説」の「翻訳」であること――いわば〈周縁〉的であることにこそ、逍遙リアリズムの到達点とされる『細君』（『國民之友』明治二二年一月）の表現獲得に到る手掛かりが示されている。また、そこには、「原典」というもう一つの〈起源〉に過度に中心化されてきた翻訳文学研究を相対化する契機も含まれている、と考えられるのである。

ここでは、そうした点を射程におきながら、『贋貨つかひ』の翻訳が喚起するいくつかの問題を論じていくことにする。

## 一　物語の枠

逍遙訳『贋貨つかひ』は、翻訳論も含む長い緒言のあと次のように語り始められる。

久かたのアメリカ国上下一致《じやうかいツち》のワシントン府と聞えしは我国にていはゞ東京の都ともいふべき都の中の都なり　されば警察の役人なども他所には勝《すぐ》れて心利《きゝ》たる人も多かりしならん　其ころ我国にていはば静岡か浜松あたりともいふべき地方にて贋造紙幣《にせしへい》を夥多《おびただ》しく発行したる曲者あり（第一章）

ここには、語り手が選択した読み手とのコンタクトのありようが明瞭に表れている。常套的に「久かたの」という枕詞で語り起こし、アメリカの議会制度に触れつつ、首府ワシントンを東京に置き換えてみせるという手際で、自分の判断を挟みながら読み手に向かって説明的・解説的に語るという〈位置〉が選ばれ、かつ、「我国にていはば」と繰り返し、「アメリカ」に対する日本人同士、同属間のコミュニケーションであることが意識的に強調されている。それにともなって、空間的にも、原文の〝Massachusetts〟が「静岡か浜松あたり」に改められているのである。

そして、「栗栖政道」と命名された中心人物である「探偵吏《たんていかた》」も、同様の〈位置〉から読み手に紹介されることになる。「件《くだん》の探偵吏《たんていかた》は年はまだ若けれど我国《わがくに》の小説に引直《ひきなお》していはゞ元は由ある人にて人品《ひとがら》も賤しからず才学も並人《なみびと》に優りてなどいふべき人物なり」（第壹章）――すなわち、いったん「我国の小説」の主人公たちのなかで「などいふべき人物」と類型化して捉えられ、ただし当時の「我国の探偵」には存在しないタイプとも解説され、一定の距離をおいて〈三人称〉によって対象化されているのである。無論、これから「栗栖」が巻き込まれる事件も同様の語りの〈場〉を前提に提示されていくことになると推測される。

これが訳文のコミュニケーション回路だとすれば、一方の原文は思いもかけず以下のように語り始められていた。

探偵は、その経験の間には、一つの犯罪の謎を探っているうちに偶然に他の犯罪の手掛かりに出くわすことがあるものだ。しかし、私がこれから語る事件以上に、思いがけず、あるいは興味をひく付随状況をともなって、そうしたことが起こるのはめったにないことであった。（第一章）

この小説のサブタイトル（A STORY TOLD BY DETECTIVE）が示すように、探偵である「私」が、かつてある犯罪を捜査しているうちに、偶然他の犯罪に巻き込まれた体験を、読み手に向かって〈一、人、称〉で語りかけている。「私」が探偵であること以外名前も明かさず、既に体験した（体験し終わっている）個人的な出来事を、あるいは隠蔽しながら、あるいは意図的に仄めかしながら、「今」という語る時間から再構成し、読み手の前で物語化しようとしているのである。それはまさに一人称探偵小説の常道であるといえよう。

こうした意図的と思われる〈人称〉の変換は、おのずと物語世界に大きな変質を強いていくことにもなる。

原文で語られる物語によれば、語り手である「私」は、マサチューセッツ州の西部に出没する贋金造りの一味を捜査するために同州ブランドンに派遣される。というのも、頭文字〝X.Y.Z.〟に宛てた不審な手紙が何通か、毎日その地域の郵便局に差し出されているという情報を受け取ったからである。「私」は一八八一年六月当地に向かい、直ちに調査に乗り出した。そこで偶然見ることができた〝COUNTERFEIT〟（贋金造り、贋もの）を合言葉にする手紙の内容を手掛かりにして、ある仮面舞踏会に潜み込むことになる。そしてそこで、弟に罪を被せようとする長兄によって仕組まれた父親殺しに遭遇する。「私」は仮装してその弟の“COUNTERFEIT”(贋もの)として振る舞い、その犯罪を暴いていくのである(必ずしも贋金偽造事件が物語の核心ではない)。

先に示したテクストの冒頭には、こうした一連の出来事を、ある一定の時間の経過の後に振り返った時の感慨が書き込まれていたわけである。ただし、物語の時間軸にそって継起的に結末から語り始めた「私」は、事件を一まとまりの物語として語っていく過程で、自分の中の別の感情に行きあたることになる。冒頭で「私」は、自分と事件との関わりを“inadvertently”“unexpected”と、「偶然性」をとくに強調しながら語っているが、話を進めていくうちに、その「偶然性」を結びつけていく原動力である自分の中にある「好奇の気持」に少しずつ気がついていき、事件が解決した後には、「好奇心」の虜であった自分を恥じる気持を再確認しているのである。それと相呼応して、冒頭部で“interest”と語られた「好奇の気持」は、結末部においては、さらに強い語調である“curiosity”によって語られることになる。こうした自分の感情に対する自己言及が、原文の緩やかな枠組みとなっていると考えられるのである。それは、「私」が「私」を対象化し、その対象化された「私」と、語っている「私」とがコミュニケートするという一人称形式であればこそ可能であったといえよう。

しかし、こうした原文の枠組みを逍遥はすべて省いた。そして新しい枠組みを作り上げようとした。それが、“X.Y.Z.”という頭文字《イニシアル》にすぎない原題を変更し、新たな『贋貨つかひ』という題(枠)で翻訳する/物語ることに繫がっていると考えられるのである。

では、必ずしも物語の〈核心〉ではない「贋貨つかひ」の事件を〈核心〉としながら、いかなる〈物語〉を紡ぎ出そうとしているのか——。

逍遥訳『贋貨つかひ』では、結末部において冒頭のそれと位相を同じくする語り手が再び登場する。父親殺しの真犯人定宗が自害して果てるという大団円(第七章)のあと、それまで事件を提示してきたことばのレベルと異なる、後日談という形で「案ずるに老尼子《ろうあまこ》〔父親〕の変死は定宗〔長男〕の奸計に出しこと明かなり 又其舎弟《おとゝ》を陥いれんが為に巧に其奸謀をめぐらせし事も争い難き事実なり」と語っている。原文が、あくまで個人的な体験として、忠実に「私」の知っている範囲を外さないのに対し、逍遙訳の語り手は冒頭と同じくメタのレベルから解説・説明し、新たな「終結《をさまり》」（『小説神髄』「脚色の法則」）をつけようとしているのである。そして、原文では直接言及されない、事件の首謀者定宗と〝X.Y.Z.〟との関係を自ら解き明かそうとする。

何故に定宗が「一二三」の名前を用ひし歟、（中略）思ふに贋金つかひの事は其比《そのころ》此地方にて大評判の話しなりしかば偶然に彼の暗號を思ひ附きしものならんか且又「一二三」は総て調子を揃へて両三人の人が事をなす時に用ふる言葉なれば何心なく名前とせしものか尚《なほ》江湖の閑人《ひまびと》の鑑定をまつ（第七章）

ブランドンの郵便局宛ての手紙の例のイニシャル〝X.Y.Z.〟は、逍遙訳では「一二三」と日本化（？）されているのだが、それを踏まえながら、その名前は当時評判だった「贋金つかひ」の暗号を偶然思いついて借りたものか、あるいは、調子を揃えて「事をなす時」――この話では仮面舞踏会の晩に勘当された息子と父親を会わせる手はずだった――のかけ声を名前にしたものか、という二つの可能性をあげている。

先にも触れたように、逍遙訳においては、「贋金つかひ」の事件は単なる物語の端緒ではなく、全体に関わる特別な意味を担っていた。『贋貨つかひ』と付された題名は、[3]緒言の「秘密探偵」の語と重なり合いながら、ある一定の読みの方向――「贋貨つかひ」の事件に中心化された物語を読み手に喚起している。読み手は、小説のなかで与えられたさまざまな情報を「贋貨つかひ」という言葉の周りに呼び集めながら、いつか「贋貨つかひ」の全貌が明らかになり、その手掛かりが与えられるはずだ、という期待を抱きつつ読み進めていくことになる。

この意味で『贋貨つかひ』の題名は、表現を組織化させながら、読者の読みを方向づけ新奇な物語世界に引き込むという、有効な理解の〈枠組み《コード》〉の機能を果たしているということができる。事実、逍遥の訳のありようも明らかにそれを目指していたと考えられる。[6] だからこそ、語り手は「贋貨つかひ」の事件と話の実際の中心である父親殺しの事件との「符喋《ふてふ》」(第七章)を、とりたてて説明せざるをえなかったといえよう。

だが、語り手による種明かしはそれだけではない。静岡(原文ではブランドン)の郵便局に「一二三」あての手紙が集中したことをとらえ、それは「碑文《ひぶみ》」という実在する人物宛ての郵便物だったとし、かつ「碑文《ひぶみ》」は「おそろしき旧弊家にて俗にいうカツグ人なりしかば常に「ヒブミ」の文字を一二三《ひぶみ》とかゝしむるが例なり」という説明まで付し、変更したイニシャルと物語内容の結び付きにも言及している。

それにしても、何故これほど話の「符喋《ふてふ》」にこだわるのだろうか——。それは、〈三人称〉の形式をとったことに関わっていると思われる。つまり、原文の一人称的な〈手記を記している自分に自己言及する〉という枠組みを外してしまったことが、それに代わる「符喋《ふてふ》」——「脈絡通徹」(『小説神髄』下巻)を必要とさせたのだ、と考えられよう。ただし、逍遥の〈筋《プロット》〉に対するこだわりはそこに止まるのではない。さらに重要なのは、定宗の家族内での位置を変更している点にあるといえる。

この物語は「私」の意識の範囲内で語られていることもあって、ベンソン(尼子)家の内部事情は明確にされておらず、ハートレイ(定宗)については、わずかに妹のキャリー(軽子《かるこ》)の口から“he is not my old playmate”という曖昧な情報が述べられているだけである。それが、逍遥訳では、「肚《はら》」ちがいの「阿兄《にいさん》」として明確な形で提示されることになる。そして、この部分を踏まえて末尾の語り手は、「隣人の風説」としながら次のように語るのである。

定宗の実母は妾《せふ》よりなほりたる者なるが本妻の遺子《ゐし》軽子《かるこ》丈次郎《ちやうじらう》とは中悪《なかわる》く就中《なかんづく》最も丈次郎を憎みしかば曾《かつ》て謀《はかりごと》を用て丈次郎を殺さんと図り却《かへつ》て其身を殺したる事実あり　これが為に定宗は一層丈次郎を仇視《きうし》せしなり（第七章）

無論、こうした「風説」は原文には全くない。逍遙訳では、意図的に異母兄弟間の心理的ドラマを作り上げ、その〈葛藤〉を小説の根底を流れている「脈絡」としているのである。これは逍遙的小説作法のストレートな反映と見るべきであろう。思えば逍遙の処女作『一読三歎当世書生気質』（晩青堂、明治一八年六月～一九年一月）も、書生の「其習癖其行為の変遷」を写すことを眼目にしながら、読本的「兄妹再会」（この場合も異母兄妹）の「趣向」という「脈絡通徹」を設けているのである。

また、兄弟間の〈葛藤〉という意味では、一方の軽子・丈次郎という実の姉弟間にも焦点があてられている。こちらは対照的に、「弟を思ふ真情《まごころ》の潔白なる」、あるいは「此感ずべき真情《まごころ》」として繰り返され、軽子の「真情《まごころ》」に焦点化されながら語られているのである。「真情《まごころ》」は、当時逍遙の著作に限らず作中人物間の関係概念として大きな意味をもっていたのであるが、(7) 異母兄弟間の〈葛藤〉の裏側の「脈絡」として機能しているといえよう。かつ、事件を読者に伝える媒介者の役割を担っている栗栖の〈葛藤〉も、そこに重ね合わされていくことになる。

栗栖が心動かされるあまり、丈次郎の「贋もの」であることをやめ、この事件から撤退しようかと迷うことは、原文にも記されていないわけではないが、逍遙訳では「嗚呼丈次郎が我位置にありて姉の言葉を聞かんにはいかばかり喜ばん如何ばかり嬉し涙にかきくれて姉の真情を感謝せん」（第四章）と敷衍され、自分の行為が軽子の「真情《まごころ》」を踏みにじり、姉弟の間を引き裂いているという罪の意識を感じ〈迷い〉〈葛藤〉する——。逍遙流の言い方をすれば軽子の「真情《まごころ》」が栗栖の心の迷い、「人情」を引き出している。その栗栖の「人情」をとおしながら、事件は提示されていくのである。いわば、作中人物たちの関係の糸は、事件の案内者栗栖の「人情」という〈トポス〉に束ね上げられていくのである。それが「贋貨つかひ」の事件の追求とともに、三人称的に語ることによって付与された、もう一つの〈中心〉であるといえよう。とするならば、冒頭の忍月の批評自体が依拠しながら、十分に対象化できなかった、逍遙が切り開いた同時代のコンテクストと明らかに重なっている。

繰り返すまでもなく、「脈絡通徹」「真情《まごころ》」「人情」、いずれをとっても逍遙の小説論と深い関わりをもっている。とくに、「人情」はそこに〈物語〉を呼び込む重要な構成的概念でもある。『贋貨つかひ』は、こうした逍遙的小説作法を十分に踏まえながら成立していた。いうなれば、自らが原文の第一読者である読書過程、またそれを言語化する翻訳過程そのものが、自身の小説論（小説理解の枠組み）に則っていたということができよう。この意味で、翻訳『贋貨つかひ』は翻訳小説でありながら、あまりに逍遙的小説に似ている、という逆説をはらんでいた。そしてまた、こうした逆説こそが、『贋貨つかひ』に止まらない、〈翻訳〉というシステムのもつ問題を喚起していると考えられるのである。

## 二　〈人称〉の翻訳

さて、『贋貨つかひ』が連載された明治二十年には、翻訳探偵小説が続々と刊行された。『贋貨つかひ』が掲載された『読売新聞』にも、それと相重なるように饗庭篁村訳『西洋怪談黒猫』『ルーモルグの人殺し』[8]が発表されている。このエドガー・アラン・ポー原作の翻訳が概ね原文に沿っていることはつとに指摘されてきているとおりであるが[9]、とくに注目すべきは「黒猫」冒頭の「私は明日死ぬ身今宵一夜の命なれば望《のぞみ》も願《ねがひ》も別にない只心に思ふ偽《うそ》も飾《かざ》りもない真実を今ま書残すなれども（下略）」という部分であろう。小森陽一によれば、傍線部は原文にはなく、末部の「終に私は捕へられて明日死ぬ今宵の身となツた」（これも同様に原文にはない）と呼応し、回想される「今」と、回想を書く「今」という「二重の時間構造に、訳者が自覚的であった」[10]ことを示しているとされる。これに従えば、一人称小説の特質を理解した上で、極めて意識的に翻訳されていたことになる。

一方、逍遙もこの明治二十年にやはり『読売新聞』に『種拾ひ』(明治二〇年一〇月一日〜一一月九日)という一人称の小説を書いている。小説家の「予」が関西旅行の帰途に同船、同宿した男女の話を漏れ聞く形で物語は展開し、逍遙の小説としては異例の一人称がとられているのである。この小説の連載終了のわずか二十日後に『贋貨つかひ』が始まっていることからしても、当時逍遙も一人称の小説には十分自覚的であったといえよう。こうして見ると、一人称探偵小説を三人称に改めて翻訳するのは、いよいよ意識的な選択だったと思えるのである。

ただし、機械的に主語を置き換えていくだけでは、三人称小説にはなりえない。では、一人称の探偵小説を三人称に改めるには、どのような表現方法が必要とされるのか——。『贋貨つかひ』の〈物語言説〉を追っていくことにしよう。

第一章、探偵である「私」がブンランドンの郵便局に赴き、例の手紙を調査している時、不審な男(のちのJoe)に突き当たる。その場面は、原文では以下のように記されている。

I nodded acquiescence to this and sauntered out of the enclosure devoted to the uses of the post-office. As I did so I ran against a young man who was hurriedly approaching from the other end the store.

"Your pardon," he cried; and I turned to look at him, <u>so gentlemanly was his tone</u>, and <u>so easy the bow with which he accompanied this simple apology</u>.[11]

(I)(下線部引用者、以下同じ)

いうまでもなく、「私」（I）という一人称によって統一的に語られている。ただ注意すべきは、一元的に述べられているようなこの文章も、内容の上からいえば二つの層から成り立っていることである。つまり、「私」をめぐる行為・出来事を外側から語っている部分と、傍線部のそれを語りながら浮かび上がってくるその時の「私」の〈印象〉――そこには書いている「今」の意識が微妙に反映もする――を内側から語っている部分の二層である。こうした緩やかに区別される二つの層が織り合わされながら物語は展開していく。繰り返すまでもなく、それらは、過去のある時点から隔てられている「今」の「私」が、かつての〈出来事〉とその時の「私」を対象化しながら語っている、という構図を前提にしているのである。

逍遙訳でも同様に、語り手は郵便局から出ようとする栗栖が若い男と接触した出来事を、「コレハといふ計《ばか》りに突当りぬ」と対象化しながら提示する一方、その時の〈印象〉を、やはり栗栖の「ふりかへりて見る」という行為の後、「人品もよく言葉附も賤しからず人柄に似ぬ麁忽《そゝつか》しさよ」と半ば内言化された言葉で語っている。極めて原文の構図と近い形であるといえよう。考えてみると、ジェラール・ジュネットが指摘するように、どのような言表行為においても語り手は潜在的には一人称で語っているのであって、〈一人称小説〉と〈三人称小説〉を分け隔てるのは、原理的には「自分の作中人物の一人を指し示すために、一人称を使用する機会が語り手にあるのかどうか」[12]ということによる。この意味では、原文の語り手が、かつての「私」をめぐる行為・出来事またそれに付随する〈印象〉を対象化して語ることと、訳文の語り手が「栗栖」をめぐるそれを対象化して語ることとは、基本的には同じ構図であると考えられるのである。問題は、それらをいかに対象化しながら、またそれらにいかに即しながら語っているかにあるといえよう。

たとえば、第五章、仮装した栗栖が老尼子の部屋に入り込むシーンも、同様に栗栖の〈見ること〉から表されている。

仮装した栗栖が老尼子の部屋に入り込むと、そこには毒殺体があった。(『贋貨つかひ』)

栗栖は心を決せしかば兼て庭にて教へられし手順にしたがひ戸をひらきて部屋のうちへと進み入れば聞しにたがはず此部屋は書斎の方へ連絡《つゞき》てあり　されば四方《あたり》はいろ〳〵の書籍《しよじやく》を以て埋るゝばかりにてハタと閉たる扉のかたはふりかへれども見えぬまでに数々の図書《づしよ》積重なり壘々《るゐ〳〵》として山を為し狼藉として散ばりたり　書斎と部屋の間には一枚の対立《ついたて》の立てあれば之を押のけて見入れしまでは書斎のなかは見えざりしが但見《とみ》れば書斎は空虚にて只一脚の高背《たかせ》の椅子と大きやかなる文机《ふづくゑ》の其中央に置かれしのみ　寂寞として音もなく　燈光《ともしびひかり》くらうして朦朧としたる書斎の模様は見るからが何となく物すごし
(第五章)

はじめは、前もって教えられた手順にしたがって書斎へ入る栗栖の行為が三人称的に概述されるが、その後は明らかに場面指向的に語られている。それは、「聞しにたがはず」「ふりかへれども見えぬまで」という感覚についての表現を起点として、書斎内部の様子が栗栖の意識に即する形で語られていることによっている。無論、同様のことは原文にも指摘できるのであるが、ここではとくに、日本語のもつ状況指向的な性格に促されるかのように、語り手が栗栖に重なるだけでなく、語り手が物語の今・ここを生きているがごとく、いわば〈一人称〉的臨場感をもって語られている。

こうした表現の要となっているのが、「見入れしまでは」「但見れば」「見るからが」と繰り返される〈視覚〉的表現であろう。傍線部で注目すべきは、書斎とその隣の部屋を隔てる「対立《つゐたて》」を「之《これ》」と表すことによる栗栖の空間的位置の〈画定〉[13]もさることながら、その「対立」を「押しのけ」るまでは「書斎の中は見えざりし」と、その〈視線〉の範囲に忠実に従いながら語ろうとしている点にある。これらは原文を踏まえての表現なのであるが、この後もそれを持続して「燈光くらうして」「見るからが」と、原文にはない語を補いながら明らかに栗栖の目の届く範囲を意識して語られていく。そして、その空間的な拘束によって、隣室の夥しい数の本への驚嘆と、それに対して書斎内部の意外な「空虚」さのコントラスト、さらにこれから起きる事件を予兆させるような「朦朧とした」様子・「物すご」さが共感覚的な臨場感をもって伝えられることになる。

もともと探偵小説といいながら、原文はいわゆる謎解型のそれではなく、探偵がある事件に知らないうちに巻き込まれていってしまうところに眼目があり、その場面場面の作中人物の気息をいかに生き生きと伝えるかに、小説の成功不成功を決める鍵がある。ここもそうした場面の一つであり、それを支えるのが作中人物（栗栖）の〈視線〉の範囲からはみ出ず、限られた視野に即して語るという表現にあるといえる。逍遥はそれを十分理解し、かつ意識的に翻訳していると考えられるのである。

ただし、〈視線〉の範囲についてだけに意識的だったのではない。たとえば、仮面舞踏会の晩、栗栖が見知らぬ男から仮装用の衣裳を手渡される場面は、「こは如何に答へはなくて彼は何するにや手を動かし敏捷《てばや》く或物を取出して栗栖の肩の辺へ抛掛《なげか》けたり　疑ひもなく舞踏《をどり》衣裳なり」（第四章）とされている（傍線部は原文にない）。栗栖は、郵便局で盗み見た手紙に記されてあった、八時に庭園の北東の隅に来いという情報以外は何も知らない。ここで見ることと聞くことは予想のつかないことなのであった。そうした栗栖の認識の範囲を十分踏まえた上で翻訳されている。その男の一つ一つの行為はみな意外なことであり、それに戸惑う栗栖の気持は「こは如何に」「何をするにや」と的確に補われている。語り手は、作中人物の限定された認識の範囲を想定し、かつそれを外さないように意識的に語っているといえるのである。こうした表現は、『贋貨つかひ』の中に散見される。

一般に、探偵小説の主眼は、ある秘められた事件の全貌が少しずつ論理的な整合性をもって明らかにされていく過程の面白さにある。その隠された〈真相〉が解き明かされる過程で、先に示されていた些細な出来事は、コード変換され意外な遡及的な意味を帯び、新たな整合的な秩序のもとに位置づけられていく。探偵小説では、はじめから何ものかが隠されていることが成立の条件なのである。それは、その中心的手法である〈サスペンス〉にもいえることである。〈サスペンス〉では、〈真相〉についての手掛かり・仄めかしを与えておきながら、そこまでのコンテクストでは〈真相〉が見えないように仕組まれている。この手掛かりの〈開示〉と〈真相〉の〈隠蔽〉というダブルバインドによって、読者を宙吊りし一回性をもった特殊な事件に引き込んでいくのである。こうした手法が成立するためには、〈真相〉に到るまでの事件の輪郭と描写は、小説の中で事件に立ち会う作中人物の意識の範囲に忠実に従うこと――他は〈隠蔽〉されることが前提となる。この意味では、探偵小説において、作中人物（と読者）にとって見えない部分を意図的に作り上げるのは、その成立のための重要な要件であるといえよう。とくに、事件が終わったところから語り始める一人称形式を、三人称的〈終わり〉に基づく現在進行形的事件に作り変えるようとする『贋貨つかひ』の翻訳では、作中人物（栗栖）の限定された意識の範囲から語るのは二重の意味において方法的な必然であったのである。

ただし、『贋貨つかひ』のすべての言説がこうした方法的意識によって貫かれているとも言い難い。たとえば、事件のクライマックスで、尼子の死を目撃した栗栖がそこに居合わせた親族の前にはじめて姿を現わす場面は、「思ひがけなき此声に満座の男女《なんによ》は驚き呆れ覚えずアナヤと叫びつゝ後の方を顧れば黄色の踊衣裳を被《き》て仮面《めん》をかぶりし一個《ひとり》の男が屹然として突立《つツたち》たり」（第七章）と語られる。語り手はそれまで一人称的に即《つ》いていた栗栖から離れ、場面全体を俯瞰する位置に立っている。そして、そこから栗栖を「一個の男」と距離をおいて対象化しながら、話を劇的に仕立て上げているのである。これは、語りの一貫性という観点からすれば矛盾といわなければならない。

だが、こうした矛盾にはある重要な可能性が秘められているように思われる。つまり、三人称的に作り上げた作中人物に即しながら、かつ限定された視線・意識の範囲を越えずに語り、そしてさらにその人物を含む事件を俯瞰的に語る主体の位置の模索——いわば〈三人称限定視点〉を手中にする可能性をもっていた。無論、〈視点〉とは単に視覚的な〈見る〉位置のことではない。それを、語り手の作中場面・作中人物との新しい関わり方の謂であると捉え返せば、〈視点〉の獲得とは作中場面・人物との新しい関わり方を手にすること——『贋貨つかひ』に即せば、栗栖という作中人物の意識に沿いながら、かつそれを対象化し、そこから物語を展開させていくような〈語りの場〉の獲得を意味している。歴史的にいうと、小説の方法としての〈視点〉なる語を当時の逍遙はまだ手にしていたわけではない。しかし、この探偵小説『贋貨つかひ』の翻訳を媒介にして、その概念の指し示す直ぐそばまで到り着くことができたのではないか、と思われるのである。

考えてみれば、ある過去の事件の諸相を継起的にある意味で歴史的に提示する探偵小説には、事件を秩序立てて物語るパースペクティヴという意味の〈視点〉が不可欠なのである。この意味では、探偵小説『贋貨つかひ』の翻訳は、そうした〈見る位置〉というより〈語る位置〉としての〈視点〉を獲得するための実験の場たりえているということができるのではないだろうか。

そして、このような試みを逍遙の表現史に即して振り返れば、問題は第一作『一読三歎当世書生気質』に端を発していたと考えられるのである。いや、さらに遡れば最初のシェイクスピアの翻訳『該撒奇談自由《じゆうの》太刀《たち》余波《なごりの》鋭鋒《きれあぢ》』（東洋館、明治一七年五月）にまで到り着く。周知のように『ジュリアス・シーザー』の翻訳の表現は、自ら「附言」で述べるように、「地謡」と「台辞《せりふ》」という二つの異なる〈声〉からなる「院本体」でなされ、その様式は脚本の翻訳ではない『開巻悲憤慨世士伝』（晩青堂、明治一八年二月）の翻訳へも受け継がれていくことになる。こうした〈声〉へのこだわりは、人情本・滑稽本などを貫いている近世的な表現の特徴ということができるが、『当世書生気質』でも書生たちの「世態」は彼らの話すイントネーションをともなった「ことば」――〈声〉の再現からなされている。それらには、キャラクターに応じた〈語り〉が付され、作中人物の社会的階層的なアイデンティティをあらわにしていくという点では成功しているといえよう。

その一方において、小説を小説たらしめるには「脈絡通徹」が不可欠と考える逍遙は、読み本的な「兄妹再会」という〈筋《プロット》〉を同時に仕組もうとする。しかし、こうした〈筋〉をディエゲーシス（叙述）的に語る〈語り〉と、〈声〉のミメーシス（模写）的再現とを統辞論的に統合させることはできなかった。のみならず、それは単に〈語り〉のレベルの不統一というだけでなく、逍遙にとって物語の構造的な破綻とまで意識されることにもなる。『当世書生気質』末尾の付言にはその間の苦悩が滲んでいる。

本来、逍遙のイメージする〈近代小説〉、たとえば『開巻悲憤慨世士伝』の原典である、リットンの『リエンジー』では〈声〉の模写すなわち作中人物の言説の再現と、語り手が作中人物たちの思考や感情を出来事化して語る、よりディエゲーシス性の強い「要約法」的な部分が交互に掛け合わせられて綴られている。そこには全体を支配する一つの統辞論に基づく〈三人称〉の語り手が確実に存在していた。これに対し、逍遙の小説家としての出発は、自らの著作におけるそうした〈近代小説〉的な〈語り〉の不在の自覚と、その模索から始まったといえるのである。そして、それは後に逍遙が〈小説〉という表現の方法を手放すまで続いていくことにもなる。

この意味では、『贋貨つかひ』の翻訳とは、新しい時代の小説にふさわしい〈語り〉の獲得の試み、つまり『種拾ひ』という〈一人称小説〉の試みの後にくる、『細君』（『國民之友』明治二二年一月）の表現に到り着くための実験であった。もともと限定された意識の範囲を作り上げることが方法的必然である一人称の探偵小説X.Y.Z.を、『贋貨つかひ』として意識的に〈三人称〉で翻訳することは、〈近代小説〉に必要な〈三人称〉の〈視点〉による安定した〈語りの場〉を獲得するための、逍遙なりの表現上の最終的な試みであったということができるのである。

とするならば、一人称的な「予」ではなく「栗栖」という作中人物に〈同伴者〉的な位置を与えるという『贋貨つかひ』の三人称による翻訳の試みは、偶然の選択ではなく、同時代的な表現における〈人称〉の意味への関心と深く繋がっていたといえよう。いわば、時代の趨勢である〈同伴者〉的一人称に向かう形[14]と表裏をなす、新しい表現の方法を獲得するための必然的選択だった。そして、この実験の成果は、後に見るように、『松のうち』[15]では、君八をめぐる〈謎〉がサスペンスとして仕立て上げられるのに生かされ、また、『細君』においては、作中人物の限定された認識からの語りの組み合わせによって、小間使お園と細君お種の悲劇を述べる高度な語りを可能にしていると考えられるのである[16]。

こうした観点からすると、『贋貨つかひ』の翻訳は、〈翻訳〉でありながら、もしくは〈翻訳〉であるからこそ、逍遙の個人的な表現の試みであったと同時に、作中人物の意識に沿いながら、かつそれを対象化し、そこから物語を織り上げていく表現の模索、という当時の表現論的な問題意識と深く結びついていたということができる。

ただし、逍遙のこの翻訳に対するイメージは単純ではない。むしろ、この翻訳を「有の儘《まゝ》」（「緒言」）の訳であると認識していたのである。翻訳でありながら〈逍遙的小説に似ている〉という逆説を含め、こうしたパラドクシカルな認識は、どのような問題を喚起しているのだろうか――。

## 三　言語交通《コミュニケーション》としての〈翻訳〉

明治二十年は翻訳についての反省が相次いだ年でもあった。『贋貨つかひ』が掲載された『読売新聞』をとってみても、松屋主人（高田早苗）の「飜訳の改良」（明治二〇年三月二六日）、両極道人（杉浦重剛）の「反訳《ほんやく》書の読者に一言す」（明治二〇年一〇月二五日）と見え、後に逍遙から「英文如来」[17]と称された森田思軒も明治二十年の十月に「翻訳の心得」と題する論説を『國民之友』に寄せている。これらは当時急激に増えた「偽而非《えせ》洋学者」[18]を戒める意味が込められているのだが、たとえば高田早苗は、進んだ西洋学問の翻訳の必要性を認める一方、「杜撰《づさん》なる飜訳書」が「原書の義理」を誤ったまま伝える弊害を危惧して、翻訳書の検査機関設立を提言、なかでも、「小説院本」の類いは、その「真味」を訳述することは望むべくもないことであり、「飜訳の名」を付すべきではないとまでしているのである。

こうした時代の雰囲気を察知してか、逍遙も『贋貨つかひ』の「緒言」で、ドライデンはじめ西洋の翻訳理論を受容する以前としては、数少ない自らの翻訳に対する具体的な言及をしている。それによれば、はじめは翻訳をわかりやすく「翻案《つくりかへ》て示すべきかとたゆたひし」としながら、「原書の面白味」をそこなわないために、また「原書の其儘に示す方が読者の心得になる」だろうとして、「有の儘に翻訳」することにしたというのである。

このような「有の儘」の「翻訳」を目指す態度と、「小説院本」の「飜訳」不可能性を指摘する高田早苗の考えとは、一見鋭く対立しているかのようで実はそう隔たってはいない。つまり、両者ともに原書にあくまで忠実であろうとすること、いいかえれば原文と訳文の関係を〈原型〉と〈コピー〉と捉え、異なった言語体系間において意味内容を変えることなく、等価に対応させるのが〈翻訳〉であると考えている。いわば、〈翻訳〉を「異なった言語体系の間（差異）における意味の同一性の問題[19]」として理解しているといえよう。この意味では、高田早苗と逍遙の違いは、その不可能性を前にしてそこに佇むか、翻訳者としての実践をとおしてそれを一気に飛び越えようとするか否かにあるのではないか。

しかし、実際の行き方はさほど単純ではない。「緒言」において「有の儘《まゝ》」を標榜しながら、実際の翻訳においては「贋貨つかひ」という理解の枠組みを意図的に作り上げ、また一人称小説を三人称に改めているのは既に見てきたとおりである。だが、表現上の変換はそこにとどまるのではない。たとえば、原文は当時のアメリカの郵便制度をもとにした一種の郵便メディア小説ということもできるのであるが、それも巧みに変換されている。第一章では、「附《つけ》ていふ米国《アメリカ》の郵便制度は我国の制度とちがひて一々郵便を配達すること無く当人が局へゆきて請取《うけと》るべき定《さだめ》なり（下略）」という注が付され、両者の違いへ注意が促される。そして、それを踏まえて、ヒロインである丈次郎の恋人阿えんの登場も、「列車」「ステーションの待合」（原文では存在しない）という新たな交通媒体／物語媒体によって物語化されることになる。

『贋貨つかひ』の翻訳では、こうした物語の〈媒体〉でもあるメディアの「制度」的な相違も十分踏まえられている。というより、意識的なコード変換がなされていると考えられるのである。つまり、「有の儘」の翻訳は、語句のレベルでの置き換えだけでは成立しないことを認識していた。いうなれば、〈翻訳〉とは自己のシステムによって他者たる対象を吸収・変形し再構築すること——逍遙が繰り返す、テクスト内外の「我国《わがくに》」の制度、表現状況に原文を手繰り寄せること、という実践が為されていると思われるのである。「有の儘」のためには、「有の儘」に即《つ》くことはできない、そうしたパラドクシカルな鬩《せめ》ぎ合いを『贋貨つかひ』の翻訳のなかに読み取ることができるのではないか。

しかし、〈翻訳〉とは原典の文字どおり「有の儘」の再現でなければならないというイデオロギーは、逍遥の時代に限られているわけではない。こうした〈翻訳〉論は、原典（文・語からなる）にはある〈一定の意味〉があり、それは別の言語の文・語によって〈同一の意味〉に置き換えることが可能であるという認識を前提にしている。今日の文学研究においても、やはり〈翻訳〉の問題が、〈起源〉としての〈原典〉に如何に忠実であるかに中心化され、オリジナルとコピーという形で〈閉じられた系〉の問題として考えられているように思われるのである。

それに対して、〈翻訳〉を言語学的側面から捉えようとするロマーン・ヤーコブソンは、〈翻訳〉を①言語内翻訳――ことばを同一言語内のことばで言い換えること、②言語間翻訳――本来の翻訳、ことばを他の言語で解釈すること、③記号法間翻訳――ことばを他の記号体系で移し換えることの三つに分類する。これによれば、ここで問題にしている②の〈翻訳〉も他の〈翻訳〉と等しく、言語的コミュニケーション一般に関わる本質的な言語行為と位置づけられることになる。そして、ことば（言語記号）そのものの意味も、「「もとの記号がヨリ詳細に展開される記号」への翻訳に他ならない[20]」と、されるのである。

こうした〈翻訳〉論に立てば、たとえば『贋貨つかひ』の翻訳は、X.Y.Z. というテクストを「我国」における明治二十年当時の〈人称〉意識を含み込むことばのネットワークで「移し換え」「解釈」すること、さらにインターテクスチュアリティの問題として捉え返せば、X.Y.Z. を当時の諸テクストのなかに呼び込むこと、いわば全的な引用と考えることができるのではないか。『贋貨つかひ』というテクストは、他のことば・テクストとの関係において意味性をもつ。この意味において、『贋貨つかひ』の翻訳は同時代の表現のなかに開かれている――。意識的であったか否かは別として、逍遥が試みた〈人称〉の翻訳の実践にはそうした痕跡が刻みつけられていると思われるのである。

この意味では、これまで翻訳とはオリジナル（起源）の等価的再現という観点から、「訳というよりも梗概[21]」（柳田泉）であるとして逍遙研究の片隅に追いやられてきた『贋貨つかひ』の翻訳にこそ、重要な意味を見て取ることができるのではないか。すなわち、『贋貨つかひ』とその「緒言」のはらむ捩れが露呈させる、翻訳されたテクストのもつ〈テクスト〉性と、〈翻訳〉というシステムの自己言及性とが、逆にそれ自身を片隅に追いやる古典的な翻訳研究を問い直す、新たな〈翻訳〉論の可能性をわれわれに示唆していると考えられるのである。

【注】

（1）石橋忍月「妹と背鏡を読む」『女学雑誌』明治二〇年年一月一五、二二、二九日。

（2）石橋忍月「贋貨つかひ　松のうち」『國民之友』明治二一年一〇月。

（3）松本伸子「『無敵の刃』について」（『坪内逍遙研究資料』第一一集、一九八四年二月。松本は同論で、翻訳小説『無敵の刃』についての緻密な分析を行っている。翻訳文学に深い理解を有していると思われる氏にしても、こう論じているのである。

（4）ANNA KATHARINE GREEN. XYZ. NEW YORK G.P.PUTNAM'S SONS 1883（ハーバード大学図書館蔵）。なお、著者であるキャサリン・グリーン（一八四六〜一九三五年）は、世界で初めての女性推理小説作家とされ、処女長編『リーヴェンスワースの事件』（一八七八年）はとくに有名である。日本においても黒岩涙香によって『真暗』（『絵入自由新聞』明治二二年八月九日〜一〇月二六日）として翻訳紹介されている。

（5）『読売新聞』初出（明治二〇年一一月二七日〜一二年一二三月）、駸々堂本店刊の単行本（明治二一年八月）ともに『贋貨つかひ』とされているが、明治二十五年一一月東雲堂本店発行のものは『贋もの』と改められていること（内容は全く同じ）。緒言も「贋もの」とされており、単純に言えば『贋もの』の方がより原文に沿っていることになるが、読まれ方は変わってしまうことになる。

（6）たとえば、定宗・丈次郎（弟）兄弟の叔父のことば、"To couterfeit wrong when one is right, necessarily opens one to misunderstanding."（自分が正しいのに正しくないふりをすること〔To counterfeit〕は、必然的に誤解を受けることになる）を、「五円の金貨を銅貨でございますとごまかすと矢張贋金つかひ〔counterfeit〕と思《おもは》れてトンダ誤解《おもひちがひ》をされる種だ」とし、「贋貨つかひ」との関係を仄めかしている。こう言われる弟は、兄の窃盗の罪をかぶって〔To counterfeit〕家を出ていたのである。"counterfeit"は、「贋金偽造者」「贋もの」「偽ること」と極めて多義的な意味を帯びていたことがわかる。逍遙訳では、一義的に「贋貨つかひ」とされている。

（7）本書第二部三章「『花柳春話』を生きる——坪内逍遙『新磨妹と背かゞみ』」を参照。

（8）『黒猫』（『読売新聞』付録、明治二〇年一一月三、九日）『ルーモルグの人殺し』（同、明治二〇年一二月一〇、二三、二七、三〇日）。

（9）木村毅「解説」（明治文学全集七『明治飜訳文学集』、筑摩書房、一九七二年一〇月）、木村毅『日米文学交流史の研究』恒文社、一九八二年六月。

（10）小森陽一『構造としての語り』新曜社、一九八八年四月。

（11）「私はこれに頷いて同意し、郵便局にあてられている所から散歩に出ようとした。その時、店の反対側から急いで近づいてきた一人の若い男とぶつかった。「失礼」、彼は言った。私は、振り返ってみた。彼の声の調子が紳士風で、率直な謝罪にそえた会釈があまりに自然だったからだ。」

（12）ジェラール・ジュネット『物語のディスクール』花輪光・和泉涼一訳、書肆風の薔薇、一九八五年九月。

（13）「之《これ》」は、原文の"I had pushed this"を踏まえているのだが、一人称的な語りの場で示された"this"をそのまま引き受けることで、栗栖にとっての今・ここの意識が伝えられることになる。エミール・バンヴェニストは、「ここ」「いま」「わたし」という代名詞の性質を論じ、「ここといまは、わたしを含むいまの話《わ》の現存と共外延的・同時的な空間的・時間的現存の境界を画定する」（『一般言語学の諸問題』河村正夫ほか訳、みすず書房、一九八二年四月）と述べている。

（14）明治二十年の著作では依田学海『侠美人』（明治二〇年七、一一月）、『ルーモルグの人殺し』（注8参照）があげられる。〈同伴者〉については、注(16)参照。

(15)『松のうち』(『読売新聞』明治二一年一月五日〜二月八日)、ただし「発端」は「忘年会」として明治二〇年一二月二八〜三〇日。

(16)小森陽一は、「同伴者的な一人称の方法の有効性」(『構造としての語り』注10)に注目し、そこから明治二十年代の前半の表現状況を鮮やかに切り開いて見せた。本章も、それに負うところが大きい。ただし、「同伴者的な一人称」という地点からだけでは、三人称の形式をとっている『細君』の成功は説明できないのではないか。そこには、語り手が誰に焦点化して語るかという〈視点〉論の問題も組み合わせなければならないと思われる。

(17)「外国美文学の輸入」『早稲田文学』、明治二四年一一月。

(18)松屋主人「飜訳の改良」『読売新聞』、明治二〇年三月二六日。

(19)山内志朗「創作としての翻訳」(『翻訳』現代哲学の冒険5、岩波書店、一九九〇年一二月)。山内は、こうした翻訳論を「古典的翻訳論」と呼んでいる。

(20)ロマーン・ヤーコブソン『一般言語学』川本茂雄ほか訳、みすず書房、一九七三年三月。

(21)柳田泉『続随筆明治文学』(春秋社、一九三八年八月)。なお、『明治初期翻訳文学の研究』(春秋社、一九六一年九月)にも同様の記述がある。

# 第四章 〈探偵小説〉の試み――坪内逍遙『種拾ひ』

## 一　『読売新聞』と逍遥

既に指摘したように、明治二十年は翻訳探偵小説が相次いで刊行された年である。関直彦訳『西洋復讐奇譚』（デュマ、金港堂）、三遊亭円朝述『欧州小説黄薔薇』（金泉堂）、本多孫四郎訳『鮮血日本刀』（フォーセット、金港堂）、森田思軒訳『瞽使者』（ヴェルヌ、報知新聞）、黒岩涙香訳『法廷の美人』（コンウェイ、今日新聞）と続々と出版されることになる。

中島河太郎によれば、この年に探偵小説における「飜訳全盛時代の幕が切って落される」(1)とされるが、当時逍遙が客員となっていた『読売新聞』(2)にも、近代探偵小説の一時代を画したエドガー・アラン・ポーの作品『西洋怪談黒猫』（明治二〇年一一月三、九日）『ルーモルグの人殺し』（明治二〇年一二月一四〜三〇日）が饗庭篁村の訳で掲載されている。逍遥の友人であり、その推挙によって『読売新聞』の主筆となっていた高田早苗の回想によれば、「私が西洋の短篇小説を読んであげて、それを饗庭君が自分のものにして紙上に載せた事などもある」（『半峯昔ばなし』早稲田大学出版部、昭和二年一〇月）とされ、その中には『西洋怪談黒猫』も含まれていたという。その『黒猫』は次のように書き起こされていた。

私しは明日死ぬ身　今宵一夜の命なれば望も願も別にない　只心に思ふ偽《うそ》も飾《かざ》りもない真実を今ま書残すなれども　決して此事を世間の人に信じて貰はうといふ了間ではない　又此事を信じて呉れと望むのは狂気の沙汰だ　何故となれば此の事は我身ながら信じられぬほどの事ゆゑ　併し私は夢を見て居るのでも発狂して居るのでもない　気が確なればこそ明日死《しぬ》といふ今夜斯うして書《かく》ことが出来る　其の書残す事柄は私の一家内に起ッた事で　それに説も評も加へず有の儘に書くだけだ（饗庭篁村訳）

冒頭部の「私しは明日死ぬ身 今宵一夜の命なれば」は、本文の内容から訳者が補ったことばで、同じく末尾の「終に私は捕へられて明日死ぬ身となツた」と照応して物語の枠を作り上げているとされる。つまり、「「明日死ぬ身」、「明日死ぬ今宵の身」はという状況設定が、告白の「真実」性を保証すべくその〈始め〉と〈終り〉に付されているというのである。[3] その一方で「鬼よ鬼よ」「作ツた罪 心の鬼」と述べられる、猫と妻を衝動的に殺してしまった「私」の異常な心性を表す自己言及的な叙述も付け加えられている。角書きに「西洋怪談」とあるが、地下室を舞台にした、理非なく邪悪なこころ（perverseness）に駆り立てられる人間の非合理な内面を書き表したまさにゴシック小説であり、初めて訳された〈一人称〉告白体で語られた広義の探偵小説ということができる。

『ルーモルグの人殺し』については、本書第二部第四章で詳しく述べるが、天才的な素人探偵デュパンを擁し、鋭い推理力による演繹的・合理的な謎解きの過程が物語化される近代探偵小説の祖と称されるものである。やはり、同伴者である「余」に焦点化された〈一人称〉の語りによって叙述されている。逍遙自身もこれと同時期に、前章で取り上げたアメリカの女性作家キャサリン・グリーンの〈探偵小説〉X.Y.Z. の翻訳『贋貨つかひ』（明治二〇年一一月二七日〜一二月二三日）を同紙に連載していた。これは、そうした動きと連動しており、単に〈探偵小説〉流行の時流にのっただけでなく、逍遙なりの〈人称〉の翻訳という小説の試みが込められていたことは、既に見てきたとおりである。

## 二　探偵小説としての『種拾ひ』

ここで取り上げる『種拾ひ』（明治二〇年一〇月一日〜一一月九日）も、『贋貨つかひ』に先立つことひと月余り、やはり『読売新聞』に連載された。逍遙は病気療養のため、この小説連載直前の明治二十年七月から十月にかけて京阪地方に旅行しており、その収穫ともされる。物語は「脳病」に罹った小説家である「予」が「京浪花《きやうなには》」旅行を思い立つところから始まる。五十余日の遊山の帰途、「予」は琵琶湖汽船で同船・同宿した男女の話を漏れ聞く。この二人の過去の関係を、「予」が同じ「船室《カビン》」に身を置き、その一隅で漏れ聞きしたところを元に、事の全体像を推測していく過程が物語化されているのである。謎の提示と解明、そのプロセスをプロットとして語るという点では、思いのほか「探偵小説」の構造と近い。(4)

ここで、自分の数奇な身の上を語っていたのは、「阿《お》すみ」という一見玄人風の女性で、かつて自分の家に下宿していた「貞香《さだか》」なる男性を想っていたが、下宿を引き払った後、音信不通になっていたその「貞香」と再会し、この数年の身の不幸を託っていたのである。それによると、新たに下宿した「宮田」という官員を免職になった男と親しくなり結婚するも宮田の失踪で破綻。こうした身の上話を「立聴」するうちに目的地である長浜に着いてしまう。「予」は好奇心に駆られて、この両人が泊まる宿に後を追うように同宿し、「二間隔たる所」から「傍聞《かたへぎゝ》」（「立聴」）する。「予」はこの二人と別れた後も、名古屋の旅亭で夢うつつに「貞香」の話を三たび「漏聞《もれきゝ》」する。そして、再会した「阿すみ」と「宮田」が刃物沙汰に及んだことを、帰京後に『名古屋絵入新聞』の記事で知ることになるというのである。

周知のように、「立聴」は、読本にも連なる『一読三嘆当世書生気質』（晩青堂、明治一八年六月〜一九年一月）、『新磨妹と背かゞみ』（会心書屋、明治一九年一〇月）以来のもっとも逍遥的な小説手法であるが、実は、『贋貨つかひ』も栗栖が他の作中人物になりすまして身を隠し、事件をめぐる情報を周りの人物たちから聞き出して行くという意味では「立聴」的手法によっていたといえる。両者は方法論的には意外に近いところにある。ただし、その決定的な違いは、語り手が一人称的な存在として他の作中人物たちと同一時空間を生きているか否かにある。この点では、一人称の「予」が語る『種拾ひ』においては、物語を展開させる行為である「立聴」そのものが物語世界内の論理に拘束されることになるのである。そこに逍遙の新たな試みがあり、また方法的な限界が求められてきた。

たとえば、いち早く『種拾ひ』の表現史的な問題に注目した小森陽一は、「物語世界内部における限定された視野を持つ語り手による地の文の統一と、会話場面の「立聴」という形でつきつめられ」たが、しかし「そのような作品に内在する語り手を通して捉えられる世界はきわめて限定されたもの」となり、「作中人物の会話場面を「立聴」する語り手が、同時に小説の筋を〈始め〉から〈終り〉へ向かって構成する」「表現構造を獲得する」に到らなかったと述べる。(5)

また、小森の論を踏まえて、さらに詳細に論じた宇佐美毅は、『種拾ひ』を、先ずは「形式上の作者の痕跡を作品の中から消し去ろうとする試み」だと位置づけ、「作中人物の背後の存在を読者に感じとらせてはならないという小説理論による要請と、作中人物の内面に潜む「人情」を描き出さねばならないという要請とが、作中人物自身による言説という方法をとって『種拾ひ』という作品として実現された」と述べている。(6) しかし、「阿すみ」の回想談を漏れ聞くという前半の方法と、新聞紙面によって事実が明かされるという後半の方法とをうまく接合できず、小説の実践としては失敗に終わったという。つまり、逍遙は自己の小説の方法を理詰めで実行し必然的に挫折したということになる。だが、一義的に「形式上の作者の痕跡を作品の中から消し去ろうとする試み」とする前提もさることながら、そうした「小説理論の要請」から逍遙が小説の細部にわたり明瞭なロジックをもってこの方法を追求したともいいにくい。むしろ、探偵小説に注目が集まるなか、『読売新聞』の編集にも客員として深い関わりを持っていた逍遙が、あえて探偵小説的な行き方を試みる——そうしたメディアの情勢／メディアの要請にも着目しなくてはならないのではないか。(7)

これに対して、近年「立聴」の手法に精力的に言及している渡部直己は、この『種拾ひ』を「ほとんど破れかぶれといった趣きが珍妙な「メタ・フィクション」に大きく傾いた」と評し、『名古屋絵入新聞』によって話の結末がつけられる件について「異次元をあっさり混在させ、一方から他方へとほしいままに転換する江戸戯作の伝統に連なっている」と指摘している。[8]ここには、小森・宇佐美両論に対する批判が込められていると思われる。しかし、たしかに『種拾ひ』が方法論的な試作の域をでていないとしても、明治二十年前後の『読売新聞』に連載された小説の試みに鑑みれば、人称的な実験のひとつとして位置づけてみる必要があるのではないか。

　表現史的にいえば、『種拾ひ』において、「女」（阿すみ）の語る物語に慨嘆しながら、自らの主観を媒介に語る〈同伴者〉的存在を内在させる試みは、同時代的な表現にも重なる新しい実験であったと考えられる。[9]こうした問題意識は、逍遙が「実伝〔バイヲグラヒー〕論」[10]の中で述べる「真成の自伝」では、一人称的に記述するゆえに「他人が外面より観察」したり、後から推測しても「到底察しがたき隠微の秘密」をすべて包み隠さず書き表すことが可能であるとする、新しい「自伝」の出現を期待する気持ちとつながっているといえよう。いずれにせよ、「立聴」する本人が物語を語ることを方法化した一人称小説では、何度も「予」を「立聴」に遭遇させるという逍遙の嫌う同一「趣向《しゅこう》」[11]を繰り返さざるをえない。また、語るべき物語世界と語り手の結びつきを文字どおり「立聴」に限ってしまうことは、物語に埋め難い物理的空白（たとえば、長浜の宿で聞いた話の続きを名古屋の宿で聞くなど）を作り出してしまう。逍遙自身が「立聴」の手法そのものについて後ろ暗い気持ちを持っていたことにもよろうが、[12]名古屋の旅亭の庭で涼んでいる二人の話を偶然聞くという三回目の「立聴」の後（第廿一回）、夢とも現ともつかない語りに変わり、物語のテンションはすっかり緩んでしまう。

　原田邦夫によると「探偵小説の本質」は「事件の真相をなす物語とそれを解明する物語の二重性」にあり、その「面白さはこの二つの物語の絡み合いあるいは組み合わせの妙にある」とされる。[13]『種拾ひ』でも、限られた情報から「真相をなす物語」を再構成するプロセスを主題化するという「探偵小説」風の筋立てが取られているのだが、その「二重性」が保持されてはいない。いわば、「真相をなす物語」と「解明する物語」を「絡み合」わせることはできなかった。それは、事件を秩序立てて物語る語りのパースペクティブを持っていないことに起因していると思われる。それゆえ、〈サスペンス〉を仕掛けることができなかった。逍遙としては異例の〈一人称〉をとり、新たな語りの場を意欲的に求めていたことは間違いないのだが、方法としてはやはり実験の域を出ていないといえよう。

それは、ひとつには、物語世界内の論理に拘束される語り手の「立聴」を構成的な方法としたがゆえに、事件に関する情報量が、漏れ聞く「予」（語り手）とそれを伝え聞く読み手の間で原理的には同等になってしまうことによっていると思われる。つまり、メタの位置から「真相」を「解明する物語」を出来事化して語ることができなかった。だからこそ、後の話は名古屋の兄より送られたという『名古屋絵入新聞』の記事として急ぎ足で読者に伝えられたり、いささかバランスを失した苦し紛れの〈夢〉による種明かしがなされたりしているのである。〈立聴〉によって伝え聞いた物語を物語化するためには、さらに外部的な情報・説明が必要だったのだと考えられる。

## 三　探偵小説と「自叙体」

それにしても、なぜ逍遙はこの時期これほど〈探偵小説〉にこだわるのか。なぜ、一人称の試みをあえて探偵小説仕立にすることになっているのだろうか。いいかえれば、探偵小説の試みと〈自叙体〉小説の試みがなぜ重なるのか——。

それは次の一文からわずかに窺い知ることができよう。逍遙はイギリス小説の歴史を論じた「英国小説之変遷」のなかで「自叙体」（一人称小説）について次のように述べている。

自叙体の主人公は猶注意深き探偵吏の如く常に毎に現在し其目を以て観其耳を以て聴き其触覚を以て感じ其口を以て客観的の観察と共に主観的の情実を語るべし 言ひ換ゆれば五官の知覚せし所と共に当人の観念及び感情を細叙すべし 此綿密精微なる主観的の叙事にこそ自叙体の妙味は存するなれ デホーの文名を博せしも一に此妙所に長じたるに因る（『新小説』明治二二年六月）

逍遙においては「自叙体の主人公」は「探偵吏」のアナロジーによって語られている。「自叙体は事実らしく綴る事に於て他の文体に優る」（同）と考える逍遙にとって、「自叙体の主人公」すなわち〈一人称〉小説の語り手は、常にその場に居あわせた者として「其目を以て観其耳を以て聴き其触覚を以て感じ」、それを「其口」によって「客観的の観察と共に主観的の情実を語る」「探偵吏」のごとくあらねばならぬとしているのである。こうした表現意識は森田思軒をはじめ同時代的な〈一人称〉表現への注目とも重なっているわけだが[14]、逍遙は場面内に拘束され視向的に語ることが小説の臨場感につながると考えているのだ。そして、そうした一人称小説の実践が、「犯罪者《つみんど》を探偵《さぐりいだ》さんとて或時は姿をやつし又或時は人の家へも潜《しの》び入りて隠れたる事を探る者[15]」という「探偵」さながら、〈立聴〉した話から隠された〈真相〉を探りだすという『種拾ひ』にあったわけである。

しかし、それは、〈事件〉と立ち会い同道することを〈立聴〉という旧来手法に限ってしまった方法論上の問題から、予想外の不調に終わってしまったといわざるをえない。さらにそこには、当時の逍遙が、〈声〉の模写すなわち作中人物の言説を再現すると同時に、作中人物の思考や感情を出来事化して語るという〈近代小説〉的な〈語り〉を持っていなかったことにも関わっていよう。それは、探偵小説の「二重性」を有効に語れなかったことにもつながっている。こうした、いうなれば、作中人物の〈声〉の再現と、作中人物に焦点化しながら〈筋〉を叙述的に語る〈語り〉とを統辞論的に統合させようという試みが、『種拾ひ』の直後に発表された翻訳

『贋貨つかひ』によってなされたと考えられるのである。

そして、その成否は別として、こうした表現論的な実験と、逍遥が〈三人称限定視点〉――作中人物に即しながらかつ限定された視線・意識の範囲を越えずに語り、そしてさらにその人物を含む事件を俯瞰的に語る小説表現――を手にしていく過程が重なってもいる。繰り返せば、『松のうち』では、風間銑三郎の意識の範囲に沿うことにより、君八をめぐる〈謎〉がサスペンスとして物語化され、また、『細君』においては、限定された〈視点〉の組み合わせが、小間使お園と細君お種の悲劇を浮上させる高度な方法として結実していると考えられるのである。

ただし、〈視点〉とは単に視覚的な〈見る〉位置のことではない。それを、語り手の作中場面・作中人物との関わり方の謂であると捉え返せば、逍遥における〈探偵小説〉への関心は、作中人物の意識に沿いながら、かつそれを対象化し、そこから物語を展開させていくようなパースペクティブ――新たな〈語り〉の場の獲得の試みと深く関わっていたのである。

この意味では、近代文学研究において正統的な小説の対極にあるカウンター・カルチャー（下位文化）とされてきた〈探偵小説〉の翻訳とそれに連なる実作によって、近代リアリズム小説の方法が試みられていたということができるのである。近代文学の成立を考える上で、この逆説の持つ意味はことのほか重い。

【注】

（1）中島河太郎『日本推理小説史』第一巻（桃源社、一九六四年八月）。ただし、『法廷の美人』が単行本として薫志堂から発行されたのは明治二十二年五月。

（2）逍遙は、友人高田早苗とともに明治十九年より『読売新聞』の「雑譚」の執筆を任されていたが、翌二十年に高田が主筆になるにともない逍遙も客員となった。

（3）小森陽一『構造としての語り』新曜社、一九八八年四月。なお、中野好夫訳『黒猫』（岩波文庫、一九七八年一二月）では、以下のように訳し起こされている。

いまここに書き留めようと思う、世にも奇怪な、また世にも単純なこの物語を、私は信じてもらえるとは思わないし、またそう願いもしない。そうだ、私の目、私の耳が、まず承認を拒もうというこの事件を、他人に信じてもらおうなどとは、まこと狂気の沙汰とでもいうべきであろう。（下略）

（4）「発端（下）」で、夜半の船内で「人の低語《ささや》く声耳に入」った「予」は、「さるにても夜ははや痛く深《ふ》けたりと思はるゝに両人は何者なれば又如何やうなる楽しきことのありて歟眠《ねむり》の味《あぢは》ひを知らぬ物の如く爽かなる声音《こわね》にて相語らふと得るにやそも〱如何やうなる人物が果して何事を語るにやあらん奇なり怪《あやし》むべし」、と訝しがり「好奇癖」に駆られて二人の関係と出来事を推測・推理していくことになる。

（5）注3に同じ。

（6）宇佐美毅『小説表現の近代』おうふう、二〇〇四年一二月。

（7）たとえば、日本の探偵小説の祖とされる黒岩涙香は、自ら主筆を務めていた『絵入自由新聞』にガボリオ「有罪無罪」の訳を掲載し（明治二〇年九月九日〜一一月二八日）、エッセイ「探偵談と疑獄譚と感動小説には判然たる区別あり」（明治二〇年一九日）を執筆して、いち早く探偵小説路線を敷いている。

（8）渡部直己『日本小説技術史』新潮社、二〇一二年九月。

（9）明治二十年の著作では『侠美人』（明治二〇年七月、一一月）、『黒猫』『ルーモルグの人殺し』等があげられる。明治二十年代の一人称小説の展開については、小森陽一の『構造としての語り』注3に詳しい。そのなかで、小森は「同伴者的一人称の手法は、作品の推理小説的構成とセットになりながら、この時期の表現者たちの注意を喚起していた」という重要な指摘をしている。

（10）「実伝〔バイヲグラヒー〕論」『教育雑誌』第二一、二二号、明治二〇年一月。

(11) 逍遙は『小説神髄』下巻（松月堂、明治一九年四月）の「小説脚色　の法則」の章で、「脚色」において「謹誡なすべき」ことの第三として「趣向」の「重複」をあげている。

(12) 『妹と背かゞみ』のなかで、「立聴」について語り手の言として次のように述べられている。「世に立聴《たちぎき》ほど罪深きものはなし。これを六《むつ》かしう論《あげつ》ひていはゞ。ひそかに当人の承諾を経ずして大事の秘事《ひめごと》を盗み聴くにひとしゝ。仮令《たとへ》法律の罪人にはならずとも徳義の賊《ぬすびと》といはずして何ぞや。」〔第拾七回〕

(13) 原田邦夫「意味のみの世界――あるいはレトリックの領域」『物語の迷宮　ミステリーの詩学』有斐閣、一九八六年六月。

(14) たとえば、森田思軒は「小説の自叙体記述体」（『國民之友』明治二〇年九月五日）で「自叙体」の「記述体」に対する優位性を述べている。

(15) 『贋貨つかひ』前章を参照。

# 第五章

# 「周密体」と人称——森田思軒訳『探偵ユーベル』

## 一　問題の発端

森田思軒訳『探偵ユーベル』は『國民之友』を主宰していた徳富蘇峰の依頼に応じて、同誌に明治二十二年一月一日（三七号付録）から同三月二日（四三号）に連載された。原文はフランスの文豪ヴィクトル・ユゴーの *Choses Vues* 中の一部であるが、この書自体は一八八五年のユゴーの死後に刊行された未定稿集であり、ユゴー自身によって編集・校訂がなされたわけではない。それに付された書名さえも限られた未定稿集に付されたメモによっているとされる。森田思軒は、連載終了後、この文章の一部を『國民之友』に翻訳掲載することになったいきさつを次のように述べている。

顧みれは一昨年の暮なりき　徳富君余に何にまれ四五十ぺーヂのものをしたゝめ呉るべしと求めらる　当時余か第一に想到れるは此探偵ユーベルなりし　然れども黙念の際先つ其の冷絶韻絶なる一結 So Hubert has been hungry の句は如何に言ひかゆへきやに思ひ及へるに「然れはユーベルは空腹にてありしなり」の外得る能はす　是れ真に金玉を化して糞土とするものなり　斯ることにては吾力はナカ〳〵未た此に攀《よ》つるに足らざるものなりと諦めつ（中略）而して今ま第四十三号（明治二二年三月二日——引用者注記）の尾を観れは一結は依然として「然れはユーベルは空腹にてありしなり」といふのみ　原文の風神《ふうしん》安くに在るや　古の士は別れて三日すれは刮目せよとさへあるに一年を隔てゝ猶ほ寸分の進める所あらず　豈自ら勉めずして可ならむや（「訳文探偵ユーベルの後に書す」『國民之友』明治二二年三月一二日）

これによれば、「一昨年の夏」すなわち明治二十年の夏に、徳富蘇峰の求めに応じ、いったん『探偵ユーベル』の翻訳に思い到ったものの、「冷絶韻絶なる一結 So Hubert has been hungry の句」をいかに訳すべきかに思い悩み、「吾力はナカ〱未た此に攀《よ》つるに足らざるものなり」と一旦は諦めていた。それを改めて翻訳してみることにしたが、それでも、結局「然ればユーベルは空腹にてありしなり」としか訳しえなかった。そんな翻訳者として不甲斐のない自分を愧じ自ら叱咤している。ここに森田思軒の翻訳にかける真摯な態度と同時に、「訳文探偵ユーベル」に込められた意気込みとこだわりとを見てとることができよう。その、思軒が最後まで納得できなかったとする問題の一文とは、フランス語の原文では次のとおりである。

Il est dans la destinée d'Hubert d'être nourrit par les proscrits. En ce moment on le nourri à la prison, moyennant six pence (treize sous) par jour.

En remuant mes papiers, j'y ai trouvé une lettre de Hubert. Il y a dans cette lettre une phrase triste: 《La faim est mauvaise conseillère.》

Hubert a eu faim.

到底亡士等の財に養はるゝことユーベルの定れる運の如く見えり　此時に当りて亡士等は毎日六ペンスの費用を払ふて獄中に渠《かれ》を支へしなり

余は余の書類を検する際　偶《たまた》まユーベルよりの手紙一通を見出たせり　其の手紙の中に斯の哀しき一句あり「餓は実に悪友なり」と

然れはユーベルは空腹にてありしなり（完）

結末の一文“Hubert a eu faim.”――「ユベールは空腹だったのだ」は、複合過去で記述され、この直前まで継起する出来事を客観的な単純過去で述べてきたのに対して、事件終了後、再び現在にたち戻り一連の出来事を振り返る位置から、より主観的に語られている。いわば語りの審級の転換がなされている。これはフランスの小説としては常套的な作法であるといえる。前後の文脈からすれば、正体を偽って〈亡命者〉として扶助を得ていたのみならず、それを踏み倒そうとしたかどで投獄されたユーベルは、その後も、皮肉なことにユーベルが内偵していた追放者たちのわずかな施しで命をつながざるをえず、相変わらず空腹に悩まされていることを意味していると考えられる。

この一文の解釈が、『探偵ユーベル』を理解する際の要諦とされ、しばしば問題にされてきた。たとえば、小森陽一が指摘するように、この「一結」（結末の一文）から「ユーベルが空腹故にスパイになった」という直接原因が読み込まれることになる。

> この末尾の一文をコードとしたときに読者は、ユーベルの犯罪が個人の罪というよりは、むしろそこに否応なく追い込んでいった「社会の罪」であること、更にまた、先の死刑反対の演説が、単に政治闘争上の戦略ではなく、深い人間愛に根ざしたものであること、そして自分たちを裏切ったユーベルを尚経済的に支えていこうとする亡命革命家たちの「徳義」を象徴的に読みとるのである(1)。

しかし、後述するように、「亡命革命家」たちがスパイ行為発覚の後もユーベルを養うのは、自分たちを迫害する、当時、第二帝政を布いていたルイ＝ナポレオンに対する反撃と嫌がらせからであり、そこにユゴーの「深い人間愛」や「亡命革命家たちの「徳義」」を読み取ることは難しい。また、藤井淑禎も同様に、この結末の部分に『探偵ユーベル』結部で帰宅したユゴーは、内通する以前のユーベルからの手紙を見出して、心ならずも探偵となった彼の窮状を知る」とし、「探偵たることを余儀なくされたユーベルに向けられたユゴーの視線はそのまま思軒のそれに重なり、時代の激動の谷間に蠢く人々への熱い共感が思軒内部に目覚め始める[2]」と、思軒の熱い思いを引き受ける形の意味づけをしている。だが、立ち止まって考えてみると、「内通する以前のユーベル」が「餓えは実に悪友なり」(空腹は悪しき助言者である——稲垣直樹訳[3])と、自らスパイになることを予告する手紙をユゴーに送りつけているのは奇妙といえば奇妙である。

また、原理的にはここには何重ものメディアが介在しているはずなのだが、それは問題にされていない。つまり、先ず著者ユゴーのメッセージが込められた文章が書かれ、その遺稿が *Choses Vues* として出版される。そして、その本文が取捨選択され新たに編集されながら英訳されイギリスで出版される。その書を手に入れた森田思軒が、日本の同時代的なコンテクストを参照しながら、徳富蘇峰の主宰する『國民之友』という雑誌に向けて翻訳掲載することになる。ここには、何重もの、コードやらコンテクストが作動していると思われるが、藤井はその点を問題化せず、思軒訳をもとに無媒介的にユゴーと思軒を重ね合わせ、「時代の激動の谷間に蠢く人々への熱い共感」の「目覚め」をドラマチックに読み取っている。文学的な想像力を発揮した魅力的な解釈であることは間違いない。また、七十年代という作家論・作品論が隆盛を極めていた近代文学の研究状況を鑑みれば、ありえない解釈ではないと思われるが、こうした、ある意味でロマン主義的な問題認識には一定の留保が必要なのではないだろうか。

この点については改めて問題にするが、いずれにしろ森田思軒は、この作品解釈の要諦ともいえる末尾に十分意識的だったと考えられる。複合過去で表される仏文の気息を、現在完了形という形でわずかに伝える英語訳(So Hubert has been hungry)のニュアンスをどう伝えたらいいか思い悩んでいた。ここにも、思軒の理解力の水準の高さが表れている。極めて正確な英文の解釈にもとづいた翻訳が試みられていたことの証左であるということがてきよう。柳田泉は「この篇こそ、思軒の周密文体の好見本である」[4]とするが、森田思軒によって確立されたとされる「周密文体」はこうした的確な原文理解によって支えられていると考えられるのである。

## 二　「周密訳」をめぐって

ならば「周密文体」とはいかなる文体をさすのか。森田思軒は、明治二十一年六月、京都同志社の礼拝堂で「日本文章の将来」という講演を行っている。その後筆記された文章によれば、「文章」は「其人の考《かんがへ》を表するもの」であり「細密に入組みたる脳髄より出つる文は　其の体裁亦た必す入り組むなり」という認識のもと、「日本人の考は西洋の思想学問に養われて次第に細密になり居れり」として次のように述べている。

将来の考を写すに足る文体は如何なる文体なるへき歟《か》　細密なる考へを写すには細密なる脳髄より生したる文体を手本とするより外なかるへし　細密なる文体とは日本現時の文章にあらす　勿論亦た支那の文章にあらす　即ち我々か脳髄の手本とする西洋人の文体に由るより外なかるへし（中略）「能く人に通する直訳の文体」は即ち余か日本将来の文体なるへし[5]

「細密なる文体」とは、「西洋の思想学問」を取り入れることによって「細密」になった「考」を「写す」べき「文章」であり、「我々か脳髄の手本」とする「西洋人の文体」をモデルに作り上げなければならない。敢えていえば「能く人に通する直訳の文体」に近いという。ここに「周密文体」のイメージが表れているといえよう。それは、たとえば『探偵ユーベル』の冒頭部では以下のように実践されている。

昨日、一千八百五十三年十月二十日、余は常に異なりて夜に入り府内に赴けり　此日余は倫敦に在るショールセルに一通　ブラッセルに在るサミュールに一通　合せて二通の手紙をしたゝめたれば　自から之を郵便に出さんと欲せしなり　九時半のころほひ余は月光を踏みつゝ帰り来りて　雑貨商ゴスセットの家の前なる隙地　我々のタプエフラクと呼べる所を過ぐるとき　忽ち走《は》せ来る一群の人あり　余に近つけり

Yesterday, the 20th of October, 1853, contrary to my custom, I went into the town in the evening. I had written two letters, one to Schoelcher in London, the other to Samuel in Brussels, and I wished to post them myself. I was returning by moonlight, about half-past nine, when, as I was passing the place which we call Tap et Flac, a kind of small square opposite Gosset the grocer's, an affrighted group approached me.[6]

英文の下線部「affrighted（怯えた）」が、小説的効果のためか訳されないだけで、他のすべての語は何らかの形で日本語に置き換えられ、センテンスの数も一致し、語順も最低限の異同しかない。思軒が目指した「直訳的な文体」がここにもあらわれている。『随見録』序で自ら述べるように、「其の隻字一句亦た必す苟《かりそめに》もせさることに至ては窃《ひそ》かに自信する所有り」[7]というわけである。ただし、逐語訳だけでは「周密文体」にはなりえない。先の「日本文章の将来」で述べるように、「「能く人に通する直訳の文体」は即ち余か日本将来の文体になるへし」「直訳の文体は其の造句措辞《キスプレシヨン》は勿論西洋の文体を其儘に摸して且つ其一字〳〵はヤハリ支那の法則に従」わなければならないと考えている。むしろ、思軒の実践は「漢七欧三、若し之を顛倒せば、恐らくは今日の思軒にあらじ」[8]（徳富蘇峰）とさえ評される。ひとまず、漢語的な措辞をもとにした、欧文の主語・目的語をはじめとする文法的要素を踏まえた逐語訳的な翻訳文体といってもいい。それは明治十年代の一大ベストセラーとなった

翻訳小説『欧州奇事花柳春話』(9)（リットン著、丹羽純一郎訳）にみられる漢文直訳体とも隔たる、漢語をベースとしながらも平易かつ精緻で清新な文体として当時の読書界に、ある種の驚きをもって受け入れられていくことになる。

ツルゲーネフの『猟人日記』の翻訳で、翻訳の新しい時代を切り拓いた二葉亭四迷も『探偵ユーベル』の文体に深い感銘をうけた一人で、自らの日記に以下のように記している。

（略）思軒氏の訳は能くユゴーの真を写したれば毅然として大丈夫らしき所有りて雅健なり、真気有り、峻削なり、古澹なり……　嗚呼三千八百万人中文人と称して媿《はづ》かしからぬ者は只此思軒居士森田文三君ノミ
（二葉亭四迷「落葉のはきよせ　二籠め」(10)）

若き日の二葉亭が受けた感銘のほどが窺われる。むろん、ここで指摘される思軒訳に表れている「雅健」「峻削」であるという一種の緊張感は、単に漢語に対する感受性から生まれたわけではなく、日本語の状況指向的な部分を意識しながら、作中人物に焦点化して語る語り口、あるいは大胆に人称を変更して語る語り方にも表れている。たとえば、ユーベルがスパイであることの隠しようのない証拠が挙がった晩に、政治的追放者たちによる裁判が開かれ、そこでユーベルが申し開きする場面は以下のように訳されている。

ユーベルは太きキレ〳〵の声を発して述へたてり　其声はキレ〳〵ながらも一種タシカなる処あり　且つうたてや（Sad to say）其中に誠実の気を含めるなり　ユーベルは述ぶるやう　己れは未《いま》だ曾《かつ》て何人にも害を為せることあらず　己れは共和党なり　己れは己れの過《あやま》ちにより共和党員の髪一本を毀損することあらんよりは寧《むし》

ろ先づ己れが万たび死することを欲すへし（中略）人々は己れがユールの知事に与へたる第一の手紙に未た十分意を留め呉《く》れさるなり　又たモーパスにあてたる手紙は是れ徒《た》だに草案のみ　稿本のみ　又た「共和党の共和政治をなす能はさる所以を諭す」と題せる小冊は成程《なるほど》己れ之をかけり　然れとも竟に印行せさりきと

語り手（「余」）は緊張した面持ちの中にも確信に満ちているユーベルの声調に反応し、「うたてや」と同情を禁じえずユーベルの感性・感覚に寄り添いながら語る。このあと、英文では一貫して採られている間接話法を、鉤括弧抜きの直接話法に改め、ユーベルの〈人称的世界〉に沿いながら一人称的に叙述され、必死な様相を伝えている。周密文体的な緊張は、単に語彙のレベルで成り立っているのではなく、「隻字一句」の変換にとどまらない、随所に工夫をこらした巧みなナラティヴの翻訳・変換にも拠っているのである。依田百川（学海）が「ルキフヒリップ王の出奔」（『國民之友』明治二一年五月一八日〜六月一日）を評して、「漢に非す和に非す一種の意味　辞気ありて　恰も直に洋人の談話に接しその辞気に触るゝか如き妙あり」[11]と述べるのも頷ける。こうした新しい「日本の文章」の創造にかけた森田思軒の苦心の成果をまっすぐに受け止めたのは、やはり徹底した逐語訳をベースに新時代の

**亡士（亡命者）等に糾弾されるユーベル**
***CHOSES VUES*** **Paris Motteroz, Lib.-Imp.**

言文一致体を作り上げた二葉亭四迷であり、「周密文体」への深い共感が〈一人称〉の観察者の視点によって叙述される『あひゞき』『めぐりあひ』[12]などの文体革新を支えていたと考えられるのである。

## 三　ユゴーの受容

その一方で、ユゴーがこの文章に込めたテーマは後退してしまっているとも思われる。ユゴーが、ユーベル事件と遭遇した英仏海峡のジャージー島に移り住んだのは、一八四八年の選挙で大統領に就任していたルイ＝ナポレオン（ナポレオン一世の甥）が大統領の任期を延長するため憲法の修正を試みたことに端を発している。その試みは失敗したものの、ルイ＝ナポレオンは軍事クーデターを起こし敵対者を逮捕しようとする。ユゴーは辛くもそれを逃れ、左翼の議員らと抵抗運動を組織しようとするも失敗、ベルギーのブリュッセルに脱出した。しかしその一方で、ユゴーは、大統領選時には熱烈にルイ＝ナポレオンを支持しており、自らの機関誌でナポレオン一世を賛美するような関係でもあった。それが、大統領就任当初から期待が裏切られることが多く、自分自身の野心のために憲法を改正しようとするに到って、このナポレオン一世の甥を見限り攻撃する側にまわったのである。ユゴーの怒りと失望感は大きく、その怒りを、ブリュッセルでは『小ナポレオン』*Napoleon le Petit*（一八五二年）という小冊子に著し、またジャージー島に居を移した後も、詩句総数六千行を超える、ルイ＝ナポレオンの弾劾を企図した『懲罰詩集』（一八五三年）に込めている。

*Choses Vues* 中の「ユーベル」をめぐる記事は、ユゴーのもっとも政治的な季節に著されたものであり、そこにはスパイを送りこみ共和主義者を根こそぎ逮捕しようとするルイ＝ナポレオンに対するあからさまな批判が書き込まれていた。それがこの文章のひとつのテーマであるといってもいい。たとえば、次のような部分――。

われわれの比類なく神聖な心の琴線に、卑劣な陰謀の横糸を結びつけること。われわれに煮え湯を飲ますと同時にわれわれの金を盗むこと。われわれから金を巻き上げ、われわれを売ること。この世でいちばん下劣なやり口とこの世でいちばん卑怯なやり口を、そして、蜜のように甘い背信と腹黒い残忍さを組みあわせること。——これら諸々《もろもろ》の所業が、われわれがボナパルト氏の手を、つい今しがたその中でつかまえた袋の中いっぱいに詰まっていたのです。（『私の見聞録』稲垣直樹訳、潮出版社、一九九一年）

キタナき邪計の糸を以て浄絶潔絶なる我々の心の組織に纏《まと》はしめ 我々を裏切り亦た兼て我々の財を奪ひ我々のカクシの物をスリ取り我々を売る 凡そ是れ皆な我々か帝国警察吏の上に於て発見せる所の 謀《はかりごと》 なり（森田思軒訳）

原文にはルイ＝ナポレオン（ボナパルト）個人に対する不信、敵意、憎悪がみなぎっている。一方の森田思軒訳ではニュアンスがやや異なる。原文の後半部が訳されていないのは思軒が参照した英訳本で削られているからにほかならないのだが、全体にルイ＝ナポレオンを厳しく糾弾するトーンが下がっているのは否めない。思軒訳からは、亡命者たちを欺いたユーベル個人に対する恨みと怒りは読み取れるが、その怒りはそれを影で操っていた権力者ルイ＝ナポレオンに向かってはいないようにみえるのである。

さらに、この「ユーベル」をめぐる記事のもう一つのテーマは、死刑廃止論にあると思われる。ユゴーが、死刑の不合理性と死刑廃止を強く訴える『死刑囚最後の日』（一八二九年）という小説を著し、早くから死刑廃止論を唱道していたことは周知のことであるが、「ユーベル事件」のテクストの構成・分量からいっても、ユゴーの発言の多くの部分はこの死刑廃止論の主張にあるといっていい。原文には以下のような箇所がある。

En principe, pas de peine de mort, je vous le rappelle. Pas plus contre un espion que contre un parricide. En fait, c'est absurde.
改めて申しますが、あくまで死刑廃止が鉄則です。親殺しでもスパイでも死刑廃止は死刑廃止です。実際問題、人を処刑するなど愚の骨頂です。（稲垣直樹訳、前掲）

これが、英訳本では次にように訳されている。

In principle I am no more anxious about the death of a spy than of a parricide, I assure you. In fact, it is absurd!
事理の上より言はゞ　余は間者を殺すの罪は親を殺す罪の如く甚しとは思はず　余は之を諸君に保す、然れとも事体の上極めて非なるものあり（森田思軒訳）

英訳本は原文である仏文と意味合いが大きくズレている。仏文では「死刑」（de peine de mort）反対が明瞭な言葉で語られているのに対し、英訳では個人的な感情が語られるのみで、その原則には触れられていない。それは逐語訳である思軒訳でも同様で、「死刑」に対する反対が明瞭な語句で語られることはなく、むしろ寛大な刑を望むユゴーの人となりが中心にせりあがり、理性的で度量の広い人物であるかのように描き出されている。死刑廃止論は、少なくとも思軒訳の中心的なモチーフとなってはいないと思われるのである。

事実、『探偵ユーベル』に付された「序文」「あとがき」にも、こうしたユゴーの思想、政治的な信条については全く言及されていない。そこで述べられているのは、ユゴーの文体の「句法」「篇方」の巧みさについてであり、あるいは、適切な翻訳語選択の苦心談に終始している。関心は一貫してユゴーの文体と物語の構成、そして自身の翻訳文体に向いているといえる。それゆえ、内田魯庵の「外形論者」という批判もありえた。魯庵は「路巧処士」という筆名で『國民新聞』（明治二三年一一月二二日）に次のような文章を寄せている。

森田思軒氏が曾てユーゴの随見録を訳して巻頭に其意見を記したれど是れユーゴの文に就て述べしのみ 其抱懐せる観念主義等に到つては終に一語をも発せず、是れ恰も衣服の品質をもて其着装者を判ずると全《おな》じく未だ全くユーゴを知る者にあらず

「全くユーゴを知る者にあらず」というのは筆の勢いが過ぎたと思われるが、先にあげた依田百川の評を含め、当時の受け止め方も先ず「周密文体」とされる翻訳の文体に向かっていたといえよう。思えば、読本体、和漢混淆体、太平記調、浄瑠璃調と、ひと口に翻訳文体といっても、当時さまざまな文体の試みがなされており、状況は混沌としていた。逆にいえば、新しい翻訳文体を作り上げることがいかに重要な課題であったかが、そこに示されている。「日本文章の将来」を考える森田思軒自身がそのことに十分意識的であり、第一義的な関心を向けるのは当然のことといえよう。この意味では、ユゴーの翻訳を介して森田思軒が手に入れたとされるヒューマニズムをもとに、小森陽一がいうような「社会の罪」[13]というモチーフを語り出すまでには、もう少しの時間が必要だった。そこにはほんのわずかなタイムラグがあったといえよう。

## 四　「探偵小説」というあり方

さらにまた、この翻訳にはジャーナリストとしての思軒の目も働いていたと思われる。思軒は明治十九年より『郵便報知新聞』の娯楽・啓蒙小説欄を担当し、紙面改革に腕を振るっていた。「序」で『探偵ユーベル』の好対照としてあげられている「ルヰフヒリップ王の出奔」といい、当の『探偵ユーベル』といい、読み手に巻を措《お》か

さぬ緊張感と意外性に溢れている。二三〇頁に及ぶ英訳本の中で、こうした翻訳を先ずはとりあげようとすることと自体が思軒のセンスを示しているといえよう。折しも世は「探偵小説」ブームで、最初の翻訳「探偵小説」とされる神田孝平訳『和蘭美政録《おらんだびせいろく》』は、明治十九年十二月『揚牙児《ヨンゲル》奇談』（広文堂）として翻刻公刊され、明治二十年にはポーの『西洋怪談黒猫』（饗庭篁村訳『読売新聞』付録、明治二〇年一一月三、九日）が翻訳され、黒岩涙香のめざましい活躍が始まろうとしていた。『探偵ユーベル』の翻訳はこうした時好に沿ったものでもある。

森田思軒自身の手になる『探偵ユーベル』「序」（『國民之友』明治二二年一月一日）によれば、「句法」よりも「篇法」すなわち物語の構成のあり方に『探偵ユーベル』の「好処」が見られるとされるが、「探偵《スパイ》」露見というショッキングな事件の顛末をどう物語るか。最後にどんでん返しのようなオチが付されている構成の巧みさ、緊迫した場面・結構をいかに写し取るか。かつ、それらをサスペンスとしてどのように緊張感をもって「細密」に訳出し、新聞・雑誌の読者に提供するか――。森鷗外、二葉亭四迷とならび、翻訳者としてにわかに注目され「翻訳王」と称されていた森田思軒の関心は、ユゴーの思想よりも、いよいよ文体に向けられていく。ルイ＝ナポレオン批判と死刑廃止論に微妙に距離をおく英訳本のあり方に忠実であった思軒訳では、探偵ユーベルとはいかなる人間なのか、いかにして亡命者になりすまし、正体を見破られることになったのかという謎とサスペンスが、事件の一部始終を目撃した一人称の「余」の視点に沿って、作中人物の目の動きにまで注意を払った「周密文体」によって明らかにされていくのである。思軒が提起する「感情有様を刻画して切実易ゆ可らす読む者恍然神馳せて現に之を目睹する如き想あらしむるの妙」[14]を把持する「自叙体」と周密文体とは、思いのほかちかいところにあるといえよう。

繰り返せば、原文は著者であるユゴーが見聞したことを書き留めた断片を集めた文字どおり『見聞録』であって、必ずしも「探偵小説」ではないのだが、こうした表現のありようを辿っていけば「探偵小説」に限りなく近づいていくことになる。同時代のメディア状況からいっても、事件・スキャンダルの消費空間が成立しつつあり、探偵小説が受け容れられる基盤も出来上がろうとしていた。ポスト民権運動として経営の方針転換を図り、より多くの読者に受け容れられるための紙面改革を試みていた新聞人としての森田思軒が、「探偵小説」の隆盛ぶりに無関心だったとは考えにくい。事実、いくつかの探偵趣味に溢れた翻訳を試みている。明治探偵小説の開拓者で、自らの作品によって新聞の発行部数を左右するほどの人気を博していた黒岩涙香が、『都新聞』の主筆をつとめていたということも含め、新聞メディアと「探偵小説」の深い関係が窺える。

こうした時期に、涙香は「探偵小説」批判に応え、文学における「犯罪小説」の位置を明瞭にするため、それを「探偵談」「疑獄譚」「感動小説」の三種に分類し説明している。それによれば、「探偵談」は次のように述べられる。

> 探偵談は初めに犯罪（クライム）を掲げ次に探偵（エンクワヤリ）を掲げ終りに解説（ソリウシヨン）或は白状（コンフェシヨン）を掲ぐ、孰《いず》れの探偵談も然《しか》あらざるは莫《な》し　否然《いな》ある者を探偵小説とす[15]

これは、かなり大雑把な議論であるが、後にいわれる一般的な探偵小説の特質とされるものと、そう隔たっているわけではない[16]。つまり、先ず「犯罪（クライム）」の経緯を述べ、「終わり」に「ソリウシヨン」と「コンフェシヨン」を掲げるという形で為される、「現在（痕跡）から過去」に遡行し、意識的に過去を思い起こす「想起の時間」と、過去（動機）を起点に現在の結果を説明しようという「目覚めの時間」[17]。この二つの逆方向を向いた時間の往復運動をとおして、「現在」と事件の起源としての「過去」との関係が物語化される。そこで二つの時間が交差している。

これを『探偵ユーベル』の物語内容に即していうならば、そのキーポイントとなっているのが、最後の一文ということができよう。この意味では、小森陽一と藤井淑禎が末尾の一文に注目するのも頷ける。この一文によって、官憲のスパイとして投獄されているユーベルの「現在」に、「過去」という意外な「深さ」が微妙にたくしこまれている。それにより物語の緊密感と、サスペンスのテンションが高められていると思われるのだ。もし、ユーベルがスパイになったことと「空腹」であることに因果関係を見いだすとすれば、このような意味においてであろう。ただし、そこにユゴーと森田思軒の「人間愛」を単純に重ね合わせることは文学的想像の域をでないといわなければならない。むしろ、こうした表現の向いている方向は、二葉亭によって「峻削」ともされる「周密文体」に盛り込まれた緊迫感と重なり合っていると考えられる。文体論的にいえば、周密な文体は緊迫した物語内容を必要としていた。あるいは、周密な物語内容は周密な文体を必要としていた。思軒が選んだ文体――事件を目撃した一人称による「自叙体」が、サスペンスに富んだ「探偵小説」にふさわしいスタイルであったといっていい。そうした方法は、後の冒険小説『冒険奇談十五少年』(『少年世界』、明治二九年三月一日～一〇月一日)の翻訳にも確実に生かされている。[18]「然れはユーベルは空腹にてありしなり」という『探偵ユーベル』末尾の一文は、こうした周密文体のあり方の一環として理解しなければならない。この意味で、この結末の一文はヒューマニスティックな〈終わり〉というより、まさに「時間」と「深さ」が盛り込まれた、すぐれて「探偵小説」的な〈終わり〉であったといえよう。

【注】

（1）小森陽一『構造としての語り』新曜社、一九八八年四月。

（2）藤井淑禎「森田思軒の出発——『報知叢談』試論」『国語と国文学』一九七七年四月。

（3）ヴィクトル・ユゴー『私の見聞録』稲垣直樹訳、潮出版社、一九九一年六月。

（4）柳田泉『明治初期翻訳文学の研究』春秋社、一九六一年九月。

（5）森田思軒「日本文章の将来」『郵便報知新聞』明治二一年七月二四〜二八日。

（6）*THINGS SEEN*, NEW YORK HARPER & BROTHER, PUBLISHERS 1887.

（7）森田思軒『随見録』「序」『國民之友』明治二一年五月一八日。

（8）徳富蘇峰『思軒全集　巻壹』「序」堺屋石割書店、明治四〇年五月。

（9）丹羽純一郎訳『欧州奇事花柳春話』坂上半七、明治一一年一〇月〜一二年四月。

（10）二葉亭四迷「落葉のはきよせ　二籠め」。引用は『二葉亭四迷全集』五巻、筑摩書房、一九八六年。

（11）依田百川「評言」『國民之友』明治二〇年六月一五日。

（12）二葉亭四迷訳『あひゞき』（『國民之友』明治二一年七月六日〜八月二日）、二葉亭四迷訳『めぐりあひ』（『都の花』明治二一年一〇月二一日〜二二年一月六日）。

（13）注1に同じ。なお、森田思軒の「社会の罪」という文章が『國民之友』に掲載されたのは、明治二十四年五月十三日号である。

（14）思軒居士「小説の自叙体記述体」『國民之友』明治二〇年九月一五日。

（15）小浜「探偵談と疑獄譚と感動小説には判然たる区別あり」『絵入自由新聞』明治二二年九月一九日。

（16）たとえば江戸川乱歩の『幻影城』（岩谷書店、一九五一年）に書き込まれている次のような定義、「探偵小説とは、主として犯罪に関する難解な秘密が、論理的に、徐々に解かれて行く経路の面白さを主眼とする文学」である。

（17）内田隆三『探偵小説の社会学』岩波書店、二〇〇一年一月。

（18）本書第三部一章を参照。

第六章

# 〈自己物語〉の翻訳——森鷗外訳『懺悔録』

## 一　蘭語から英語へ

寛永の鎖国以降、オランダは文字どおり西洋に向かって開かれた大いなる情報の窓口であった。

十六世紀半ば日本に鉄砲とキリスト教をもたらしたポルトガルが、島原の乱（一六三七年）を期にその勢力拡大を警戒する徳川幕府によって国外退去を命ぜられる。周知のように、イエズス会による初期のキリスト教布教は、キリストの教えを広めようという使命感と、ポルトガル王室の植民政策とが結びついたいわば「大航海時代の海外布教[1]」というべきものであった。それは、「教会法」にのっとった「国家と教会との密接な関係から生れた[2]」ものであり、教会は国家から布教の経済的基礎を得る代りに、自ら布教保護権を与えることによってその通商・植民政策を支持していたのである。

これに対して、ポルトガルと戦争状態にあり、かつカトリック教国の海外布教政策と一線を画していたオランダは、封建制を脅かす存在であるキリシタンの排除と同時に新たな貿易統制策を施こうとしていた徳川幕府と利害を同じくし、旧勢力のポルトガルを追い落とす側に立った。こうした情勢を後押しに、封建体制の維持をはかる幕府は寛永年間に五回にわたり通達を発し、日本人の出入国ならびに外国船とくにポルトガル船の渡来を厳に禁じることになる。ここに、九十年間続いたポルトガルとの関係は途絶・断絶され、それに代わって、オランダが鎖国後の通商的学問的交渉の特権的位置を占めることになる。この後、西洋からの情報は常にオランダ経由でもたらされ、洋学といえば蘭学をさすということになっていくのである。

こうしてもたらされた西洋学である蘭学は、はじめ長崎の阿蘭陀《オランダ》通詞によって伝習された初歩的な医学にすぎなかったが、幕末に到ると、アヘン戦争などによる対外的危機意識から兵学や砲術という軍事科学に関心が向けられ、その担い手も医者から幕府や諸藩へと移っていく。富国強兵策を支える「為政者のための学術[3]」という傾向を強めるのである。他のオランダ学の翻訳に比して、文学作品の翻訳が圧倒的に少ないのもここに関わっていよう。試みに明治初期の翻訳をあげてみても、僅かに近藤真琴訳『全世界未来記』(4)（明治元年）と神田孝平訳の探偵小説『楊牙児《ヨンゲル》ノ奇談』(5)（『花月新誌』明治一〇年九月～一一年二月）が数えられるだけである。

ただし、西洋の学術の中心だった蘭学も明治期に入ってその位置が劇的に変わってしまう。商業国としてのオランダの国力の相対的な低下とともに、イギリス、フランスなど西洋列強との外交・通商の道が開けたことが新たな外国語習得の必要を生んだ。とくに外交交渉と交易上で重要性が高まったのは英語であった。それはたとえば、米使節として送り出されたある鍋島藩士が帰国後に述べたという述懐、「世界の知識は英語によりて誘はるべし、弱小の蘭学のみにては時機に後れざるべからず」（『鍋島直正公伝』(6)）からも窺い知ることができる。だが何といっても、オランダ語から英語へという急激な時勢の変化を、個人史的な事件として鮮明に伝えているのは福澤諭吉の回想であろう。安政六年（一八五九年）、当時二十六歳だった福澤青年が「横浜見物」に出かけ予想外の事態に出会う。そこに、苦労して修めたオランダ語の文字は見えず、「店の看板」「ビンの貼紙」すら読めなかったという。福澤は『福翁自伝』（『時事新報』明治三一年七月～三二年二月）の著名な一節で次のように述べている。

今まで数年の間死物狂いになってオランダの書を読むことを勉強した、その勉強したものが、今は何にもならない、商売人の看板を見ても読むことが出来ない、さりとは誠に詰らぬことをしたわいと、実に落胆してしまった。（中略）今世界に英語の普通に行われているということはかねて知っている。何でもあれは英語に違いない、今我国は条約を結んで開けかかっている、さすればこの後は英語が必要になるに違いない、洋学者として英語を知らなければ迚も何にも通ずることが出来ない……

時代に翻弄される福澤の戸惑いと落胆が行間に窺える。こうした蘭語から英語へというシフト・チェンジは、さまざまな分野で検証することができるのだが、明治期に何度となく繰り返された『ロビンソン・クルーソー』の翻訳からも明瞭に辿ることができる。

すでに明らかにされているように、江戸末期には二種類の『ロビンソン・クルーソー』の翻訳がなされている。一つは、江州膳所《ぜぜ》の藩士黒田行元（麹廬《きくろ》）によって訳された『漂荒紀事』（嘉永三年〈一八五〇〉）。もう一方は『宇津保物語提要』などを著し、後に元老院少書記官ともなった国学者横山保三（由清）による『魯敏孫漂行紀略』（安政四年〈一八五七〉）である。これらいずれもが原語である英語からではなく、いったんオランダ語に翻訳されたテクストから重訳されているのである。ただし、こうしたオランダ語経由で始まった『ロビンソン・クルーソー』の翻訳も明治十年の山田正隆訳『回世美談』（明治一〇年）以降英語から直接訳されることになる。むろん、二度とオランダ語を迂回して翻訳されることはない。それはまさに蘭語から英語という一大転換と軌を一にしていたということができよう。

では、これらの翻訳の特徴はどこにあるのか――。黒田訳については本書第三部第一章で取り上げることにして、ここでは先ず近年原拠が明らかになった横山訳から検討していくことにする。それは、当時の翻訳における物語理解のありようを考える糸口になっていると思われるのである。

## 二　自己物語の〈翻訳〉

横山保三（由清）訳『魯敏孫漂行紀略』には、蕃書調所に蔵されていた百科事典『紐氏韻府《ニューエンホイス》』(7)の“ROBINSON”についての記事を踏まえた「附載」なる〈あとがき〉が添えられていた。それによれば、「此書」には「総て童蒙を長育する良則となすべき」事柄が書き込まれているとされ、とくに「童蒙」に対する教訓的な意味が強調されている。それは本文の結末、帰国後のロビンソンの様子を述べる部分の、「英吉利《イギリス》国にたち帰り、また其地をはなれず、よろづ事かなひてありけりとなん」[8]という文末の表現にも通じており、訳者が「序」にいう「今昔物語の風」の〈教訓的な説話〉として受け止めていたことを示していると考えられる。ここには当時の『ロビンソン・クルーソー』受容のありようが窺われて興味深い。だが、それは英文の原著者の意図するところと微妙に隔っているといわなければならない。

ダニエル・デフォーによって書かれた「原著序」によれば、この「物語」は「宗教的効用にあてはめ」「人々を教化し」、「摂理の智恵」を「たたえんがために述べられている」とされ、やはりある種の宗教的な教訓譚であると考えられる一方、しばしば「放蕩息子」(Prodigal)の比喩で語られるピューリタンの〈精神的自叙伝〉として、しかも一人称による懺悔譚として語られているのである。そこが根本的に異なっている。教訓譚か、あるいは教訓譚を含み込む懺悔譚と受けとるか、この差異が両者を分け隔て、最終的には別種の物語に向かわせてしまうことになると思われる。

ただし、横山が底本としたオランダ語訳のテクスト[9]も、その題名『要約ロビンソン・クルーソーの生涯／おもな体験と出会い、児童向けに編成』[10]が示すように、きわめて簡略化された子供向けの三人称による教訓的冒険譚として語られていた。横山の理解もこれを踏まえていたことになる。当時の文脈では、こうした〈説話的教訓譚〉は馴染み深い安定した物語の話型であり、受け止めやすいものだったと思われる。それが、この話を翻訳させる一つの機縁になっているという推測も成り立つ。むろん横山には知るよしもなかったのだが、こうした事情が原作のもつ自己言及的な〈懺悔譚〉という枠組みからいよいよ遠ざけてしまうことになったのではないかと考えられる。

しかし、原著の枠組みから外れているのは横山訳に限らない。オランダ語の全訳本を底本にしていながら、[11]

「魯敏孫」の「艱苦」を「心ニ憶念シテ、カリソメニモ驕慢放逸ノ心ヲ起スコト勿レ」（「和蘭訳者自叙」）と、「身ヲ省ミ」「行ヲ修ル」べきことをメッセージとする黒田訳も同様である。ここでは、キリスト教的大枠と不可分な一人称的な自己言及性が切り捨てられているのである。いやむしろ、翻訳者たちはそれを意識化することができなかった、というべきなのかもしれない。いわば翻訳者たちの認識を越えたところに、見えない物語があった——。『ロビンソン・クルーソー』を翻訳するにあたり、当時の蘭学を媒介とした西洋理解、また翻訳すべきことば、さらにはそれと不可分である想像力には何かが決定的に足りなかったと思われるのである。だが、それは蘭訳からのみならず原著である英語からの翻訳の場合も同様であったのだ。

翻訳された分量・質からいえば、本格的な『ロビンソン・クルーソー』の原語からの翻訳は井上勤訳『絶世奇談魯敏孫漂流記』（明治一六年）から始まるといって過言ではない。省略部分も多々見られるが、第一部「ロビンソン・クルーソーの生涯と冒険」が当時としては完訳に近い形で翻訳されている。かつ、井上訳は「予ハ紀元一千六百三十二年ヲ以テ英吉利国ヨーク府ニ生レタリ」と語り起こされ原文どおり一人称の物語として提示されていることをはじめ、その訳の正確さでも水準を超えている。しかし一方で、原文の根底にある構造上の要諦には目がとどいてはいないと思われる。すなわち、原文では父の教えに背いて航海に出て嵐に遭い、ある無人島に流れ着き二十八年間過ごしその島から帰還した「私」が、手記を記述する〈いま〉という時間から〈かつて〉の「私」をさまざまな出来事とともに捉え直す、という運動が構成上の根幹におかれ物語化されているのである。いわば、この物語には線条的に流れる〈いま〉という時間と同時に、回想されるべき〈かつて〉という二つの時間が存在していたのである。これがピューリタンの〈精神的自叙伝〉なる大枠を形作っているのである。ここに『ロビンソン・クルーソー』が〈冒険〉ともっともかけ離れた〈冒険小説〉であると評される所以がある。

だが、当時の訳者たちにはこうしたもっとも基底的な物語が可視化できなかったのである。その理由はどこにあるのか――。それはいくつかのレベルで考えることができる。第一に物語内容の話型論のレベルでは、精神の自叙伝というより「航海周航ノ念」に突き動かされた「丈夫」の立志譚という受け止め方が作用していると思われる。たとえば井上訳では、ロビンソンが若き日の自分を「ずいぶんと早くから私は放浪癖（rambling Thoughts）にとりつかれていた」と語る部分は、「予ハ（略）幼《オサナ》キ頃ロヨリシテ常ニ桑弧《ソウコ》ノ志ヲ懐キ居《イダ》タリ」[12]と肯定的なイメージが付与される。かつ、こうした〈大丈夫〉である魯敏孫の恐れ・落胆・喜びという〈感情〉の連なりを媒介にして物語が構成され、二つの時間を構造化しようという意図は稀薄である。それは日本語の表現論的な特性のレベルとも関わっている。すなわち、語り手が常にその場に立ち会っているかのように語るという日本語の、あるいは日本語の語りの状況指向的な特性である。いうなれば、必ずしも明瞭な一定の距離をもって作中人物を対象化するのではなく、作中人物の潜在する言表行為に合わせて語っていく[13]。そこでは、物語はいま起こっている現在進行型の出来事に変換して語られることになる。それ故、一連の出来事は〈かつて〉の出来事と時間を隔てた〈いま〉という地点から回想されているという物語の大枠は構造化されにくかったと思われるのである。

さらに、西洋の文化理解のレベルでいえば、キリスト教的な知識、世界観の欠落をあげることができよう。これがこの翻訳の限界と深く関わっていると考えられるのである。

ロビンソンは、この「絶望の島」に流れ着いた翌年重い病に罹る。原因不明の激しい瘧《おこり》と発作に襲われ一週間あまり生死の境をさまよい病から帰還する。その時、世界にあまねく及んでいる神の力とその裁きに思い到り、罪深い過去を悔い改め初めて自らの意志で祈りを捧げることになる。ロビンソンにとって病の治癒は、魂の治癒でもあったわけである。そんな折、日課として読むことを始めた聖書の次のようなことばと遭遇する。

「彼は人を悔い改めさせて、その罪を赦す為に、君主、又救世主の位を授けられ給う」という言葉を見付けた。私は聖書を投げ出して、両手とともに心も天に持ち上げる気持で、一種の法悦に浸って「ダビデの子、イエスよ、偉大なる君主、又救世主よ、私を悔い改めさせ給え」と叫んだ。／この時私は一生のうちで、初めて本当の意味で神に祈ったと言える。[14]

このような神との新たな出会いをとおして自分が組み変えられていく——いうなればキリストによる救済の過程が物語化されているのである。

これに対して、井上訳の同一部分では「此日昧爽《アサ》起キテ衣服ヲ改メ又経典ヲ把《ト》リテ之レヲ読ミ叨《ミダ》リニ上帝ノ冥助ニヨリ本国ニ帰ルノ幸福ヲ得ンコトヲ祈祷《キタウ》シタリ」と、過去の「罪」を「悔改」め「赦」を求めるというのではなく、「本国ニ帰ルノ幸福」という現世的な願いをあらためて「祈祷」するだけである。改悛による魂の救いというモチーフは見えていない。それは、天罰を下す戒めの神と受けとめる黒田訳も同様である。原文ではこの直後、ロビンソンはキリストの血ともなる「葡萄」を発見し、またキリストの肉である「パン」の自給を試みるという、壮大な比喩の体系を生きている。だが、これらの訳ではそうした象徴的意味が顧みられることはないのである。

しかしながら、それは無理もないことであった。聖書の翻訳の歴史を振り返ってみても、旧約新約が全訳されるのは明治二十年のことであり、新井白石はじめ多くの蘭学者たちが禁制下にもかかわらず聖書に特別の関心を持続していたにしても、キリスト教をとおしての西洋文化理解という次元にはとうてい到ってはいなかった。上田敏は「明治の大翻訳は疑もなく敬虔の信徒等が刻苦して大成せし旧新約聖書」[15]であると述べているが、彼が念頭においていたのは、『欽定英訳聖書』なる英訳本を底本とした、翻訳委員社中訳『新約聖書』（明治一三年）と東京翻訳委員会訳『旧約聖書』(明治二〇年)であった。これらは、日本在留の諸ミッションの宣教師——ヘボン、ブラウン、グリーンらを中心にした翻訳で、その格調の高さと論理の明晰さにおいて聖書和訳史に一時代を画するものであったといえる。それは、信仰上の意味だけでなく、新たな文体の創出という意味でも特筆すべき試みだった。例えば、「馬太伝《マタイ》」第五章は次のように訳される。

耶蘇《いえす》おほくの人をみて山にのほり坐したまひければ門徒《でし》たちもそのもとにきたれり　耶蘇くちをひらきてかれらにをしへいひけるは心のまづしきものはさいはひなり　天国《てんこく》はすなはちその人のものなればなり

笹淵友一は、この『新約聖書』の翻訳について「漢語をまじえながらその文体は平易である。しかし卑俗ではなく、むしろ気品に富む。(中略)いわゆる雅文の貴族趣味や抒情過多とは無縁であり、明晰な論理性によって貫ぬかれている」(16)と評している。むろん、それは宗教上の問題にとどまるものではなく、詩的イメージとしてあるいは一種のエキゾチズムとして島崎藤村の『落梅集』(春陽堂、明治三四年八月)等、近代文学に与えた影響の大きさは今さら指摘するまでもない。「西洋文化の一大潮流なる基督教」(上田敏)の本格的な理解はこうした聖書の訳業によって支えられていたといえよう。

それは、井上訳について明治二十七年に訳された高橋雄峰訳『ロビンソンクルーソー絶島漂流記』(博文館)において、それまでにない正確な聖書のことばの翻訳がなされると同時に、自らの罪を語る／告白するという自己言及的な物語の枠組みがみごとに移し取られていることにも繋がっている。まさに聖書の訳業をとおして、西洋の精神世界がおぼろげながら見えてきたということができよう。のみならず、こうした西洋文明における懺悔・告白の意味、その自己言及的システムの理解・発見が新たな小説の主題を成立させる契機となったと思われるのである。

もちろん、日本に〈懺悔〉という語りのスタイルが存在しなかったわけではない。明治二十二年四月、吉岡書籍店から「新著百種」の第一として刊行された尾崎紅葉の『二人比丘尼色懺悔』は、〈懺悔物〉というジャンルの末端に連なると理解されていた。同月に発表された内田魯庵の批評[17]でも、その「趣向」が御伽草子の『二人比丘尼』『三人懺悔冊子』（『三人法師』）を踏まえていることが指摘されている。これらの説話は、最終的に何らかの形で救済されるという意味では、西洋的な懺悔と重なる部分がないわけではないが、その語りの回路は大きく異なっている。

## 三　告白の〈ことば〉

〈懺悔物〉の一つの特徴とされる、ある作中人物が他の人物と出会い互いに過去を懺悔するという形式は、「巡物語」と類別されその典型に『三人法師』をあげることができる[18]。これは、高野山に隠棲していた三人の僧が寄り合って遁世の理由を懺悔し合うという説話であり、ある邂逅が一方を聞き手とする一人語りを促すという意味で、一人称の告白の契機を内包しているともいえる。しかし、それはあくまで眼前の具体的な誰かに向かって語るという枠組みに則って語られるのであり、対話形式からはずれることはない。いうなれば二人称的に語る――そこに日本的な語りの特質があり、また懺悔でありながら「ある人々の身の上譚《ばなし》」（『色懺悔』自序）となる理由もあると考えられる。

これに対し、再び『ロビンソン・クルーソー』を例にとれば、二つの隔てられた時間を前提にして、〈かつての自分〉を〈いまの自分〉が明瞭な距離感をもって対象化して語られている。それは自分との対話をとおして神に向かって語る救済の物語と概括することができる。かつての自らの非行・罪を〈改悛→救済〉という大枠のもとに物語化することによって神と和解し赦しを得るという、まさにキリスト教における〈告白〉のシステムの上に物語られている。ミシェル・フーコーによれば、西洋社会において「真実の告白は、権力による個人の形成という社会的手続きの核心に登場してきた」[19]とされるが、ここではキリスト教における〈告白〉の制度、またアウグスティヌス以来の「告白」という西洋文学の強固な地盤の上に成り立っているといえる。

　いうなれば、極めて明瞭な文法的に分け隔てられた二つの時間がベースとなって構造化され、一人の人間の自叙伝として物語化されているのだ。それは現在時を基点においた線条的な時間意識に支えられた〈魂の成長〉の物語ということができよう。その一方、そこで前提にされているのは神を介する完結した世界であり、そこに現出するのは揺るぎのない安定した〈自己〉ということになろう。それ故、こうしたシステムの内部では、〈自己〉はある線を踏み越えて問われることはなかった。

**哄笑するルーソー少年**
**（『土陽新聞』明治 19 年 12 月 28 日）**

　そうした安定した〈自己〉に揺らぎを与えたのが、その名も『懺悔記』（『告白』）というジャン・ジャック・ルソーの自叙伝であり、その翻訳自体も重要な意味を持つことになるのである。

　周知のように、ルソーはわが国において始め社会思想家として受けとめられていた。後に「東洋のルソー」と呼ばれる中江兆民によって初めて紹介された『社会契約論』（一七六二年）は、『民約訳解』（明治一五年）という邦題で漢訳され、民権運動家たちの精神的支柱ともなる。『告白』は、先ずこうした文脈で『垂天初影』《すいてんしょえい》（『土陽新聞』明治一九年一二月一二日～二〇年二月三日）として翻訳された。訳者宮崎夢柳みずから述べるところによれば、『垂天初影』とは「先生（ルソー）の鵬翼正に此の時（「幼時」）に生じ他年大いに九万に搏《う》つに至れるを以て」題したとされ、この解題さながらに、「仏蘭西の偉人大家セイン、ヂヤツク、ルーソー先生」の「略履歴」を伝えるのを第一に訳されている。これに伴い、話は題名のとおりに「天性活溌磊落のルーソー」が「自主独立」を求めて放浪の旅に出るというところで単純化され豪胆に切り取られることになる。かつ訳者である宮崎夢柳は「面白可笑しき事跡」の「抄出」を企図し、あえて〈三人称〉の物語として再話・訳出しているのだ。ここでは、ルソーが目論んだ真実を包み隠さず〈告白〉するという意味が意識されることはない。

それを真正面から受け止めたのは森鷗外訳であった。鷗外はドイツから帰国後まもなく、森田思軒、坪内逍遙、二葉亭四迷らとともに企画された翻訳叢書のために、この『懺悔記』[20]翻訳を思い立つ。それまで文学上の仕事には着手しておらず、いわばこれが鷗外の文学的な出発となる。それによれば、全体の序ともなるべき『懺悔記』冒頭は次のように訳されている。

> 最後の裁判の鼓《つゞみ》は、何時にても鳴り響けよ。余は我書を手にして天帝の玉座の前に出で、声を放て呼ばん、余は斯く行ひぬ、斯く考へぬ、斯くこそありけれと。（中略）神よ、余は我衷心を汝が鑑みたるが如くに表白せしといふことを得べし。余と世を同うせる億兆《おくてふ》の民よ、我身辺に集ひ来て我懺悔を聞き、我短《わがたん》の為めには嘆息し、我辱の為めには赧顔《たんがん》せよ。既に聞き畢らば各々玉座の下に跪《ひざまづ》き、余と同じく平心易気《へいしんいき》にて心腸を吐露せよ。余は汝等の中一人も、天帝に向て吾は渠《かれ》より善しと云ひ得るものなきを知る。

「余」は「天帝（神）の玉座の前」で、自らの行いを顧み「衷心」を「表白」しようというのである。これは神を介した告白の宣言であり原作と隔たるところはない。ルソーもやはりキリスト教的な〈告白〉の枠組みに即した形で『懺悔記』を語ろうとしているのだ。そもそも〈懺悔〉とは、こうした枠組みから離脱することのできない言説のシステムであり、『告白』全体を流れている〈楽園追放〉のイメージもそれと無縁ではなかろう。鷗外訳もそうした方向を踏まえているのである。

ただし、ルソーが実際に念頭においていたのは、「わたしの敵ども」とされる明瞭な〈他者〉であり、自らの書の中にそれを「読者」（lecteur）として内在させていた。個人史に沿えば、ここにはヴォルテールはじめルソーを追い落とそうとする勢力に対する反論という執筆の動機が窺えるという。ジャン・スタロバンスキーは著書『ルソー　透明と障害』（山路昭訳、みすず書房、一九七三年）のなかで次のように述べている。

自伝的作品〔『告白』引用者〕が問題にしていることは、いわゆる自己認識ではなくて、他者によるジャン＝ジャックの承認であるといえよう。かれの目にとって問題なのは、たしかに明晰な自己意識でもなく、「即時的」なものと「対自的」なものとの一致でもなく、そうした自己意識を外部から承認されたものとして表現することである。『告白』はまず第一に他人の過誤の訂正の試みなのであって、「失われた時」の探求ではない。

著者であるルソーが望んでいたことは、なによりも他者からの承認であり、自分に向けられた悪意ある誤解を改めることであるという。『告白』はまず第一に他人の過誤の訂正の試み」であったというわけだ。こうした他者に対する意識のありようは、『ロビンソン・クルーソー』とは明らかに異なっており、〈神〉ではなく内在させた「読者」に向かって語り手である「わたし」が〈告白〉するということになっている。つまり、ルソーの『告白』は自己の非行・罪を反省するというよりも、自らの正当性を申し立てるために〈一人称〉的に語っているといえる。いわば、〈神〉ではなく〈他者〉の検閲を経ることによって心の〈慰藉〉と〈救い〉を得るということになる。この意味で、自伝的小説『告白』の根底に流れているのは、語ることによる自己救済と新たな自己創出というモチーフであるといえよう。

むろん、鷗外がそれをどこまで理解していたかは俄かに判じ難い。だが、少なくともこうした自己言及的な一人称のテクストを、自らの文学活動に先立って翻訳しようとしたことは見逃すことはできない。というのも、それと相似形の物語として『舞姫』を思い浮かべることができるからである(21)。

『舞姫』は手記の書き手である「余」がドイツ留学の帰途、サイゴンの港という〈いま・ここ〉から、空間的時間的に隔たったドイツでの出来事を捉え直そうと思い立つところから始まる。そこには厳冬のベルリンに捨て置いてきたエリスに対する罪の意識と、自分自身に向けられた「人知らぬ恨《うらみ》」を鎮めたいという願いが込められている。ただし、一方向的に自分の非を暴き立てるだけでは〈慰藉〉と〈救い〉を得ることはできない。それはむしろ自己言及的な手記を記すという行為に内在する、〈書く私〉と〈書かれる私〉の双方向的なコミュニケーションによって新たな自己像を作り上げることをとおして実現されることになる。檜垣立哉は「〈私〉を語るという〈私〉の実践は、自己自身への屈曲をなすという意味での、奇妙な余剰を原理的に孕んでいる(22)」とするが、書き手である「余」は「余」について自己言及するという自己差異化を含むまさに「余剰」な行為をとおして新たな「余」を編成しようとしているのだ。

それ故、この手記は当事者であるエリスに向かってではなく、テクスト内の論理では明確に同定できないある者、強いていえば自分自身に向かって語られていた。そこにこの手記の一人称的な完結性があると同時に、「日記体」の「日記体」[23]たる所以がある。その一方、作者である森鷗外に即していえば、不特定の『國民之友』の読者と同時に、自身の家族たちという読者（聞き手）が念頭におかれていたと考えられる。[24]鷗外の帰国直後、エリーゼというドイツ女性がその後を追うように日本にやって来たことは余りにも有名だが、陸軍をも巻き込むスキャンダルにもなりかけたその出来事について、内と外にむけて申し開きしようという意図を『舞姫』執筆から読み取ることも可能である。いうなれば、鷗外は〈自己物語〉的な懺悔物語を書き著すことにより、エリーゼと自分との関係に自己言及していた――。スタロバンスキー風にいえば、自己をめぐる懺悔譚を語ることによって自分に向けられた「他人の過誤の訂正」を試みた、ということになろう。それは、まさに鷗外自らが翻訳した『懺悔記』の構図と相同しているといわなければならない。

しかし、こうした試みが鷗外の個人史と結びついた独創として孤高を保っているわけではない。

明治二十年代の始めには、既に〈自己物語〉的な物語への着目がなされていた。坪内逍遥は「心の変遷を叙する」のが「実伝の本意」であるとして、「実伝（バイヲグラヒー）論」（『教育雑誌』二二号、明治二〇年一月）を展開し、『読売新聞』に掲載された太阿居士による「自伝を書くべし」（明治二〇年六月九、一〇、一八日）では「ルーソーの懺悔録」にも言及しながら「自伝」の意味が称揚されている。明治二十一年に発表された嵯峨の屋おむろの『無味気《あぢきなき》』（駸々堂、明治二一年四月）もこうした文脈に沿っていると理解される。これらは当時の趨勢であった、真実を描くべき新時代の小説ジャンルとしての「ノベル」への注目とも連動していたというべきであろう。また森田思軒をはじめとする「自叙体」への注目という同時代的な表現論上の関心とも深く結びついている。

しかし、先にも触れたように、わが国においては西洋の確然とした「告白」のシステムと比べてその枠組みが緩やかなだけに、差異と同一を生み出す自己言及的な一人称の語りが、新たな「私」を組織化する〈場《トポス》〉たりえる可能性をもったとも考えられる。たとえばポーの一人称小説『黒猫』の翻訳において、訳者である饗庭篁村は原作と異なる自己言及的な物語を発生させることになった[25]。また、『舞姫』においては、内面化された他者との対話のなかで、新たな「余」が編成されることになった。いわば、翻訳を通じた西洋的な〈告白〉文学を含む〈自己物語〉的な物語との出会いが、自己の「心の変遷を叙する」（坪内逍遙）という新たな小説の主題を導く一つの契機ともなりえたということができよう。西洋においては個人を抑圧するシステムである〈告白〉を異化することによって、新たな〈主体〉編成をめぐる物語が作られようとしていた。明治の翻訳者たちは、キリスト教的な自己言及的な言説装置との出会いによって、新たな表現論的、主題論的な広がりを手にすることになったのである。

**【注】**

（1）高瀬弘一郎『キリシタンの世紀』岩波書店、一九九三年。

（2）海老沢有道『日本キリシタン史』塙書房、一九六六年。

（3）沼田次郎『洋学』吉川弘文館、一九八九年。

（4）例言によれば「和蘭の博士「ジヲスコリデス」ノ著」とされる。なお、この出版が『八十日間世界一周』と同じく明治十一年であったことは偶然の一致ではなく、翻訳の主意は文学的興味よりも「西洋事情」の紹介にあったと推測される。

（5）神田孝平訳『和蘭美政録』は、その一部が『楊牙児奇談』として明治十年九月四日から同十一年二月十四日にかけて『花月新誌』に連載されたのち、明治十九年二月に神田孝平訳・成島柳北編『楊牙児奇談』（外題「和蘭美政録楊牙児奇獄」）として広文堂から刊行された。

（6）中野礼四郎編『鍋島直正公伝』第五編、侯爵鍋島家編纂所、一九二〇年。

（7）Gt. Nieuwenhuis "Algemeen woordenboek van kunsten en wetenschappen." Te Zutphen, bij H. C. A. Thieme, 1820-1829

（8）原文は以下のとおり。

…bleef daar eenigen tijd, en kwam vervolgens weder in Engeland terug, alwaar hij toen zijn vast verblijfvestigde.（しばらく、島で暮らしましたが、再び英国に戻って残りの生涯を送りました。）

（9）松田清は「黒田麹廬研究のために」（平田守衛編著『黒田麹廬の業績と「漂荒紀事」』京都大学学術出版会、一九九〇年）で、"Beknopte levensgeschiedenis van Robinson Crusoe, bevattende zijne voornaamste lotgevallen en ontmoetingen; opgesteld ten dienste van de jeugd." と指摘している。ただし、内容に踏み込んだ具体的な分析はなされていない。筆者も同時期に別なルートによって調査した結果、横山訳とまったく同じ挿絵が付されたテクストがミシガン州立大学蔵本にあることを発見した。本章ではそれを底本としている。

（10）"BEKNOPTE LEVENSGESCHIEDENIS VAN Robinson Crusoe, Bevattende zijne voornaamste lotgevallen en ontmoetingen; Opgesteld ten dienste van de jeugd."

（11）松田清は、「黒田麹廬研究のために」（注9）で示したとおり、『漂荒紀事』の原書は一七二〇年から一七五二年の間に出版されたオランダ語全訳本 "HET LEVEN En de wonderbaare GEVALLEN VAN ROBINSON CRUSOE" であると述べている。なお、松田も『漂荒紀事』の序文から「キリスト教関係の語句」が抹殺されていることを指摘している。

（12）横山訳では「志を決め、父の諫めも考えず（中略）旅立ちけり」と、また黒田訳では「我大志ヲ抱キ（中略）常ニ航海ノ志アリ」とされ、ほとんど同様の訳がなされている。

（13）中山眞彦は『源氏物語』とそのフランス語訳との比較をとおして、日本語の語り手は「あくまでも二重唱としての言表行為をおこなうのである。つまり相手（作中人物）の潜在する言表行為に合わせて言葉を出している。言い換えれば言表表現情況を共有するのである。」（『物語構造論』岩波書店、一九九五年）と述べている。

（14）吉田健一訳『ロビンソン漂流記』新潮文庫、一九五一年。

（15）上田敏「細心精緻の学風」『帝国文学』第一巻九号、一八九六年。

（16）笹淵友一「解説」『近代日本キリスト教文学全集14　聖書』教文館、一九八二年。

(17) 内田魯庵「紅葉山人の『色懺悔』」『女学雑誌』第一五八号、一五九号、明治二二年四月二〇、二七日。
(18) 川端善明は「巡物語」を論じながら、「懺悔」について「身にとって生涯忘れ難い秘事を、語らなければ妄執になるかも知れぬという思い――逆に言えば真実性に固執しつつ、残りなく衆前に語ることが実は広義に懺悔であった」(「巡物語・通夜物語――場と枠、或いは形の意味について」『説話の言説――口承・書承・媒体』勉誠社、一九九一年）と述べている。
(19) ミッシェル・フーコー『性の歴史Ⅰ　知への意志』渡辺守章訳、新潮社、一九八六年。
(20) 『懺悔記』は、『立憲自由新聞』(明治二四年三月一八日〜五月一日）と『城南評論』(第一巻二号、七号、明治二五年四、九月）に断続発表された。ただし、完結に到ってはいない。
(21) 『舞姫』発表直後の著された山口虎太郎の「舞姫細評」(『しがらみ草紙』第四号、明治二三年一月）でも『懺悔記』との関係が指摘されている。また、井上優は「『舞姫』における豊太郎の〈告白〉への試みが、自己が自己であって、決して他者のものではないことを確認することから出発するのは、『懺悔記』での声明とあまりにも類似している」(「ふたつの〈告白〉――『懺悔記』から『舞姫』へ」『文芸と批評』一九九一年一〇月）と指摘している。
(22) 檜垣立哉「〈私〉という特異点」(松永澄夫編『私というものの成立』勁草書房、一九九四年）
(23) 「再び気取半之丞に与ふる書」(『國民新聞』明治二三年四月二八日〜五月六日）
(24) 小金井喜美子の回想（「森於菟に」『文学』第四巻六号、一九三六年）による。
(25) 本書第一部第四章参照。

# 第七章 〈人称の翻訳〉の帰趨

## ——坪内逍遥『細君』

## 一　「環境の描写」

坪内逍遥『細君』は、『浮雲』の刊行時期と重なる明治二十二年一月に『國民之友』に発表された。同誌には、挿絵が話題を呼んだ山田美妙『蝴蝶』、本書でも取り上げた森田思軒訳『探偵ユーベル』等が掲載されており、他の話題作の影に隠れてしまった感があるが、逍遙にとっては苦心の末にまとめ上げた最後の小説で、ことわるまでもなく翻訳小説ではない。しかしながら、この短篇小説が喚起する問題はことのほか重要で、逍遙なりの〈人称〉翻訳の試みの一つの帰趨として成立したと考えられる。ここでは、第一部の総括として取り上げて論ずることにする。

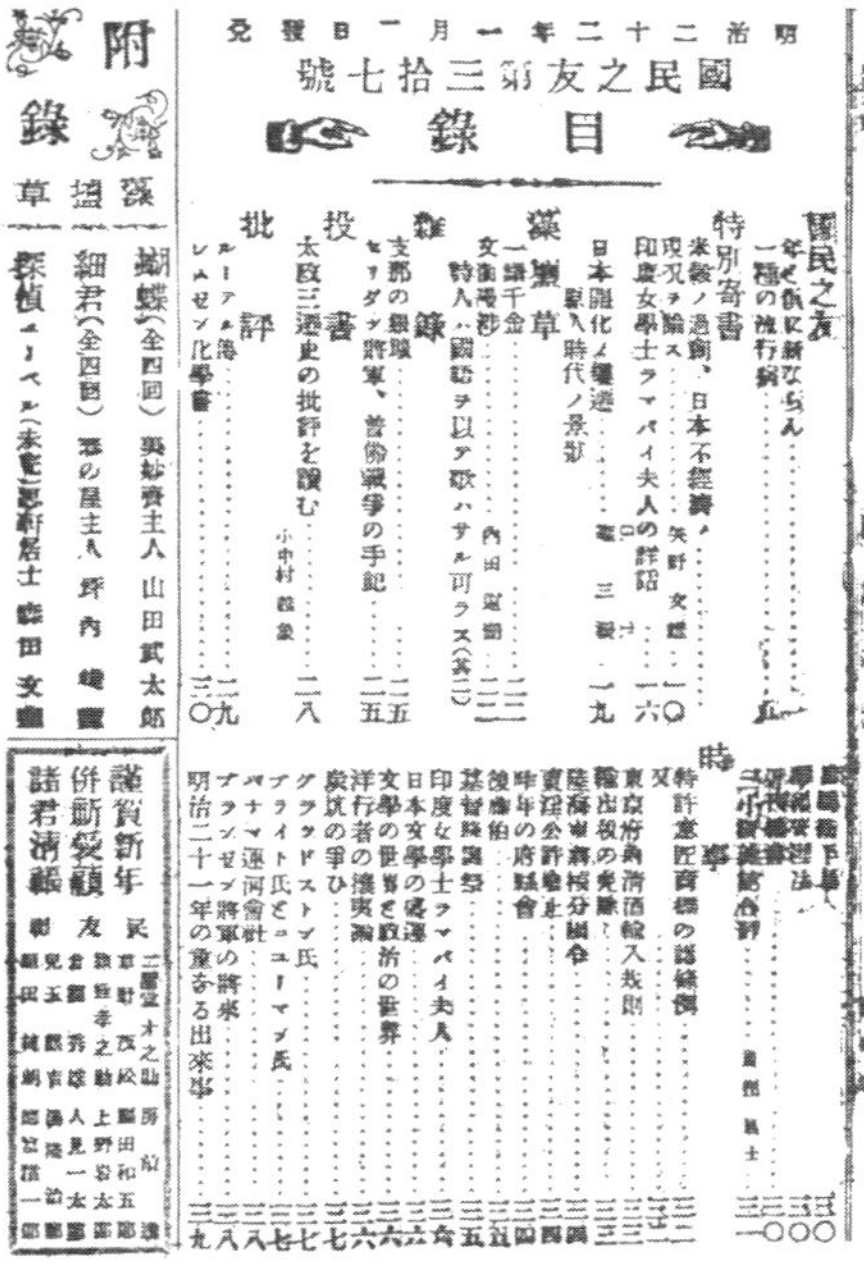
明治二十二年一月一日發兌
國民之友第三拾七號
目録
國民之友
特別寄書
米穀ノ過剩、日本不經濟ノ現況ヲ論ス……矢野文雄……一〇
印度女學士ラマバイ夫人の辞話……一六
日本開化ノ變遷……一九
時事
雜録
投書
太政三遷史の批評を讀む……小中村義象……二八
批評
附録
蝴蝶（全四回）　美妙齋主人　山田武太郎
細君（全四回）　春の屋主人　坪内雄藏
探偵ユーベル（未完）　思軒居士　森田文藏
謹賀新年
併斷髮額
諸君清鑑

『細君』が掲載された『國民之友』37号の目次。

『細君』の評価を振り返ってみると、意外なほど振幅の大きい批評がなされてきた。はやくから「逍遙の小説中で、もっとも近代性のゆたかな作品」「逍遙小説の極北」(1)（稲垣達郎）とされながら、一方で「すくなくとも逍遙にとっては小説を放棄させるに足る失敗作だった」(2)（石田忠彦）とも評されているのだ。あまりに両極端な評価であるが、「失敗作」と語られるのにも理由がないわけではない。よく引かれる『細君』執筆当時の逍遙日記（『幾むかし』(3)）の記事からも推察できる。

（明治廿一年十一月）初旬より国民の友へ掲載すべき、細君といふ小説の筆を取りはじむ、近来意気阻喪せり、此小品を以て気分の名残となさんとす、筆働かず、中旬に至り辛うじて第一回を書き終りしが　心に適せざる事甚し　偶々二葉亭来る、出して見せ、毫末もトリエ無きか将た幾分のトリエありやと　彼の人の正直なる批評を乞ひたるに（下略）

（明治廿一年十一月三日）此夜二葉亭来るを幸　感ずる所あり　断然文壇を退かんと決心す(4)

（明治廿二年一月）今年より断然小説を売品とすることをやめ　只管真実を旨として　人生の観察に従事せんと思ひ定む

『細君』執筆と自から「文壇」を退くことを直接結びつけているわけではないが、当時の苦悩のあとが滲みでている。実際に逍遥はこの後小説の筆を断っている。こうした記事を元に、『細君』脱稿と小説放棄の因果関係が特別な意味をもって論じられてきたのである。時に伝記的事柄と物語内容が結びつけられてその理由が語られたり、時にアイデアリストの二葉亭と知り合ったことが遠因とされたりした。たとえば、木村毅は、遊女であったセン夫人をモデルにした『細君』では「師範学校出」の新しい女を形象化できず、その「仕上げに苦労した逍遥は、そのまま筆を折って、小説とも、現代への取材とも絶縁した(5)」と述べている。また、和田繁二郎は『小説神髄』の没理想的な写実主義」を推し進める結果、「二葉亭が、文三のなかに自己を発見した文学主体」を作り上げられず、「自己のうちたてた写実主義理論にしばられ、風俗描写の枠に自らを閉じこめて、その限界に見切りをつけた(6)」と論じている。これに対し、石田忠彦は逆に逍遥の意図と実作の乖離をあげ、「この小説が失敗作である理由の最たるものは、このずれ、つまり「細君」を描こうとしながら小間使の悲劇になってしまった点であろう(7)」と述べている。これについては、のちに改めて言及する。

一方、いち早く『細君』の表現方法に着目した亀井秀雄は、「近代文学的な文体は『細君』において最も早く実現されている」と画期的な評価を下し、同時期に発表された『浮雲』の語りの不統一性を念頭において、次のように述べている。

『細君』には、そういう〈『浮雲』の地口のような〉中途半端な表現はまざっていなかった。環境の描写がそのまま視点人物の心的な状況の表現であるような形で統一されていて、たしかに過不足のない描写だという印象を読者に与える。この方法をほぼ破綻なく守りきった、その意味でこれは、わが国の近代小説の最初に成功した作品である。(8)

亀井は、とくに『細君』の冒頭部の「環境の描写」に注目し、「この場合の視点人物、お園という若い小間使いの感情（寂しさ）にとって必然的な見え方だけで統一されていた(9)」と指摘する。その冒頭とは以下のように記されていた。

引窓を引いて後は、昏《くら》さ四方より掩《おほ》ひかゝり、ランプの影は台所の天井に月の形を写したり。秋の日はとッぷり暮れて柱に掛かる時計の音耳につく程鳴ひゞく。けふもあるじはまだ役所より帰り来まさず、離れ座敷の女隠居と縁者《みより》と聞きし十七八の娘は近い所の寄席へ行き、頬の赤い女中も買い物をとゝのへに外へ出でぬ。奥も台所も寂《ひつそ》として、別けて新参ものゝ手持なさ、お園は独りツクネンと女中部屋に物思ひ。此時づか〱と出で来るは此邸《やしき》にゐる書生なるべし、長火鉢のそばへ突立ち湯呑と鉄瓶を左右にとりあげ、二三度おっかけて白湯《さゆ》を飲み、こちらへは見向きもせず、畳を蹴立てゝ帰り行くを、お園は目を丸くして見送れり。

跡は又一倍の寂しさ。耳に附くは障子越しに板の間をかけまはるいたづらもの。（中略）逐《お》ひくたびれて起ちもせず、しょんぼりとして吐息をつき、何を思ひだしてか、シク〳〵と泣居たり。（一）

なるほど、それまでの逍遙の小説の冒頭と見較べてみると、語り手の戯作調ともいえる過剰な語り口は影を潜め、作中人物――しかも物語の中心にある「細君」の物語から隔たった小間使いお園の感情に即しながら抑制的に語っている。明らかな方法の違いが見て取られる。奉公二日目の不安げなお園の目には、秋の日がとっぷり暮れた台所の様子は、「昏さ四方より掩ひかゝり、ランプの影は台所の天井に月の形を写し」ていた。耳につくのは「柱に掛かる時計の音」と、板の間をかけまわる「いたづらもの」（鼠）の物音のみ。お園の「寂しさ」は一層つのる。こうした心細げな視線（視覚）と聴覚に焦点化して、まさにお園の意識の範囲に従った〈人称的世界〉から小説の「環境の描写」（亀井秀雄）がなされている。かつ、顔色がすぐれない、どこか不幸をたたえている夫人（お種）の不可解さ、いわばこの後の物語の展開に関わる「謎」がお園の目をとおして提示されている。『細君』の発表直後に書かれた学海居士の「春の舎君小説細君」でも、とくに右の部分に注目して、次のように述べている。

巻首に主人公を説かすしてまづ小婢の心情を説き　然してのちその眼中と意中より一個の細君を描き来る　以下ます〳〵その精密を加えて細君の心情見るか如し　されともこれは一小婢なり　もし甚しき精細の観察を下すときは反て真を失ふゆゑに　且は疑ひ且は信しおぼろげなる十四歳の小婢が目より精力を尽したる考察こそ　反て数万言の無識が論理よりも面白けれ（「春の舎君小説細君」『國民之友』明治二二年二月一二日）

「主人公」の「心情」を説くにあたり、まず脇役ともいえる「小婢〈お園〉の心情を説き」、その「眼中と意中」に即して「主人公」お種を描いている。「精細の観察」より、むしろ「おぼろげなる十四歳の小婢が目」という限定されたポイントから「考察」するのは「数万言の無識が論理」に勝っているというのである。かつ、学海はこうした表現方法を、以前逍遥から聞いていたとしている。

> 余かつて春の舎君の説を聞く　尋常の小説の佳人思婦の容貌性情を写すに直に其人に就きて筆を下すがゆゑに　その言ところは巧みにして尽くせるが如しと雖も　全その人の身上を離れて識らす知らさる境界に及ぶの妙を見ず　若他よりしてこれを模写するときは　その人の意想の外に出て反て直にその人を写すよりも真情を得べしと（同前。傍線引用者、以下同じ）

「小説の佳人思婦の容貌性情を写す」には、直接その人に就いて筆を下すよりは、「他よりしてこれを模写する」方が「その人の意想の外に出」てかえって効果があるというのである。引用傍線部の「かつて」は何時の時点を指しているかは定かではないが、逍遥がこうした方法に意識的だったのは間違いない。ある特定の人物を設定し、その人物の主観や意識の範囲から指向的に「容貌性情を写す」、あるいは物語舞台の「環境」を描写する。まさに、逍遥が『贋貨つかひ』の翻訳や『種拾ひ』の実作で実験的に試みてきたことである。いわば、「人称の翻訳」で培ってきた方法がここに生かされていると思われるのである。

　こうした逍遥が採用した表現方法によって、お園の見える部分のみならず、お園の見えないところを意識的に作り上げることが可能になる。それが小説の描写の問題にとどまらず、物語の構図をも作り上げているということができる。

## 二　「語り手のポジション」

初めて「お邸」奉公に上がったお園にとって、下河辺家の内情は理解できないことばかりである。第一に、大きな邸に住まい、下男下女、車夫まで抱える豊かな生活をしながら、奥さま（お種）の曇った表情がどうしても腑に落ちない。お園から見た印象は次のように語られる。

貌《かほ》はやつれて色は青白く、頬高く見えて目は少し凹み、眉も生際《はえぎは》もいと薄く、不人相といふではないけれど、愛嬌は微塵もない、何処かありさうなと探しても、眼尻は少し釣上り、小さい口元は緊くしまり、額の上の青筋のみ只ありありと目について、どう見直しても、意地わるさうな、不気味な、陰気な、勢ひのない。あゝ、大かた御病身の奥様であらう、お気の毒な（一）

このほかにも、「気味のわるい淋しい調子」「むづかしさうな奥さま、口へ出して仰《おつ》しゃらぬだけ、気心が分らない」と不可解さが繰り返される。それでいて、お園には優しい声をかけて労ってくれる。いよいよ気になる。しかし、お園にはお種の背後にある苦悩は見えてこない。これは、お園の主観に寄り沿って小説を読み進めている読者にも同様で、お園の「謎」は読者の「謎」ということになる。いわば、お園の「謎」に誘われて「探偵小説」的ともいえる物語世界に参入しているといってもよかろう。ジョナサン・カラーは「物語の喜びは欲望に結びついている」とし、「物語の動き自体は「認識偏愛（エピステモフェリア）」（知りたいという欲望）というかたちをとった欲望によってつき動かされている」[10]と述べている。つまりわれわれ読者は「秘密をあばき、結末を知り、真相を見つけ出したい」という欲望に誘われ物語を読み進める。この意味で、『細君』においては、お園はさしずめ「謎」への招待者ということになろう。作中人物の人称的世界に沿いながら語ること（内的焦点化）をとおして物語を紡いでいく、これは同伴することを「立聴」に限定してしまった『種拾ひ』のありかたとも異なる、新しい叙述の仕方ということになろう。

しかしながら、『細君』という小説は、小間使いお園の感性に焦点化した語りで統一されているわけではない。二章「親子」では、一葉の『十三夜』のお関さながら、お種が実家に「離縁」の話を切り出しに出かける。その場面は、明らかにお種に焦点化して語られている。帰ってみると、無人の様子。お種は父の姿を探して庭の辺りを覗いてみる。

「オヤマア、どこへお出でなされたか。不用心な。」と独語《つぶや》けば、ニヤウーといふは異様の挨拶。見返れば手飼の猫がいつの間にか後ろへ来て裾に絡むを見返つて、只頭を撫でしのみ。尚も四辺《あたり》を見廻すうち、庭の方にて咳払《せきばら》ひ。「オヤお父さま、お庭ですか。」と声をかくれど返辞はなし。「ア、、お耳が遠くなつた。」とつぶやきながら障子を開け、向こうの方をさし窺《のぞ》けば、（中略）「オ、、お種か。いつ来たのだ。何かアノ何が出掛けて往つたが、行ちがつたか。」と言ひかけて、とツかは此方へ歩み寄る。（二）

お種の行為、とくに視線に沿うようにして無人の部屋の様子を語り、お種自身を基点にして「此方へ歩み寄る」と指向的に述べている。「指示子」をめぐるバンヴェニストの言表行為論[11]を引き合いに出すまでもなかろう。これを踏まえて、なかなか切り出せないお種の重たい心象風景、「環境の描写」も以下のようになされる。

曇りかゝりし冬の空、まだ二時なれど、短き日晷《ひあし》、片影《かたかげ》は既に昏くなり、沈んで聞えるは上野の鐘。気は尚

更に重くなり、母が小用《こよう》に立ちし間は只猫の背を手まさぐり、夫人は思ひに暮れ居たり。（二）

胸に「大きなものが支《つか》へた」ようなお種の耳には、いつも聞こえる「上野の鐘」も沈んで聞こえ、しばし思いに暮れる。

ただし、この小説は、こうした作中人物に焦点化した語りの方法で一貫しているわけではない。「三　とつおいつ」では、物語内の時空を超えた位置から語る語りが出現し、物語のポイントを整理してみせる。この章の冒頭部は「紫の雲靉靆《あいたい》と棚《たな》びき、有難き妙音ひゞき、窈窕《えいてう》たる天人の舞ふところをのみ極楽の店がかりと思ふべからず。浅ましき田舎家の夕顔棚の下蔭にも、安楽の光明はきらめくなり」と述べられている。下河辺家のような裕福そうに見える豪邸にだけ幸せがあるわけではなく、つましい生活の中にも安楽さがあるというのである。それを語り手の語彙のセンスを衒うようにレトリカルに語っている。旧態依然の語りに戻っているといえば、そういえよう。この後も、当時逍遥が拘っていた男女の「同権論」を饒舌に展開してみせる。この語りを捉えて石田忠彦は「「細君」はまだ前近代的な要素を多く残していた小説であった」とし、「複数の作者の混在は、むしろ我が国の文学の伝統に根ざしていたともいえる[12]」と述べている。石田のいう「作者」が、ここでいう「語り手」という概念にそのまま置き換えていいのかどうか、やや躊躇するところもあるが、洋の東西をとわず、小説の中にさまざまな語り（焦点化）が混在するのはむしろ当然のことといえるだろう。赤羽研三は「語り手のポジション[13]」という論稿で次のように述べている。

ジュネットも認めている通り、実際は一つの作品内でも焦点化はめまぐるしく変わるのであり、一つの作品に特定の焦点化を付与することはひじょうに難しい。例えば、20世紀の小説は作品を通して一人の人物による内的焦点化を一貫させようとしたが、完全にそれを実現することは容易ではなかった。また、「全知の語り手（narrateur omniscient）」と呼ばれる語り手が語るとされる古典的な小説においても、一つ一つの発話に注目すれば、様々な焦点化が採用されていることがわかる。その点からすれば、「全知の」視点というのは、語り手がすべてを知っているというより、語り手が自由に、あるいはそのときどきの必要で、様々な視点に身を置くときに生まれる効果だと考えたほうが理解しやすいかもしれない。語り手が、知らないふりをしたり、「〜らしい」と言って断言を避けることはしばしば起こる。結局、多くの小説はこれらの焦点化の混交であって、焦点人物も必ずしも一貫して同一であるわけではない。

こうした見解は、むしろ小説に対する常識的な理解を言い当てているのではないだろうか。始めから終わりまで首尾一貫した同一の語りによって語られている小説は稀なケースといえよう。同時期に書かれた森鷗外の一人称小説『舞姫』をとってみても、一貫した語り（内的固定焦点化）によって語られているように見えて、微細に検討すればエリスに焦点化しながら語っている部分もある。『細君』についていえば、多様な語りが存在し、それが組み合わせられていることを、むしろ積極的に評価することもできるではないか。こうした語りの試みは、「四　乱脈《らんみやく》」で明瞭に見て取ることができる。

## 三　交差する語り

話は急展開する。お種は実家に帰った折に切り出した離縁の話を聞き届けられるどころか、逆に継母お組から頼み込まれた無心を断ることもできない。夫に相談もできないまま、四十円をなんとか自分で工面しようと小間使いのお園を使って着物を質入れする。しかし、やっとのことで借り出した二十五円を、お園は帰り道に何者かに奪われてしまった。困り果てているところを巡査に保護されたお園は、家まで送りとどけられるのだが、折り悪くちょうど帰宅した夫下河辺が巡査の話を耳にし、事の一部始終を知ってしまうのである。

　帰宅後の怒気を含んだ夫のただならぬ雰囲気を察しながら、その後にお種が従う奥の間での場面は以下のように語られる。


「お帰り遊ばせ」も言ひそゝくれ、済まぬ顔して背《あと》に踵《つ》き、さて奥の間へ入りし後、顔見合せて手をつかへ、会釈をすれど、夫は無言、洋服のまゝ胡座をかき、此方へは見向きもせず、巻き煙草を取出し、火の無き火鉢へさし入れて、灰を手暴《てあら》くかきまはし、顔を皺《しか》めて怒りの舌打ち。凄《すさ》まじからぬ物音も彼《か》の風の音、鶴の声。夫人は胸を突かるゝ思ひ、急がはしく立上り台所へかけ行けば、女部屋の片隅にしょんぼりとして小さくなり、歔欷《すゝりなき》するお園のそばに、居眠りの夢を破られし新参のお三の寝惚《ねぼ》け顔。ラムプの光り微昏《ほのぐら》く、隙洩《すきも》る風の音寂し。（四）

自分にも非があるだけに、気が咎め「思ひ乱るゝ」お種の感情に焦点化して、夫の一つ一つの行為が順を追って子細に述べられる。わずかに「凄じからぬ物音も彼の風の音、鶴の声」という見立てのような句が挿入されているが、基本的にお種が置かれた「ポジション」[14]に沿った語句・表現が選ばれている。こうしたお種の視線には女部屋で「しょんぼりとして小さく」なっているお園の姿は目に入っても黙殺されてしまう。

　一方のお園は奥の間の夫人と主人との会話が気になっていたたまれない。そうしたお園の人称的世界に沿って奥の間の様子は以下のように述べられている。

お園は始終台所にしょんぼりとして泣き居しが、ふと耳に入る旦那の声。いつもには似ぬ腹立ち声。科《とが》を持つ身は我事と、思へば辛く又怖く、如何なる事と気にかけて、聞けば夫人の詫ぶる声。此身の事から奥さまにまで、難儀をかけては尚ほ済まぬ。皆わたくしがわるい故とあそこへ往つて詫びようか。（中略）中有《ちうう》を迷ふ心と共に、身もあこがれて行くともなく、我れ知らず奥へゆき、襖の陰に小さくなり、うッとりとして立聞けば、夫人は半ば泣き声にて、何事か淀みながら言ふを言はせぬ主人の立腹。「エヽ、講釈は聴きたくない。そんな事は百も承知。妻の権利がどうしたと。生意気な。囂《やか》ましい。エヽ、失敬な、黙れと言へば……」

啜り泣く夫人の声、立上る主人のけはひ……（下略）（四）

夫婦の諍いの声が、台所にいるお園の耳にまでとどき、自分のせいで夫人が大変な立場に追いやられているのではと、じっとしても居れず、「迷ふ心」と「身」に誘われて奥の間に向かい、「襖の蔭」で縮こまっている。そこで「立聞」していると会話の中身のみならず「けはい」まで感じ取られる。心・身・立聞く・けはい、まさにお園の人称性を帯びた位置・立場・感情・感覚に寄り添って語られている。こうした、お園に焦点化した語りと、お種に焦点化した語りが交互に掛け合わせられ、下河辺家の一触即発の張り詰めた空気と、最後の悲劇に向かって拡大するお種とお園の意識のズレを的確に伝えている。まずは、こうした焦点化の組み合わせの妙を評価すべきではないか。

しかも、視覚的・聴覚的な感覚の範囲にとどまらず、焦点人物の「心」「身」をもとに語られる。いわば、視線の範囲に忠実に従いながら語ろうとする『贋貨つかひ』、また「立聴」という聴覚情報を構成的な方法とした『種拾ひ』の表現方法をさらに一歩進めている。小説世界内に身を置き世界を体験する存在、そうした主体を介して物語世界が開示されている。これによって、お園によって誘われながら、お園には見えなかった謎が、彼女自身のおかれた位置・立場から夫婦の亀裂という形で露わにされる。[15]しかも、そのお園を襲った犯人が判明するところで物語は終わるという探偵小説的な結末が仕掛けられているのだ。一方のお種の〈人称的世界〉からすると、夫との隔絶を意識するあまりお園の苦悶に想像力は及ばない。意識的で適切な焦点化の組み合わせによって、プロットが展開し、明瞭な結末をもった悲劇的世界が提示されることになる。かつ、それを語るに相応しい語彙が選ばれている。ここに、近代小説表現誕生の一つのステップを見ることができよう。安定した三人称小説ができあがろうとしている。

こうした逍遙の達成において、一人称を三人称に翻訳して語ることの実験（人称の翻訳）、また人称的世界を意識しながら語ることの試み、別な言い方をすれば、作中人物の意識に沿いながら、かつそれを対象化し、そこから物語を織り上げていく表現の試みが果たした役割はことのほか大きかったのではないかと思われる。小説の語りには、必然的に〈視点〉という世界と主体との関わりのありようが含まれており、それを方法化するのが小説改良の要諦であると考えられるからである。

ならば、〈人称的世界〉とはどう理解できるのか。哲学では、さしずめ現象学的な間主観性の問題系として論じられることになろう。しかし、ここでは小説の分析タームとして改めて捉え直してみると、人称的主体とはその身をとおして世界・他者と関わる主体、小説でいえば小説世界内に身を置き世界を体験する主体、そこに焦点化したのが焦点人物であり、その焦点人物によって認知・創出されるある限定された世界が〈人称的世界〉ということができよう。そうした仮構された主体をインターフェイスとして物語世界が語られることになるのである。

ただし、ここでは逍遙のケースに限って述べてきたが、問題は逍遙の小説改良に限らない。森田思軒訳『探偵ユーベル』におけるユーベルのスパイ露見事件を目撃し語る「余」という人称的主体、あるいは、本書では詳しく触れてはいないが、二葉亭四迷訳『あひゞき』における樺の林に座して微かな林の私語《ささや》きを聴き、男女の逢い引きの様子を「立聴」する「自分」という人称的主体を思い起こすことは容易なことであろう。こうした語るいま・ここという「ポジション」を明示しながら叙述することが近代小説的な表現革新へと繋がっていることは、いまさら指摘するまでもない。(16)『探偵ユーベル』『あひゞき』は、一人称の語りであるが、『細君』ではそうした人称的主体を焦点人物として物語内に配置し、それを組み合わせていくことで安定した三人称小説が作り上げられようとしていた。物語世界を読者に提示するにあたり、語る「ポジション」を定位させることは、一人称小説のみならず三人称小説成立においても重要な契機となっているということができよう。必ずしも「た」という文末詞そのものの問題ではない。

かつ、亀井秀雄は、こうした「表現の主体的な（主人公に即した）統一性」は、形式的には文語文体でありながら、「言（主人公の心的な状況）と文（環境表現）の統一」がなされており、この意味で『細君』の表現の中に「言文一致の最初の礎石があった」(17)と評価している。この認識は後に書かれた『明治文学史』（岩波書店、二〇〇〇年三月）でも繰り返されている。

これまでの言文一致の論議のされ方は、語りの「透明」「中性化」「距離」という比喩で語られて、その点が強調されてきた。柄谷行人によれば、近代文学における「内面」の成立と「抽象的思考言語」——「透明」「中性化」された「言文一致」の成立は深い関わりを持っていたという。(18)しかし、「透明」で「中性化」された記号としての言葉とされるものが出来上がるのは遥か後のことであり、明治二十年前後とすれば、焦点人物の世界に即し、語るポジションを定位して語る語り方・語彙が「言」と「文」を近づける新しい文体を作り上げる可能性をはらんでいたと考えるのは重要なことであろう。この問題は、場面内に措定した語り手の「身」をとおして世界を写し取るという、のちの写生文のあり方と繋がっていくことになる。語りを「非・一人称」化しようとしたとされる二葉亭四迷の『浮雲』[19]とは違う形で文体の改良に向かっていたはずである[20]。

ならば、こうした可能性をもった『細君』を最後に、なぜ逍遙は小説の筆を擱くことになったのか。そこには、表現論のレベルでは語りきれない、さまざまな要因があったと思われる。ここでは詳しく論じないが、ある深さに到達しながら小説を絶筆してしまうのは、逍遙の日記にも名前が上がっていた二葉亭とも共通している。ある時代環境の中では、自分たちの到達点がむしろ見えなかったからだろうか。

繰り返すまでもなく、〈人称〉という観念が自明になり、自覚的な方法に到るのはもう少し先のことである。ただし、文法概念として確立され、また、小説が「私」を盛るための器となったとき、〈人称〉の翻訳から何かを作り上げる〈ゆらぎ〉のようなものは消えていってしまう。先にも述べたように、一旦、明瞭な一人称で訳された『ロビンソン・クルーソー』は、再び非＝人称的に訳されることはなかった。新しい小説表現獲得の一翼を担っていた人称の翻訳の試みが中心にせり上がるのは、翻訳史におけるほんの短い一コマだった。

しかし、だからこそ、人称の翻訳は新しい文体獲得・物語獲得のための重要な発想の転換を鋭く迫ったのは間違いない。翻訳研究をすすめる上で、また明治文学の展開を考えていく上で、世界と主体との関り方の叙述に結びつく人称の翻訳に、さらなる関心を向けるべきではないだろうか。

【注】

（1）稲垣達郎「坪内逍遙」『現代文学総説Ⅰ明治作家篇』学燈社、一九五二年四月。

（2）石田忠彦「「細君」論――「真理」の行方」『近代文学論集』一九八二年一一月。

（3）「逍遙日記 幾むかし――逍遙自選日記抄録」『坪内逍遙研究資料』第五集、逍遙協会、一九七四年五月。

（4）「明治廿一年十一月三日」の記事は、「(欄外)」に記されている旨の注が付されている。

（5）木村毅「逍遙の「細君」」『解釈と鑑賞』一九七五年一二月。

（6）和田繁二郎『近代文学創成期の研究――リアリズムの生成』桜楓社、一九七三年一一月。

（7）注2に同じ。

（8）亀井秀雄「言文一致体の誕生」『国語国文研究』一九七六年八月。

（9）注8に同じ。

（10）エミール・ジョナサン・カラー『文学理論』荒木映子・富山太佳夫訳、岩波書店、二〇〇三年九月。

（11）エミール・バンヴェニスト『一般言語学の諸問題』河村正夫ほか訳、みすず書房、一九八三年四月。

（12）石田忠彦「坪内逍遙「細君」」『国文学』一九九四年六月。

（13）赤羽研三「語り手のポジション」『防衛大学校紀要（人文科学分冊）』第88輯、二〇〇四年三月。

（14）赤羽研三は、「語り手のポジション」（注13）で、小説テクストを論ずるにあたり、「視点」という語は「見る」ということに中心化されがちなので、むしろ「体験する」ことに重点をおくために「「視点」よりも、身体というものが感じられ、位置、立場、態度、などの意味を含んだ「ポジション」という用語」を採用するとしている。本章では、これを踏まえている。

（15）小森陽一は「逍遙は、語り手が一方では小間使いの少女の意識によりそいながら、他方ではこの少女には見えていない意識外の現実――奉公先の『細君』の苦悩――を、これもまた細君の意識によりそいながら描くことで（略）、小間使いの少女が自らの失敗（略）を苦に自殺するという不幸とともに、細君も夫から離縁される（略）という不幸を同時に描き出すという、高度に重層的な小説世界を『細君』において構築することになる」（『構造としての語り』新曜社、一九八八年四月）と述べている。重要な指摘であり、本稿でも参考にしている。ただし、本章では、焦点化の組み合わせによって、お園とお種の意識のずれを浮上させることに、逍遙の最大の眼目があったと考えている。

（16）杉山康彦『ことばの芸術――言語はいかにして文学になるか』大修館書店、一九七六年三月。

（17）注8に同じ。
（18）柄谷行人『定本日本近代文学の起源』岩波書店、二〇〇八年一〇月。
（19）野口武彦『近代小説の言語空間』福武書店、一九八五年一二月。
（20）鈴木登美は『舞姫』の外国語訳を論じ、「日本近代文学におけるいわゆる「言文一致」の起源は、「言」と「文」の一致の問題ではなく、西洋文学の「文」の翻訳行為を通して生み出された新しい「日本文」創出の問題であることに、改めて思い至る」（「翻訳と日本近代文学」『文学』二〇一四年九、十月）と述べている。本書と問題意識を一部共有している。

# 第二部　言語交通としての翻訳

# 第一章　「媒介者《メディア》」としての翻訳

明治三十年代後半に斎藤野の人と登張竹風との間に翻訳をめぐるちょっとした論議があった。高山樗牛の実弟であり、当時『帝国文学』の編集委員をしていた斎藤は、「現代の翻訳界に警告す」という文章のなかで、現今の翻訳家の志の低さを批判し「世界主義に基づく翻訳」の必要を唱道している。それによれば、「世界主義」とは「世界に於ける優秀の人種の作為したる文化の真髄を知得する」ことであるとし、次のように述べている。

文壇の世界主義は先づ翻訳に始まらざるべからざるは云ふ迄もなし。而して世界主義に基く翻訳とは彼〔彼方の文化〕を知るを第一義とするが故に尤も熟心に忠実なるものならざるべからざるや亦云ふ迄もなし。（「今日の翻訳界に警告す」『帝国文学』明治三八年九月）

こうした論調には日露戦争期の高揚した気分が相応にあらわれていると思われるが、この斎藤の「翻訳」論について一歩引いたところから竹風は次のように反論する。

想ふに、詩歌の翻訳は、所詮芸術界の通弁たるに過ぎず。されば、翻訳家なるものは外国語を解せざる日本の民衆をして他国の文芸を知得せしむる媒介者の地位を出でじ。この故に文芸に於て最も貴むべき独創の天才〔才能〕を有する者は古今翻訳のみを以て甘んぜざるなり。誰か通弁を以て至大の光栄ある事業となすものぞ。通弁は遂に椽の下の力持ちに非ずや。（「翻訳の弁」『読売新聞』明治三八年一〇月二二日）

斎藤のいうように「翻訳」は世界文化を知る「第一義」的なものか、それとも、竹風のいうように栄光とかけ離れた単なる「芸術界の通弁」であり「媒介者の地位」を出ないものなのか――。むろん、両者はそれぞれの

「翻訳」観を単に開陳しているのではなく、明治三十年後半に一気に加速したグローバリゼーションを踏まえ、斎藤は「国民文化の精霊を体現する」芸術作品の文化的背景をもっと研究すべきだとし、竹風はむしろ「自国語の力」をつける必要性を主張するところに主眼がある。翻訳が本格的に始まった明治初期から繰り返される議論ではあるが、日本が日露戦争をとおして文字どおり国際社会に参入したこの時期に、新たな意味を帯びて立ち現れてきたと思われる。

＊　＊

ただし、竹風がいう「媒介者」の語に注目しながら、こうした「翻訳」論をコミュニケーション理論から考えてみると、両者の間には激しくぶつかり合うほどの相違点はない。

翻訳も、異なる言語間とはいえ、意味の伝達であり、話し手—聴き手というコミュニケーション図式によって理解することができる。話し手はあるコードにのっとりメッセージを作り上げ、それを聞き手に送る。受け取った聞き手は、コンテクストを参照し、そのメッセージに相応しいコードを推定しながら解読する。こうした言語伝達の構成要因をローマン・ヤーコブソンは、「発信者（addresser）」「受信者（addressee）」「メッセージ（message）」「コンテクスト（context）」「コード（code）」「接触（contact）」の六つをあげて説明している。この六つがうまく機能して十全な伝達がなされることになる。このようなモデルを異なった言語間のコミュニケーション、すなわちわれわれが一般にいう「翻訳」（異言語間翻訳）にもあてはめて理解できるというのだ。発信者（原著者）のメッセージを、受信者（読み手）は自国の言語というコードにのっとり、コンテクストを参照しながら意味を解読する。コンタクト（接触）は、会話の場合にせよ、記述された文章の場合にせよ、ゆるやかにコミュニケーション回路の性格を規定している。この六つの要素が十分に機能していれば、「翻訳」による正確な意味の伝達は可能である――。こうした伝達モデルを押し進めていけば次のような理解に近づいていくことになる

翻訳とは、言語で表現されている内容を、それに最も近く自然な受容言語で再表現することであり、まず意味内容の点で、次に文体の点で原語と受容言語が実質的に対応するようにするのである。（ユージン・A・ナイダ他『翻訳――理論と実際』研究社、一九七三年七月）

インディアンのことばの記述言語学的研究を実践していたユージン・A・ナイダは、自分のフィールドワークに即した翻訳論を目指していた。それゆえ、「意味内容の点」でも、「文体の点」でも原文と訳文は対応していなければならない、「ある言語でいえることとは、すべて他の言語でも表現できる」という信念のもと、翻訳の可能性を疑わず、翻訳のプロセスでコード変換が的確であれば正確な意味が伝えられるという前提に立っている。その上で、形式よりも内容の一致を重視した次のような「ダイナミックな等価性」なる理念を唱えている。それは、「翻訳の形式よりも内容を重視した、最も自然で最も原文に近い翻訳で、原文の読者が感じるのと、本質的に同じ感じを読者に抱かせるようにするため、縦横無尽に工夫をこらした表現[1]」を指しているという。形式は犠牲にしても、読者に原文と「本質的に同じ感じを抱かせる」のをあくまで目指すというものである。むろん、原文と訳文の「等価性」がどれだけ実現できたかが、その翻訳の評価になる。斎藤野の人と登張竹風の論争、すなわち、よりよい翻訳のために「外国語の精確なる知識」が必要か「自国語の力」が必要かというのも、ともにこうした〈等価〉レベルの翻訳を目指しながら、そこに近づく方向が異なっているだけだとみることができる。

しかしながら、理念型としてのあり方は別にして、このようにまさに〈等価〉な対応を希求する翻訳は実現可

能なのだろうか。具体的な事例を、本書第一部で取り上げた坪内逍遙の翻訳から考えてみる。

明治十年代後半、新しい時代にふさわしい小説の表現技法を模索していた坪内逍遙は、アメリカの探偵小説家キャサリン・グリーンのX.Y.Z.（一八八三年）を半ば実験的に翻訳している。物語は、「私」という一人称で語る探偵が、マサチューセッツ州の西部の町に派遣され、贋金つくり（COUNTERFEIT）の捜査にあたるところから始まる。というのもこの土地の郵便局に「X.Y.Z.」宛ての不審な郵便物が届いているからである。「私」は「偽物」（COUNTERFEIT）を合言葉にする手紙を手掛かりに、とある富豪の家で催された仮面舞踏会に忍び込み、そこで弟に罪を被《こうむ》らせ父殺しを企む長兄の犯罪に遭遇する。「私」は弟の「偽物」（COUNTERFEIT）になりすましその犯罪を暴いていくというものである。話の中心は必ずしも贋金偽造事件ではないのだが、それを逍遙は確信犯的に『贋貨つかひ』として訳した。のみならず、逍遙なりの工夫はいたるところでなされている。[2]

当時のアメリカの郵便はいわゆる局留めで、利用者は郵便が届く時刻を見計らって自ら取りに行った。そこでさまざまな人物と接触したり、情報が収集されたりする。こうした郵便制度のありようがこの小説プロットの核心となっている。それゆえ逍遙は、日本との郵便制度の違いに配慮し、郵便がつく時刻の人だかりを「ステーションの待合い」に置き換え、そこに探偵が情報を集めに行く設定に変えている。まさに〈通信メディア〉の違いに十分に配慮した上で訳されている。同様にマサチューセッツは宇都宮に、「X.Y.Z.」は「一二三」（碑文《ひぶみ》という人物の名）に訳し変えられている。これが、形式にこだわるよりも内容を重視し「最も自然で最も原文に近い翻訳」を目指したとするなら、それはナイダのいう「ダイナミックな等価性」を企図したということができよう。逍遙自身、この翻訳の「緒言」で次のように自己言及している。

（略）人物も事蹟《ことがら》も総て亜米利加《アメリカ》の物なれば此儘にては洋学をせぬ人の心には入易《いりやす》からじ 翻案《つくりかへ》て示すべき

> かとたゆたいしが 然せんには第一に風俗人情の異なるが為に面白き翻案《つくりかへ》の出来よう筈なければ徒《いたづ》らに原書の面白味をそこなふの恐れあり 第二にはよし似《に》つこらしく出来たりとも原書を其儘に示す方が読者《みるひと》の心得《こゝろえ》になる事も多かるべく 且はカサリン女史に対する真《まこと》の翻訳者《ほんやくしや》の務ならんと斯う思ひて遂に有の儘に翻訳することゝなしたり

これによれば逍遙はまさに「有の儘」の「翻訳」を試みようとしていた。しかし、「有の儘」といいながら、自身の『小説神髄』という小説観に強引に引きつけながら、作中人物たちの「人情」を縦糸に翻訳することをはじめ、三人称小説に改めることで、原文の持ち味である一人称の「私」が知らず知らずに事件に巻き込まれていくサスペンスのありようから遠く隔たってしまっている。それは、原文との〈等価〉な対応とおよそかけ離れている。むしろ「翻案《つくりかへ》」といわれるような自由な「翻訳」に近いところに行ってしまっているようにもみえる。明治十年代後半の表現状況、文学観という同時代的な制約はあるにしろ、翻訳の〈等価〉性にはたやすく到りつかない。

こうしたナイダの翻訳観を補う形で磯谷孝は、V・N・コミッサーロフの理論を紹介している[3]。コミッサーロフは翻訳プロセスをやはりコミュニケーション図式のなかで考え、メッセージとして送られる意味の重層性に注目し、その内容のレベルを、①コミュニケーションの目的のレベル、②状況記述のレベル、③通報のレベル、④言表のレベル、⑤言語記号のレベルに階層化する。そして、①でいう目的すなわち発信者の意図の伝達を絶対の条件とし、以下②から⑤のいくつが〈等価〉の伝達に成功しているか、そこに翻訳の成否がかかっているとする。これがコミッサーロフの提唱する「等価レベル理論」である。ナイダの理論に比して、発話者の意図（目的）の伝達に重きをおき、「意味内容」の翻訳だけでなく表現の情報性まで視野においている。これは伝達機能論としては深化しているといえよう。しかし、翻訳過程を理論化するのがねらいとはいえ、「翻訳」をコミュニケーション・モデルによって理解しようとすることで、やはり原文と訳文の〈等価〉的対応というあるべき「単一の正しい翻訳」の呪縛からなかなか抜け出ることはできない。

むしろ、絶対的に〈等価〉な意味の伝達はありえない、語義どおりの正しい「翻訳」は存在しないというところから出発したらどうだろうか。そこから「翻訳」概念を考える新たな問題系が模索されようとしている。

＊

＊

改めていうまでもないが、翻訳されるべきオリジナルなテクストに、恒常的な意味が書き込まれているわけではなく、発話者（書き手）の「意図」も解釈の次元にしかありえない。必然的に発話者の意図の十全な伝達を問題にせざるをえないコミュニケーション図式では説明できない部分が残る。ヴァルター・ベンヤミン風にいえば、「翻訳」の本質は伝達にあるのではない、ともいえようか。また、文学的テクストの翻訳受容過程では、「訳者がまず原語の読者となって原文を受容し（了解）、同時に訳者みずから新たな話し手となって訳文という通報を作りこれを翻訳語受容者である聞き手に送り出[4]」し、かつ受容者はそれを解釈するという二重性が大きな意味をもつ。ロマーン・ヤーコブソンがいうように、「すべての言語記号の意味とは、その記号と置き換えられ得るもっと別の、交替的な記号への翻訳[5]」だとしたら、同一言語内の作者（発話者）と読者（受信者）の間も「翻訳」行為によってつながっている。この意味では、原著者と翻訳者は、原理的に同じ位置に立っており、翻訳者は単なる意味の伝達者ではなく、新しい意味の創造に関わっているともいえよう。そして、この一方的な模倣ではない創造的契機が入り込むことで、原作はもう一つの生を獲得する。また、受容する側の言語は、他の言語と出合

「莉氏〔リエンジー〕僧正と大義を談ず」（『慨世士伝』第四套）

うことによって刷新され新しい可能性を発見する。ベンヤミンは『翻訳者の使命』のなかで次のように述べている。

翻訳は、原作の意味にみずからを似せるのではなくて、むしろ愛をもって細部に至るまで、原作のもっている志向する仕方を己れの言語のなかに形成しなければならない。そうすることによって原作と翻訳はちょうどあのかけらがひとつの器の断片と認められるように、ひとつのより大いなる言語の破片として認識されうるようになるのである。(6)

ただし、翻訳概念を拡張しその創造性に目を向けると同時に、言語間の「媒介者」（メディア）である翻訳者のありようが別の形で問題になってくる。創造性を持つと同時に、その時代その地域の歴史的コンテクスト、政治的状況にコミットせずにはおられない。翻訳者としての主体の位置、また主体の構成のされ方が重要な意味を持ってくるのである。

もう一度逍遙の訳を例にあげれば、逍遙は明治十八年にブルワー・リットンの『リエンジー』（一八三五年）を『開巻悲憤慨世士伝』（晩青堂刊）として翻訳している。原文はローマ盛時の自由共和制を復古すべく活躍するリエンジーの英雄的活躍と、宿望を実現した後いったん得た権力からの失墜していく様子を歴史小説として描いている。この翻訳は、自由民権運動の高まるなか、逍遙なりの政治小説の試みということができるが、そこには翻訳者逍遙の政治的スタンスがあらわれている。原文と訳文との間に横たわる構成上の相違点をあげるのはたやすいことだが、とくに重要なのは、原文の教会―貴族―民衆の対立という三極の対立構造をいかなる形で訳しているかであろう。つまり、民衆の側に立つリエンジーが教会の権威を借りながら貴族の圧制を崩壊に導くところに物語前半の焦点があるのだが、それを武士《もののふ》と民衆の対立と切り取る逍遙は、民衆蜂起のパワーが政治を変えていくというポイントを十分に訳そうとはしていない。むしろ政治体制を担っている武士の側に立って語ってしまう部分もある。それは浄瑠璃をベースにした院本体の語りを選んでしまったことも関わっていようが、そこに当時逍遙が取っていた立憲君主制と議会政治をめざす、比較的穏健であるとされる改進党的な政治的スタンスがあらわれているといえよう。

　これは意識的な〈解釈の横領〉だとして、無意識裡に時代のイデオロギーを補完してしまうこともある。森田思軒が、明治二十八年に創刊された少年向け雑誌『少年世界』に連載した『冒険奇談十五少年』（明治二九年三〜一〇月）は、長らく少年読者たちの冒険をめぐる想像力を刺激し続けてきた。そこでは、イギリス・フランスの少年たちの意思決定能力の高さを紹介すると同時に、「博物学」的な関心にのっとり「冒険」を促すことで、翻訳者の意図とは別の次元で植民地主義的な欲望を喚起することになっている。[7] 「翻訳」を考えるには、こうした翻訳者が立つ、「媒介者」としての文化的政治的位置にも十分に意識的にならなければならないであろう。

＊　＊

ただし、こうした思考の道筋自体が、予めあったと考えられる二つの閉域の実定性を前提にしているともいえる。

酒井直樹氏は「翻訳」を「社会的行為」としてとらえるにあたり、「語りかける」（to address）と「伝達する」（to communicate）の二つの表現の違いを踏まえながら、話し手の聞き手への態度によって「均質言語的な語りかけの構え」と「異言語的な語りかけの構え」とを厳密に弁別する。それによれば、「均質言語的な語りかけの構え」は、「相互的な理解や透明な伝達」を想定している語り手と聞き手との結びつき方で、共時的な表象においてのみ抽象的に措定できるとする。(8)

一方、「異言語的な語りかけの構え」は前者の逆で、「いかなる媒体にも異質性が内在する以上、全ての発話は伝達に失敗する」ということを前提に、「受信あるいは受容の行為は翻訳の行為として生起し、翻訳は全ての聞き取りあるいは読み取りにおいて起こる」とされる。それゆえ、「翻訳」は日常的に繰り返し行われなければならず、翻訳の反復的、対話的、パフォーマティブな側面が強調され、「翻訳」とは「話し手と聞き手の間にもともとあった非連続性を連続化し認知可能なものとする実践なのである」とされるのである。

そして、こうした実践がなされた後、「過去遡行的に、もともとあった非共約性を、十全に構成されたふたつの実体、あるいは閉域あるいは領域のあいだにある溝、裂け目、あるいは境界として認知することができる」とされる。

しかし、これはゆるやかな差異をもった二つの領域であるのだが、それがいったん翻訳として表象されてしまうと、固定的な閉域としての内部的な言語統一体と、外部的な言語統一体が相互媒介的に措定されることになる。こうした機制を酒井氏は「対―形象化」と呼び、国民共同体の形成に寄与してきたとする。日本語の形象は中国語に対して「対―形象」的に生成したのであり、朝鮮的なるものを女性として翻訳表象する過程で日本という国家、日本人という主体が立ち上げられたことも同断である。

むろん、こうした問題は文学・言語の翻訳の問題をはるかに越えている。デモクラシーの翻訳、政治形態の翻訳、国家像の翻訳、科学技術の翻訳、文化の翻訳——日本の近代化はまさに「翻訳」によって媒介されてきたといえよう。

「翻訳」概念を、こうしたところまで拡張するのならば、「翻訳」を一つの明確な輪郭をもつ言語共同体と別な輪郭を持つ言語共同体間のメッセージを移動させること、あるいは文化と文化とをつなぐ透明なる「媒介者《メディア》」と考えるのは、いかにも狭い。むしろ、「翻訳」を「非連続の連続の一例であり、非共約性の場所で関係を制作する社会実践のポイエシス」（酒井）、もしくは、均質的空間に攪乱契機をもたらす媒介／行為（エージェンシー）として考えていかなければならないのではないか。この意味で、「翻訳」は、問いと反問——まさに対話を生み出す実践的行為であるということができよう。

＊　＊

第二部および第三部では、こうした問題意識のもと、明治のエポック・メーキングな翻訳をとり上げ、それらがどのような対話的契機をはらみながら波紋を広げ、いかなるテクストを作り上げることになったのかを検討することにする。

【注】

（1）E・A・ナイダ他『翻訳――理論と実際』研究社、一九七三年七月。
（2）本書第一部三章を参照。
（3）磯谷孝『翻訳と文化の記号論――文化落差のコミュニケーション』勁草書房、一九八〇年一月。
（4）注2に同じ。
（5）ローマン・ヤーコブソン『一般言語学』川本茂雄監修、みすず書房、一九七三年三月。
（6）ヴァルター・ベンヤミン「翻訳者の使命」『ベンヤミン・コレクション2　エッセイの思想』浅井健二郎訳、ちくま学芸文庫、一九九六年四月。
（7）本書第三部一章を参照。
（8）酒井直樹『日本思想という問題――翻訳と主体』岩波書店、一九九七年三月。

第二章

# 〈教養小説〉の翻訳——丹羽純一郎訳『欧州奇事花柳春話』

## はじめに

『欧州奇事花柳春話』の原作である『アーネスト・マルトラヴァーズ』*Ernest Maltravers*『アリス』*Alice*[1]は、本国イギリスの文学史でも既に忘れ去られるような通俗小説とされるのだが、その翻訳は意外にも時間的にも空間的にも遠く隔たった日本の近代文学の成立に深い関わりをもっていた。明治十一年（一八七八年）、イギリスからの新帰朝者丹羽（織田）純一郎によって生硬な漢文訓読体で翻訳され、版元のねらいどおり新しい小説の出現を待っていた当時の書生たちの間に広く受け入れられていった。『花柳春話』巻頭に掲げられた成島柳北による「題言」には次のように記されている。「全地球上一切情界ノミ」、すなわちヨーロッパ諸国の人々は「実益」「実利」のみを求めて「風流情痴ノ事」を問題にしないと考えられてきたが、それは「妄誕」であるというのだ。

ここでいう「風流情痴」――物語の縦糸とされる男女の間の〈人情〉と、それに促される立身出世という生き方は、書生たちの〈夢想〉とも合致し、新たなテクストを生成する意味産出の力を持っていったのである。『花柳春話』の後に著された小説、『鴛鴦春話』（明治一二年）『春風情話』（明治一三年）『花柳情譜』（明治一三年）『月氷奇遇艶才春話』（明治一五年）の題目を見ただけでもその影響力の大きさが窺われよう。

ただし、原文と翻訳との間にはいくつかのズレがある。ルソーの教育小説を踏まえた内なる〈自然〉の確認という原作の枠組みを、「情」と「理」の対立構造として切り取った点もさることながら、両者の間にある〈教養小説〉としてのあり方も大きな相違である。原作のマルトラヴァーズは、もともと当時のイギリスの青年としてはめずらしく、書物の中に閉じこもる夢見がちな空想的青年であったのだが、艱難を経た後、恋人や友人たちの助言によって実行（practice）と有用性（useful）の世界に進み出る。まさに〈教養小説〉的世界を生きることになるのである。

これに対して訳文では、主人公が女性たちのとの「情」と、それを抑える「理」（道理）とのあいだで揺れ動く心理に力点がおかれ、その振幅の極点で自分を律すべき「理」が選び取られる。

それは『学問のすゝめ』（明治五～九年）や『西国立志編』（明治三～四年）などが勧めるごとくの強い克己心をもって、「国政」に参与すべきイデアルな「青雲ノ志」を持つことを意味していた。こうした生き方は「理想」から「現実」へという西洋流の〈教養小説〉的なあり方とは確かに異なっているのだが、この翻訳小説によって当時の青年たちが〈恋愛〉による成長という〈教養小説〉風の体験を夢想したのは間違のないことだった。『花柳春話』は明治の書生たちが最初に出合った翻訳〈立志小説〉であり〈恋愛小説〉だったといえよう。

しかし、翻訳小説として一時代を画し、後の近代文学に多大な影響を与えながらも、『花柳春話』（明治一一年一一月～一二年四月）は、その原文との比較研究はもとより、小説世界そのものについても十分に論じられてきたとは言い難い。[2] この章の目論見は、原文と訳文（『花柳春話』）の構造との比較を通し、訳文はいかに日本的文脈の中に置き換えられたのか、また当時の読者たちに如何なる問いを投げかけ、何を媒介したのかを考えてみることにある。

## 一　二つの〈恋愛〉

長らく『マルトラヴァーズ』と『アリス』はゲーテの『ウィルヘルム・マイスター』の影響下にあるとされてきた。それは間違いない。だが、すでに山本芳明が指摘しているように、これらの作品は、作中で語り手が自己言及しているとおり、むしろ物語の構造はルソーの『新エロイーズ』（一七六一年）の恋愛を踏まえており、[3] 作中人物の自己形成を促す力、教養小説の枠組みはルソーの思想を下敷きにしているということができる。それは、アリス、マルトラヴァーズがともに「自然の児」として形象化されていることのみならず、一旦離れ離れになった二人が身分の違いをはね除け、最終的に「自然の善性」に導かれるように結ばれるという物語の縦糸にも表れている。

では、この物語の縦糸たるマルトラヴァーズとアリスの恋愛はいかに翻訳されているのか。まず、両者が初めて結ばれる『花柳春話』第七章を取り上げてみる。原文の文脈では、「二人は「自然」という根源的な次元に根ざして、正確には「自然」の子アリスに巻きこまれていく形で」、マルトラヴァーズはアリスと「魂と魂とが結ばれる至福の時を得る」(4) ということになる。しかし、その翌朝のマルトラヴァーズの様子は、原文には次のように記されていた。

Maltravers rose a penitent and unhappy man——remorse was new to him, and he felt as if he had committed a treacherous and fraudulent as well as guilty deed.（Book I Chap. 7）

マルトラヴァーズは（翌朝）悔いの多い不幸な男として起き上がった——後悔は新しいものとなった。そして、あたかも罪ある行為と同様の陰険な詐欺的行為を犯してしまったかのように感じた。（拙訳、以下同じ）

早くも、後悔の念に苛まれている。つまり、後に語られるように「so innocent, so confiding, so unprotected（潔白で、信頼しきって、無防備）」であるアリスと関係を結んでしまったことは、良心に照らし、フェアーな行為ではないと意識しているのだ。また、アリスは去るべきだ——同居を解消すべきだと考え、かつそう忠告しておきながら、アリスの美しさに惹かれ情交を結んでしまった欺瞞についても悔いていると考えられる。これらは、個人的な罪の意識であるといえる。これに対し、訳文の方の「マルツラバース」（以下、訳文のマルツラバースは訳文の表記に従う）も、「大罪ヲ犯セシガ如キ」と大きな隔たりはないが、やや社会的な規範意識が強く、「謹慎ヲ犯」（六章）してしまったと意識している。後に父親の病気を知った時「天罰ノ余ガ身ニ及ブ」とアリスに語っているのもこれに繋がっている。いわば、「道理」に反した行いをしたことの因果が身に及んだと考えているのである。

しかし、ここでとくに問題にすべきはアリスの反応である。原文では〝Nature〟に導かれて行動しただけで後悔はしていない。[5] 訳文でも同様に後悔はしていないが、ただしその理由は、以下のように記されている。

> アリスハ之ニ反《ハン》シ稍々《ヤヽ》事物ノ是非ヲ知ルト雖ドモ家ニ父母ナク世ニ親友ナク獨リマルツラバースノ恩ニ懐《ナ》ツキ愛ニ感《カン》ジ毫モマルツラバースノ所行ヲ非トシテ怨ムノ状態ナシ。（七章）
>
> 彼レ〔アリス〕マルツラバースノ深恩ニ感ジ謝スルニ託心ヲ以テセルハ亦愛スベキノ少女ナラズヤ。〔明治文学全集7『明治翻訳文学集』筑摩書房、一九七二年一〇月による。傍線は原文どおり〕（七章）

マルツラバースの「恩ニ懐《ナ》ツキ」「深恩ニ感ジ謝スルニ託心ヲ以テ」したからこそ責めもせず、悔いもしないというのである。つまり、原文における、二人の関係を〝Nature〟が媒介するという枠組みから離れ、マルツラバースから被った「深恩」に謝するために身を任せた、いわば「恩」を媒介とした関係に改められているのだ。両者の関係の変質は明らかであろう。当時の、社会通念、また書生向けの小説稗史の文法からしても、自分の内から湧いてくる「情」に従って未婚の男女が性的な関係をもつに到るというのは、受け入れ難かったということだろうか。それゆえ、「恩」を媒にした、いわば封建的主従関係を元にした結びつきとして述べていると思われる。ここには、当時まだ日本において〈恋愛〉という観念が未成立であり、その価値も認められていなかったことも関わっていよう。

このようなコード変換は、訳文において随所に認められるが、このアリスとの関係の変換を基点にするかのように、次第に原文の枠組みとズレ、以下述べるような『花柳春話』独自の世界を作り上げていくことになるのである。

では、『花柳春話』の全体の構造を考えていく上で重要な意味があると思われ、第二十章におけるマルツラバースの二番目の恋愛――ベンタドアとの宮廷風恋愛はいかなる方向で述べられているのか。

まず、簡単にこの章のシチュエーションを述べると、マルツラバースはアリスの失踪後、心を癒すために地中海を旅行し、四年ののち、フランス人であるマダム・ド・ベンタドアと相識ることになる。ベンタドアは社交界一の才色兼備の女性であるのだが、その常に経験を踏まえた知識と、マルツラバースの古典的な知識とは好対照をなしており、相互補完的な知的な関係にあった。以下引用する場面は、前夜マルツラバースがベンタドアに愛を告白し受け容れられず、翌日の午後遅くもう一度会いに行くシーンである。ベンタドアは、次のように口火を切る。

妾竊《ヒソ》カニ思フ君ノ今日來ツテ妾ヲ見ルハ必ラズ昨夜妾ノ無禮ヲ憤《イキドホ》ルニ由テナリト。然レドモ君ノ言義《ギ》ナラズ。妾ヲシテ再ビ不義ノ言ヲ聞カシムル勿レ。（二十章）

四十一章でも語り手が義・不義について直接読者に語りかけているが、ベンタドアも開口一番、マルツラバースの前夜の愛の告白は「義ナラズ」とし、両者の恋愛そのものを「不義」として否定しようとしている。これに対して原文には、聞いてちょうだいマルツラバースさん、あなたが話す前に。あなたは昨夜話すべきでなかったことを言いました。私を愛していると。(6)

と、「義」「不義」に対応する語は見えておらず、訳文が「義」「不義」という方向で枠づけられているのと好対照である。「義」「不義」は「貞節」という倫理と結びついて、この章全体を貫いていくことになるだが、この点を踏まえ二人の関係を考えてみると、マルツラバースとベンタドアが互いの思いを確認する場面は、以下のように述べられている。

「花瓶ヲ隔テヽマルツラバース中情ヲベンタドアニ説ク図」（第十九章）

君言《イ》フ妾ニ恋《レン》スト。實ニ然ルヤ。マルツラバース曰ク僕始メテ君ニ遇《ア》フヤ心私《ヒソ》カニ喜ビ後チ交情条密《ミツ》ニシテ君ノ敏才及ビ智慮ノ凡《ボン》ナラザルニ驚《オドロ》キ眷恋ノ心倍々《マス〳〵》切《セツ》ナリ。君モ亦意ナキニ非ラザルハ僕早ク己ニ之ヲ知ル。ベンタドア満顔《マンガン》ニ羞色《シユウショク》ヲ帯ビ赧然トシテ曰ク妾ノ心モ亦猶ホ君ノ如ク眷恋ノ情實ニ切ナリ。妾豈ニ敢テ之ヲ痩《カク》サンヤ。（二十章）

ベンタドアは「眷恋ノ情實ニ切ナリ」と述べ、またそれを「瘦《カク》」そうともせず、その恋情は切迫したものとして示されている。これに対し原文も、同様に"I do not deny it"（それを否定しない）と愛が告白されてはいるが、マルツラバースのことばが、

Valerie, I love you. And you—you, Valerie—ah!　I do not deceive myself—you also—（Book II Chap. 4)
ヴァレリー〔ベンタドアの愛称〕愛しています。あなたも、ヴァレリー、ああ！　私は自分自身を欺きません。あなたもそうでしょう。

という、「熱意のこもった、音楽の調べのように抑揚する声」（with enthusiasm in his musical voice）で語られるのと対照的に、「静かな声で」（in a calm voice）、言葉の指示する内容と裏腹に落ち着いた抑制的な口調で、年長者としてマルツラバースを執り成すように語っており、切迫した表現はなされていない。この対照から、訳文が、ベンタドア（ヴァレリー）の恋情を強調し焦眉のこととして表現しようとしていることを理解できる。これは、マルツラバースの恋情についても同様で、両者が再会する四十一章――両者の権力関係が見事に逆転しているという意味で二十章と対を成している――からも指摘できる。

マルツラバース曰ク僕ノ心猶尚君ヲ慕《シタ》フテ止マズ。↓豈ニ恋情ヲ失《ウシナ》フトセンヤ。然レドモ昔日《セキジツ》ノ情ハ弱年ノ血気ニ出ルモノナレバ久シカラズシテ消シ易《ヤス》ケレドモ今日君ノ心思《シンシ》ヲ聞テヨリ恋情倍々《マス〳〵》堅《カタ》ク終生《シユウセイ》尽ルヿナカラントス。（↓以下原文にはなし。四十一章）

原文では、マルツラバースはベンタドアへの尊敬の念こそ持っているが、既に冷静さを取り戻しているとされるのに対し、訳文では「豈ニ恋情ヲ失《ウシナ》フトセンヤ」「恋情倍々《マスマス》堅《カタ》」しとマルツラバースの思いが繰り返され、いまだ相思相愛で両者の切なる「恋情」が失せていないことが最大限強調されているのである。

また、二人の関係のありようは次のようにも語られる。

妾ノ心應《マ》サニ君ニ委《イ》スベシ。然レドモ妾ノ体ハ君ニ委スベカラズ。請フ君熟慮《ジユクリヨ》セヨ。マルツラバース（中略）曰ク君既ニ僕ニ心ヲ委スト言ヒ又體《テイ》ヲ委スベカラズト言フ。僕、君ノ意ヲ解スル能ハズ。（第二十章　原文なし）

マルツラバースは、ベンタドアの言を反芻し、「心ヲ委ス」なら「體《テイ》」も「委」せよと詰め寄っている。ここには当時の「情話」「情史」の文脈があると考えられるが、[7] 原文のプラトニックな文脈を裏切って、肉体関係を強く意識させており、先の「不義」という理解の方向と呼応しているといえよう。このように「情」にほだされた男女が、今一歩のところで「不義」を思い止まるというところに、小説の興味がさし向けられているのである。これは、四十一章に一層明らかである。「断然絶ツベカラズノ情ヲ絶チ」「世間男女ノ通情ヲ絶チ」というフレーズが繰り返され、また興味深い語り手の介入も見えている。

吁々危ヒ哉両人互《タガ》ヒニ切情ヲ絶ツテ義《ギ》ヲ重《オモ》ンズト雖ドモ若《モ》シドニングデイル（ベンタドアの血縁者――引用者注）ノ来ルナケレバ又終ニ不義ニ陥ルモ知ルベカラズ。（四十一章　原文なし）

右の引用部は原文にはない。きわどいところで「不義ニ陥」らなかったことを、語り手自らが「吁々危ヒ哉」と強調している。「義」の重んずべきことを再三述べながらも、詠嘆を込めつつ「切情」による「不義」に陥る危機を煽っているといえる。同種の趣向は、アリスとの恋愛の部分（五章）でも指摘することができる。ただし、「不義」をめぐる〈禁止／違反〉の葛藤は、反復され引き延ばされはするが、簡単に越境されることはない。

## 二　対立する「情」と「理」

では、このように発露する男女の「情」はいかに抑えこまれるのか。すなわち「不義」はいかに否定されるか。同じく二十章で、ベンタドアは次のように述べている。

〔ベンタドア曰ク〕妾此理ヲシ情理ノニ得失ヲシ而シテ幸ニ情ヲ折キ理ヲ全フスルヲ得ルナリ。理ハ乃チ妾ノ密夫、既ニ密夫アラバ心楽ム、心楽メバ幸福多ク、幸福多ケレバ命数長シ。今君妾ヲ愛スル情切ニシテ此数事ヲ破壊スルアラバ真ノ情人ニ非ラズ。却テ妾ノ仇ナリ。願クハ君其愛情ヲ以テ妾ヲ憐ミ妾ヲシテ道ニ悖ラザラシメンコトヲ。（中略）君若シ妾ノ言ヲ是トセバ一言以テ妾ノ意ヲ慰セヨ。妾ル情ナキニタレドモ真ニ情ナキニ非ラズ。唯理ノキキアルノミ。（二十章）

自分にはマルツラバースを思う「情」がないわけではない。「唯理ノ背《ソム》キ難《ガタ》キアル」からこそ自分自身の「情」を抑え、マルツラバースの求愛も拒むのだと、「背キ難」い「理」に焦点をあて、「理」と「情」に引き裂かれる自分を理解することにより、「妾ノ意ヲ慰《イ》セヨ」と哀願している。そして、原文の「Virtue is my lover, my pride, my comfort, my life of life.（Book II Chap. 4）」を踏まえて、「理ハ乃チ妾ノ密夫」と比喩的に述べている。ベンタドアの苦悩の根本には「情理」の対立――「情」とそれを抑止する「理」という対立の構図があり、その調和と不調和に快々としているということになろう。そうした文脈の上で、きっぱりと立ち去ろうとするマルツラバースの「袖《ソデ》ヲ留《トヾ》メテ涙ヲ拭《ヌグ》フ」縋《すが》りつく女として造形されているのである。

この点は、原文の構造と明らかに異なっている。ベンタドアは次のようにマルツラバースに向かって静かに語りかけている。

I reasoned calmly, for my passion did not blind my reason.（Book II Chap. 4）

私は静かに（理性によって）判断しました。というのは、私の情熱は私の理性を眠らせなかったからです。

〔訳文にはない〕

ベンタドアの「理性」（reason）は眠っていなかった。ベンタドアは理性による判断で「情」を抑え、また理性と個人としての正義感（my own sense of right）とによって美徳（virtue）を称揚しようとしている。[8]「lover」であり、「pride」であり、「comfort」である「virtue〔美徳〕」を重んじ、マルツラバースと理性的に関わろうとしているのである。「情」と「理」という対立意識は強くない。

これに対して、訳文には、この「理性」にあたるものがなく、「理」は「道理」「道」という語に置き換えられ、道義・倫理としての「理」と「情」との対立がせり上がっている。[9]肉体関係を意識させる「情」と深く結びついた「不義」を押しとどめるもの、人間の情念を制御するものとして「理」が機能していると理解される。

いわば、「情」を最大限強調する小説世界は「情理」の対立構造の上に成り立っていたということができよう。「情」と「理」との間に揺れ動く人間の心情、とくに女性の側の「人情」を、『花柳春話』はまず描き出しているのである。[10] ちなみに、これは後年坪内逍遙によって『開巻悲憤慨世士伝』（晩青堂刊、明治一八年二月）において、「豪邁なる俊傑」にも「いと女々しげなる心」があると、男性の側の「人情」として描かれ、また『小説神髄』（明治一八年九月〜一九年四月）において、「情欲」と「道理」という形で小説理念として明確化されていくのである。

　では、ここでベンタドアの言う「理」とは一体いかなるものなのか。その内実について検討してみることにする。

　ベンタドアは、ことばの行き違いから「僕君ノ言ヲ信ズル能ハズ」と言って立ち去ろうとするマルツラバースを引き止めて、「世間、男子ヨリ無情ナル者ハナシ」と説き起こし、自身の不幸な結婚のいきさつと、「妾ノ先祖ヨリ以降《イコウ》男ハ命ヲ国家ノ為メニ惜《ヲシ》マズ女ハ操《サウ》ヲ良人ノ為メニ変ゼザル」という家制とを述べる。この中で、「情を尽し、不義を犯すことにより、「家名ヲ汚《ケガ》シ父母ヲ辱《ハヅカ》シムルニ忍ビンヤ」とし、不義を犯すことは「天幸ヲ受《ウク》ルノ理ナシ」と語っている。これは、先に引用した「妾此理ヲ熟思《ジュクシ》シ情理ノ間《アヒダ》ニ得失ヲ考察シ」という「情理」の対立を明示する部分とも繫がっており、「家名」「父母ヲ辱《ハヅカ》シムル」という家族意識と「理」とが深く関わっていると考えられる。また、右の「此理」の「此」は、引用直前の、不義は新たな不義を生み幸福な生涯とならないものであるという処世的な教訓めいた道理に指しており、これらを考え合わせると、ベンタドアの言う「理」とは、抽象化され理念化された超越的な「理」、もしくは原文で述べられる理性という意味の「理」というより、むしろ家族制度を基にした社会規範的、また通俗化された、女性としての処世訓の意味合いが強いと理解される。

　さらに、ベンタドアの教養は、十七章では「讀書琴瑟裁縫尽ク學バザルナシ」（原文になし）とも述べられている。「讀書琴瑟（音楽）」はまだしも、ヨーロッパの貴婦人と「裁縫《サイホウ》」はいささか当惑させられるが、当時の女性の行動規範としてまだ大きな力を持っていた各種の「女大学」に照らしてみると、明瞭に了解することができる。

明治七年六月に刊行され、「維新後の新しい文明開化的な女性観をもり込もうとした」(11)とされる『女黌必読女訓』（高田義甫述）にも、二十二箇条目に、「女は裁縫・つむぎ織りの道を稽古して、遊芸など習わざるをよしとす」とみえる。「織り・縫い、紡み・績ぐわざならわしむべし」の教訓は、貝原益軒の「女子を教ゆる法」（宝永七年）以来、女訓物に常に示されている条項である。また、先の「家名ヲ汚《ケガ》シ父母ヲ辱《ハヅカ》シムル」という規範意識も、「行規を猥りにし、親兄弟に辱を与え、名を穢して、一生涯、身を空にする者あり」（萩原乙彦編『新撰増補女大学』文正堂、明治一三年一二月）という家族制度を基にした倫理と重なっている。この根本には、「貞節」という徳目があるのだが、これについては『女黌必読女訓』（高田義甫述）に次のようにある。

〈貞節〉とは、女の第一まもるべきことにして、一度まみえては必ず二度は男にまみえず、苦楽をともにして家を治むるをいうなり。たとえ、いかほど二度嫁して女に利ありとも、これ不貞節の女というなり。

訳文におけるベンタドアの「義」についてのこだわりも、ここに連なっていると考えられる。「情」と「理」の対立構造の根底には、この「女大学」風の倫理が流れ込んでいることは、容易に推測できる。マルツラバースに最後まで「真情」を尽くしたアリスも、やはり一貫して「貞節」という徳目を第一に掲げ行動しており、それ故にヒロインたりえているといえよう。

このように、『花柳春話』の女性たちと「女大学」的規範との関わりは明らかである。しかし、問題はそこに止まらない。とくに「貞節」に限って言えば、小説のプロットにまで関わっていることが指摘できる。『花柳春話』六十六章のマルツラバースとアリスの再会は、「貞操」を全うしたからこそ「天帝」によってもたらされたと語られる。アリスはマルツラバースと再会するや開口一番、「妾、君ガ爲メニ貞操《ティサウ》ヲ全フシテ今日ノ再會ヲ待《マ》テリ」と述べ、マルツラバースも、次のように応じている。

余、卿ニ別《ワカ》レテ以來《コノカタ》二十餘年卿ヲ尋ネテ會《ア》ハザレバ終ニ卿ヲ忘《ワス》レテ妻ヲ娶《メトラ》ントセシヿ凡ソ両回ナリキ。而シテ天帝卿ノ貞操《テイサウ》ヲ憐《アハレ》ミ余ヲシテ敢テ他女ヲ娶ラシメズ。今日此樓上《ロウジヤウ》ニ再會《サイクワイ》ス實ニ奇縁《キエン》ト謂フ可シ。〔原文には、この意味合いはない〕（六十六章）

「天帝」が「卿ノ貞操《テイサウ》ヲ憐《アハレ》」んで再会させてくれたというのだ。さらにまた、『花柳春話附録』はほとんど訳者丹羽純一郎の創作に成るが、これもやはり「貞操」によって脈絡づけられている。つまり、「貞操」「貞節」は、単にアリスの女性像を彩っているに留まらず、物語の構成力としても機能していると考えられるのである。「自然」（nature）によって枠づけられている原文と好対照をなしているといえよう。

## 三　促される「立志」

論をマルツラバースの問題に戻そう。

では、マルツラバースは、いかにして「情」を抑えることができたのか。やはり、原文にはない部分を敷衍する形で次のように述べられている。

今眼前《ガンゼン》ニ操婦《サウフ》ヲ見テ惰夫、僕ノ如キモ亦将《マサ》ニ、志《コヽロザシ》ヲ立ントス。早ク去《サリ》テ人道ノ善ヲ学ブベシ。君速カニ僕ヲ忘レ断然愁思ヲ絶《タチ》テ疾病ノ源ヲ招ク勿レ。自後世人若シ僕ヲ称スルアラバ則チ君ノ高諭ニ由《ヨリ》テ行《オコナヒ》ヲ改ルノ効徴ナリト知レ。（二十章）

ベンタドアが「情」に動かされながらも、それを否定し「理」を選択し、「操」を全うしようとするのを眼前にして、自身も「情」を捨て「理」に生きようとする。その因《よすが》として「志ヲ立テン」とするのである。「情」と「理」の対立構造から、マルツラバースの「立志」が一見脈絡なく突然頭をもたげる。ベンタドアは、社会規範によって自己を律しようとするのに対し、マルツラバースは「立志」によって自己を律しようというのである。これが男性の側の「操《サウ》」の立て方であり、「立志」は、マルツラバースにとって自分の身を修める「理」として機能しているのである。ここに注目しなければならない。

一方、原文では次の章（Book II Chap. 5・『花柳春話』では訳されていない）で、マルツラバースはベンタドアとの恋愛を自分なりに清算し、人間についての新たな認識に到達したとされる。まず、第一に女性に対する蔑視を改め、第二に世界にはまだ“virtue”というものがあることに気がつくことになる（マルツラバースは社交界の頽廃ぶりに失望しているという文脈がある）。そして、右の二点について、語り手はマルツラバースが「情熱」の意味を見出した――「経験と知恵は情熱の哲学（Philosophy of Passion）から作られる」[12]ことを知ったと総括している。とくに、この語り手の言は「情」の意味の新たな発見を示すものであり、訳文の「情」を否定するために「志」を立てるということと逆の方向に向かっているという意味で、鮮やかな対照を成している。

では、マルツラバースの「志」の内実とは何か。原文では三人の人物が、それぞれの見地からマルツラバースに実行の世界へ出よとアドバイスする。マルツラバースはそれらの助言を踏まえて新しい世界に入ろうとするのである。その三者三様のアドバイスを順を追って取り上げてみる。

まず、二十五章では、友人であり二十歳ほど人生の先輩であるモンテインのアドバイスが示されている。ベンタドアとの失恋（二十章）を癒やすために訪れている南イタリアのガモー湖で、マルツラバースは孤独な瞑想によって自分の心に新たな秩序を与えようとしている。この時のモンテインの言によって、「名誉と目的と労働の報酬の何たるかを知り」、作家としての道を歩むことになるのである。モンテインは次のように述べる。

私は、普通、若い人にアンビション（ambition）を吹き込もうとは思わない。大抵の人にとって良い立派な市民になるだけで十分である。しかし、君の場合は違う。（Book III Chap. 4）

「立志」を促すという意味では、訳文の主旨と似ているといえよう。しかし、その「志」について、イギリスにおいては労働と競争が人間を高める。それは君に有利にはたらくはずであると、プロテスタンティズムを踏まえながら次のように語っている。

考えてみなさい。そのような国（イギリス）の、大きいがいつも成長している精髄（mind）に対し、影響力を持つということは何とすばらしい運命であるか。また、君がその忙しい現場から退いた時、神の偉大な意志の下に、世界に新しい知識を広げるような――正直（Honest）と美（Beautiful）の栄光ある聖職者を支えるような――〔神と人をとりなす〕仲介者としての忘れ難い役割を演じたと考えることは何とすばらしい運命なのか。これこそが真のアンビションなのです。（Book III Chap. 4）

モンテインは、作中人物の中でもっとも宗教的で、神の摂理を実行することを問題にしている。三十八章では、我々の到達する地点は「知性の修養によって神の摂理を理解し実行する」度合いによると述べ、この神の摂理を実行することが真のアンビションであるとしているのである。これに対して訳文では次のように述べられている。

夫レ英国ノ公明正大ナルヤ万国ノ欽慕《キンボ》スル所ニシテ宜《ヨロシ》ク才子ノ力ヲ顕ハシ功ヲ立ツベキノ国ナリ。入ツテハ廟堂《ベウダウ》ニ参議シ国家ノ大政ヲ布《シ》クベク出テハ万国ニ接《セツ》シテ世界ノ強弱ヲ制《セイ》スベク天下ノ大権此ヨリ盛《サカン》ナルハナシ。此ヲ是レ真ニ青雲ノ志ヲ得ルト云フ。（二十五章）

国家を強く意識しながら、「世界ノ強弱ヲ制《セイ》ス」る英国でこそ「青雲ノ志」を得る価値があるとしている。神の摂理の実行という宗教的な意味合いには触れられておらず、ともかくも「立志」と社会的成功を鼓舞することが中心になっているのである。ここでは、「立志」の個人的意味、また具体的にいかに国家と関わるかは問われず、「青雲ノ志」を立てることに問題は収斂し、「立志」が自己目的化しているかのようにみえる。

二つ目はクレーブランドのアドバイスである。この後、マルツラバースは病をきっかけにして、既に名望を勝ち得た作家から政治家へと身を転ずるのだが（四十八章）、それには匿名の手紙が大きく関与していた。ただし、依然自分の転身に納得できずにいる。それを、亡父の友人であり、また後見人でもあるクレーブランドの助言によって確信していくことになるのである。

クレーブランドはマルツラバースの転身を好意をもって迎え次のように述べる。

I am so glad to see you; for, in the first place, I rejoice to find you are extending your career of usefulness.（Book IV Chap. 5 下線引用者）

私はお前に会えてうれしい。というのは第一に、お前が自分の有用な人生の幅を広げているのを知ったからだ。

クレーブランドは何よりも有用性という見地からアドバイスする。なかでも注目すべきは、自分の人生（career）を広げたということに好感を持っている点である。クレーブランドは次のようにも語っている。

（実際的な世界から遊離しない知識を以ってすれば、大きな成果を得ることができるかもしれない。）しかし、そのような厳正な道徳の目的は他の人々に奉仕することだけでなく、我々個人をも完全にし、完成させることなのだ。我々の魂は、我々の人生に対して厳粛な責任を持っている。[13]

「厳正な道徳の目的」には、個人を完成させることも含むというのだ。クレーブランドは作中人物のうち、唯一、ゲーテの『ウィルヘルム・マイスター』を念頭においてマルツラバースに関わっているのだが、教養小説風に言えば、自己の確立を実社会における自己実現という形で実践しようとしているのを歓迎しているのである。これに対して訳文は、先ず転身が「立志」の問題に還元されているというところに特徴がある。右の部分は次のように述べられる。

人若シ正義ノ論ヲ以テセバ縦令《タト》ヘ巨万ノ佞堅《ネイジュ》アリト雖ドモ必ズ大事ヲ爲スヲ得ン。今マ子、議院ニ在ツテ国政ニ関スルハ即チ実際《ジツサイ》ニ事ヲ施《ホドコ》スベキノ時ナリ。書ヲ著《アラハ》シテ益ヲ成《ナ》スモ直《タダチ》ニ論ジテ事ヲ謀《ハカ》ルモ固《モ》ト理ハ一ナリ。（四十八章）

「実際《ジツサイ》ニ事ヲ施《ホドコ》ス」ことを、好意をもって受けとっていることは原文と同様であるが、国家に対する「益ヲ成《ナ》ス」ということに力点がおかれ、「個人をも完全にし、完成させる」という自己実現の意味は問題にされていないのである。ともかくも、病によってひとつの「志」が実行不可能となったので、それに変わる新しい「志」――とくに国家と関わる「志」を立てたことを歓迎しているのである。

三番目は、マルツラバースの三人目の恋愛の相手であるフローレンスが、マルツラバースに送った手紙（まだ匿名で書き手の正体ははっきりしていない）に記されていた助言である。フローレンスは、マルツラバースに実行の世界へ出ることを促しながら、次のように述べる。

人の心の微妙な壁を捉え得るように思われるあなたが、そして本質（nature）をガラス越しに観察したように思われるあなたが、（中略）その年齢で、しかもそれだけの人に優れたところ（advantages）を持ちながら、書物や巻物の中に身をうずめてよろしいのでしょうか。（中略）あなたは単なる詩人であるにはあまりにも実践的過ぎますし、また習慣化したつまらぬ一生に身を沈めるにはあまりに詩的です。(14)

原文では、鋭い感受性を持っているという「人に優れたところ（advantages）」を生かせと勧めているのであるが、訳文では、

足下富豪《フウガウ》ノ家《イヘ》ニ生《ウマ》レ経済ノ才《サイ》ヲ保《タモ》チ百書ニ渉《ワタ》リ而シテ徒《イタ》ヅラニ幽居《イウキヨ》シテ堆書塵埃《タイシヨヂンアイ》ノ裡《ウチ》ニ身ヲ屈《クツ》シ為スアルベキノ才《サイ》ヲ以テ僅《ワヅカ》ニ著者筆舌《ヒツゼツ》ノ間ニ費《ツヒ》ヤスハ啻ニ策《サク》ノ下ナルノミナラズ抑《ソモ》々亦上帝《シヤウテイ》ノ意ニ違反《イハン》スル者ト謂フベシ。足下ノ才《サイ》、詩人トナツテ終ル能ハザレバ速《スミヤ》カニ大志ヲ立テ功ヲ天下ニ挙ゲ以テ衆庶平安ノ策ヲ立テヨ。
（四十七章）

と、“advantages”は「経済ノ才《サイ》」――「経世済民ノ才」と変換され、自分の適性を生かし実行の世界へ出よというアドバイスは、「大志ヲ立テ功ヲ天下ニ挙ゲ以テ衆庶平安ノ策ヲ立テヨ」とされるのである。やはり、自分の、“advantages”を生かせという助言には目が向けられていない。ただ「朝暮勉メテ足下ノ大志ヲ遂グルアランヿヲ説ントスルノミ」（四十七章）と、「立志」を立てる／遂げることが繰り返し要請される。しかし、原文においては“ambition”の語は一度しか見えていない。「志」を立てること自体が強く求められているのである。そして、その「大志」とは、「経済ノ才」を生かし「衆庶平安ノ策」を立てることなのである。ここには、訳者である丹羽純一郎ばかりでなく当時の政治観・国家観が二つながらに表れているといえよう。しかし、その具体的なイメージは示されていない。

## 四　教養小説としての『花柳春話』

では、自己実現とは結びつかない、しかも自己目的化した「立志」と、この「国政」に関与する「志」という一見矛盾する二つの命題はどのように結びついているのだろうか。

国会議員になった後のマルツラバースの消息は、わずかながら次のように伝えられる。

マルトラヴァーズは、党派とか政党を好んでいなかったが、聴衆であり裁判所である一団の人々に、書簡もしくは政策によってアピールした。そこには、彼の高潔な意図、買収できない名誉心、正しくよく考えられた見解の中にある、静かに大きく広がっていく信念があった。(Book VII Chap. 1)

猶ホ世人ト交際スル好マズ。益々僻地《ヘキチ》ニ閑隠シテ世塵《セヂン》ニ染マザレバ自然《シゼン》友人ノ交際モ疎迂濶ナルノ理ナレドモ所謂ル同気相求メ同義相応ズルノ類ニシテモンテイント常ニ書信ヲ通ジ交情日ニ厚ク唯ダ彼ヲ以テ真ノ朋友ト為セリ。（五十章　右の部分に対応）

原文では、「党派とか政党」を好まないとするが、高潔で高邁な思想は広がりを見せているとされる。一方の訳文では、「世人」との「交際」を好まず、漢詩文世界さながら「閑隠シテ世塵《セヂン》ニ染マ」らざる点が強調され、具体的な政治との関わりは全く述べられていない。「志」を立てた後のマルツラバースの行動は、曖昧なままにされているのである。これには、議会の歴史の長い英国と、国家としての体制も未だ整わず、議会がいつ開設されるとも予想できない日本の政治状況の違いも考え合わせなければならない。国家また議会に対する明確なイメージを持っていない当時において、「国政」に関わるとは、具体性のない抽象的な議論にならざるをえなかったのだろう。

また、自己の確立と社会との関係を問わないまま、いわば自己目的的に「志」を立てようとすることを問題にすれば、これもやはり同様に、内実のない空疎なものに身を捧げるという意味で、きわめて観念的な行為と言わざるをえない。しかし、一見、別の方向を向く二つの願望は、両者の持つ抽象性によって重なりあっている。むしろ、抽象的であるが故に、個人の自己目的化した「立志」と天下国家への献身という公的な「大志」とが、ダイレクトに結びついているのではないかと考えられるのである。だからこそ訳文ではクレーブランド、モンテイン、フローレンスの言う三者三様のアドバイスを矛盾なく生かしながら、マルツラバースは「志」を立て、方向性の定まらない実践を目指していけたのではないか。無論、原文におけるアンビションも観念的であることに変わりないのだが、友人たちは、共通して自分の適性を生かすことと、実行の世界へ出ること――“practice”と“useful”を助言している。アクチュアルに現実に向かうことを促しているのであり、訳文のイデアルな抽象性とは好対照を成しているのである。

ただし、この抽象性は訳文の世界では大きな意味を持っていたと考えられる。先に、ベンタドアとマルツラバースのきわどい関係を述べたが、『花柳春話』では盛んに男女の恋愛をめぐる「人情」を取りあげながらも、それを「痴情」としないのは、この抽象的で時に誇大妄想的な「立志」が、あたかも「理」として機能するかのように再三登場してくるからでもある。それゆえ、「義」から「不義」へ容易に境界が越えられることはない。この意味で「立志」は「情理」の対立の物語の重要な構成要件となっているといえる。これを、たとえば『花柳春話』をさらに噛み砕いた『通俗花柳春話』——原『花柳春話』の享受のありようを示す一読書ケースとして位置づけることができる——と対照すればさらに鮮やかである。『通俗花柳春話』では、「立志」の問題が希薄化されており、その分、歯止めのないまま、戯作的な文体と相俟って一層人情本的な傾向を帯びていくことが指摘できる。一例をあげれば、本章前節でも問題にしたマルツラバースが突然「志ヲ立テン」ことを思う場面は以下のように述べられている。

マルツラバースハ歎息《たんそく》し今僕《いまやつがれ》が一言《ひとこと》だも言《いは》ぬハ言《いふ》に勝《まさ》るなり操正《みさをただ》しき和君《わぎみ》を見《み》ていと惰たる僕《やつがれ》も志《こころ》をたてゝ将来《このゝち》ハ人たる道《みち》を踏《ふみ》たがへじ和君《わぎみ》も今《いま》より僕《やつがれ》を忘《わすれ》て憂苦《うれい》の根《ね》を絶し疾病《やまい》の源《もと》を断たまへ（中略）去《さる》にても恨《うらむ》ハ早《はや》く相逢《あひあふ》てともに姉妹《いもせ》の契《ちぎり》をばせぬこと最《いと》どうたてけれ（十八章）

原文の「将《マサ》ニ志《ココロザシ》ヲ立テントス」は、不義に陥らないような「志《こころ》を立てゝ」「人《ひと》たる道《みち》を踏《ふみ》たがへじ」という道徳的理解が加えられ、それに呼応して「立志」の問題の強度は弱められ、「姉妹《いもせ》の契《ちぎり》」に見られるような男女の恋愛に焦点をあてた為永ばかりの人情本的世界に傾斜していくことになるのである。

こうした対照からも明らかなように、『花柳春話』では「情理」の対立を強く指示すると同時に、それを止揚する抽象化された「立志」が大きくクローズアップされている。柳田泉の見取り図に則れば、[15]『花柳春話』は、男女の恋愛にまつわる「人情」を表現する「下の文学」としての要素と、「男児」の「立志」を促す「上の文学」としての要素を、積極的に併せ持っていたと考えられるのである。

さらに、ここで述べる抽象性は原文とズレながらも、具体的ではないが故にさまざまな情念を受け入れる素地を持ち、逆にパセティックに読者に「立志」をアジテートする小説世界を作り上げている。このことが、後の『世路日記』（明治一七年六月）『佳人之奇遇』（明治一八年一〇月～三〇年一〇月）という、書生小説・政治小説のプレテキストたりえたのではないかと理解される。「自然」を媒介した恋愛をはじめ、自己を生かすというロマン主義的な教養小説のあり方を捉え切れていないことが、むしろ新しいテクストを生み出す契機となっているのである。

一方で、女性たちとの恋愛によって促された『花柳春話』の「立志」は、自己を律するにしろその抽象性とひきかえに内実は深く問われず、いったんそれが達しかかると、或いは挫折の危機に瀕すると内部から崩壊してしまう脆さと空虚さを抱え込むことにもなる。しかし、この「立志」の抱える問題は、『花柳春話』における恋愛では顕在化されえず、次代の文学に引き継がれていくことになる。たとえば、「志」が半ば達しかけたドイツ留学中の、太田豊太郎とエリスとの恋愛によって、「立志」と「個人」との問題として、また内海文三の失職とお勢との恋愛によって、かつて自身を支えた「志」の内実の空虚さが、新たに問い直されていくのである。

【注】

（1）*Ernest Maltravers* A new ed. London Warne 1860, 'Works' The new Knebworth ed. London, Routledge, & New York, Dutton n.d

（2）柳田泉の「明治初期の翻訳英国小説――『花柳春話』」（『東京新誌』大正一五年九月）以降、戦後の研究の主なものとしては、僅かに林原純生の「『欧州奇事花柳春話』から『斎武名士経国美談』へ――近代文学形成期への一視点」（『日本文学』一九七〇年一一月）と、松木博の「翻訳文学に於ける『話者』――近代表現の輪郭㈠」（『北海道大学文学部紀要』一九八四年三月があげられる。本稿初出時（一九八四年一〇月）以降に執筆されたものとしては、畑實「明治初期の人情小説――『花柳春話』の流れ」（『駒沢国文』二九号、一九九二年二月）、前野みち子「明治初期翻訳小説『欧州奇事花柳春話』における恋愛と結婚」（『論集：異文化としての日本』名古屋大学大学院国際言語文化研究科、二〇〇九年三月）、水野的「『花柳春話』から『文明の末路』まで――織田純一郎の翻訳論と翻訳文体について」（『翻訳研究への招待』八号、ウェブ版、二〇一〇年八月）がある。

（3）山本芳明「『アーネスト・マルトラヴァーズ』・『アリス』論――『花柳春話』の原書の世界とは何か？」『日本近代文学』第三一集、一九八四年一〇月。山本芳明によれば、「二人（マルトラヴァーズとアリス）が初めて出会い、そしてデイル・コッテージで一緒に暮すことを決めた時に語り手は、「（前略）彼（マルトラヴァーズ）はこの自然（Nature）のジュリに対してサン＝プルーとしてふるまうだろう。」（E．B1C5・37）と予告していたのであった。」とされる。

（4）注3に同じ。

（5）This poor girl, she was so innocent, so confiding, so unprotected, even by her own sense of right.（Book I Chap. 7)

（6）"Hear me, Mr. Maltravers—before you speak, hear me! You uttered words last night that ought never to have been addressed to me. You professed to—love me."（Book II Chap. 4)

（7）齋藤希史によれば、「明治初年、漢文の教養になお依拠し、〈近代〉的文学概念をいまだ所有しなかった知識人たちは、男女の情の絡み合いを経として展開するテクストを、即ち旧社会の士人文学では扱い得なかった主題を展開するテクストを、西洋の小説であろうと江戸の人情本であろうと中国の才子佳人ものであろうと等しく「情史」と呼んでいたとする（『人文学報』第六一号、一九九一年一二月）。成島柳北も、題言で『花柳春話』

を「情史」として論じている。一方、『花柳春話』の漢文直訳体が語る「情」は、リットンの西欧的「情」を才子佳人小説―江戸人情本的「情」に読み替えていながら、そのことをほとんど自覚していないように見える」（前野みち子「明治初期翻訳小説『欧州奇事花柳春話』における恋愛と結婚」注2）という指摘もある。

（8）Virtue is my lover, my pride, my comfort, my life of life. (Book II Chap. 4)

（9）原文では、理性的な理解を志向しているのに対し、訳文では「願クハ君其愛情ヲ以テ妾ヲ憐ミ妾ヲシテ道ニ悖ラザラシメンヿヲ」と、「情」による理解を乞うている。「理」は「情」と対立するものであると同時に、「情」によって理解されるものということになろう。

（10）原文においては、ベンタドアの態度は理性的で毅然としており、マルツラバースのそれは哀願者の如くに描かれている。これに対し、訳文では二人の態度は逆転し、ベンタドアは「情」になずむ弱々しい女性として、マルツラバースは「情」を意志的に抑える決然とした「剛毅木訥」（五章）の士君子として描かれている。たとえば「（マルツラバース――筆者注）敢テ復タ君ヲ煩ハサズト。己ニ辞シ去ントス。ベンタドア愁裡《シウリ》ニ笑ヲ帯ビ忙《イソガ》ハシク袂《ベイ》ヲ引テ」（二十章）の行為は原文にはない。

（11）『女大学集』（『東洋文庫』302、平凡社、昭和五二年二月）の石川松太郎氏の解説による。

（12）…… experience and wisdom must be wrought from the Philosophy of the Passion. (Book II Chap, 5)

（13）But the end of a scientific morality is not to serve others only, but also to perfect and accomplish our individual selves; our own souls are a solemn trust to our own lives. (Book IV Chap. 5)

（14）You who seen to penetrate into the subtlest windings of the human heart, and to have examined nature as through a glass……; are you, at your age, and with your advantages, to bury yourself amidst books and scrolls? …… You are too practical for the mere poet, and too poetical to sink into the dull tenor of a learned life. (Book IV Chap. 4)

（15）柳田泉「時勢と文学」（『明治初期の文学思想』上巻、春秋社、一九六五年三月）によれば、江戸期の文学は、漢詩文の教養をもとにした武士階層向けである「上の文学」と、戯作を中心にした町人階層向けの「下の文学」とに分化していたが、明治になって「この二つの文学概念が一致して新たな文学」が誕生すると述べている。

# 第三章　『花柳春話』を生きる——坪内逍遙『新磨妹と背かゞみ』

## 一　プレテクスト『花柳春話』

坪内逍遙の『新磨妹と背かゞみ』（会心書屋、明治一八年一二月～一九年九月）が、『欧州奇事花柳春話』[1]（明治一一年一一月～一二年四月）をプレテキストとして成立した事実はよく知られている。水澤達三が「人《ひと》しらぬ憂《うれへ》」（『妹と背かゞみ』第五回）から脱し、身分の違い、教育の違いをはねのけ、肴屋の娘であるお辻との結婚を決意するのは、「織田《おだ》某《なにがし》が抄訳《せうやく》して。花柳春話《くわりうしゆんわ》となん名附《なづ》け」（第六回）られた「マルトラバアス」を読んだことが因となされている。「西《にし》の学問《がくもん》をバ脩《おさ》めたりしかど。専《もつば》ら実用《じつよう》の理学《りがく》を学《まな》びて。文学詩歌《ぶんがくしいか》などハ脩《おさ》め」なかった水澤は、「感《かん》銘《めい》する所浅《ところあさ》から」（第六回）ずして、次のような感想を持つに到る。

お辻《つじ》が為人《ひとゝなり》のあはく〵しき。進退挙止《たちふるまひ》の蓮葉《はすば》気《げ》なる。いくらか此《この》アリスの為人《ひとゝなり》に似《に》たり。さハあれ其真情《そのまごころ》の切《せつ》なること争《いか》でかまたアリス女《め》に劣《おと》らん。よしや学識《がくしき》が乏《とぼ》しけれバとて。教《おし》へ導《みちび》きなバ人並《ひとなみ》にハなるべし。アリス女《め》の稚蒙《ちもう》なる。神《かみ》といふ事《こと》だに解《かい》せざりしを。「マルトラバアス」ハ教《おし》へ導《みちび》き。竟《つい》に一佳人《かじん》となしたるならずや。（同第六回。以下、引用は明治文学全集16『坪内逍遙集』筑摩書房、一九六九年二月による。ただし、字体は常用漢字に改めてある）

水澤は、「マルトラバアス」のアリス像とお辻を重ねて理解している。そして、教育によって「学識《がくしき》の乏《とぼ》」しいお辻を導き、「人並《ひとなみ》」の女性に成し得ると考え、身分の違い、教育の違いの障害を乗り越えようとするのである。右の引用箇所は、『花柳春話』第四章でのマルツラバースの想念、「アリスノ性、樸訥《ボクトツ》ニシテ且ツ無学ナルヲ以テ邪慝ニ触《フレ》ザルヲ愛シ自ヅカラ之レニ文芸ヲ授《サヅ》ケテ一個ノ良女《リヤウジヨ》タラシメンヿヲ思フ」（『花柳春話』第四章）を踏まえての思いであるが、アリスとマルツラバースの関係に、あるべき自分等の未来を託そうとしているのである。それは、自分自身がマルツラバースに成ることであり、小説『マルトラバアス』を生きることでもある。この意味では、『妹と背かゞみ』と『マルトラバアス』の結びつきは明らかである。

水澤は、この後「多年《たねん》の宿望《しゆくばう》をバ遂《と》」（『妹と背かゞみ』第六回）げ、「一月《ひとつき》をも過《すぎ》さるうちに」結納を取りかわし式も済ませる。しかし、結婚後、水澤はお辻の教育に失敗し、お辻の入水という決定的な破局を迎えることになる。一方のマルツラバースは、アリスの教育に成功し、アリスは後にその教育から得た音楽で自活もし、いったん離ればなれになりながらも再び結ばれるという幸福な結末を迎えている。一方が一方を目指しながら、全く異なった局面に到るというこの差異は、いかにして起きたのか。マルツラバースとアリス、また水澤達三とお辻の関係が、何故きわだった差異を生んでしまうのか。この問題を明瞭にすることは、『妹と背かゞみ』の世界を一層明らかにするにとどまらず、作者である逍遙が持っていた小説に対する問題意識をも鮮明にすることが可能であると思われる。のみならず、ここには、明治初期の西洋文学受容のあり方が実作として明かされており、当時の文学観を検討する上で、また散種された『花柳春話』なる翻訳がいかなるテクストを作り上げていったかを知る上で、稀有にして重要な例であると考えられるのである。

## 二　「道理《だうり》」と「情欲《じやうよく》」

『妹と背かゞみ』を論ずる際、次のような『一読三嘆当世書生気質』最終号（晩青堂、明治一九年一月）に掲載された広告文が、しばしば引用される。

右ハ春のや先生の新案にて夫婦の関係の大切なると婚姻の容易ならぬ事なる由を一部の小説の中に現された

るものなり水澤達三といへる官吏が或る肴屋の娘を娶りて為に思ひよらぬ災を醸したる事を主としかたはら干渉結婚の弊害をもいと面白く写されたり文章ハ為永に似て平易なれども脚色ハ毫末も猥褻ならず当世書生かたぎとハ違ひ頗る悽婉《せいえん》にして艶深き好稗史なり

ここに、大雑把な作品の主旨は説明されている。しかし、右の引用を俟つまでもなく、作品の内部構造から考えてみても、「夫婦の関係の大切なると婚姻の容易ならぬ事」を示すことがメインテーマであることは疑いを容れない。稲垣達郎も指摘するように、「達三とお辻の経緯が「主」であり、斉橘お雪のそれは、まさしく「かたはら」である。「主」の部分では、（中略）〈自由結婚の弊害〉が、「かたはら」の部分では、「干渉結婚の弊害」が写されて[2]」おり、題名の『妹と背かゞみ』とは、この対照的な二組のカップルを写し出す「かゞみ」また「鑑」であると考えることができる。そして、この「主」である水澤とお辻の「悲劇」の原因は、和田繁二郎によると「お辻が最低の悪条件による無教養に発している[3]」とされ、また、稲垣は両者の「隔絶の要件の重要なひとつ」として、「教養の格差、つまり「肴屋の娘」の側の教養欠如[4]」をあげている。お辻の「無教養」という人物設定が、「悲劇」または「隔絶」の主なる原因であるとされているのである。しかし、両者の「教養の格差」が大きな問題となっているのは事実としても、作品内の論理に注目するならば、必ずしもそこに焦点があてられているとは言えないのではないか。まず、この点から検討してみることにする。

水澤とお辻の心理的齟齬は、芸妓である若里をめぐるお辻の誤解と、水澤のお辻への不信感で急速に高まっていく。お辻の不安は、語り手によると、結婚の数ヶ月後からはじまる。その年の十二月には、お辻の父親の酒の上での不始末と、姉の男性関係の「不行跡《ふぎやうせき》」（同十二回）とが新聞沙汰になり、水澤はいったんそれについて寛容な態度を示すが、わだかまりが残り、下女とのギクシャクした関係も相俟って、お辻は家庭内でも里からも孤立していくことになる。そして、翌年の新年から、水澤の遅い帰宅と不機嫌な様子が目立ちはじめ、二月にはかつてなかった朝帰りもするようになる。こうした時期に、夫婦の隔絶の因ともなる、「シロ田」という差出人の女文字の手紙――若里の手紙が届く。お辻は、次のように思う。

　二三日《にち》引続《ひきつゞ》けての夜行《よあるき》ハ。あるひハ兼々《かね〲》の推察通《すゐさつどほ》り。余所に楽《たのしみ》のできたるにハあらずや。さりとて夜遊《よあそ》びも男《をとこ》のはたらき。決《けつ》して嫉妬《りんき》などハせぬけれども……あまりといへバツンケン〱。気《き》をきかして羽織《はおり》をだせバ。何《なに》が気《き》に入《い》らぬ可怖皃附《こわいかおつき》。何《なに》かにつけて不機嫌《ふきげん》なのハ……今宵《こよひ》の素振《そぶり》などハまことに変《へん》なり。（同十二回）

新婚早々、「余所に楽《たのしみ》のできた」のではと不安を募らせ、思わず手紙を開封してしまう。これが、「夫《をつと》の胸中《きやうちう》をほしいまゝに邪推《じやすゐ》し。夫其人《をつとそのひと》の権利《けんり》を犯《おか》して。手紙《てがみ》を開封《かいふう》せし不礼《ぶれい》の沙汰《さた》」（同十三回）という水澤の怒りにふれることになる。

このような水澤のお辻に対する不機嫌・不満には、「教養の格差」からくる「品格《ひんかく》」の違いが響いているのは疑いのないことであるが、しかし、こうしたお辻の不安を語り手は、「世《よ》なれぬ心《こゝろ》にハ疑《うたが》ひも興《おこ》りぬ」（同十二回）とし、手紙の開封も、「浅《あさ》き女気《をんなぎ》に忍《しの》びかねて」（同十二回）と述べているのである。このお辻の「世《よ》なれぬ心《こゝろ》」と「浅《あさ》き女気《をんなぎ》」に、ポイントをおいていることに注目しなければならない。また、一月二月の両月に水澤は、お辻の知らない事情はさておき、「中廓《なか》のかしざしき」（同十三回）へ、六回ほど通っていたのは水澤自身が述べるとおりであり、お辻の疑いは的を射ていたのである。

そして、手紙の誤解を解くための水澤の説明も、お辻の「女気《をんなぎ》」から発した疑いを十分に氷解させることはできない。お辻の不信の念に気づかず、水澤は滔々と述べたてる。水澤は「父《ちゝ》の恥《はぢ》を雪《そゝ》がんため」（同十三回）義侠心から、若里を「親元《あやもと》身受《みうけ》」しようとするのだが、「親元《あやもと》身受《みうけ》といふ事《こと》にしたら。ズットまかりさうなものだがといふと。そりやもう。百七十か百八十もあれバ。キット纏《まとま》らうという話《はなし》さ。……」（同十三回）という、何気ない夫の「身受《みうけ》」の言葉は、疑念をもつお辻の耳には、話の脈絡から切り離れ鋭く響く。その様子は、「涙《なみだ》の跡《あと》」も乾き、「達三《たつざう》の皃《かほ》を打《うち》まも」（同十三回）るとされる。そして、語り手は「道理《だうり》」（同十三回）にのみ偏し、これに気がつかない水澤をことさら示し、逆に不安を募らせる女心を周到に浮かび上がらせている。

さらに、手紙の以下のような文面、

> けつして〳〵御前《おんまへ》さまの御信切《ごしんせつ》をあだにいたし候心《こゝろ》にハこれなく候へバ。今《いま》までの御馴染甲斐《おんなじみがひ》に今《いま》一度《ど》御越《おんこし》あそばし。わたくしの胸《むね》の中御聴取《うちおんきゝとり》あそばされ。御機嫌御直《ごきげんおんなほ》し下され候やう。（同十三回）

に見える「御信切《ごしんせつ》」の文字が、お辻には気にかかり「皆《まなじ》り」をつり上げる。これについて、語り手は、「同《おな》じ「御信切《ごしんせつ》」といふ文字《もんじ》も。読者《どくしや》の解釈《かいしやく》のしかたによりてハ。「義《ぎ》」ともなれバ「愛《あい》」ともなる」（同十三回）と、「御信切《ごしんせつ》」の語の多義性を強調しながら、お辻の疑いの側に身をよせているのである。

また、申し開きの末尾で、水澤はお辻への不満を、「如何《どう》も実《じつ》に下等《かとう》の人間《にんげん》ハ為様《しやう》がないなア。自身《じしん》の卑劣《ひれつ》な心《こゝろ》を以《もつ》て。他人《たにん》の肚《はら》の中《うち》を邪推《じやすゐ》するから。先入主《せんにふしゆ》となってどうしても解《わか》らん。」と、「独語《ひとりごと》のやうに」（同十三回）述べるが、これに対するお辻の心情を、語り手は「されども僻《ひが》みたる女気《をんなぎ》にハ専《もつぱ》ら我《われ》に当《あて》ていひたるにやと思《おも》ひて。お辻《つぢ》ハひそやかに横《よこ》を向《む》きぬ。くやしさに湿《うるほ》いたる眼《め》を蔵《かく》すなるべし。」（同十三回）と、やはり「女《をんな》気《ぎ》」から説明しているのである。

とするならば、両者の心理的齟齬は「教養の格差」からだけでは説明できない。むしろ、父の不義理を償い、若里とその母沢江に報いようとする「侠気《をとこぎ》」（同六回）と、それを十分に理解できない、嫉妬心に振りまわされるお辻の「女気《をんなぎ》」の対立と考えることができる。

この後、水澤とお辻は、一応和解するが、姉のお春の口さがない挑発によって、お辻の疑いは再燃し、不安が一層高まっていく。語り手は、お辻が水澤の友人に告げ口したと疑う水澤の気持ちを、「西人某《にしのひとなにがし》」の言として「一《ひと》たび疑《うたが》ひを抱《いだ》き初《そ》むれバ。それより色々《いろ〳〵》の枝葉《えだは》を生《しやう》じて。ます〳〵疑《うたが》ひハ重《かさ》なりゆきて。恰《あたか》も「八重《やへ》だすき」に入《い》りたらんやうに。竟《つい》にハ其出口《そのでぐち》を失《うしな》ふ」（同十六回）を引用しながら説明しているが、これはお辻の心情とも重なっており、小説は男女の「人情」（「妹と背鏡はしがき」）をめぐるディスコミュニケーションを描き出す方向に向かっている。

また水澤の側からしても、先に引用したように、「下等《かとう》の人間《にんげん》」は「自身《じしん》の卑劣《ひれつ》な心《こゝろ》を以《もつ》て。他人《たにん》の肚《はら》の中《うち》を邪推《じやすゐ》する」（『妹と背かゞみ』十三回）と述べておきながら、自身は「学識《がくしき》」もあるにかかわらず、お辻の、友人木村への告げ口を「邪推《じやすゐ》」してしまう。これが、破局へ向かって強く竿さし、お辻を自殺に追いやる一つの原因ともなってしまうのである。

こうした両者の心理的齟齬をたどってみると、水澤とお辻の悲劇は、女性の教育の問題を大きくはらみながらも、教育の問題それ自体に収斂するようには語られていないと考えられるのである。

そこで注目すべきは、教育のちがう結婚と表裏を成している水澤の、「痴情《ちじやう》」によるお辻との結婚の選択である。水澤・お辻の結婚以前の叙述は、六回までと、結婚後の二人の様子を直接述べる十二回から十七回の、六回分とほぼ同じ分量があてられている。この前半において、語り手はしばしばプロットを先取りする形で、水澤の

水澤達三の見た夢。夢の中で母からお辻との結婚をたしなめられる。（第一回）

選択の誤りを仄めかし、あるいは明言する。第六回では、その結婚の決断について次のようなコメントを付けている。

嗚呼誤《あやま》れるかな水澤達三《みさわたつざう》。あさましうも一旦《たん》の痴《ち》情《じやう》に溺《おぼ》れて。遠《とほ》き後《のち》の事《こと》に思《おも》ひも及《およ》ばず。婚儀《こんぎ》の大事《だいじ》たるを打忘《うちわす》れて、匆卒其妻《そうそつそのつま》をバ定《さだ》めたりしハ。まこと寔《まこと》に嘆《なげ》く可《べ》きの限《かぎり》ならずや。（同六回）

語り手は、嘆きを込めつつ水澤の過ちを指摘し、その理由は「痴情《ちじやう》に溺《おぼ》れて」「匆卒其妻《そうそつそのつま》をバ定《さだ》め」たことであるとしているのである。そして、この「痴情《ちじやう》」は、「情欲《じやうよく》ハ火《ひ》なり道理《だうり》ハ水《みづ》なり」（同五回）とされるように「道理《だうり》」によって抑えるべきものであって、「痴情《ちじやう》」を否定する根本には対立軸としての「道理《だうり》」が常に潜在しているのである。

たとえば、第一回では水澤の夢の中に母親が現れ、「身分《みぶん》の違《ちが》つたどし夫婦《ふうふ》になるのハ。とんだ憂苦労《うきくらう》の種《たね》であります。」「一旦痴情《たんちじやう》に任《まか》して。下手《へた》な女子《をなご》などを貰《もら》つた時《とき》にハ。不思議《ふしぎ》な苦労種《くらうだね》を蒔《まき》ますぞや。」（同一回）と、お辻との結婚を禁ずる。水澤は、この夢を、「我本心《わがほんしん》が母御《はゝご》となりて。我夢《わがゆめ》のうちに現《あらは》れつゝ。みづから我身《わがみ》を叱《しか》りしなるべし」と、自身の潜在意識の立ち現れと理解し、「かくまで道理《だうり》をわきまへても。悟《さと》りかねつゝ一旦《たん》の。痴情《ちじやう》に心《こゝろ》を奪《うば》はれ」（同一回）たことを恥入っている。つまり、お辻との結婚についての迷いは、水澤の中では「道理《だうり》」と「痴情《ちじやう》」の対立として理解されていることが、示されているのである。ここには、自身の結婚という未来に属することも「道理《だうり》」と「痴情《ちじやう》」という二項対立から考える水澤の意識構造が表れている。そして、これは先の引用の語り手の直接介入の言とも通底し、『妹と背かゞみ』というテキストの枠組みを作っていると考えられるのである。

また、前半では、語り手が水澤について語る部分では、必ずコメントをつけながら、一方のお辻については、その内面は説明するがコメントは差し控えているという特徴を指摘することができる。例をあげれば、水澤は南条家でその姉娘お雪とお辻の話を立ち聞きした晩、帰宅した後、一人次のように思う。

お辻《つぢ》の性質《せいしつ》の温厚《おんこう》なるハ。我曾《われかつ》てしる所《ところ》なり。才《さい》ハ敏《びん》なりといふ程《ほど》にハあらねど。十人並《にんなみ》よりハ優《まさ》るとも劣《おと》らじ。学問《がくもん》の足《た》らざるハ得《え》て教《おし》ふべし。（同四回）

これについては、「更《さら》に愛憐《いとをし》む心《こゝろ》もいできつ。意《こゝろ》の駒再《こまふたゝ》び狂《くる》ひぬ」（同四回）と語られる。また、本章の冒頭で引用した、『花柳春話』読後のアリスとお辻を重ね合わせながら、お辻の「真情《まごころ》」を思う部分でも、語り手はすかさず、「いろ〳〵さま〳〵に思《おも》ひ惑《まど》ふも。所謂《いはゆる》道理力《だうりゝよく》の指揮《さしづ》にハあらで。煩悩《ぼんなう》の犬《いぬ》のわざくれかといとをし。」（同六回）と、一方では「意《こゝろ》の駒再《こまふたゝ》び狂《くる》ひぬ」、一方では「煩悩《ぼんなう》の犬《いぬ》のわざくれ」と、水澤のお辻評価に、ことごとく否定的なコメントを付けているのである。

これに対して、お辻の心情についてては、「新年《しんねん》の骨牌《かるた》あそび」（同三回）の席上での水澤との再会の場面は、次のように述べられる。

風《かぜ》の便《たより》を菊月《きくげつ》も。いつしか過《す》ぎて我為《わがため》の神《かみ》なし月《づき》や霜月《しもつき》の。時雨《しぐれ》に袖《そで》のぬれまさる。切《せつ》なる歎《なげき》するぞとハ。君《きみ》に伝《つた》へん由《よし》もなく。年《とし》あらたまるけふまでも。心懸《こゝろがかり》になしたりしに。扨《さて》ハ此家《このや》へ此頃《このごろ》でハ。出入《いでいり》したまふ事《こと》なる歟《か》。及《およ》バぬ恋《こひ》と思《おも》へども。最《も》一度《ど》お目《め》にかゝりし上《うへ》。様子《やうす》が聞《きゝ》たし。逢見《あひみ》たや。（同三回）

掛詞・縁語を使用し、為永風の人情本さながら揺れ動く女心を七五調のリズムに巧みにのせている。しかしながら、その一方で、お辻に対しては水澤の場合と異なり、その思いの真意も、語り手のコメントも全く付け加えられておらず、また、お辻の「人為《ひと、なり》」についても提示されていない。このように意図的にお辻の人間像が伏されることによって、読者には水澤の思い込みの拠りどころは示されず、それが的を射ているか否かを知る術はない。ただ、水澤の思いと語り手の言のズレのみが強く立ち現れてくることになる。こうして、一方的に水澤の心情のみが相対化され、水澤の空漠たる思いが暗示され、その「煩悩《ぼんなう》」が浮かび上がってくる仕掛けになっているのである。

そして、『花柳春話』が援用される契機もこれと同一線上にあると考えられる。先に触れた水澤がお辻とアリスを重ねて理解し、結婚に踏み切ろうとするのも、語り手は「所謂道理力《いはゆるだうりゝよく》の指揮《さしづ》にハあらで。煩悩《ぼんなう》の犬《いぬ》のわざくれかといとをし」とし、「嗚呼誤《あゝあやま》れるかな」と、「煩悩《ぼんなう》」による決断の誤ちを指摘している。また、自由結婚主義者である水澤の選択についても、「道理《だうり》を嚮導《みちしるべ》として嫁娶《かしゆ》してこそ。自由結婚《じゆうけつこん》ともいふべけれ。痴情《ちじやう》を案内《しるべ》として其配《そのはい》を選《えら》ぶハ。世《よ》にいふ恋情《れんじやう》の奴《やつこ》にあらずや」（同六回）と、その軽率さを、

「痴情《ちじやう》」による決断という点から批判している。即ち、『花柳春話』も「道理《だうり》」を狂わせるひとつの契機として位置づけられているのである。

かつまた、『花柳春話』に触発された水澤の思いは、

おのが空想《くうさう》にいとよく適《かな》ひて。感銘《かんめい》する所浅《ところあさ》からざるから。一読《どく》三歎《たん》して巻《まき》を措《お》く能《あた》はず。ます〳〵妄想《ばうさう》をつのらしめしハ。寔《まこと》に是非《ぜひ》もなき事共《ことども》なり。（同六回）

とされ、また「水澤達三《みさわたつざう》が此書《このしよ》を読《よ》み。而《しか》して其妄《そのばう》を逞《たくま》うせし」（同六回）ともあり、小説によって「空想《くうさう》」が刺激され、「妄想《ばうさう》をつのら」せ、将来の選択を誤ったとしているのである。これは、作者逍遥の前作である『書生気質』の、「架空癖《かくうへき》とハ昔《むかし》の小説や艸冊子《くさざうし》にあるやうなる世《よ》の中《なか》にありそうにない事《こと》を実際《じつさい》に行《おこな》ふて見《み》たく思《おも》ふ癖《くせ》をいふなり」（『書生気質』三回）という、「アイデヤリズム〔架空癖《かくうへき》〕」からの脱却というモチーフに通じている。『書生気質』では、この「架空癖《かくうへき》」については、中心人物小町田を批評する友人守山の言として、「兎角少《とかくせう》年《ねん》の中《うち》にハ。小説稗史《せうせつはいし》にあるやうなロウマンチック〔荒唐奇異《きたいなこと》〕な事《こと》がしたいもので。それが為《ため》に。遂《つひ》に一身《いつしん》を誤《あやま》ることがあるヨ」（同三回）と述べられ、また語り手も、

佳人才子《かじんさいし》の奇遇《きぐう》を羨《うらや》み。そを身《み》の上《うえ》になぞらへたる。我身《わがみ》の行《おこなひ》のおぞましさよ。さもあらバあれ架空《かくう》の病《やまひ》ハ。行《おこな》はずしてハ悟《さと》るに由《よし》なし。行《おこな》つて後《のち》に非《ひ》を悟《さと》るハ。已《すで》に後《おく》れたるに似《に》たりと雖《いへど》も。知恵浅《ちゑあさ》はかなる凡夫《ぼんぷ》の身《み》にてハ。之《これ》を如何《いかん》ともすべきやうなし。（同十一回）

と、小説というジャンルに対する自己言及を、イギリス流の経験主義を踏まえながら述べているのである。この意味では、『妹と背かゞみ』と『書生気質』の世界はなだらかに繋がっているのは明らかである。水澤も、同様に「架空《かくう》の病《やまひ》」に依った選択の「非《ひ》」を、「行《おこな》つて後《のち》」に「悟《さと》」っている。たとえば、お辻の告げ口を疑う場面では、「嗚呼《あゝ》実《じつ》に過失《あやまり》だつた。あんな者《もの》を娶《めと》つたのハ……」（同十四回）と、お辻に対する怒りは、後悔とともに表れているのである。

　この『妹と背かゞみ』の「道理《だうり》」と「痴情《ちじやう》」という対立図式は、『小説神髄』（松月堂、明治一八年九月〜一九年四月）の「道理《だうり》」と「情欲《じやうよく》」の対立という根本の問題意識を発展させたものだということは改めて言うまでもなかろう。ただし、書生の「世態風俗《せたいふうぞく》」を描くに主眼のある『書生気質』では、「架空癖《かくうへき》」は書生の一種の「奇癖」[5]にすぎず、『小説神髄』の問題意識と「架空癖《かくうへき》」とはテマチックに結びつけられていない。これに対し、『妹と背かゞみ』では、水澤の結婚の選択についての葛藤として、はじめて積極的に結びつけられたのである。こうした意味では、『妹と背かゞみ』は、逍遙の小説理論『小説神髄』と処女作『書生気質』の統合の上に成り立っていたということができるのである。

　これについて岩佐壮四郎は、『妹と背かゞみ』と『書生気質』との関わりを、『書生気質』で示した「架空癖《かくうへき》」からの脱却を果たすために、『妹と背かゞみ』において逍遙は、「まず自己がそのさなかにある（セン夫人との――引用者）恋愛の感情を分析しなければならな」[6]かった、と専ら逍遙の実生活と結びつけて説明している。しかし、むしろ注目すべきは、逍遙が好んで読んだチャールズ・ディケンズの『デイヴィッド・コパフィールド』、またリットンの『アーネスト・マルトラヴァーズ』という教養小説の基本的あり方である「理想」から「現実」へという展開を、「艸冊子《くさざうし》」趣味からの脱却とし、かつ「道理《だうり》」と「情欲《じやうよく》」を軸として構成し直した逍遙の理解の仕方にこそあるといえるのではないだろうか。ここには、西洋小説の受容と再創造の試みの一端が窺える。

さて、論を『妹と背かゞみ』の内部にもう一度戻せば、前半のみならず、後半のいきさつについても、同様の構図によって説明することができる。

姉のお春が、水澤に対するお辻の疑いを挑発し、さらに破局へ歩を進ませる場面では、お春がお辻を思いやるのは肉親の「真情《まごころ》」としながらも、「さハいへ恐《おそ》るべきハ情《じやう》の指揮《さしづ》なり」（『妹と背かゞみ』十五回）と、「情《じやう》」による判断の危険性を一般化し、次のように述べている。

> 只管情《ひたすらじやう》の指揮《しき》に放任《うちまか》しておきなバ。流《なが》るゝ水《みづ》のまゝに流《なが》されてゆきなバ。竟《つい》にハ思《おも》ひよらぬ不都合《ふつがう》をしでかし。意外《いぐわい》の急灘《きうたん》におちいる事《こと》あり。蓋《けだ》し条理《すぢみち》を弁別《べんべつ》せずして無暗《むやみ》に情《じやう》のみに溺《おぼ》るゝが故《ゆゑ》なり。例《れい》の道理《だうり》といふ渡《わた》し守《もり》をバ。傭《やと》はで船《ふね》を行《や》るに因《よ》る事《こと》ぞかし。（同十五回）

「情《じやう》の指揮《しき》に放任《うちまか》して」おけば、「意外《いぐわい》の急灘《きうたん》におちいる事《こと》あり」、それを避けるには「道理《だうり》といふ渡《わた》し守《もり》」が必要と、「情《じやう》」も判断を誤らせるものとして、位置づけられている。また、先に指摘した水澤とお辻の行き違いも、水澤の側に立てば、自身の「道理《だうり》」による判断という「侠気《をとこぎ》」を、お辻の「女気《をんなぎ》」という「情《じやう》」が理解できないところに、その原因があったと考えることができる。つまり「道理《だうり》」を蔑ろにした「痴情《ちじやう》」による水澤の判断という前半のみならず、後半もやはり「道理《だうり》」と、それに対する「情《じやう》」という図式が支配していたと考えられるのである。そして、それらは互いの誤解と相俟って、水澤とお辻の悲劇を強く押し進める原動力ともなっているのである。

　この意味では、「教養の格差」の問題と絡み合いながらも、教養の格差それ自身ではなく、「道理《だうり》」と「情欲《じやうよく》」「痴情《ちじやう》」「情《じやう》」の対立にこそ、『妹と背かゞみ』の焦点があてられていた、と言えるのではないだろうか。

## 三　ノイズとしての「立聞き」

では、たとえお辻との結婚を「痴情《ちじやう》」によって決断したとしても、その後、水澤にはマルツラバースに成れる契機があったのではないか。それは何故失敗したのか。

まず、水澤はお辻の何に惹かれたのか――。先にも触れた第一回の水澤の夢の中では、水澤が結婚相手としてお辻を母親に紹介する際、「頗《すこぶ》る性質《せいしつ》も温籍《おとなし》い方《はう》で縫物《ぬひもの》も壱通《ひとゝほ》りハできるさうでございます」（同一回）と述べ、また第四回では、「お辻《つじ》の性質《せいしつ》の温厚《おんこう》なるハ。我曾《われかつ》てしる所《ところ》なり」（同四回）としている。学問はなくとも、当時としての最低限の教養である「縫物《ぬひもの》」(7)もでき、とくに「性質《せいしつ》の温厚《おんこう》なる」ことがあげられている。また、第六回のお辻とアリスを二重うつしに理解する部分では、「其真情《そのまごころ》の切なること争でかまたアリス女に劣らん」（同六回）と述べている。同様のことは、第四回のお雪とお辻の会話を立ち聞きする場面での、「深《ふか》くも我《われ》を慕《した》ふに似《に》たり。其真心《そのまごころ》の切《せつ》なること。下等社会《かとうしやくわい》の乙女子《をとめご》にハ。いと稀《まれ》なるべき心底《しんてい》とやいはん」（同四回）という思いにも示されており、「深《ふか》く我《われ》を慕《した》ふ」「真心《まごころ》」或いは「真情《まごころ》」という一途な思いは、水澤にとって重要な意味を持っていたのである。この水澤について、語り手は、

> 尋常《よのつね》の獣欲《じうよく》と真《しん》の愛情《あいじやう》との異《こと》なる所《ところ》ハ。敬慕《けいぼ》といふものゝ有無《うむ》にあるなり。今夫水澤達三《いまそれみさわたつざう》ハ。お辻《つぢ》を敬慕《けいぼ》する心ありや。お辻《つぢ》の性質《せいしつ》の中《うち》につきて。其容貌《そのようばう》と態度《たいど》を除《のぞ》きて。別《べつ》に敬愛《けいあい》する所《ところ》ある歟《か》。（中略）否決《いなけつ》してしかるべからず。（同六回）

と、「敬慕《けいぼ》」の有無から批判している。しかしながら、水澤本人にしてみれば、お辻の「性質《せいしつ》の温厚《おんこう》なる」点と、

「真情《まごころ》の切《せつ》なる」点とに惹かれるのは、この後語り手の言う最も大切なもの、即ち「性質《せいしつ》の敬慕《けいぼ》」（同六回）によるものだと考えていた節がある。そして、「彼我《かれわれ》を愛《あい》し我彼《われかれ》を思《おも》ひ。公然其父母《こうぜんそのふぼ》の許可《ゆるし》を得《え》て。扨結婚《さてけつこん》をなすからにハ。是真性《これしんせい》の自由《じゆう》の沙汰《さた》なり」（同六回）と、結婚を決断するのである。

ところが、結婚後、水澤はお辻との日常生活の中で、その美点を再確認することができただろうか。ここに重要な問題が潜んでいる。

前節でも触れたが、両者の結婚後の様子は、一ヶ月後の水澤の「神戸大坂《かうべおほさか》」への「官遊《くわんいう》」（同六回）から語られている。お辻は、夫の帰りを指折り数えているが、その待ちにまった帰京と前後して、姉と父のそれぞれの不仕末、さらに若里の一件が降って湧いたように出現する。そして、ここから夫婦の抜き差しならない心理的齟齬がはじまるのである。この根底には相互の誤解と不信感がある。そして、その齟齬を突き進める契機として、前田愛が指摘する「立聞き」[8]と「噂」の方法があげられる。

結婚後も、水澤が見出したお辻の美点は変わっていない。水澤のはじめての外泊を迎える様子にしろ、「官《くわん》遊《いう》」からの帰京を迎える様子にしろ、「性質《せいしつ》の温厚《おんこう》」と「真情《まごころ》の切《せつ》なる」点が示されていると言える。しかし、若里にまつわる手紙の開封事件以降、二人の心は離れ離れになっていき、かつ、水澤のお辻の美点を理解する機会は、立聞きと噂によって、ことごとく奪われてしまうのである。たとえば、水澤は友人木村の言から、お辻の告げ口を疑い激怒するが、それでも、「虚心平気《きよしんへいき》にして察《さつ》してやれバ不実《ふじつ》な心《こゝろ》からするのでもなし。（中略）兎《と》に角《かく》もう一度諭《どさと》して見《み》やう。」（同十四回）と理解の方向を示す。しかし、帰宅途中立ち寄った「蒲焼屋《かばやきや》」での「怪《あや》しき中年増《ちうとしま》」（同十四回）の会話を立聞き（盗み聞き）することによって、それまでの穏やかな気持は吹きとび、さらに、帰宅して縁側でのお春の言の立聞きによって、お辻を理解する契機は奪われてしまう。また、無責任な新聞の内容——一種の噂と考えられる——によって、態度を一層頑なにさせ、お辻の言も「言訳《いひわけ》ハ聞《き》くに及《およ》バぬ」（同十七回）と、理解を閉ざしてしまうのである。語り手は、「疑《うたがひ》が生《しやう》ぜしとき。之《これ》を除却《じよきやく》せんと欲《ほつ》するならバ。空《むな》しく妄想《ぼうそう》してたゆたふことなく。直《ただ》ちに前《まへ》の方《かた》へ進《すゝ》みゆきて。面《めん》と其物《そのもの》に打向《うちむか》ひて。人《ひと》か妖物《ばけもの》かを見定《みさだむ》るぞ宜《よ》き」（同十六回）と述べるが、立聞き・噂は、水澤から「面《めん》と其物《そのもの》に打向《うちむか》」う契機——事実を知る契機を奪い、また、水澤とお辻のコミュニケーションのノイズとして立ち現れ、相互の誤解を生み、両者の意志の疎通を阻んでいるのである。こうして、水澤は他者の言に振りまわされ、お辻への不信と誤解を募らせ、急速に破局へと向かっていくのである。

この立聞きについて、前田愛は、逍遙の小説にみられる「作中人物の「人情」、すなわち「内部に包める思想」を読者に伝える」「趣向」の四つの「類型学《タイポロジー》」の一つとしてあげている。

> 主人公の少壮官史水沢は、（中略）『小説神髄』という「外に現るゝ外部の行為」と「内に蔵れたる内部の思想」とが、きしみあっている人物として設定されていた。『妹と背鏡』の立聞きは、この「外部」と「内部」の齟齬を拡大し、水沢ばかりでなく作中人物の誤解と不信を加速して行く、仕掛けとして読みとらなければならない。(9)

この指摘を踏まえて、『妹と背かゞみ』の後半部に注目するならば、立聞きが作中人物の「内部に包める思想」を読者に伝える「趣向」であり、水澤の「外部」と「内部」の「齟齬を拡大」すると同時に、「立聞き」による情報の歪んだ伝達、また過剰な情報量からくるコミュニケーションの阻害が、作中人物間の心理的「齟齬」を拡大し、いよいよ「誤解と不信を加速して」（前田）いくということができる。

また立聞きによる誤解は、他にも、水澤のお雪とお辻との会話の立聞き、お雪の母の立聞き、お辻の立聞き、さらに立聞きと同じ効果をもたらす水澤の盗み見と、多用されている。とくに、水澤の不幸は立聞きによってもたらされたと言っても過言ではない。これは、「道理《だうり》」による判断を阻害し、また、誤った情報理解により事実を隠蔽させることにもなっている。こうしたディスコミュニケーションは、小説の展開を決定的に促しており、小森陽一が指摘するように、『妹と背かゞみ』の筋を展開する構成力として方法化[10]されていると考えられるのである。こうして、相互理解は阻まれ、結局水澤はお辻の「真情《まごころ》」を再確認することができず、不信感だけが残っていくのである。

かつまた、語り手は、その「真情《まごころ》」を否定的に捉えようともしている。たとえば姉のお春のお辻へ対する「真情《まごころ》」を述べながら、それを一般化させ、

蓋《けだ》し真情《まごころ》より出《いで》たりといへバ。外見《うはべ》ハ愛《あい》らしう思《おも》はるゝゆゑ。しバしハ我《われ》も人《ひと》も心《こゝろ》づかで。恕《じよ》しがたきを恕《じよ》し咎《とが》むべきを咎《とが》めず。はからず悪《あ》しき方《かた》へ向《むか》へバなりけり。嗚呼《あゝ》情《じやう》の恐《おそ》るべき。特《ひと》り邪《よこ》しまなる情《じやう》のみにあらで。真《ま》の字《じ》を冠《かぶ》らしたる情操《じやうさう》だに然《しか》り。(同十五回)

と、「真《ま》の字《じ》を冠《かぶ》らしたる情操《じやうさう》」――「真情《まごころ》」[11]のはらむ危険性を指摘しているのである。ここに、前節で述べた、「道理《だうり》」と、それによる判断を誤らせるものという、いわば「情理」の対立構造が響いている。つまり、小説そのものの方向が、「情《じやう》」の否定へと向かっているのであり、『妹と背かゞみ』の持つ問題意識が顕在化しているといえよう。

そして、ここが決定的に『花柳春話』の世界と異なっているのである。

『花柳春話』においても、強固な「情理」の対立図式は指摘することができる。第二十章では、マルツラバー

スの二番目の恋愛の相手であるベンタドアは、「情理」の対立から、「理」によって「情」を抑え「貞操」を守り、またそれを眼前にしたマルツラバースは、やはり「情」を抑えるために「将《マサ》ニ志《コヽロザシ》ヲ立ントス」（『花柳春話』二十一章）るのである。しかし、アリスについて言えば、一人「情理」の対立構造から突出し、その「真情《シンジヤウ》」が強く称揚されているのである。

たとえば、街頭にさまようアリス母子を救うリスリイの、「汝ノ抱《イダ》ケル小児ハ誰《タレ》ノ子トナス。思フニ汝ガ実子《ジツシ》ニ非ルベシ」「汝既ニ婚姻《コンイン》セルヤ」（同二十九章）という自身の不義についての質問に対して、語り手はアリスの胸中を次のように述べる。

アリス私《ヒソ》カニマルツラバースト野遇《ヤグウ》セシヲ以テ己レガ過《アヤマ》チト看做《ミナ》サズ。独リ一心ニ真情《シンジヤウ》ヲ尽《ツク》スヲ以テ足レリトス。（同二十九章）

アリスは、マルツラバースとの「野遇《ヤグウ》」という「理」に反した行為も、「過《アヤマ》チト看做《ミナ》サズ」、自身が「真情《シンジヤウ》ヲ尽《ツク》」したことに満足しているのである。そして、このようなアリスに接し、リスリイは「心ニアリスノ理ニ疎《ウト》キヲ嘆《タン》ズト雖モ彼レノ言皆真情ニ出ルヲ以テ益々《ますく》貞節ヲ愛」（同三十章）することになるのである。また、マルツラバースも、後年紆余曲折の後、アリスと結ばれた折、

曩《サ》キニベンタドアニ戒《イマシ》メラレ又タフロレンスノ病死スルガ如キハ即チ是レ上帝余ガ浮薄《フハク》ヲ罰《バツ》シテ卿ノ真情《シンジヤウ》ヲ憫《あはれ》ムノ致ス所ニシテ所謂《イハ》ユル宿縁《シユクエン》ノ免《マヌ》カレ難キ者ニ非ザルナカランヤ。（『花柳春話附録』七章）

と、やはりアリスの「真情《シンジャウ》」を肯定的に評価しているのである。

一方、原文 *ERNEST MALTRAVERS* の方に目を向けると、イギリスでは「世紀末頃に、ルッソーの『エミール』及び教育についての理論が教育小説を産み出した[12]」とされるが、この小説は、それらに先がけルソーの教育論を下敷にして成立していると言うことができる。[13] アリスの人物設定も、後年マルツラバースがカメロンとの会話の中で評するように、「その人はあなたほど教育を受けていないし、富もなければ、生れも低い人です。しかし彼女には自然（Nature）が運命の女神より親切でした。[14]（*Alice* Book 5, Chap. 3)」と、ルソーが『エミール』の中で述べるのと同様に、「自然」にポイントが置かれているのである。マルツラバースの、この「自然」の子であるアリスとの出会い、アリスの失踪・再会という小説の展開も、教養小説風に言えば、アリスの「自然」性に搦めとられることでマルツラバースが自身の中にある「自然」性を確認し、自己完成すると捉えることができるのである。先に引用した、リスリイの、不義についての教化に対しても、アリスは次のように反応する。

> （略）しかしこのことについてアリスは奇妙なほど鈍感であった。——彼女はおとなしく辛抱強くレスリー夫人の教えを聞いたが、明らかに彼女はそれに感銘をほとんど受けていなかった。彼女は自然（the Nature）の与えた最初の印象を正すのに十分なほど社会の状態（the Social state）をまだ見聞していなかったのだ。[15]
> （*ERNEST MALTRAVER* Book 4, Chap. 5)

マルツラバースとの関係は、アリスにとって、印象深い「自然」がもたらした出来事と回顧され、罪の意識を持つには到らないのである。「自然」という枠組みを、ここでも確認することができる。そして、このキー・ワードであるアリスの「自然」性が、端なくも『花柳春話』では、アリスの「真情《シンジャウ》」と訳されたのである。

つまり、*ERNEST MALTRAVERS*では、アリスとマルツラバースとの関係は、“Nature”を媒介とした関係ということができるが、一方、その翻訳である『花柳春話』では、その大きな枠組みが「恩」(16)とともに、アリスが「真《シン》情《ジヤウ》」を捧げ、マルツラバースがそれを受けとめるという意味で、「真情《シンジヤウ》」によって結びついていたと捉え直されていたのである。『妹と背かゞみ』の語り手が、「信任《しんにん》なければ真愛《しんあい》なし」(『妹と背かゞみ』十三回)と留保する「真愛《しんあい》」という「情《じやう》」によって結ばれていたのだ。基本的には「情理」の対立構造によって切り取られている『花柳春話』の世界において、アリスとマルツラバースの関係だけが突出するひとつの要因はそこにあったのである。

これに対して、『妹と背かゞみ』においては、水澤達三が、マルツラバースに成ることを目指し、お辻と一旦「真情《まごころ》」によって結びつきながらも、「理」と「情」の対立という小説の基本構造——同様の水澤の意識構造、また立聞き・噂という情報ノイズにより「真情《まごころ》」が評価されえず、或いは評価する契機が奪われることによって、それを媒介とした関係が二重に阻まれてしまっているのだ。これが、水澤・お辻の関係と、マルツラバース・アリスの関係との差異の中心点であり、結局、水澤は自ら発見したお辻の美点を確認することができず、お辻との関係の破局へと向かっていくことになるのである。

また、教育の失敗についても同様の見地からいうことができる。

*ERNEST MALTRAVERS*では、時に“innocent”“vacant”と語られるアリスの「自然」性、即ち「人工」にそまらない内にある善なるものを開花させるという形で教育が成される。これは、『花柳春話』においては、「〔マルツラバースが〕アリスノ性樸訥《ボクトツ》ニシテ且ツ無学ナルヲ以テ邪慝ニ触《フレ》ザルヲ愛シ」(『花柳春話』四章)に僅かに伝えられているが、そのようなアリスの性格を「愛シ」、危機から救ってくれた「恩」と、「真情《シンジヤウ》」に応える形で教育が成されているのである。しかし、『妹と背かゞみ』では、「信任《しんにん》」もなければ「真愛《しんあい》」もなく、また「真情《まごころ》」が理

解されることもなく、「到底矯正《たうていきやうせい》しがたしだ。教《をし》ふ可《べか》らずかしらん」（『妹と背かゞみ』十四回）と突き放され、教育する意欲が奪われてしまっているのである。"innocent""vacant"にあたる「惚恍気《おぼこぎ》」（同十二回）も、単に社会性と経験のなさという意味で、マイナスの方向に評価されているのである。ここには、「智識《ちしき》ハおしなべて外《ほか》より来《きた》ると、呂《ろ》ツクが説《とき》たりしを是《まこと》とせバ。（下略）」（同四回）と、ルソーと対立的な教育観をもつ「呂《ろ》ツク」の教育観を暗に支持する、語り手の志向するところとも関わっていると思われる。(17)

また、この教育については、『妹と背かゞみ』の刊行時期とも重なる、翻訳『巣守りの妻』(18)との比較によって、その位相がさらに明確になる。

この作品の中心人物である小杜新作は、下宿の娘お民と、奇妙な因縁から結婚する。ただ、お民は両親と死別し、養母によって育てられ、やはり「教育」がなく、挙措も野卑なところがある。しかし、新作の母によって教育され、見事に立派な女性に成長し、洋行帰りの新作にふさわしい妻になるというプロットである。そして、この教育の成功も、新作の母が、お民の性格の「無心淡泊《むしんたんぱく》」（『可憐嬢』十回）と、新作母子に「棄《すて》られじト禱《いの》るあはしき真情《まごゝろ》」（同十回）を理解するからであるとされる。やはり、教育の成否は、「真情《まごゝろ》」の理解が契機となっているのである。

このように、「真情《まごころ》」を媒介するか否かというマルツラバースとアリスとの関係と、水澤達三とお辻との関係のズレが顕在化する過程で、水澤はお辻の教育を放棄し、破局へ向かうことになる。それは、立聞き・噂による誤解を小説の展開の契機とし、お辻の「真情《まごころ》」を理解する機会を奪ってしまったことと共に、『小説神髄』以来の「道理《だうり》」によって「情欲《じやうよく》」を抑えるという強固な「理」と「情」の対立図式、またそれが分節化してあらわれ、「道理《だうり》」を強く重んずる一方、「情《じやう》」を十分に掬いあげえない水澤の意識構造が、しからしめた破局であると言うことができる。そして、そこには、夫婦の問題・教育の問題を提示しながらも、それらを「理」と「情」の問題に収斂させてしまう、逍遙の当時の小説観を窺い見ることができるのである。

明治十年代の後半、逍遙はこうした情理の対立を元にした「人情」模写論を手に文学改革に身を乗り出し、多くの追随者を生み、同時代の小説理解の定式を作り上げていった。その功績は大きい。しかし、このわかりやすく伝統的な二項対立に自ら絡め取られてしまったためか、新時代の結婚のあり方、女子教育のあり方という重要な提言をしながら、新しい認識の枠組みを提起できなかったのである。また、『マルトラヴァーズ』の〝Nature〟を媒介にしたマルツラバースとアリスの関係はもとより、教養小説的なあるべき自己の実現というロマン主義的理念を、作中人物水澤のみならず逍遙自身も受け止めきれなかったといえよう。ここに、当時の西洋小説受容の一つの痕跡が見て取られる。

## おわりに

本章では、マルツラバースとアリスとの関係と、水澤達三とお辻との関係のズレが、いかに小説の展開に関わっているかを念頭におき論じてきた。その過程で、『妹と背かゞみ』の根底に、『小説神髄』以来の「理」と「情」の対立図式があることを指摘した。それは、「情欲《じやうよく》ハ火《ひ》なり道理《だうり》ハ水《みづ》なり」、つまり、「道理《だうり》」によって「情《じやう》欲《よく》」の火を消すべしという対立意識で一貫している。そして、こうした問題意識は、語り手が志向しているだけでなく、「道理《だうり》」を重んじ、相手にも「道理《だうり》」による理解を一方的に求める水澤の態度にも分節化して表れており、水澤は「理」対「情」という枠組みで物を考える人物とされているのである。

しかし、後年になるにつれて逍遙の作品の作中人物煩悶の内実は、次第に変わっていく。一例をあげれば、『松のうち』(『読売新聞』明治二一年一月〜二月)の風間銃三郎の煩悶は、次のように記されている。

風間《かざま》は、此《こゝ》に至《いた》りて、思《おも》はず太《ふと》き息《いき》をつきしが、我《われ》すら我《われ》の疑《うたが》はるゝまゝに、「我《われ》は彼《か》の人《ひと》に恋慕《れんぼ》したるか」と怖々《こは〱》ながら良心《りやうしん》に向《むか》ひ問《と》ひ試《こゝろ》むるに、良心《りやうしん》はたやすく答《こた》へず。稍《やゝ》ありて、彼《か》の転卓子《コツクリ》の傾《かたむ》くごとく次《し》第々《だい〱》にゆらぎはじめ、良心《りやうしん》の答《こたへ》は「然《しか》り」といふ方角《はうがく》に向《むか》ひて傾《かたむ》かんとせり。風間《かざま》は思《おも》はず悄然《しようぜん》として目《め》を見《み》はり惘然《ぼうぜん》として我《われ》、我《われ》を忘《わす》れしが、暫《しば》らくして二つ三つ頭《かうべ》を震《ふる》ひ、我《われ》に斯《かく》の如《ごと》き汚《けが》れたる情《こゝろ》あるゆゑに、嫉妬《しつと》と思《おも》はれはせぬかと怖《おそ》れたるなり。此汚《このけが》れたる心《こゝろ》だに除《のぞ》き去《さ》らば、至誠至忠《しせいしちう》の言《げん》を進《すゝ》むるに、何《なん》の憚《はゞか》る所かあらん。如何《いか》にも我《われ》は彼《か》の人《ひと》を愛憐《あいれん》するなり、然《しか》れども只姉《たゞあね》として愛《あい》し、妹《いもと》として憐《あはれ》むのみ。所謂恋慕《いはゆるれんぼ》したるにはあらず。忠誠《ちうせい》の言《げん》を進《すゝ》むるに、何《なん》の憚《はゞか》る所かあらん。（『松のうち』二十四回。引用は『逍遥選集』別冊一より。傍点は引用者）

風間の迷いは、「生娘《きむすめ》を手《て》に入《い》れる法《はふ》」（同六回）などを得意気に吹聴するような友人林から、主人の姪阿《お》みのを救うために、「忠誠《ちうせい》の言《げん》を進《すゝ》」むべきか否か、というところにある。その際、風間自身が阿みのを恋慕し、「嫉《しつ》妬《と》にて斯《か》く邪魔《じやま》をするなり」（同二十四回）と思われる、風間をいったん躊躇させている。しかし、これも「嫉《しつ》妬《と》」の「情《じやう》」と「道理《だうり》」という形では捉えられておらず、翌日、「逡巡《しゆんじゆん》して言《い》ひ後《おく》れ、此儘《このまゝ》に出立《しゆつたつ》するが如《ごと》き事《こと》あらば、人《ひと》こそ知《し》らざれ、良心《りやうしん》に恥《はぢ》ざらんや」（同二十五回）と決心するように、自身の「良心《りやうしん》」が問題の中心とされているのである。この「良心《りやうしん》」については『小説神髄』でも、「善人《ぜんにん》の悪人《あくにん》に異《こと》なる所以《ゆゑん》ハ一《いつ》に道理《だうり》の力《ちから》を以《もつ》て若《もし》くハ良心《りやうしん》の力《ちから》に頼《よ》りて其情欲《そのじやうよく》を抑《おさ》へ制《とゞ》め煩悩《ぼんなう》の犬《いぬ》を攘《はら》ふに因《よ》る」（「小説の主眼」）と、問題にされているが、「道理《だうり》」と同様に「情欲《じやうよく》」の対立項とされている。これに対して、『松のうち』では、「良心《りやうしん》」に「恥《はぢ》」るか否かが問題であり、「良心《りやうしん》」は内にあるより自立的行動規範としての傾向を帯びてきている。つまり、風間の迷いは、このような「良心《りやうしん》」をめぐる煩悶であり、水澤の「情理」の間に行き惑う煩悶とは位相を異にしていたということができるのである。また、『妹と背かゞみ』の水澤は、立聞き・噂という他者の言に左右される他律的な人間であるのに対し、『松のうち』の風間は、行動するにあたり「良心《りやうしん》の答《こたへ》」という自身の声によって判断する、より自律的な人間であるともいえる。この意味では、両作の違いは、煩悶の内実にとどまらず、人間像の変化とも通底しているのである。

このように、逍遙の小説は、『小説神髄』『当世書生気質』を踏まえて成立した『妹と背かゞみ』から大きく展開している。それには、逍遙自身が従来主張していた「傍観」をもとにした「模写小説」（『小説神髄』）からゆるやかに離脱し、作品の場面内に人物（焦点人物）の意識に沿って出来事を語る叙述法に舵を切ったことも関わっていよう。それは、繰り返すまでもなく『種拾ひ』『贋貨つかひ』に連なる〈人称の翻訳〉の試みによってされた、逍遙の小説改革の最終局面となっていくのである。

【注】

（1）『妹と背かゞみ』第六回において、作中人物である水澤達三は、次のように語られている。

一部《ぶ》の西洋書《せいやうしよ》を繙《ひもと》きて居《を》り。如何《いか》なる書《ふみ》ぞやと窺《うかゞ》ひ見《み》るに。英《えい》の小説《せうせつ》の大家《たいか》としられし。ロード笠頓《りつとん》がものせられし「マルトラバアス」といふ稗史《はいし》にぞありける。

これによれば、水澤は『花柳春話』ではなく、その原書である「マルトラバアス」（*ERNEST MALTRAVERS*）を読んでいるとされている。しかし、次の三点、①同六回で水澤自身が述べる「マルトラバアス」理解は、原書の世界と程遠く、*ERNEST MALTRAVERS* の内容を踏まえての発言とは思われない点。②同六回で、語り手は、「マルトラバアス」の大意を述べているが、その際の原書をアリスの「真情《まごころ》」という観点で切る捉え方は、翻訳である『花柳春話』独特のものである点。③同六回において語り手が「マルトラバアス」の主旨を説明する際の、「人情《にんじやう》」という観点からの「為永派《ためながは》の作者《さくしや》」との対比は、『花柳春話附録』の付記で述べられているところと、ほぼ重なっている点─これは、『花柳春話』の訳者丹羽純一郎と逍遙は同時代を生きていたのであり、共通の理解の回路を持っていたとも考えられるが、②と同様、偶然の一致以上のものがあると思われる。こうした点からすれば、『妹と背かゞみ』と比較すべきは、原書ではなく、『花柳春話』であると考えられる。また、それは、近代文学史において、一時代を画し、『世路日記』（明治一七年六月）、『佳人之奇遇』（明治一八年一〇月～三〇年一〇月）等の成立に関わり、後の小説に多大な影響を与えたのは原文*ERNEST MALTRAVERS*ではなく、翻訳である『花柳春話』であったことからしても妥当であると思われる。そこで、拙論では『花柳春話』との比較を試みることにする。これに伴って、以下「マルトラバアス」の表記は、原則として、『花柳春話』に従い、「マルツラバース」とする。

（2）稲垣達郎「『新磨妹と背かゞみ』をめぐって」『稲垣達郎学芸文集一』筑摩書房、一九八二年一月。

（3）和田繁二郎「『新磨妹と背かゞみ』」『近代文学創成期の研究――リアリズムの生成』桜楓社、一九七三年一一月。

（4）注2に同じ。

（5）半峯居士「当世書生気質の批評」『中央学術雄誌』明治一九年一～二月。

（6）岩佐壮四郎「『妹と背かゞみ』論」『文芸と批評』一九七四年一月。

（7）「縫物《ぬひもの》」が、当時の女性としての最低限の教養であるということについては、本書第二部二章で触れている。

（8）前田愛「明治の表現思想と文体――小説の『語り』をめぐって」『国文学』一九八〇年八月。立ち聞きの歴史性については渡部芳紀『日本小説技術史』（新潮社、二〇一二年九月）に詳しい。

（9）注8に同じ。

（10）小森陽一「構成力としての文体(二)――『浮雲』の〈中絶〉をめぐる試論」『異徒』一九八一年七月。後に『構造としての語り』（新曜社、一九八八年四月）に所収。

（11）「真情」には「まごころ」とルビが付されているが、これは、引用に「嗚呼《あゝ》情《じやう》の恐《おそ》るべき」とあるように「情《じやう》」から説明されており、また「真《ま》の字《じ》を冠《かぶ》らしたる情操《じやうさう》」ともあり、後に拙論で述べる『花柳春話』の「真情《シンジヤウ》」

と重なっていると理解される。

（12）ルイ・カザミアン「功利主義小説」『イギリスの社会小説』石田憲次・臼田昭訳、研究社、一九五八年一一月。

（13）筆者らとの共同研究の成果を踏まえて論究した、山本芳明の「『アーネスト・マルトラヴァーズ』・『アリス』論――『花柳春話』の原書の作品世界とは何か？」『日本近代文学』一九八四年一〇月に詳しい。

（14）山本芳明訳による。原文は次のとおり。

……; one who had your advantages of education, wealth, birth; but to whom Nature was more kind than Fortune.

なお、*Alice* は、*Erest Maltravers* の後編にあたる。

（15）山本芳明訳による。原文は次のとおり。

But here Alice was singularly dull——she listened in meek patience to Mrs.Leslie's lecture; but it evidently made but slight impression on her. She had not yet seen enough of the Social state, to correct the first impressions of the Natural:

（16）本書第二部第二章参照。

（17）ジョン・ロックは、『教育に関する考察』（一六九〇年）の第一章「身体の健康について」で、「（略）われわれが出逢う万人の中で、十人の中九人までは、良くも悪くも、有用にも無用にも、教育によってなるものだと言って差し支えないと思われます。教育こそ、人間の間に大きな相違をもたらすものです。」（服部知文訳　岩波文庫）と述べているが、これについて岩田朝一は、「『エミール』の中で最も良い習慣は習慣をつけないことであると主張するルソー（J.J Rouseau）とは全くその立場を異にする。」（『ロックの教育思想』学苑社、一九八三年七月）と指摘している。ロックの教育思想と『妹と背かゞみ』の関わりについては、稿を改めて論じたい。

（18）ドリウム作『巣守りの妻』（『女学叢誌』明治一九年六月～二〇年三月）は、後に『可憐嬢』（吟松堂、明治二〇年一一月）とされる。本章は『可憐嬢』から引用した。

# 第四章　「探偵小説」のイデオロギー——内田魯庵訳『小説罪と罰』

## はじめに

日本の探偵小説の祖とされる黒岩涙香は、明治二十二年九月、自ら主筆を務めていた『絵入自由新聞』に「探偵談と疑獄譚と感動小説には判然たる区別あり」という小文を寄せている。当時の新聞小説読者を啓蒙する意図を込めたと考えられるこの文章で、涙香は「犯罪小説」における「探偵談と疑獄譚と感動小説」との「区別」を次のように述べている。

> 探偵談は初めに犯罪（クライム）を掲げ次に探偵（エンクワイヤリ）を掲げ終りに解説（ソリウシヨン）或は白状（コンフェシヨン）を掲ぐ、孰《いづ》れの探偵談も然あらざるは莫《な》し　否然ある者を探偵小説とす
>
> 疑獄譚《ぎごくものがたり》は犯罪、ありてより探偵と解説の間に必ず裁判を出す　彼の証拠誤判例の如き又は大岡氏の裁判例の如き是なり
>
> 感動小説は、仏のガボリウ、ボアスゴベ等の一派にして必ずしも探偵あるを要せず　必ずしも裁判あるを要せず　要は唯だ痛く読者の神経を悚動《しょうどう》するに在るのみ（『絵入自由新聞』明治二二年九月一九日）

「我が国」では未だ「判然」としていない「犯罪小説」の「区別」の必要を説き、「探偵談」の市民権獲得へ向けての提言がなされている。『法庭の美人』（『今日新聞』）によって、涙香の翻訳小説が注目されたのは明治二十年、この提言には「探偵小説」が新聞の発行部数を左右するほどに受け入れられてきた出版状勢が踏まえられていよう。謎解き型の近代的な創作「探偵談」の嚆矢とされる『無惨』（小説叢第一冊、小説館、明治二二年九月）はこの直後に著される。さらに、数年後「文学」を巻き込んだ「探偵小説」論争が盛んになされる折にも、この「犯

罪小説」の分類をもとにして反駁されることになる。

一方、思わぬ「文学」論争に巻き込まれる戸惑いも述べられている。「探偵小説」に批判的だった硯友社のメンバーを中心に「探偵小説」のシリーズが春陽堂から刊行されはじめるのは明治二十六年一月のことであり、涙香流の探偵小説が「文学」界を席巻するに従い、それに対する風当たりも日増しに強くなっていく。「探偵小説」の隆盛が「文学」を衰退させる勢いをもつ一方で、「我が社会に於ける精神的糧食として、糟糠にだも如かず[1]」という言われように、「余は屢々探偵談を訳したる事あり然れども文学の為にせずして新聞紙の為にしたり[2]」と応じている。もっとも、自己韜晦し論争から距離をおこうとしているだけでなく、「探偵談の進歩して小説に入りたる者も有り又有名なる人情的小説の中にも探偵談と組立を同じくしたるものもあるは彼等の知らざる所にや[3]」と切り返し、「探偵小説」の可能性を付け加えることも忘れていない。

この折、文学者の側から「探偵小説」批判の急先鋒をなしたイデオローグの一人が内田魯庵であり、その批判は「子供騙しの脚色を弄して一時の慰をなすに過ぎざるなり」「涙香小史一派の翻訳が元来価値なき探偵小説をして更に一層その価値を低下せしめたり[4]」と手厳しい。魯庵はこうした「探偵小説」に対する見方を終生改めなかった。しかしながら、翻訳者としての魯庵の名を天下に知らしめた『罪と罰』も、物語の内容からいえば間違いなく「犯罪小説」であり、涙香流に分類すれば「感動小説」にカテゴライズされることになる。魯庵自身も『罪と罰』に「一種の探偵小説的興味がないでもない[5]」ということを述懐している。坪内逍遥の『小説神髄』以降、「文学」的小説の中心におかれてきた「人情的小説」と「探偵談」は涙香の述べるようにそう隔たっているわけではない。むしろ、「犯罪小説」的な要素が新たな小説の傾向を作り上げていったということもできる。この意味で、魯庵の意図と裏腹に『罪と罰』の翻訳は「文学」と「探偵小説」を架橋する位置にあったといえよう。ならば、「文学」と「探偵小説」の差異と同一性はいかなるところに見出されようとしていたのか。

ここでは、近代文学の展開を傍らから促したとも思われる「探偵小説」を背後から支えていた見えないイデオロギーを、内田魯庵訳『罪と罰』をとおしながら論じてみることにする。

惨殺体を検視する探偵大鞆《おおとも》（『無惨』より）

## 一　『無惨』の探偵たち

柳田泉は明治探偵小説の草分的研究である「随筆探偵小説史稿」(6)で『無惨』を取り上げ、「涙香の処女作は、事件そのもの丶興味ではなしに、事件の推理解剖の興味を中心としてゐる点で、近代探偵小説のコツを立派につかんだものだ」と評している。ここでいわれる「近代探偵小説」をどう想定するかは重要な問題ではあるが、いまはそれを措くとして、この小説が「推理解剖」を興味の中心に据えているのは間違いない。

『無惨』は、涙香自身が分類した「探偵談」の構成を忠実に踏まえるかのように、上編（疑団）、中編（忖度）、下編（氷解）の三段からなっている。築地海軍原の川中に投げ込まれていた死骸が掴んでいた髪の毛を手掛かりに、谷間田と大鞆《おおとも》という二人の「探偵」が、それぞれの捜査の技を駆使して犯人を挙げるというものである。事件の発端は当時涙香が主筆を務めていた『絵入自由新聞』（明治二二年七月六日）に掲載された記事であり、小説の冒頭には「其儘に転載したる者」という詞書きが付され引用されている。惨殺された死骸の発見という実際にあった、センセーショナルな、かつ未だ解決されていない事件の謎を解き明かしてみせ、読者の関心を引きつけるという新聞人らしい発想が表れている。

ただし、新聞記事引用の末尾に、わざわざ「某の新聞の記事を其儘に転載したる者」と断り書きを記しながら、ところどころ表現が改変されている。たとえば、新聞記事では「総身に二十一ヶ所の切り疵あるのみか」という部分は「総身に数多《あまた》の創傷《きりきず》、数多の擦剥《すりむき》、数多の打傷あり背などは乱暴に殴打せし者と見へ一面に膨揚《はれあが》り其間に切傷ありて傷口開き中より血に染みし肉の見ゆるさへある」と敷衍され、結びのことばも「目下厳重に取調へ中なりと」とあるのが「目下厳重に探偵中なり」（傍点引用者）と改められている。むろん、新聞記事の小説本文への引用であり、表現細部の変更は当然だとしても、スキャンダリズムや犯罪報道を商品とする新聞というメディアと、「探偵小説」というジャンルには相重なる部分があることを十分意識しての上の改変だと思われる。ボワロ＝ナルスジャックによれば、「謎の魅力、悲惨な光景の呼び起こす感動、正義を求める心などの強烈な喜びをもたら」す新聞の「三面記事」（この言葉はまさに涙香が創刊した『萬朝報』に由来するという）、それが「探偵小説」普及の下地となったとされるが、(7) センセーショナリズムとスキャンダリズムを売りにした『萬朝報』を創刊した人物によって、初めての創作探偵小説が書かれたことは、ある種の必然で結ばれていたということができよう。

しかし、「犯罪報道」と「探偵小説」にはおのずと差異がある。その大きな違いは、端的にいえば、「探偵」という主体の眼差しが仕組まれているかどうかに関わっている。すなわち、「探偵小説」では、事件報道に見られるように単に時間的継起性に沿って語られるのではなく、捜査する「探偵」の「まなざし」から事件が再構築され、結果と原因を一本の線に結ぶパースペクティブのもとに物語られることになる。『無惨』に即していえば、古いタイプの経験主義的な探偵谷間田と、新しい科学の知識を身につけた探偵大鞆とが、それぞれの主体をかけた視点位置から捜査を競い合い、それぞれの観点から事件を意味づける。結果的には両者が犯人を探り出し勝敗はつけられないのだが、大鞆が実践する新時代の推理のあり方、語り方が小説の中心におかれているのは、この小説が後に再販される際に大鞆が死体の手から抜き取った髪にちなんで『三筋の髪』（明治二六年一〇月）と改題されていることからも明らかである。

ならば大鞆が試みた捜査とはいかなるものか。大鞆が徹底的にこだわったのは、死体が握っていた、犯人のものと思われる「一尺余り」の「縮毛《ちゞれけ》」である。それを「宿所の二階」に閉じこもって「顕微鏡」にて「探り究める。それによれば、髪の全体が「満偏なく円」く「薄ッぴらたい所」がないことから、「縮毛」は「結んで居るうちに附た癖」であり、かつ「入毛《いれげ》」を含んでいること、さらに被害者の傷の激しさから、犯人は辮髪に結った「支那人」の男性であると断定する。また被害者の傷を「童子の旋《まわ》す独楽《こま》」によるものだとし、「此支那人には七八歳以上十二三以下の児」があると推理する。こうした、大鞆のいう「演繹法の推理」を重ねていくことにより、「支那人の中で独楽を弄ぶ位の子供が有て、年に似合わず白髪が有て、夫で其白髪を染て居る、此様な支那人は決して二人とは有ません」という結論に到りつく。ライバル谷間田のとる、足と勘を使っての旧式な経験主義的な見込み捜査を「帰納法で云う『ハイポセシス』」「仮定説」として退け、「『ヴェリフィケーション』（証拠試験）」に基づく「理学的と論理的で探偵する」捜査の必要を唱え、実行してみせているのである。ここには、旧来の経験主義的な捜査と、新時代の科学的論理的な捜査の対立が仕組まれている。

そして、「開明世界」に相応しい大鞆の捜査によって、築地の支那人居住区に住む「吝嗇《しわんぼう》な支那人」が犯人として挙げられることになるのだ。築地には明治三十二年まで治外法権を認めた外国人居留区があった。『無惨』

の本文にも「築地には支那人が日本の法権の及ばぬを奇貨《きくわ》として其様な失敬な事を仕て居る」と、大鞆の言として記されている。日本の中の外部といってもいい。そこで「支那人」によって引き起こされた謎（カオス）が、西洋的な論理・知識を身につけた「東洋のレコック」とも称される「日本人」の探偵によって解明される。すなわち秩序（ノモス）の側に位置づけ直されることになるのである。

　こうしたカオス対ノモスという対立図式から、カオスを西洋的秩序の内部に位置づけ直す、いわば「カオスをノモスのうちに解消する物語」は、西洋的な探偵小説を支えるイデオロギーとも考えられる。[8] たとえば、『無惨』本文中にも「仏国巴里府《ぱりふ》ルー、モルグに在る如き死骸陳列所」として言及される「モルグ街」で起きた殺人事件も、そうした構図が踏まえられている。

　『無惨』に先立つこと二年、饗庭篁村によって翻訳されたポーの『ルーモルグの人殺し』（『読売新聞』明治二〇年一二月一四〜二七日）から引用すれば、「パリス府」の「ルーモルグの四階」の閉ざされた部屋で起きた母娘惨殺の事件、この謎に満ちた「非常なる人殺し」をフランス人「ヂユピン氏」は、殺された母親が握っていた「毛」をもとに明晰な推理によって解き明してみせる。『無惨』との類似性からいえば、小説の発端が「ガゼット新聞」に載った報道記事である点、死体が握っていた「毛」が手掛かりになる点、こちらは一人称小説でありながら、やはり「余」と「ヂユピン氏」という二人の人物の対話から物語の展開する点等、容易にあげることができる。のみならず、事件の犯人が「東印度産」の「オラングウタン」であることも、重要な相同性であるといえよう。つまり、謎を含む事件の起源が支配的秩序から隔たった外部に設定されているのである。語り手の「余」からしてみれば、植民地の表象である「東印度産」の「オラングウタン」によって引き起こされる事件が、西洋的〈知〉によって秩序の側に位置づけられているのだ。コナン・ドイルの「ホームズもの」は、まさにこの例の典型であろう。川崎賢子は「植民地は草創期「探偵小説」の鍵をにぎる場所なのである」[9] と指摘するが、外部である外国人居留区に住む「支那人」を謎（カオス）の起源とする『無惨』も、こうした「探偵小説」のセオリーが踏まえられているといえよう。柳田泉の「近代探偵小説のコツ」をつかんでいるという指摘は、まさにこの意味で正しいのである。

むろん「探偵小説」を支える舞台装置はそれに尽きるものではない。「ルーモルグの人殺し」でいえば、ポーはこの小説を執筆した当時住んでいたフィラデルフィアではなく、わざわざ世界有数の都市であるパリに舞台を選んでいる。「余」と「ヂユピン氏」は、昼は鎧戸をおろして部屋に閉じこもり、夜ともなれば相伴って漆黒の闇に紛れるように「往来」に出かけ「パリス府の夜景を観察するを無上の快」としている。佐々木直次郎訳では「にぎやかな都会の奇《く》しき光と影とのあいだに、静かな観察が与えてくれる、無限の精神的興奮を求めるのであった[10]」とされる。匿名性をおびた不特定多数の人々が行き交う都市は、「ヂユピン氏」の明晰な分析力と観察力を発揮するにはもっとも相応しい場所であったのである。しばしば「探偵小説」の誕生の条件として「都市文明の出現」があげられるが、その「都市」とは凶々しい犯罪が横行するような「高度に階層化の進んだ社会」で、かつその階層が流動化していてさまざまな混淆が起きる場だとされる[11]。それは、興奮した「オラングウタン」の鳴き声を「イスパニア語」、「独逸語」、あるいは「伊太利人」「英国人」「魯人」の声と証言するような、多民族が入り組みノイズに満ちた、ある種の境界線が融解してしまっている場であるともいえる。『無惨』の舞台に、外国人との内地雑居の議論が喧しく行われていた東京、それも外国人居留地である築地が選ばれているのはここにつながっている。

そもそも、この「探偵」たちも不安定で二重性を持った曖昧な位置に立っている。大鞆と谷間田は「刑事巡査」として登場し、「警察署の刑事巡査詰所」に詰めており、「長官」の「荻沢警部」が「此事件を監督する」とされる。こうした警察官の役割・官名は、明治八年十月に発布された太政官通達第一八二号[12]に拠っており、とくに官名は明治四年に東京府に初めて設けられた「邏卒」という名称が、「穏当ナラス」[13]として慌ただしく変更されたもので、明らかに同時代の警察制度が踏まえられている。しかしながら大鞆と谷間田は、本文中で「下世話に謂ふ探偵」として紹介され、「巡査」ではなく一貫して「探偵」と呼ばれているのである。涙香はこの「探偵」の役割、社会的位置について、『無惨』の冒頭近くで以下のように述べている。

刑事巡査、下世話に謂ふ探偵、世に是ほど忌はしき職務は無く又之れほど立派なる職務は無し、忌はしき所を言へば我身の鬼々しき心を隠し友達顔を作りて人に交り、信切顔をして其人の秘密を聞き出し其れを真《すぐ》様《さま》官に売附けて世を渡る、外面如菩薩内心如夜叉《げめんにょぼさつないしんにょやしゃ》とは女に非ず探偵なり（中略）人を見れば盗坊《どろぼう》と思へてふ恐き誡めを職業の虎の巻とし果は疑ふに止らで、人を見れば盗坊で有れかし罪人で有れかしと祈るにも至るあり、此人若し謀反人《むはんにん》ならば吾れ捕へて我手柄にせん者を、此男女若し罪人ならば我れ密告して酒の代《しろ》に有附ん者を、頭に蝋燭は戴かねど見る人毎を呪ふとは恐ろしくも忌はしき職業なり立派と云ふ所を云へば斯くまで人に憎まるゝを厭はず悪人を見破りて其種を尽し以て世の人の安きを計る所謂身を殺して仁を為す者、是ほど立派なる者あらんや

「刑事」事件を扱う「巡査」は「探偵」というべきものであり、「外面如菩薩内心如夜叉」の「忌はしき職業」であると同時に、「世の人の安きを計る所謂身を殺して仁を為す者」であるという。永井良和によれば、明治二十年代には、「刑事巡査の制度がなく、「探偵人」とか「探偵方」などと呼ばれる者たちが、警察組織の外縁部にあって犯罪捜査や容疑者逮捕の任にあたっていた」とされる。[14]大鞆と谷間田は「刑事巡査」として記されているので、必ずしもここでいわれる「警察組織の外縁部」に存在しているわけではないと思われるが、二人が使って

いる「吉」という名で呼ばれる者、あるいは「頼み附の者」という捜査協力者の存在が仄めかされている。彼らは報奨金目当てで情報を提供する「密偵」であり、時には犯罪者の側にも身を置く、犯罪と親和的位置に立っている。かつ、先の引用の「探偵」についての記述からすると、大鞆・谷間田の両者もこの「密偵」たちとそう遠い存在ではない。この意味では、正義と悪のあわいに立っているといってもいい。

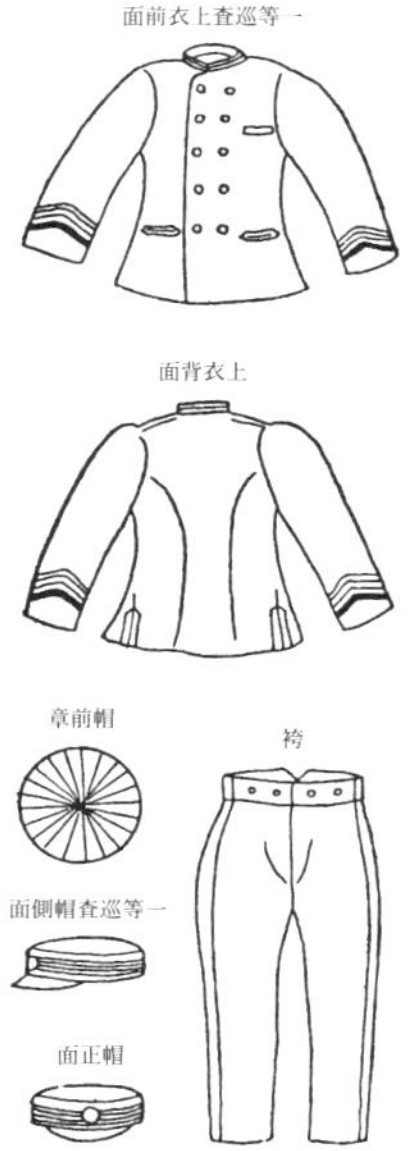

**巡査服装**
**（明 13 年～明 18 年）**

またこの二人の着ているものをとってみても、他の巡査たちと明らかに異なっている。本文に記されているとおり、大鞆の出で立ちは「白き棒縞の単物《（ひとえもの）》金巾《かなきん》のヘコ帯、何う見ても一個の書生」姿であるのに対し、そのまわりを取り囲む巡査の制服（服装）は、明治十五年四月に内務省達乙第二四号で定められた平常執務用の略服であると思われる。[15] 年長の谷間田の服装も言うに及ばず、「紺飛白《かすり》の単物《ひとえもの》に博多の角帯、数寄屋の羽織」とされている。石森勲夫はこうした「探偵」たちの服装について「古くから探偵官吏の服装は日本服に限るやうな風」があり、それは大正期まで続いたと指摘している。[16] 巡査でありながら巡査でない位置に立つ。ここに、当時の「探偵」たちの置かれた微妙な位置が表れていると思われる。内田隆三は、『無惨』について述べ、「探偵が公権力と市民社会のどちら側に所属しているのかということは重要な問題だが、この作品では正義を執行する主体の場所についてまだ明確な区別の意識がない」としている。[17] 事件報道と探偵小説との差異が、事件の謎を解き明かす「探偵」の眼差しから語られるか否かにあるとすれば、この「探偵」という主体の位置自体が確然としていないということができる。それは、明らかに中央集権化に向かいながら、「刑事探偵」をどこに位置づけたらいいか、制度的に十分に整っていなかった警察機構の揺れとも重なり合っている。

これに対して、『罪と罰』――探偵小説の「遊戯」性をきびしく断罪する翻訳者内田魯庵の批評スタンスに表れているように、反＝探偵小説の位置に立たされながら、涙香の分類に即せば「犯罪小説」でもある翻訳小説――では事情がやや異なっている。「警察」は権力装置として、「探偵」のみならず作中人物の内面にも特別な影を投げかけているのである。

## 二 「探偵小説」としての『小説罪と罰』

内田魯庵と『罪と罰』の出会いは、さまざまな形で回想されている。その名も「『罪と罰』を読める最初の感銘」（『新潮』明四五年七月）という文章では、明治二十二年の春に尾崎紅葉を訪ねた折、嵯峨の屋おむろが「実に恐ろしい程面白いもの」として『罪と罰』を話題にしていたことを側聞し、その一週間ばかり後、丸善に入荷していることを聞きつけさっそく手に入れたとされる。当時、丸善に入ったのは三部とも五部ともされるが、そのうち一部は森田思軒、一部は坪内逍遙、一部は内田魯庵本人の手に渡ったという。

魯庵はしばらく目を通さなかったが、富士の裾野の転地先で、寸暇を惜しむかのように後半部を一気に通読した。そしてその読後感を次のように述べている。

面白いと云ふのか、何んと云ふのか、全《まる》で其の作物の囚になつて了つて、魘《うな》されるやうな気持で読みつゞけた。単なる面白さや、単なる興味ではない。読んで居る間好い気持ちがするのかと云ふに、決してさうでない。寧ろ、熱病にでも冒されたやうに、圧し付けられるやうな物狂はしい気分に襲はれて、読んだ後でも気が変だ。寝ないで読み通すだけでも、生理上から云つて、可也身体が変になるのに、其の作品が、何んとも為体の知れぬ重苦しさを以て、ヂリ〳〵と精神に食ひ込んで来る。

魯庵は、同じくこの『罪と罰』を読んで、一週間ばかりやはり「魘されて、どうしても眠られなかつた」という鷗外を引き合いにだしながら、このような「力ある手で精神の全体を掻きまはされるやうな物に接したこと」はなかった、「圧へ付けるやうな不愉快がひし〳〵と迫つて来る」「それだのに一度読み出したら最後何うしたつて、此の作品から離れることが出来ない」とその魔力にも似た魅力を語っている。

こうした受け止め方は、魯庵の訳を読んだ同時代の読者たちとも重なるところが多い。坪内逍遙は、魯庵宛ての私信ながら、『罪と罰』の十二章を読んだ晩、「其夜不快の夢を見たり即ち小子が最初の感覚は単に不愉快という事に止まりて其不愉快の性質は未だ判然せざりし[18]」と述べ、同じく私信で饗庭篁村は「惘然として暗澹たる空室に独座するが如く何やら後より人の窺ひ見るが如く一種のビクツキを生じ殆んど主人公の罪と罰を半分引き受け候様にて云ふべからさるの不快の念を起し申候[19]」と記している。

一方、各種のメディアに掲載された書評には、もう少し違う角度から論じているものもある。樋口一葉にもこの『罪と罰』を薦めたという戸川残花は、「実に魯国の虚無党一派の沖天の情火を圧して、地底に爆裂の力を潜むる者に似たり、其意匠、其筆力、精緻にして彫刻を絶ち、佶屈にして渋滞せず、誠に心理的小説の上乗なるものなり」(「残花妄評[20]」)と、『地底のロシア』を種本にした『虚無党自伝記鬼啾啾[21]』を想起しながら、政治小説の文脈で理解している。

また、『罪と罰』を寄送した翌朝わざわざ魯庵を尋ね「徹宵して読んだ」と語ったという依田学海は「殺人犯を犯したる人物はその犯後いかなる思想を抱くやらんと心を用ひて推し測りこの精緻の情を写して己が才力を著はさんとするのみ」(「罪と罰の評[22]」)とし、『女学雑誌』を主宰していた巌本善治は「罪に趣くの情状を写し得、人をして戦慄せしむ」（「批評　罪と罰」[23]）とする。「殺人犯」（犯罪者）の犯行に至る、あるいは犯行後の「情」を「精緻」に描いたもの、一種の「心理的小説」と理解しているといえよう。先に引用した涙香の「探偵談」の分類を俟つまでもなく「犯罪小説」のひとつとして位置づけられていたと考えられるのである。

さらに、「冷酷無道なる社会を憤ふり、此社会の継子となりたる罪人を愍む情、全編の骨髄たり」（巌本善治）、「社会の罪を明し、罪と罰との関係を論じぬ」[24]（自助生）と、当時にわかに高まっていた「社会の罪」を意識しているものもある。ドストエフスキー神話が流布される以前の受け止め方として興味深い。いずれにしろ、『小説神髄』[25]以来の正統的な「文学」カテゴリーの内にあるものとして受け止められていたことは間違いない。

ならば、内田魯庵は『罪と罰』をいかに訳していたのか——。その「例言」によれば、「千八百八十六年板の英訳本（ヴヰゼッテリィ社印行）より之を重訳」し、「一に原文に従ひ軽々しく字句の増減を為すに躊躇せりと雖ども西文の妙味は遽に我が文字に移植しがたきを以てまゝ前後を取捨せし処少きにあらず」という。当時の翻訳において、ままなされていた訳者による増減は最低限にし、基本的に原文そのままを目指すというのである。

その「上篇第一回」冒頭は以下のように訳されている。

> 七月上旬或る蒸暑き晩方の事。S……《なにがし》「ペレウーロク」（横町）の五階造りの家の、道具付の小座敷から一少年が突進して、狐疑逡巡の体でK……《なにがし》橋の方へのツそり出掛けた。
> 首尾よく階子《はしご》の下口《おりくち》で主婦に出会はなかツたが、此家の主婦《あるじ》は下座敷に往ツて、台所が常々戸《じやうと》の開いたまゝ階子に対《むか》て居るので、いつでも少年が出掛ける時は、余儀なく敵の竈前《かまどまえ》を通り過ぎ、骨身に染みるほどの恐怖《おそれ》を生じ、意久地なく眉に皺を寄せるが常である、といふは宿料の停滞があるから、それで顔を合はせるのが怖ろしいのだ。（第一回）

One sultry evening early in July a young man emerged from the small furnished lodging he occupied in a large five-storied house in the PereoulokS—, and turned slowly, with an air of indecision, towards the K— bridge. He was fortunate enough not to meet his landlady on the stairs. She occupied the floor beneath him, and her kitchen, with its usually-open door, was entered from the staircase. Thus, whenever the young man went out, he found himself obliged to pass under the enemy's fire, which always produced a morbid terror, humiliating him and making him knit his brows. He owed her some money and felt afraid of encountering her.（*Crime and Punishment*, London. Vizetelly & Co. 1886）

七月の初め、度はずれに暑い時分の夕方ちかく、一人の青年が、借家人から又借りしているS横町の小部屋から通りに出て、何となく思い切り悪そうにのろのろと、K橋のほうへ足を向けた。

青年はうまく階段で主婦《おかみ》と出くわさないですんだ。彼の小部屋は高い五階家の屋根裏にあって、住まいというよりむしろ戸棚に近かった。女中と賄いつきで彼にこの部屋を貸していた下宿の主婦は、一階下の別のアパートに住んでいたので、通りへ出ようと思うと、大抵いつも階段に向って一杯あけっ放しになっている主婦の台所のわきを、いやでも通らなければならなかった。そしてそのつど、青年はそばを通りすぎながら、一種病的な臆病な気もちを感じた。彼は自分でもその気もちを恥じて、顔をしかめるのであった。下宿の借金がかさんでいたので、主婦と顔を会わすのが怖かったのである。（米川正夫訳、新潮文庫、一九五一年、傍線引用者、以下同じ）

なるほど、「字句の増減」も語順の移動も最低限に抑えられ、魯庵の言う「一に原文に従ふ」という訳しぶりであるといえよう。ロシア語の原文に拠った米川正夫訳の傍線部が魯庵訳で抜けているのは、魯庵が底本とした英文にその部分が訳されていないからにほかならない。

また、この部分に引き続く、この「少年」（ラスコーリニコフ）の性格を「斯くばかり少年に畏気《おぢけ》が付いたのは不幸が重ツた故《せい》でなく、此頃中依剥昆垤里亜《ヒポコンデリヤ》に均しき神経的沈鬱症《ナーバス、デプレッション》に罹《かか》ツたからだ」と、英文に「he had fallen into a state of nervous depression akin to hypochondria」と記された病的傾向を、漢字による音訳さらに英語の音のルビを付しながら苦心して訳出している。とくに、これらの視覚的にも鮮烈なことばは、『小説神髄』の「宜しく心理学の道理に基づき、其人物をば仮作るべきなり」[26]（「小説の主眼」）にも表れているような当時の心理学に対する関心と相俟って、内閉的なラスコーリニコフのイメージを決定づけていく。それが「罪人の心理学」（十八公子「『罪と罰』をよむ」[27]）などという同時代評にも表れているといえよう。

また、ラスコーリニコフが老婆殺しの犯行を決断するものの、その実行を逡巡する「心理」は、同じく第一回で次のように述べられている。

> 然るに一ト月経つと異ツた方角から見はじめて、愚図々々した意久地のない独言《ひとりごと》で自身を叱責してゐたが、段々少しづゝ馴れて来ると、見す〳〵自身の決定を疑ひながらも、此所謂「賤むべき」妄想が何《ど》うやら実行出来る様に考へた。現に彼は其目論見を繰返して、苦悩は一歩一歩毎に増して来た。（第一回）

傍線部の原文では、“to consider the realization of his dream a possibility”であり、「此所謂『賤むべき』妄想」は、“his dream”に過ぎない。これは同段の“fancy with a chimera which was both terrible and seductive”（恐ろしく且つ魅惑的な幻想）を踏まえての訳だと思われるが、ここに当時の書生たちをめぐる小説、『一読三嘆当世書生気質』や『浮雲』に見られるような「少年」の「妄想」からの脱却という主題系が、滑り込んでいると思われる。魯庵自身も『罪と罰』を出版する同年に著した『文学一班』（博文館、明治二五年三月）のなかで、「社会」「文学」の発展のアナロジーとして「青年」の発達を、「偏更《ひたすら》に我が兇暴なる妄想を満足せしむるに熱狂せる青年時代」が、「進んで実際社会の痛苦に触れ、外界の悲酸に伴つて推移するや、初めて我が妄想の全く妄想たるを知り信仰の往々撞着するを悟」（傍点引用者、以下同じ）ると述べている。「一に原文に従ふ」ことを企図していたといえども、訳者が拠って立つ文化的な、もしくは同時代的な物語理解の枠組みが無意識裡に立ち現れているといえよう。

むろん、理解の枠組《コード》みはここにとどまるわけではない。魯庵訳の『罪と罰』に限った問題ではないのだが、小説の冒頭には、読者が依拠すべき、また訳者の則った強固な理解の枠組みが集中的に表れていると考えられる。

その日、「少年」は金貸しの老婆の家の下見に出掛けるが、その場面は次のように訳される。

　此家に属する番人（魯西亜語「ドボールニク」）は三四人も有ツたが、大幸福にも少年は此目を免れて逸《いち》早《はや》く右手の階子段《はしご》に登ツた。狭《せば》くて、凄くて、且つ「真暗」な階子段であるが、少年は既に馴染《なじ》んでゐる様であツた。又此昏然たる黒暗々は却て探偵の鷹目を避くるに都合好く、少年の為には寧ろ感謝すべき事であツた。（第一回）

傍線部は、原文では“it was gloomy enough to hide him from prying eyes”（詮索好きな目から逃れるのに十分な暗さだった）とある。前段で“his plan”を「彼の陰謀」と訳したことといい、“prying eyes”を「探偵の鷹目」と訳すことといい、これから起こる重大な犯罪を予兆させ、かつ「探偵」の存在を強く意識させている。「探偵小説」と受け取られる要素を、むしろ積極的に仕組んでいるようにも思われるのである。それが同時代の批評にも表れており、殺人が物語の中心にあるというだけでなく、その犯罪者が追いつめられていく、まさに「罪人の心理学」

という理解につながっている。
それもそのはずで、魯庵自身『罪と罰』の面白さを次のように解説している。

> 元より『罪と罰』には筋の面白味もある。それは此の作の真の生命は分らないにしても、今の普通の新聞小説の読者が読んでも、屹度面白いと思へるやうな、結構脚色の上の面白味もある。けれども其の面白味は必ずしも私などの心をさうまで深く引き付ける力の全部でないことは勿論だが、或る意味から言へば、一種の探偵小説的の興味がないでもない。普通の探偵小説と言えば、或る罪を犯した犯人を探す間の径路――探偵の苦心――といふやうなものに対して読者は興味を繋がれ、好奇心を引かれるのであるが、『罪と罰』は、最初に犯人の心理から、犯罪当時の光景を総べて精細なる描写がしてあるのだから、読者の方には初めからちやんと分つて居る。それで普通の探偵小説の興味とは違ふけれども、兎も角さう云つた面白味もあるのだ。
> （「『罪と罰』を読める最初の感銘」[28]）

『罪と罰』には「結構脚色の上の面白味」だけでなく、普通の「探偵小説」とは異なる「一種の探偵小説的の興味がないでもない」と述べている。多くの探偵小説は、探偵が犯人を探り出す過程に「興味」が引かれるのであるが、『罪と罰』では初めから犯人は丸見えで、魯庵の言い方をすれば「主人公ラスコーリニコフが人殺しの罪を犯して、それがだん〲良心を責められて自首するに至る径路」（同前）にこそ「面白味」、いわば「探偵小説的」な「面白味」があるということになろう。

それは、小説家の批評にも表れている。明治四十年に「明治文壇」を振り返り、その「名作」に解説を付した、田山花袋の「明治名作解題」（『文章世界』臨時増刊「文と詩」、明治四〇年四月）には、以下のように述べられている。

▲罪と罰　内田不知庵　露のトストイエフスキーの作を訳したものである。これの世に出たのは、明治廿七〔ママ〕年だと思《おもつ》たが、これを訳した不知庵の心を解剖すると中ゝ面白い。不知庵は二十五六年以来、探偵小説の世を風靡するのを見て、さういふ風の趣味から、この露西亜の悲惨小説を訳したなら、屹度世評に投するだらうと思つたに相違ない。現に、其二巻の巻尾に付した諸家の批評を見ても、世がこの大小説を自然派の立場から見ず、探偵小説の側から迎へて居るものが多いのを見ても解る。吾人はさる大家が、『何だ、傑作だ傑作だと言つたつて、体の好い探偵小説ではないか』と喝破したのを記憶して居る。

『罪と罰』を「露西亜の悲惨小説」と理解することを含め、自然主義が全盛を迎えようとしていた、まさに明治四十年代的な文学批評として興味深い。このなかで花袋は、「さる大家」の言として「体の好い探偵小説ではないか」を引用しながら、探偵小説の側面を強調しているのである。

しかし、『罪と罰』を翻訳した明治二十五年前後、魯庵は一貫して探偵小説に厳しい評価を下していた。探偵小説流行の領袖と目されていた「涙香小史一派」について、「ボアゴベイ」の翻訳を引き合いに出しながら、「原《もと》と幼稚なる好奇心を誘起するの価値あるに過ぎず」「人間の性情を描写せしにもあらず、社会の実相を指示せしにもあらず、云はゞ小供騙しの脚色を弄して一時の慰をなすに過ぎざるなり」「涙香小史一派の翻訳が元来価値なき探偵小説をして更に一層その価値を低下せしめたり」（「今日の小説及び小説家」[29]）と容赦がない。新たな「文学」を立ち上げるにあたって、「探偵小説」に〈沈黙〉を強いようとしたといってもいい。これは、同時期に『早稲田文学』誌上で「探偵小説」批判を展開していた島村抱月が、探偵小説の面白さを「秘密の解釈」という「脚色的面白味」にすぎない、と述べるところと重なっている[30]。もとより、魯庵にとって探偵小説は「馬丁厨婢に愛読」されるべきものであり、論ずるに足りないものとされ詳しく論じられてはいない。むしろ、その対極に置いていた正統的な文学との対立軸をどこに据えていたかという点に重要な意味があると思われる。

魯庵が「涙香小史一派」と同時に切り捨てたものに「浪六一派の作」があげられる。「浪六」は明治二十年代に撥鬢小説の大家と仰がれた村上浪六で、魯庵によれば、坪内逍遙が唱道した「人情」描写を中心とする反＝「結構主義」の反動として現れ、「奇思汾湧」たる〈筋〉を元にする「陳腐なる侠客談を供」したとされ、「浅俗なる婦人小児の目に極めてハデヤカなるもの」に映るだろうが「審美上の価値」は低いと難じている。こうした魯庵の発言は、いわゆる「文学極衰論争」の流れを受けたものと思われるが、「最も進歩したる小説」とは「結構の変化を極めしものにあらず、文章の優雅華麗若くは豪快雄大等をもて勝るゝものにあらず」とし、次のような「ショツペンハワー」の言を引用しながら、あるべき小説のイメージを示している。

ショツペンハワー云へらく『小説は最も高きに随ひて次第々々の内面の情を写す事多く外面の生活を描く事少し。此内面及び外面の生活を描写する分量の比例は以て小説の価値を定むるに足べし。（中略）要するに最も秀抜なる小説家は成るべく些細なる事実を題目として最も深く最も詳しく述作するをもて力量となす』云々。小説家諸氏、何ぞ奮つて此種の題目を択まざる。（「今日の小説及び小説家」[31]）

「小説家諸氏」に向かって、「結構」（筋）の壮大さより、むしろ「内面の情を写」し、「成るべく些細なる事実を題目」とすべしと説いている。まさに、明治二十年代前半に矢野龍溪の『報知異聞浮城物語』（明治二三年四月）をめぐって展開した「文学極衰論争」における魯庵のスタンスに重なっているといえよう。ただし、ここで二項対立が強調される「結構」「脚色の面白味」と、「内面の情」を写すことは必ずしも矛盾するものではない。むしろ、魯庵自身が「『罪と罰』を読める最初の感銘」で回想するように、『罪と罰』の魅力は、「筋の面白味」とともに「犯人の心理」「犯罪当時の光景」の「精細なる描写」という二重性にあった。実は、「探偵小説」を〈沈黙〉の側に押しやり「文学」を称揚する側の論理と、「探偵小説」として『罪と罰』を受容するあり方は、そう隔っているわけではない。「文学」的であることと、「探偵小説」的であることの対立軸をどこに置くかで両者の差異が際だち、逆にその軸から離れれば必ずしも対立的であるわけではない。いま一度、黒岩涙香が「探偵小説」を論じた「探偵譚に就て」という文章に立ち返れば、「探偵談の進歩して小説に入りたる者も有りまた有名なる人情的小説の中にも探偵談と組立を同じくしたるものもあるは彼等の知らざる所にや」（『萬朝報』明治二六年五月二一日）と、両者の差異の無効を申し立てている。むしろ、『罪と罰』は「文学」と、一見そこから遠く隔たった「探偵小説」とを繋ぐ位置に立っていたと考えるべきではないだろうか。

　むろん、こうした「文学」上のカテゴリーのレベルだけでなく、具体的に小説に書き込まれた人物たちのありようや時代背景からも、近代的な「探偵小説」の痕跡を読みとることができる。たとえば、小説の舞台である「セントペテルスブルグ」の街は以下のように記されている。

　町中の炎熱《あつさ》は蒸殺される様で、往来の雑踏、石灰《しいばい》、煉瓦、材木の塩梅《あんばい》や、夏になッても別荘に行かれぬ聖彼得堡《セントペテルスブルグ》の住民に嗅ぎ慣れた異様な汚臭《にほい》が既に激昂してゐる少年の神経を攪動した。殊に此所らには珍らしからぬ居酒屋から燻蒸する烟と、休暇《やすみ》でなくても何所にも蹣跚《よろめ》いてゐる酔倒人《よいどれ》は此嘔吐を催すべき不快な舞台を補ッて、我が主人公《ヒーロー》の冴えた顔色は苦々《にが〱》しき嫌悪の印象《インスプレッション》を露はした。（第一回）

　バルト海に注ぐネヴァ河のほとりにたつ北の都「セントペテルスブルグ」の異様に蒸し暑い夕方、ごみごみした町並みから溢れる「異様な汚臭」、居酒屋から立ち上る「燻蒸する烟」、酔漢たち。ここで醸し出される異臭が

「少年」（ラスコーリニコフ）の内面に働きかけ、「苦々しき嫌悪」の情を募らせる。L・P・グロスマンは「都市と人間」の中で次のように指摘している。

『罪と罰』は何よりも先ず十九世紀の大都会の小説である。資本主義の首都の広汎な背景がここでは葛藤やドラマの性格をあらかじめ定める。居酒屋、下級飲食店、娼家、貧民窟の旅館、警察署、学生の屋根裏部屋や高利貸しの住居、通りや寂しい小路、中庭や裏庭、センナヤ広場や『堀割』――これらはすべてあたかもラスコーリニコフの犯罪的なもくろみを生み出し、彼の複雑な内面的闘争の諸段階をしるしづけているかのようである。(32)

十九世紀半ばのペテルブルクの町並みが、ラスコーリニコフの内面に浸透して神経を過敏にし、いよいよ沈鬱さの中に閉じこめていく。ジンメルは「倦怠ほど無条件に大都市に留保される心的現象は、けっしてないであろう」とし、それは「急速に変化し対立しながら密集するあの神経刺激の結果」だとする。(33) ラスコーリニコフの「依剥昆垤里亜《ヒポコンデリヤ》に均しき神経的沈鬱症《ナーバス、デプレッション》」も、まさにここに関わっている。内田隆三が指摘するように、「探偵小説という言説が近代社会の大衆の不安に関係しており、またその言説が近代的な大都市の文化的感性を表現する」(34)のだとすれば、その評言は『罪と罰』にこそ相応しい。群衆、神経衰弱、嫌悪、不安、倦怠、匿名性、犯罪――まさに探偵小説的な物語空間をラスコーリニコフは浮遊しているといえる。

S・ベーロフによれば、農奴制解放後のロシアでは、むしろ都市の下層階級の貧窮化が進み、ペテルブルクの新聞にも彼らが関わる刑事犯罪の記事が増加したとされる。ラスコーリニコフの犯罪も、こうした刑事犯罪の雑報欄をもとにして創作されたという。具体的にいえば、ドストエフスキーが参照したのは一八六五年八月におきた「ゲラーシム・チストーフの訴訟事件」である可能性があるとされる。それによれば、事件の概要は次のようなものである。

> ゲラーシム・チストーフは二十七歳の商人の息子で、宗旨からすれば分離派教徒であったが、一八六五年の一月にモスクワで女主人から強奪する目的でその料理女と洗濯女の二人の老婆を故意に殺害した罪を問われた。犯罪は晩の七時から九時の間に行われた。殺された二人は別々の部屋で血の海の中に発見された。住まいの中には鉄の長持から引き出された品物が投げ散らされ、金《かね》や金銀細工の品物が盗まれていた。ペテルブルグの新聞が報じたように、老婆たちは離れ離れに別々の部屋で自分からは抵抗することなく同じやり口で——おそらく斧で何か所も傷をつけられてであろう——殺されていた。[35]

まさに、新聞の雑報欄、あるいは都市の下層階級の貧窮を取材したルポルタージュを拠り所にしながら描き出されたのである。この意味では、「露西亜の悲惨小説」という花袋の指摘も、あながち的はずれではない。[36]十九世紀中葉ロシアの首都であったペテルブルクは、犯罪報道と探偵小説とが隣接するメディア空間でもあったのだ。それは、日本初の創作探偵小説とされる『無惨』が、やはり都市の貧困層を物語の基盤にしていることのみならず、新聞メディアと深い関わりを持っていた点も重なっている。

さらに、そこでなされるラスコーリニコフの立ち振る舞いは、群衆の内部に身を置きながら、群衆の外部に立ち、それを生み出した世界の奥行きを観察するという意味で、ベンヤミンのいう「遊歩者」にも似ており、「探偵」の眼差しを保持しているともいえる。だが、いうまでもなく彼は犯罪者であり、必然的に「探偵」・観察される側に追いやられることになる。いやむしろ、「探偵」に眼差されるところにこそ、彼の「自意識」は成り立っていくといったらいいか。その犯罪者としての「自意識」を読み解いていくことが、「罪人の心理」を読み解く、まさに「探偵小説」と架橋される「文学」的な読みということになろう。

## 三　『罪と罰』の受容空間

『罪と罰』の語りの構造を改めて問題にすれば、語り手は、ラスコーリニコフはじめ各作中人物に焦点化して語りながら、かつ、どの作中人物とも距離をおいている。一般的な視点による語りの分類では〈三人称全知視点〉ということになるのだろうが、そこに収まってしまうわけではない。かつてミハイル・バフチンが指摘したごとくの、典型的なポリフォニックな構造が認められる。バフチンは次のように述べている。

それぞれの世界を持った複数の対等な意識が、各自の独立性を保ったまま、何らかの事件というまとまりの中に織り込まれてゆくのである。実際、ドストエフスキーの主要人物たちは、すでに創作の構想において、単なる作者の言葉の客体であるばかりではなく、直接の意味作用をもった自らの言葉の主体でもあるのだ。(37)

小説の内容が、絶対的な認識主体から一方向的に語られるのではなく、そこには多様なイデオロギー性を帯びた複数の声が、その独自性を保ちながらぶつかり合っている。まさに多声的（ポリフォニック）な物語の場が開示されている。こうした『罪と罰』の特性は、魯庵訳にもわずかに表れている。たとえば、ラスコーリニコフが犯行前に酒場で知り合った退職官吏マルメラードフの、常軌を逸した饒舌ぶりも、省略することなく、その口調まで真似るように訳されている。かつ、そこで語られたことは、店の他の客の笑い声や、その後妻であるカチェリーナの悲惨な嘆きによって相対化され、特定の主体の論理だけに沿っているわけではない。むろん、それはラスコーリニコフも同様で、彼の饒舌な自閉性は、たとえば本人の内言として次のように語られている。

『是れンばかりの事に、なぜ慌てる——大事を目論んでゐながら』と考えて奇怪な笑を洩した。

『人は何事も我が手を以て為すを得、唯薄志弱行で、曰はゞ意久地がなくて棄てゝ仕舞うのだ。で、人の一番恐ろしがるのは何かと云ふと——平生の習俗に反して一生面を開く事だと自己《おれ》ハ想像する。一体自己は理屈を云ひ過ぎる、から何もしないンだ。何もしないからツイ理屈が出るンかも知れない。日がな一日部屋の隅に転《ころが》ツて一生懸命に考へ込んだ。何を？「ゴローフ」王の事を（中略）。で、とう〳〵先月中から独言《ひとりごと》を云ふ癖を付けツちまツた？』

『ちょツ！　何しに今時分出掛けたンだ……かの一件、あれが自己に出来るか？　第一真面目に考へた事だろうか？　いや、幻想《フハンタジー》を焔して自分で自分を慰めてるに過ぎない、唯ほんの玩具《おもちゃ》だ！　さうだ！　玩具かも知れない！』（第一回）

"Why should I be alarmed by these trifles when I am contemplating such a desperate deed?" thought he, and he gave a strange smile. "Ah, well, man holds the remedy in his own hands, and lets everything go its own way, simply through cowardice—that is an axiom. I should like to know what people fear most: —whatever is contrary to their usual habits, I imagine. But I am talking too much. I talk and so I do nothing, though I might just as well say, I do nothing and so I talk. I have acquired this habit of chattering during the last month, while I have been lying for days together in a corner, feeding my mind on trifles. Come, why am I taking this walk now? Am I capable of that? Can that really be serious? Not in the least. These are mere chimeras, idle fancies that fit across my brain!"

ここでいう「大事」「かの一件」は、かねてから計画している金貸しの老婆の殺害を指している。不正な蓄財という社会悪の制裁、また自分の中に巣くう社会との隔絶感、自己嫌悪からの解放を目指して、ラスコーリニコフは「大事」を思い立つ。しかし、「薄志弱行」で「意久地」がなく、「理屈」と「幻想」を弄ぶばかりで、いざ決心して街に出ても実行もおぼつかない。「平生の習俗に反して一生面を開く事」に躊躇する自分に、自ら疑問を呈し、自分の意識が生み出した想念と格闘している。むろん、『罪と罰』は、こうした主人公の「独言」に中心化されていくのではなく、語り手のことば、あるいは恋人ナスターシャはじめ他の作中人物のことばと葛藤していくことになるのだが、物語の冒頭では彼の自意識は、「薄志弱行」で「意久地」がないとする自分のことばとの自閉的な対話から生じているのは間違いない。

しかし、老婆殺し実行後、その自意識のありようは一変する。物語の冒頭から、二日後、推定では一八六五年七月十日午後七時三十分過ぎ、番人の部屋から盗んだ「鉈《なた》」で凶行に及ぶ。ラスコーリニコフが持ってきた質草を見入っている老婆のふり向きざま、「鉈」を振り下ろす。

『お前さんハ飛んでもない、何です是りやア?』忿然としてアレーナ、イワーノウナは此方《こなた》を向きざまに曰た。

此途端、機会を失ふべからず。鉈《なた》を引出して、双手《もろて》で真向に翳《かざ》し、殆んど力なく器械的に老婦人の頭上に落した。が、一端打下した後ハ忽ち其力を回復した。アレーナ、イワーノウナハ例の通り帽子を被らず、薄まだらの白髪に油をこてつかせ、角櫛《つのぐし》を挿して根下《ねさが》りに領元《えりもと》で小さく結んでゐたが、背が低いから鉈の落ちたは丁度「シンシプツト」（前頭部）で片手に質物《しちもの》を握り片手に頭を押へたまゝ声をも立てずべた〳〵に殪《たふ》れかけた。斯うなるとラスコーリニコフの勇気は忽ち十倍し鉈を取り直して真向《まっかう》微塵《みじん》に二度まで打下ろすと

鮮血泉の如く迸《ほとばし》ツて死体はどたり転がつた。眼球《めだま》は飛出さんとし顔ハゆがみ形《なり》に変じて死相を現じた。（第七回）

凄惨な犯行の後、一時は落ち着いたものの、思いがけない老婆への訪問者に、ラスコーリニコフは激しく動揺する。この来訪者たちが、門が下ろされたままの室内の異変に気づき、人を呼びにいっている間に、彼は間一髪、四階の犯行現場から逃げおおせる。階段で誰かと擦れ違うのも覚悟の上だったが、ちょうど空いていた二階の部屋にいったん身を潜め、「一群の強敵」たちをやり過ごす。このあたりには、まごうことない「探偵小説」風の緊迫感がみなぎっている。ただし、確信犯として殺人を犯した胆力もすぐに失せ、気持ちは一転する。「群衆」に紛れ下宿にたどりついた後、奪ったものや血のついた衣服の後始末もしないまま、ベットに倒れ込んでしまう。そして、翌朝十時に、下宿の女中と番人に敲き起こされる。

「最う露顕したのかナ」と起きあがったラスコーリニコフに手渡されたのは、早くも「警察署」からの呼び出しであった。彼は「若し尋問を受けたら……潔よく跪いて悉く白状しちまう」と思いながら出頭する。実は、下宿の主婦《かみさん》から借りた借金の返済督促の件に過ぎなかったのだが、これ以降、ラスコーリニコフは常に警察から監視されているという意識をぬぐい去れず、病的に神経を過敏にしていく。警察署内で事件の噂を聞いただけで卒倒し、つい自ら進んで犯行を仄めかしたい衝動にかられてしまう。「町へ出ると漸く自身に戻ツた様で、『探索、探索！　彼奴そろ〳〵探索し初めたナ！　畜生奴、自己《おれ》を疑ツてるナ』遽《にはか》に頭の頂辺から足の爪先まで恐ろしくなツた」と思い詰める。常に、警察の影がつきまとい、その影に怯やかされ、注視されているという緊張感から逃れることはできない[38]。

こうした追いつめられた神経は、「癲狂」とも「偏狂《モノマニア》」――「針ほどの事を棒ほどに考へ夢の様な詰らぬ妄想を事実にしちまう」——ともされ、語り手の言葉で対象化されるのみならず、「警察官」との応答からも浮かび上がってくる仕掛けになっている。なかでも、親友ラズミーヒンの知り合いの予審判事（魯庵訳では「裁判官」「予審掛りの警部」）ポルフキーリイとの、暴こうとするもの／隠しとおそうとするもの、あるいは、犯罪者／警察という対立を越えた、意味づける者／意味づけられる者の間におこる心理戦は第三部までの山場となっている。とくに内田魯庵訳はこの第三部までであり、必然的にこの部分が翻訳全体の中心となっている。魯庵自身も「『罪と罰』を読める最初の感銘[39]」のなかで、ポルフキーリイを「警察の探偵」とし「其処は『罪と罰』の中でもすぐれて面白いところである」と述べている。この「警察の探偵」とのじりじりとした対決をとおして、ラスコーリニコフの深い闇が明かされ、ラスコーリニコフ自身も対話の過程で新たなる他者と出会うことになるのである。魯庵訳が「警察の探偵」から犯罪者が追いつめられるところで中絶されているという意味では、犯行がはじめから明示された上で、その犯行後の心理が解明されていくところに中心化される、まさに倒叙型の「探偵小説」であるといえよう。と同時に、作中人物の「内面の情」を「精細なる描写」をもって叙述しているという意味では、魯庵自身のいう「文学」的であるということになる。「探偵小説」とも「文学」とも片づけられない『罪と罰』の二重性がほの見えている。

　ならば、『無惨』の「探偵」たちが不安定で揺らいでいたのに対し、『罪と罰』の「警察」「探偵」たちが、内面化された他者として立ち現れ、作中人物の自意識までを構成する要素たりえているのは、いかなる理由によるものなのか。むろん、それは第一義的には、小説全体の方向が追いつめる側の視点で語られるのか、追いつめられる側の視点で語られるのかによっているのだろうが、小説中での「警察」「探偵」の構造的な位置の違い、また、二つのテクストを取り巻く警察制度の違いも関わっていると思われる。

　大日向純夫によれば、日本の警察は「行政警察」としての側面が強く、「警察」は「刑事犯罪の捜査と犯人逮捕を担うものとしてよりも、むしろ、権力が推進する新たな秩序を創出する強制力」としてスタートしたとされ、明治七年「行政警察こそが警察の中心である」という理念が成立したとされる。(40) むろん、この後、民権運動に対抗して「国事警察」の傾向をあわせもつことになるのだが、一般の刑事犯罪を捜査する「刑事探偵」を位置づける制度は必ずしも整っているわけではなかった。これに対して、『罪と罰』の背景にあるロシアの警察は、意味合いが異なっている。

アレクサンドル一世の没後、皇位をついだ最初の日にデカブリストの乱に見舞われたニコライ一世は、「革命をロシアに入れない」と宣言し、一八二六年七月、秘密警察として皇帝直属官房第三部を設置、また検閲法を制定して、国民各階層を監視し思想統制を強化した。それゆえ、この「第三部」はニコライ一世による警察国家体制の象徴ともされる。プーシキン、レールモントフ、ゴーゴリ、ツルゲーネフらの活動も、「第三部」によって厳しく監視され、作品は事前検閲をうけていた。さらに、一八四八年のフランスで起きた二月革命以後、病的なまでに統制を強め「検閲恐怖時代」を現出させる。ペトラシェフスキー事件が起きたのは、翌四十九年四月のことであった。これは、外務省の若い翻訳家ペトラシェフスキーの家に集まって、サン＝シモン、フーリエなどの西欧の新しい思想を研究していたサークルが、警察のスパイの密告によって逮捕された事件をいうのだが、この折に、ドストエフスキーも、ロシア正教会を批判したとされるベリンスキーの「ゴーゴリへの手紙」を朗読したとの廉で逮捕され、銃殺刑を宣告される。その刑の執行日に死刑から流刑に減刑され、ドストエフスキーはシベリアで四年の刑期を過ごすことになるのである。こうした警察の監視の眼差しが社会のすみずみまで行き渡っていたと思われる。それがラスコーリニコフの自意識の根幹にあると考えられるのである。

むろん、こうしたドストエフスキーの警察体験、あるいは警察国家としてのロシアの状勢を、魯庵がどれほど知っていたかは定かではない。それでも、その意味合いが訳しおおせているとしたら、それは、ドストエフスキーの原典の力によるのかもしれない。また、当時、新聞をしばしばにぎわせていた「秘密探偵」「密偵」についての、魯庵のすぐれた想像力、直感力が働いていたといえるのかもしれない。ただし、『罪と罰』が探偵小説として受容されるのには、二十回（原文六部中、第三部まで）で翻訳がうち切られていることが決定的に関与していると思われる。

先にも示したとおり、巻二第十八回、十九回は予審判事ポルフヰーリイ宅で、事件をめぐる隠す者／暴く者の緊迫した対決が記されているが、最終回にあたる二十回、その帰り道に、誰とも知らぬものから「人殺し！」「人殺しとはお前だ！」と、「きツぱりと明了に、突然言放」たれる。ラスコーリニコフは、直ちに目撃者だと自覚する。震えながら帰った彼は、自分が犯した殺人の意味を再確認する。「自己《おれ》が殺したのは人間でなく主義だ！　主義を自己は殺した。しかし垣は越えられンで其一方に留ツてゐた。自己が仕遂げたのはたゞの殺したゞけで、悉くやり損なツた」と。そして、「自己ハ非常な審美的の寄生虫だ（I am only so much aethetical vermin, nothing more.)」と自らを呪い、「恰も発狂した様に笑出し、一心に此考慮にかぢり付き、いろ〳〵な着眼点から測度して繰返し〳〵苦しい快楽」をかみしめる。ラスコーリニコフは妄想と狂気の世界に入りこみ、夢の中で「鈍を婦人の頭上に打ち下ろす」行為を再体験することになるのである。ここには、狂気と自己破綻という殺人行為の必然的な結末が示されているかのように見える。

とくに、六ヶ月前にラスコーリニコフが書いた、「犯罪の瞬間における罪人が心理上の有様を分析した」とされる論文に書き込まれた人間観を元にしながら、ポルフヰーリイがラスコーリニコフの意識に遠巻きに迫るあたりは、事件の主体者の身元（自己同一性）と動機を明らかにし、事件が起きた瞬間の謎を解明するという、古典的な探偵小説のセオリーに沿っているともいえる。事件の起源が示され、それが現在に至る時間のなかで、原因と結果として因果づけられ再構築（物語化）される。そうした方向にベクトルは向いている。ここまでくると、田山花袋が『罪と罰』を「探偵小説」と指摘するのもうなずける。

しかしながら、ここでとくに注目しなければならないのは、こうした「探偵小説」としての『罪と罰』に典型的に現れているように、「探偵小説」における「探偵」は「権力の巧妙な代理人」となっている点であろう。ディヴィッド・A・ミラーが、『小説と警察』[41]で述べるところによれば、「探偵小説は間違いなく権力ゲームの物語」であり、「彼（探偵）のめざましい推理力は、法と秩序を護るために行使される支配的権力の代役を勤めるのだ。探偵小説は、いつもこうして、探偵のすばらしい直感（スーパー・ヴィジョン）と、それが体現する警察の管理との地口を仄めかす。探偵の介入は、物語の世界がすべてはっきりと監視下におかれることのしるしである」とされる。ここでミラーが述べようとしているのは、一見、市民社会の側にいると考えられる「探偵小説」中の「探偵」も、「法と秩序」を守る「警察」という権力の側に身を置いており、イデオロギーの外部にあるかのように見えながら、実は「権力の目の巧妙な代理人」として機能していることである。内田隆三の言を借りれば、「探偵が市民社会の私人だとしても、彼らの厳しい視線の活躍は、監視する規律権力がすでに市民社会に拡散したかたちで深く内面化されていることを物語っている[42]」ということになる。「探偵小説」が成立する背後には、警察社会、警察の目を通して自己を監視する「自己監視社会」の成立が関わっている。それは探偵小説を見えないところから支えるイデオロギー装置といってもよい。「社会は罰金、監獄署、警察官、懲役場で充分保護されているぢやアないか？」（十九回）という、ポルフヰーリイに対してラスコーリニコフが言い放ったことばは、こうした状勢を正確に言い当てている。

このように、『罪と罰』を「探偵小説」とみるならば、事件を解き明かす「探偵」はポルフヰーリイという「予審掛り警部」（examining magistrate：予審判事）であり、「警察」権力そのものであるといえる。だが、ポルフヰーリイの役どころとしては、しばしば「優れた職業的才能と人間味とを調和させ、またラスコーリニコフに対する闘争と同情とを調和させた面影[43]」が宿っている、ラスコーリニコフのよき理解者ともいえる。「予審判事」という役職も、その事件を公判に付すべきかどうかを、事前の取調べをとおして非公開に審査するという、「探偵」的な側面がないわけではない。『罪と罰』には、他にも何人かの警察関係者が登場するが、それらの人物が、秩序と法の執行を第一においているのと明らかに一線を画している。それでいて、一方において「人道主義と正義の仮面をかぶって現在の体制を思想的に防御する道、方法、手段をただ見事に誇示するだけ[44]」ということもできる。市民社会の側に立つよき「理解者」でありながら、「監視」「管理」するという権力の側にも立っている。魯庵が後年の回想のなかで、ポルフヰーリイを「予審掛り警部」と呼ばず、「警察の探偵」という曖昧な言い方で呼ぶのもここに連なっている。ミラーは、「十九世紀小説こそ、近代警察と、さらには規律＝訓練的な近代権力の一般の勃興を記録するもの」として相応しいと述べているが[45]、『罪と罰』も例外ではない。そうしたイデオロギーの痕跡は魯庵訳の『罪と罰』にも十分に表れている。それが自意識の表現装置たりえているといえよう。

むろん、「探偵小説」に内在するイデオロギーはそれにとどまるものではない。本章で取り上げた『無惨』を振り返れば、凄惨な殺人事件は、日本国内でありながら支那人居留地で起き、それが西洋的な科学を持ち合わせた「探偵」によって解き明かされる。こうした物語論的なトポロジーは探偵小説においてはある種の典型でもあった。ミッシェル・フーコーによれば、「探偵（＝警察）文学」「犯罪文学」においては、「非行性はきわめて卑近なものとしてと同時に全く無縁なものとして、日常生活に永久に脅威を与えるものとして、だがその起源や動機や日常的でしかも異国的な姿を見せるその環境などの点では迂遠なものとして現れる」（『監獄の誕生[46]』）とされる。まさに、「非行性」（事件）は「異国的な姿を見せ」「迂遠」な地である「支那人居留地」で起きた。そこには、植民地主義的な認識論の布置を認めることができる。と同時に、それは「司法面と警察面の取り締まりの総体を人々の承認可能」なものにする迂回したイデオロギー装置にもなっているのである[47]。

しかし、『罪と罰』についていえば、単純に「探偵小説」という枠組みで括ることはできない。そのありようとは、明らかに異なる部分がある。

十九世紀的な「探偵小説」においては、事件の解釈はどこかで停止される。すなわち、犯罪の解明、動機の説明が正しくなされ、意味作用の構造が明らかにされれば、そこで物語が閉じられる。いうなれば、「カオス」（謎）が「ノモス」（秩序）のうちに解消される瞬間に物語の展開力は失せてしまうことになる。これは、古典的な「探偵小説」の半ば必然的なあり方だと思われるが、それに対して『罪と罰』は、ラスコーリニコフが警察に出頭し「事件」が終わったとしても、そこで「物語」が終わるわけではない。ラスコーリニコフは、自首することにより、それまで彼にとりついてきた警察の目を通して自己を監視する警察という内面化された他者から自由になるのと相重なるように、恋人ソーニャをとおして神の目を意識することになる。警察の目による自己管理から、神の目による自己管理といったらいいか。ラスコーリニコフは最終的に他者としての警察の監視から、神の眼差しの内在化へ移行し、新しい生の段階に入りこむ。ラスコーリニコフという人物の「解釈」は、犯行が明かされても停止することはない。むしろ「探偵小説」的な「事件」を突き抜けているところに「事件」が起きている。それが、「探偵小説」的なあり方との差異であるといえよう。

ただし、魯庵訳ではそこまで見通せる地点に到達することなく打ち切られた。それゆえに、単純であると同時にそれぞれの文脈に引きつけられながら錯綜した形で受容されることになった。それが「深刻な罪悪文学」[48]「探偵小説」であり、かつ正統的な「心理小説」[49]、「悲惨小説」であるという当時の評に表れていよう。いわば、新しい自意識の表現装置またイデオロギー装置として、明治二十年代の文学表現と探偵小説を媒介する地点に立っていた。それは、後に成立する『罪と罰』受容空間に記された最初の一歩といっていい。ただ惜しむらくは、求心力をもったイメージを作り上げるには到らなかった。そこに、現代まで綿々と続く『罪と罰』受容史における、内田魯庵訳『罪と罰』が占める歴史的な位置があるといえよう。

【注】

（1）無署名「文学社会の現状」『國民之友』一八九号、明治二六年五月三日。

（2）涙生「探偵譚に就て」『萬朝報』明治二六年五月一一日。

（3）注2に同じ。

（4）内田魯庵「今日の小説及び小説家」『國民之友』明治二六年七月三日。

（5）内田魯庵「『罪と罰』を読める最初の感銘」『新潮』明治四五年七月。

（6）柳田泉「随筆探偵小説史稿」『続　随筆明治文学』春秋社、一九三三年八月。

（7）ボワロ＝ナルスジャック『探偵小説』篠田勝英訳、白水社、一九七七年七月。

（8）土田知則「カオスの遇し方――イデオロギー装置としての「物語」」『文学理論のプラクティス』新曜社、二〇〇一年五月。

（9）川崎賢子「大衆文化成立期における〈探偵小説〉ジャンルの変容」『大衆文化とマスメディア』近代文化論七、岩波書店、一九九九年一一月。

（10）エドガー・アラン・ポー『モルグ街の殺人事件』佐々木直次郎訳、新潮文庫、一九五一年八月。

（11）注7に同じ。

（12）「邏卒ヲ巡査ト改メ等級月俸左ノ通リ相定候」「太政官通達」第一八二号、明治八年一〇月二四日。『警察制度百年史』（警察制度調査会編、一九七五年）による。

（13）「今般新ニ警察ノ課ヲ設ケラレ邏卒ノ名称穏当ナラス（下略）」（神田孝平「木戸孝允への上申書」明治八年七月二日。注12による。

（14）永井良和『探偵の社会史Ⅰ　尾行者たちの街角』世織書房、二〇〇〇年五月。

（15）「略服は明治一五年四月に定めたときは、紺または黒色、夏は白色とし、その制式地質は、府県適宜とされていたが、明治一八年一〇月の内務省甲第三四号をもって、全国統一された。これにより地質は絨となり帽章袖章の金筋を廃して、黒線とし、襟章袴章を全廃して、従前の服制および正帽正服に比べて、はなはだしく簡略にした（下略）」（『警察制度百年史』警察制度調査会編、一九七五年）。なお、一般巡査の帯剣は同年十二月の太政官達六三号で全国一斉に許されている。

(16) 石森勲夫『実際の探偵』日本警察新聞社、大正一一年。

(17) 内田隆三『探偵小説の社会学』岩波書店、二〇〇一年一月。

(18) 「前巻批評」『罪と罰』巻之二付録、明治二六年二月、内田老鶴圃刊行。

(19) 注18に同じ。

(20) 戸川残花「残花妄評」『日本評論』明治二五年一一月一〇日～二六年二月二五日。

(21) 宮崎夢柳『虚無党実伝記鬼啾啾』『自由燈』明治一七年一二月一〇日～一八年四月三日。

(22) 依田学海「批評　罪と罰の評」『國民之友』明治二五年一二月三日。

(23) 巌本善治「批評　罪と罰」『女学雑誌』明治二五年一二月三日。

(24) 自助生「新刊書『罪と罰』」『家庭雑誌』明治二五年一二月一五日。

(25) 坪内逍遙『小説神髄』松月堂、明治一八年九月～一九年四月。

(26) 注25に同じ。

(27) 十八公子「不知庵が訳の『罪と罰』をよむ」『城南評論』明治二六年一月二五日。

(28) 内田魯庵「『罪と罰』を読める最初の感銘」（『新潮』明治四五年七月。同様に、「探偵小説の憶出」（『新青年』大正一三年八月）でも「ドストエフスキーの『罪と罰』など、其筋道は初めから解つてるのですが心理的の波瀾が探偵小説的の興味を味《あぢあ》はせます」と述べている。

(29) 内田魯庵「今日の小説及び小説家」『國民之友』明治二六年七月三日。

(30) 島村抱月「探偵小説」『早稲田文学』明治二七年八月。

(31) 注29に同じ。

(32) L・P・グロスマン「都市と人間」（セルゲイ・ベローフ『「罪と罰」注解』糸川紘一訳・江川卓監修、群像社、一九九〇年一〇月）

(33) ゲオルク・ジンメル「大都市と精神生活」『ジンメル著作集』12、酒田健一ほか訳、白水社、一九七六年七月。

(34) 内田隆三『探偵小説の社会学』岩波書店、二〇〇一年一月。

(35) セルゲイ・ベローフ『「罪と罰」注解』糸川紘一訳・江川卓監修、群像社、一九九〇年一〇月。

(36) 『罪と罰』翻訳と重なる時期に、桜田文吾『「貧天地」「饑寒窟」探検記』(『日本』、明治二三年八月～二四年一月)や松原岩五郎『最闇黒の東京』(民友社、明治二六年)等の下層社会ルポルタージュが出版されていた。立花雄一は「日清戦争後、悲惨・深刻・観念小説、あるいは社会小説(三一年以降)の出現によって、文学界にはじめて社会と触れあう文学傾向が生まれる。その悲惨・深刻小説の出現に、桜田文吾や松原岩五郎のスラム探訪報告が力をかしていたことは否めない」と指摘している(『明治下層記録文学』ちくま学芸文庫、二〇〇二年)。北村透谷が「『罪と罰』とは最闇黒の露国を写したるものにてあるからに」(『女学雑誌』三三六号、明治二六年一月一四日)と述べるのもここにつながっている。さらにいえば、都市の下層社会を舞台にする都市小説としての「探偵小説」が「悲惨小説・深刻小説の出現」の一つの水脈になっているとも考えられる。なお、松原岩五郎と内田魯庵の間には親交があった。

(37) ミハイル・バフチン『ドストエフスキーの詩学』望月哲男・鈴木淳一訳、ちくま学芸文庫、一九九五年三月。

(38) こうした緊張感は読み手の側にも伝播し、例えば先に引用した「前巻批評」(注18参照)でも『罪と罰』読後の印象を「惘然として暗澹たる空室に独座するが如く何やら後より人の窺ひ見るが如く一種のビクツキを生じ(下略)」と述べられている。

(39) 注28に同じ。

(40) 大日向純夫「日本近代警察の確立過程とその思想」『官僚制　警察』日本近代思想大系3、岩波書店、一九九〇年一一月。

(41) ディヴィッド・A・ミラー『小説と警察』村山敏勝訳、国文社、一九九六年二月。

(42) 注34に同じ。

(43) 注35に同じ。

(44) 注35に同じ。

(45) 注41に同じ。

(46) ミッシェル・フーコー『監獄の誕生――監視と処罰』田村俶訳、新潮社、一九七七年九月。

（47）『罪と罰』を「探偵小説」だとすれば、そこでなされる「非行性」――極度の貧困と半ば「狂気」によって、世間から蔑まれ、蛇蝎のように嫌われている金貸しの老婆を殺害するということ――は、フーコーがいうように「きわめて卑近なものとして同時に全く無縁なもの」、「その起源や動機が日常的」でありながら「その環境などの点では迂遠なもの」として現れているということができよう。

（48）国木田独歩「不知庵訳『罪と罰』」『青年文学』明治二六年一月一五日。

（49）北村透谷は「沈痛、悲惨、幽凄なる心理小説」と評している（「批評　罪と罰」『女学雑誌』明治二五年一二月一七日）。

付記

内田魯庵が底本とした *Crime and Punishment*, London. Vizetelly & Co. *1886* は、コロンビア大学に勤務していた石田浩氏（現在東京大学勤務）のご協力によって手に入れることができた。この貴重な資料がなければ本稿は成り立ちえなかった。記して感謝する次第である。

# 第五章　翻訳される「子どもらしさ」——若松賤子訳『小公子』

## はじめに

明治文学談話会を主宰し、明治文化の見直しをはかろうとしていた神崎清は「明治大正の女流作家」（『日本文学講座』第十二巻、改造社、一九三四年四月）という文章のなかで、若松賤子を取り上げ次のように述べている。「ヨーロッパ及びアメリカの文明の光を全身に浴びてゐたこの時代の最大の女流作家」と。神崎が取りあげる同時代の「女流作家」とは木村曙や田辺花圃であり、そのなかで草創期のフェリス女学院で宣教師ミス・キダーのもと英学やキリスト教を学んだ若松賤子は、新しい西洋の文化に触れてとりわけ光り輝いて見えたに違いない。とくに、巌本善治との結婚以来、『女学雑誌』という発表舞台を得て、評論・小説・エッセイ等さまざまな分野で活躍する。

なかでも、傑出しているのは『小公子』（明治二三〜二五年）をはじめとする翻訳であったことは疑うべくもない。それらをあげれば、『忘れ形見』『イナック、アーデン物語』『ローレンス』『セイラ、クルーの話』など枚挙に暇がない。当時、〈翻訳王〉と称されていた森田思軒は明治二十四年十月、女学雑誌社から出版された『小公子』の前編について、次のように評している。

邦語に翻へすに及て極めて明白極めて透徹些しの晦渋些しの沮滞あることなきなり（略）ヒロー小公子の詞の若き《ごと》は工夫力量実に十二分といふべし　余が之を読むとき読みて妙絶の処に至る毎に誦して家人に聞かしむるに家人皆針を停め眶《まぶち》をうるほして之を傾聴せり　而して之を原文に参じ考えるに敢て一字を増さず敢て一字を損せず只忠誠に謹勅に原文を摸せるなり（中略）世間の謂ゆる言文一致体に由る者にして余が心より服せるもの唯た「浮雲」ありしのみ今日此書を獲て二となれり（「『小公子』を読む」『郵便報知新聞』明治二四年一

一月一五日）

森田思軒の称揚する「敢て一字を増さず敢て一字を損せず」という文字どおり「謹勅に原文を摸」したとされる訳文は、時代の水準を超えたこなれた「言文一致体」と相俟って、この後も長らく親しまれることになる。賤子の死後、前後編をまとめ博文館から刊行された『小公子』は昭和五年までに四十二刷を重ね、昭和二年に出版された岩波文庫は、一九九四年までに三十版を重ねている。

しかしながら、児童文学として高い評価を得てきた一方で、その同時代的な文化史的な意味は必ずしも十分に論じられてきたわけではないというアンバランスもある。とくに、メディアとの関わりを念頭においた、小公子セドリックの〈子ども〉像の問題には、残された課題も多い。ここでは、そうした点に留意しながら、新たな子ども像が編成されようとしていた明治二十年代、子どもをめぐるいかなる言説が語られ、また、それを取り込むいかなる家庭幻想が作り上げられようとしていたかを、翻訳小説『小公子』の分析をとおして考えていくことにする。

## 一　新しい神話『小公子』

イギリス系アメリカ人の作家フランシス・ホッジスン・バーネットによって著された *Little Lord Fauntleroy*（『小公子』一八八六年）は、雑誌掲載中から好評を博し、イギリス・アメリカ両国で広く受け容れられた。一説によれば、単行本として発売後にはまたたく間に百万部のベストセラーとなり[1]、二年後には舞台劇化され二年間のロングランを記録したという[2]。また、この小説がきっかけで「何千という少年たちがレースの襟のついたビロードの服を着せられ、髪が巻き毛になるようにさせられ[3]」（『秘密の花園』）、多くの母親たちは、作中でセドリックがしたように自分を“Dearest”（大好きなママ）と呼ばせようとしたという有名な逸話も残されている。[4] ここからも当時の熱狂ぶりが窺われよう。

むろん、それは偶然受け入れられたのではなく、この物語が受け入れられる素地がすでに存在していたと考えられる。文学史の上でいえば、アメリカ・イギリスの児童向けの文学は一八六〇、七〇年代前後に転機を迎えていた。ハンフリー・カーペンターによれば、まだ「福音主義的な作家」による「家族のない浮浪児が自分より年上の人間を導き、それらの人間に神の精神を教え込むという筋立ての小説が市場にあふれでていた」とされる。その一方で、この時代に「子ども時代という隔離された世界、しかも、ごく子ども的な世界からなるアルカディアの存在」を信じて作家的な活動を始める人物が出てきた。『小公子』の作者バーネットの直前に活躍していたモルズワース夫人がそれであり、その小説の主人公たちは、なによりも「美しい子ども」として形象化され、「天真爛漫さ（とくに大人の世界と関わる場合に）、神々しいほどの清らかさ（この清らかさは場合によって、まったくの白痴の状態に昇華することもある）、そしてもちろん、輝くばかりの容姿」をもっていたと指摘される。ハンフリー・カーペンターは、「ビクトリア朝後期になって、この『美しい子ども』に商業的価値をあたえようとする人」が現れ、この風潮に乗じたのがフランシス・ホッジスン・バーネットであり、そのもっとも成功した例が『小公子』だとしているのである。[5]

ただし、『小公子』が受け入れられた理由は、ここで説明されるように、チャールズ・ディケンズの『オリヴァー・ツイスト』風の「自分より年上の人間を導き」「人間に神の精神を教え込む」、しかも「美しい子ども」という文学上の設定だけに拠っているのではない。それは物語の構造とも関わっていると考えられる。『オズの魔法使い』『ハックルベリー・フィンの冒険』『少女レベッカ』『類人猿ターザン』など、黄金期のアメリカ古典児童文学の構造論的な分析を試みるジェリー・グリスウォルドは、『小公子』を次のように論じている。

家庭物語『小公子』は単純な筋立てで、「主人公の子どもの三つの人生」のパターンどおりであることはすぐにわかる。「剥奪された高貴な身分」「認められない結婚」「貧困」――子どもが主人公の〈第一の人生〉が持つこれらのモチーフは、物語の初めの部分で明らかだ。それから予想がつくのだが、主人公は「旅」に出かけ、セドリック・エロル（主人公）はイギリス行きの汽船に乗って祖父の城である「大きな家」へ行く。

こうしてセドリックは「事実上の孤児」となる。なぜならセドリックの父は亡くなっており、（男の子の母親にまだ恨みをもっている）祖父のドリンコート伯爵は、セドリックが城から離れた所に住む母を毎日二、三時間訪ねることは認めるが、母と離れて城に住むことを主張する。言いかえればセドリックは、「社会階層の異なる代理の親」である祖父が采配を振る「別の家庭に引き取られ」る。セドリックが〈女性の援助者〉である母の愛情に頼っていた間、〈同性の敵対者〉である祖父との関係は歪められていた。しかし物語の進行にしたがい、（略）セドリックは祖父の頑なな心を開き、彼の愛情を獲得する。結果として、伯爵は少年の母に謝り、少年がイギリスに来る前に離れ離れになっていた家族は一つになるのである。(6)

グリスウォルドは、子どもが自立するために親離れをするプロセスを問題化しようという枠組み（いわゆる発達的子ども観）に則り、当時の児童文学の物語構造を〈主人公の三つの人生〉という原型《アーキタイプ》から説明しうると考えた。それによれば、『小公子』における〈第一の人生〉は、両親の「認められない結婚」によって「高貴な身分」が「剥奪され」、セドリックは「保護を喪失」して「旅」に出る。〈第二の人生〉では、「旅の終着地」である「大きな家と広大な野外」に到着し、「社会階層の異なる代理の親」の養育のもと、「異性の援護者」の力を借りて、エディプス的ともいえる「同性の敵」（祖父）と戦って勝利し救済者となる。そして、〈第三の人生〉では、

「帰還」することによって、「アイデンティティの諸問題が解決」し、その立場が「承認」され、かつての「幸福な時を回復」することになるというのである。

さらに、このプロセスには「子どもとしてのアメリカ」という「アメリカ人の自画像と歴史観」が重ね合わせられているとされる。すなわち、「植民地時代のアメリカは、イギリスの君主を大黒柱とする拡大解釈をした家族のなかの幼子であった」、それが「アメリカ革命」を経て「若者」へと成長する。「アメリカ革命とは、エディプス的反抗期に入った子どもの成長物語」のワン・シーンと理解されうる。この意味で、アメリカの児童文学の物語パターンはアメリカという国家の成長物語の隠喩的関係にあるというのである。

そして、こうした物語の次には、「父」との「和解」ともいうべき「さらに成長をとげた子どもとしてのアメリカ像を描く神話」が必要とされる。いうならば「ヨーロッパを含む「国家としての家族」の中で大人のメンバーと規定するアメリカの新しい神話」「エディプス期以後のアイデンティティに関するアメリカの新しい神話」、それが『小公子』のなかに見出されるとされるのだ。物語の流れからいえば、イギリス人の祖父である伯爵は、自分の意向に逆らい息子がアメリカの女性と結婚したことにより、アメリカとアメリカ人を毛嫌いしており（暴君的な父親たちの国としてのイギリス）、その敵意はアメリカ人であるセドリックの母に向けられている。セドリックは自ら両者の調停役を演じることになり、この任務は物語の進行とともに成功し、家庭内のエディプス的葛藤を通り超えて祖父の愛情と信頼を勝ち取る。それによって家族の調和は取り戻され、「セドリックのアイデンティティは、英国系アメリカ人として確立される」のである。

この意味で、ジェリー・グリスウォルドは、「『小公子』は注目すべき物語で、家庭物語（伯爵と家族との間にある問題となっている関係）であると同時に、英米両国の関係についての政治的寓話でもある」と指摘する。当時の首相ウイリアム・グラッドストーンが「イギリスとアメリカの国民の間によりよい感情をもたらし、相互理解を深めるのに大きな効果がある」と述べたとされるのも、ここに関わっている。『小公子』はアメリカという国の国家的アイデンティティの「新しい神話」を担っていたといえる。そのことが、広く受け入れられるもう一つの要因であったといえるだろう。

## 二　『小公子』のジェンダー

ならば、若松訳はこうした問題をいかなる枠組みで受け入れていたのか。若松訳『小公子』の『女学雑誌』連載開始は一八九〇年八月からなので、原文との時差は四年、ほぼ同時代でありズレはない。しかし、他者たる対象を自己のシステムによって吸収・変形・再構築する行為といえる〈翻訳〉において、異なる文化間において原文そのままという〈翻訳〉はありえない。まず、ここでは若松訳が、英米文化圏の『小公子』というテクスト(7)をいかに受け止めていたのかということから考えていくことにする。

若松賤子は連載の七回をまとめて単行本『小公子』として明治二十四年（一八九一年）に女学雑誌社から出版している。その「序」は、以下のように記されていた。

「小公子」の序　　若松しづ子

母と共に野外に逍遥する幼子が、幹の屈曲が尋常ならぬ一本の立木に指《ゆびさ》して、「かあさん、あの木は少さい時、誰かに踏まれたのですネイ、」と申《まうし》たとか。考へて見升《ます》と、美事《みごと》に発育するべきものを遮ぎり、素直に生ひ立つ筈のものを屈曲《くねら》せる程、無情なことは実に稀で御座り升。心なき人こそ、幼子を目し、生ひ立ちて人となるまでは真に数の足らぬ無益の邪魔物の様に申し升うが、幼子は世に生れたる其日より、否、其前父母がいついつにはと、待設ける時分から、はやおのづから天職を備へて居り升て、決して不完全な端た物では御座りません。されば私どもが濁世の蓮花《はちす》、家庭《ホーム》の天使《エンゼル》とも推すべき彼の幼子の天職は、いとも軽からぬことで御座り升。然るに世の風浪はこれを屈曲らせ、心なき同胞はあたら若木を踏みにぢりて、終に花は汚れ、天使は堕落するに至る景況を嘆ぬ人はあり升まい。邪道に陥らふとする父の足をとゞめ、卑屈に流れ行く母の心に高傑の徳を起させるのは、神聖なるミツションを担ふたる可愛の幼子に限るので、是に代つて其任を果すものは他に何も有ません。（略）

私は深く幼子を愛し、其恩を思ふ者で、殊に共々に珍重す可き此客人を尚一層優待いたし度切に希望いたし升。夫故《それゆえ》幼稚園、小学校などの設けは、私の心にとつていとも尊とく、悦ばしい者です。夫已《それのみ》ならず、近来少年文学の類がボツボツ世に見える様になつて来升たが、これも真心より感謝して居り升。それ故、只今訳して此小さき本の前編を出し升のも、一つには、自分が幼子を愛するの愛を紀念し、聊か亦ホームの恩人に対する負債《おひめ》を償ふ端に致し度のみです。（『女学雑誌』二八八号、明治二四年一〇月）

この「序」を分析する前に留意しなければならないのは、これは『小公子』の翻訳に先立って書かれたわけではなく、先に述べたように連載七回が終わって単行本にまとめる際に付されたものであるということである。その意味では、事後的に書かれたのであり、全体を見渡した上での意図が述べられているとはいえない。しかし、『小公子』の翻訳をとおして訴えかけようとするメッセージが明瞭に述べられているのも確かであり、若松の理解の枠組みを窺い知ることができる。

「序」によれば、「幼子」は「おのづから天職を備へて居」るという。それは、「邪道に陥らふとする父の足をとゞめ、卑屈に流れ行く母の心に高傑の徳を起させる」「神聖なるミツション」であるとされる。一般に考えられているように「無益の邪魔者」や「不完全な端た物」ではないというのである。「家庭の天使」「ミツシヨン」

ということばからも明らかなように、キリスト教の用語で語られる子ども像が示されており、それを称揚するところにこの翻訳の意図があることを容易に読み取ることができる。そして、この書を出版するのは「自分の幼子を愛する」「紀念」として、また「ホームの恩人」である「幼子」に「償ふ」ためだと述べている。カーペンターのいい方によれば、まさに「福音主義的」な理解ということになるだろう。ここではアメリカとイギリスの国家的なエディプス的葛藤は問題化されていないが、それはこの翻訳の難点というわけではない。翻訳とは多分に自己言及的な営為であり、この「序」には訳す側（若松賤子）の枠組みが前景化されて集中的に現れているというべきであろう。

ただし、こうしたキリスト教的な子ども像が、そのまま当時の社会に浸透したとはいい難い。だが、子ども像を提示すること自体が新しかった。歴史的に見て、明治維新から明治二十年代までは、はっきりとした児童向けの書があったわけではなく、いかなる子ども像が支配的だったかをたどるのは容易なことではない。明治五年に「学制」が公布され、その後明治十二年の「教育令」、明治十三年の「改正教育令」を経て、明治の教育制度の基礎が固まっていくのだが、児童そのものの新しいイメージが立ち上げられたわけではなかった。フィリップ・アリエス風にいえば、新たな「子ども」の発見がなされるような状況にはなかったのである。児童が問題化されること自体が稀有なことであった点を記憶しておかなければならない。

では、こうしたなかで、セドリックは具体的にいかなる子どもとして翻訳・表象されていたのか。まず特徴としてあげられるのは、なによりもその容貌である。先に示したカーペンターが指摘するように、「天真爛漫さ」と「神々しいほどの清らかさ」[8]、そして輝くばかりの美しい「容姿」をもちあわせていた。たとえば、若松訳では次のように訳される。「器量の好いことは画に書た様で、（略）生まれた時から軟かくつて細い金色の髪が沢山で、六ケ月たつ中にくる〳〵と可愛らしくちゞれました、眼は大きく茶色の方で、睫毛は長く、顔は極く愛嬌の

LORD FAUNTLEROY WRITES AN ORDER.

「黒天鵞絨《びろうど》の服にレースの領《くび》飾の付いたのを着《きた》しとやかな子供の容姿《すがた》」のセドリック

ある質でした」（第一回）と。このセドリックの「器量」は、生まれついての「果報」（運のよさ）の一つとされ、「奇麗に可愛らし」い「容姿」が、巧まざる武器として運命を切り開いていくことになるのだ。のちにセドリックが祖父である「老侯」（ドリンコート）の気に入られるのも、「器量」のよいことが第一の決め手となっている。

一体、高慢気のある老人に、かく非常に気に入たと云のは、此息子の為に何よりの幸福でした。若しセドリツクの容色《きりやう》が醜《わる》かつた者ならば、他の事には其まゝで有ても、一途に嫌つてしまつて、其美質などは、一向心にお留にならなかつたかも計られません。併し、老侯は、セドリツクを見るに付け、容姿《みめかたち》の美しく精神の奇抜な所が、ドリンコートの血統《ちすじ》と格式とにとつて殊更面目と思はれ、至極満足されたのでした。（第九回）

孤独で狷介な「厭世的」老人の心を開いていく端緒となるのが、セドリックの「容色《きりやう》」であったとされるのだ。そこにはセドリックの体躯も含まれている。侯爵家の弁護士ハヴィシャム氏が、はじめてセドリックに会った時の印象は、「容貌《きりやう》の美《よ》いこと」だけでなく、「体つきの倔強で撓《たを》やかな処、幼な顔の雄々しき処、子供らしき頭を擡《もた》げて進退する動作の勇ましい処」に「心を動か」されたと語られている。ここで注目すべきは、セドリックの「体つき」が「倔強」でありながら「撓《たを》やか」と両性具有的な特徴を持っていると語られることなのだが、とくにその美しい「容姿」も「額の辺に波打つて、肩へ垂れかゝつて、一層の愛嬌を添へる艶《つやゝ》かな頭髪《かみのけ》」が中心に述べられていることであろう。「老候」との初対面の折に眼にとまったのは、やはり「黒天鵞絨《びろうど》の服にレースの領《くび》飾の付いたのを着《き》しとやかな子供の容姿《すがた》で、尋常で、凜とした顔の辺には愛嬌毛が浪うつてゐ」るところだったとされ、男子でありながらどこか女子の風采・風貌として提示されている。このセドリックの中性的（男子／女子）な姿が重要な意味をもっていると思われる。

しかし、セドリックの「美質」は外貌にとどまるのではない。この容貌の「美し」さとともに、性格の「美質」も同時に称揚される。語り手は、先にあげた「果報」の一つとして「気立が柔和で誠に可愛らしい子でしたから、人毎に嬉しがられました」とし、次のように述べている。

此子の愛嬌は、多分、少しも恐気なく、極く気軽に人に懐く処に在るのですが、これは生れ付、人を信ずる質で、人を思い遣る親切な心の中に自分も愉快に、人も愉快にし度と思ふ天性に起るものと、思はれます。
（第一回）

この天性の「美質」が長年「己を以て足れり」としてきた老候を「慈善的」な人間へと導いて（教育して）い

くことになる。若松訳を借りれば、「幼子の無邪気深切な心に思い起て」「慈善的なことをする中に一種の楽を覚へたことが」「一心の変る始めなのでした」とされるのである。とくに、こうしたセドリックの性格の「美質」は、貧しい「林檎屋のお婆さん」や「靴磨き」の少年「ヂック」への施し、あるいは、「びっこで、疲れて居た児」を見かねて「自分の馬に乗せて家へ帰らせる」ために、自らは馬の傍らを歩いてついていく、という自己犠牲的行為として語られている。

ここから、まさにヴィクトリア朝期の「福音主義的」な子ども像を思い浮かべることが可能であろう。ただし、問題はそこにとどまるのではなく、こうした子どものイメージ（表象）には、当時のヴィクトリア朝後期のジェンダー意識が関わっていると思われるのである。

十九世紀後半から、二十世紀初頭のイギリス児童文学をフェミニズムの観点から捉え直そうとするクローディア・ネルソンは、著書 *BOY WILL BE GIRLS*(9) で、十九世紀に「男らしさ／女らしさ（manliness and womanliness）」は、しばしば「自制、自己犠牲、献身」という言葉で論じられてきたことを指摘したうえで、「女らしさは、『家庭の天使（Angel in the House）』という一つの姿に具現化した」として、次のように述べている。

ヴィクトリア朝期の子どもらしさのステレオタイプと、理想の女性像との間には非常に共通する点が多い。伝統的な大きな軛《くびき》の中では、子どもは女性よりさらに世俗的な力が弱かったので、思春期前の少年少女はともに、『天使』の特質を多く備えることになった。（略）女性と同様に子どもは、世俗の外に立ち「天上を目指」すことで、制約のある現状と対照的な存在として教育的役割を果たした。福音主義の論理によれば世俗権力が霊的成長を妨げるのであり、大方は宗教的起源を持つ文学の中では、子どもと女性は、大変すばらしい存在とされた。ヴィクトリア朝中期までは、善良な女性と同様に善良な子どもというのは、限りなく純真無垢なものだと堅く信じられていたのである。(序論「男らしさと『家庭の天使』」)

クローディア・ネルソンによれば、社会的に弱い立場におかれていたゆえに、女性と子どもは同様に「純真無垢」な善性をもち、大人の男たちを教育する役割を果たしたとされる。これが「体つきの倔強」でありながら「撓《たを》やか」、また「幼な顔の雄々しき処」と「しとやかな子供の容姿」とを同時に持っているセドリックの出立ちとして表象されていると考えられるのである。セドリックの母親が「理想の女性」を具現化する「家庭の天使」であるとしたら、セドリックもまた「男らしさ／女らしさ」――「自制、自己犠牲、献身」の美徳を兼ね備えた「天使」であるといえるだろう。これは、まさに、若松賤子訳『小公子』の「序」で、「幼子」を「家庭《ホーム》の天使《エンヂエル》」と位置づけ、眼差すことと重なり合っているといえる。

また、セドリックは〈大人〉と〈子ども〉の境界も容易に飛び越えられる存在として描かれている。子どもらしさが強調される一方で、「角の万《よろづ》やの亭主」「ホッブス」とアメリカの「政事」について議論する妙に大人びた様子も付与されている。これを、侯爵家の弁護士ハヴィシャムは「幼稚らしい処に、又成熟らしき処の混淆して居風采」と評している。こうした、いわばトリックスター的な要素が、大人たちの秩序を揺さぶり、価値観を転倒させる。このセドリックの持つエネルギーが、頑ななドリンコート侯爵の厭世的な人間性を解き放ち、ひいてはそれまであったイギリスとアメリカの距離までも変えさせてしまうことになるのである。この意味で、セドリックのキャラクター、そして両義的なジェンダーが『小公子』という物語のメイン・プロップを作り上げているといってよかろう。

こうしたセドリック像を、若松訳では「子供らしき」あるいは「子供らしい子」と繰り返し、あるべき〈子ども〉像として語っているが、それは当時の日本の〈子ども〉のイメージからは、大きく隔たっているといわなければならない。それだけでなく、『セイラ、クルーの話』(『少年園』明治二六年九月〜二七年四月)など若松賤子の他の翻訳や、『黄金機会』(『女学雑誌』明治二六年四〜六月)などの著作から見ても、セドリックの両義的なありようは際だって異質である。

当時の日本の文脈に沿っていえば、『小公子』連載(明治二三〜二五年)の同時期に「教育勅語」(明治二三年一〇月)が発布され、「仁義忠孝」という儒教倫理を中心にすえた国民教育が立ち上げられる。この勅語が教育界に与えた影響の大きさはいうまでもないが、それは、この時期に発行されていた児童向けの雑誌において支配的だった子どものイメージからも、窺い知ることができる。たとえば、アメリカの少年雑誌“HARPER'S YOUNG PEOPLE”を範として創刊されたとされる『小国民』(学齢社、明治二二年一月〜二八年九月)の巻頭に掲げられた緒言「幼年諸君に告ぐ」には、「拝啓、我が幼き国民、第二の日本国民たる、幼年諸君足下」という書簡体で、以下のように記されている。

実に、「小国民」が諸君に忠なるは即ち国家に忠なる所以、又諸君が「小国民」を愛せらるゝは即ち国家を愛せらるゝ精神の致す所、両々相待ちて大日本帝国のために尽さんこそ御互の本分と存じ候間、其の御含みを以て、末長く御交際成し下され度候。匆々謹言。

日清戦争期のような、子どもたちを国家間の争いに駆り立てる如くの扇動的な言い回しはないが、続橋達雄によれば「教育勅語」さながらの「礼儀・報恩・兄弟愛・忠誠・勤労」を重んじるような「国家に忠なる」子ども、「大日本帝国のために尽くさん」子どもを、「幼き国民、第二の日本国民」としてイメージしているといえる。[10] 同じくアメリカを範としながら、『小公子』との違いは際立っている。こうした文脈が当時支配的であったことからすれば、『小公子』が喚起する子ども像は、日本の同時代的文脈からは大きく外れていたといわなければならない。

若松訳は明治二十年代の翻訳としてはまれにみるような原文に忠実で正確な訳と評されるが、この訳の向いている方向は、グリスウォルトが指摘するような新興国アメリカの国家的アイデンティティをめぐる「新しい神話」でもなければ、やはり国家としてのアイデンティティの確立を急ぐ日本の臣民イデオロギーでもない。自ら示した「序」の子ども観からも明らかなように、当時とすればやや古めかしくなった、逆にいえば正統的あるいは規範的な「福音主義」的理解に則っているといえるだろう。『小公子』の同時代的な批評も、「無邪気なる小公子」[11]（『早稲田文学』）「清白無垢の童情」[12]「可憐優美無邪気なる人物」[13]（『國民之友』）という点を掬い上げるものが多い。本国であるアメリカ・イギリス、また日本の社会的政治的文脈のいずれからも切り離れたところで翻訳され、また受容されていたのである。そこに、訳者若松賤子のこの小説に対する独自のスタンスを読みとることが可能であろう。しかしながら、こうした若松の意図とは裏腹に、『小公子』の翻訳は日本の近代化のプロセスと否応なく関わりをもっていったと考えられるのである。

## 三　聖家族『小公子』

明治二十二年七月、当時『女学雑誌』の主筆であった巌本善治と結婚した若松賤子は『女学雑誌』に小説、翻訳、評論を次々に発表する。小説『お向ふの離れ』（明治二二年一〇月）、『すみれ』（明治二二年一〇～一一月）に始まり、『小公子』（明治二三年八月～二五年一月）もこの雑誌で連載された。巌本だけでなく、若松もその短い半生を『女学雑誌』とともに歩んだと考えられる。彼女が寄稿した記事を詳しく見ていくと、いくつかの傾向を読み取ることができる。『小公子』の連載以降は「教育」の問題に言及することが増えていくのもその一つである。とくに注目すべきは、そこで語られる教育観が、『小公子』的な子ども観、教育観から少しずつ離れていっている点である。ただし、その傾向は『小公子』の「序」に既に見られていたといえなくもない。

繰り返せば、若松は「幼子」を「家庭《ホーム》の天使《エンヂエル》」であるとして、「邪道に陥らふとする父の足をとゞめ、卑屈に流れ行く母の心に高傑の徳を起させる」と、子どもが大人を「教ふる」という点をメインに述べるのだが、その一方で、「ホームの教導者を先づ教へ導き、其清素爛漫の容姿を発揮させ、其ミツシヨンを全ふさせるのは、亦両親始め其同胞の務めです」と、「ホームの教導者」である「幼子」を「教え導」くことの重要性が強調される。『小公子』の原文には、無垢なるセドリックが祖父を「慈善的」な人間へと教育したとされてはいても、セドリックを〈教育〉するという意味合いは弱い。教育のベクトルが逆の方向を向いているのである。若松は教育する存在である「幼子」と、教育されるべき存在である「幼子」という二つのイメージを同時にもっていた。いうならば、二つのベクトルが交差するところに若松の「子供」像があったと考えられる。それは、社会的にどのような位置に立つことになるのか——。

それを論じる前に、『小公子』連載以降の二つ目の傾向、「幼子」を教える役割を負う当事者の問題から考えてみる。『小公子』には次のような一節がある。

〔セドリツクは〕人の気を見てとることが大層早い方でしたが、是は両親《ふたおや》が互いに相愛し、相思もひ、相庇《かば》ひ、相譲る処を見習つて、自然と其風に感染したものと見え升。家に在つては、不親切らしい、無礼な言葉を一言も聞たことはなく、いつも寵愛され、柔和《やさし》く取り扱かわれ升たから、其幼な心の中に、親切気と温和な情が充ち満ちて居り升た。(第一回)

Perhaps this had grown on him, too, because he had lived so much with his father and mother, who were always loving and considerate and tender and well-bred. He had never heard an unkind or uncourteous word spoken at home; he had always been loved and caressed and treated tenderly, and so his childish soul was full of kindness and innocent warm feeling.[14] (chap. 1)

両親の振る舞いから「幼子」たちはさまざまなことを学び、そのなかで性格が作り上げられていくというのである。この翻訳自体は原文と大きく隔たっているわけではないが、注目すべきは父親と母親が〈対〉なるものとして強調されているところにあると考えられる。"his father and mother" が「両親《ふたおや》」とされ、両者が「互いに相愛し、相思もひ、相庇ひ、相譲る処」を見て「幼子」は学ぶ。つまり、「夫婦」の〈対〉のありようが、おのずと「幼子」を教育するというのである。こうした、「夫婦」のイメージは「序」にも表れていた。「(幼子のいない)其家の夫婦は、相互いに、又世の同胞に対して、多少寛優ならぬ処があるのは往々見る事です」、「ホームの教導者を先づ教へ導く」のは「両親始め其同胞の務めです」と、親子関係にとどまらない「相支へ相扶くる道理に基く」夫婦の〈対〉関係を念頭におきながら教育の必要性が述べられている。ここに、愛し合い「相支へ相扶くる」夫婦と、「天使」ともいうべき「幼子」という構成からなる「聖家族」、いうなればあるべき〈家庭〉幻想を見ることができるだろう。

ジェリー・グリスウォルドによれば、意外にも、十九世紀以前は「宗教的観点から見ると、子どもは原罪で汚れた悪の化身」だったが、十九世紀になると「中産階級が興隆し、子どもと子ども時代に考えを割くだけの余裕が生じ」、十九世紀末には「ロマン派の詩人ワーズワースのように、子どもこそまことに大人の父親だと確信するにいたった」[15]とされる。「中産階級の興隆」が、子ども像――子どもと親との関係――家族像を変えていったというのだ。しかしながら、『小公子』が翻訳された明治二十年代、日本に「中産階級」が成立していたとは考えられない。まさに、『小公子』で語られる「家庭（ホーム）」は、「聖家族」ならぬ、未だ存在していないいまだ見ぬ「家庭」〈幻想〉を喚起していたといえるだろう。

こうした『小公子』の「序」に胚胎していた傾向は、『女学雑誌』の記事からも一歩歩を進めた形で確認することができる。若松は『小公子』完結の一年余り後の「家政」欄に「子供に付て」（明治二六年五月）という文章を寄せている。その三章には次のような一節がある。

子供を養育するには心を配ることも、手足を働かすことも実に一と通りなことでは厶《ござり》ません。それ故妻君が錯雑な家政万端を修理して行く傍、三ッ児の心事の委曲なことにまで立ち入り、其原因を観、結果を察して、恭しく其教育の任を担って行くといふのは甚だ望ま敷いことで、中々須《ま》たれぬことです。

若松によれば、「幼者を教育する心得」は「矯正」ではなく、「万世不易の堂々たる道徳」に「我」とともに進む「歩《あゆみ》」を助けることにあるとされるのだが、ここでは「子供」の「教育」の必要性がはっきりと語られている。と同時に、「家庭」のなかで、「細君」「母」がその任を担うべきことが述べられている。「家庭教育」は「裁縫」「お料理」「お掃除」よりも大切で、「子供のためには母に勝る保姆《ほゞ》」はなく、「細君が家庭教育のことにモ少し時間と心を用ゐるといふことが大切」だ、というのである。ここでイメージされているのは、夫婦、子ども、女中という家族構成を前提にした家庭内の役割分担――育児は母親、さらにいえば〈専業主婦〉の仕事であるという役割分担だろう。西洋的ブルジョア家族像をモデルとする、女性・妻・母親の家庭内分業をもとにした「家庭教育」観だったといっていい。

牟田和恵は「性的役割分業の固定化と「主婦」任務の美化」を論じて、「明治二〇年代の〈総合雑誌・評論誌〉誌面への「家庭」の登場は女性の存在の場所をそこに固定する言説が出現するのと表裏をなしていた」とし、「家庭が女性と子どもの私的な場となり家事が妻の任務として固定化すると望ましい女性像にも変化が現れる」[16]と指摘している。こうした時代の動向と若松の言説が結びついているといえる。当時創刊された総合雑誌『太陽』の「家庭欄」で若松自身も、「一個の主婦となりて、ホームの楽園を管轄修理し、妻たり母たるの最も品位高き義務を遂げてゆく」[17]（明治二九年二月）と主婦の役割を明確化させている。

このことを、井上輝子は別の観点から述べている。『女学雑誌』の歴史的展開を論じ、明治二十二年から明治二十六年にかけての『女学雑誌』を「女学」思想の転換期であったと位置づけ、「ホーム」（家庭）概念が抽象化され純化されるにともない、「家庭や女性に対する革新者としての役割は、失われ」「「調和」それ自体が価値化され、女性の「犠牲的献身」や「忍耐」が強調[18]」されていたことを指摘している。ここでもう一度思い起こさなければならないのは、クローディア・ネルソンが述べるヴィクトリア朝後期の女性と子どもをめぐるジェンダー論であろう。繰り返せば、十九世紀に「男らしさ／女らしさ」を論じた人々は、「自制、自己犠牲、献身」という似通った言葉を使っていた。「男らしさ／女らしさの主な差異は、その表象形態の差異として表れたにすぎない」、とりわけ「女らしさは、「家庭の天使」〔コンヴェントリ・パトモアの同題の詩より〕という一つの姿に具現した[19]」というのである。それは、ヴィクトリア朝期のイギリスの問題にとどまってはいない。欧米をモデルにした新たな〈家庭幻想〉が作られるなかで、同様の事態が日本でも起きていたと見るべきだろう。「家庭」が女性と子どもの私的な空間となり家事が妻の勤めとして固定化されると同時に、あるべき女性像にも変化が現れる。すなわち「献身的犠牲」「忍耐（自制）」をもった「家庭の天使」としての女性像が確立されていく。いわば、「家庭」「教育」と結びつけられることで新たな女性のジェンダー化が推し進められていったわけである。牟田和恵のことばを借りれば、「家庭」イデオロギーは、まさに「近代化とナショナリズムの成長とに深く関わって[20]」

いたといえる。セドリックの母は、こうした「家庭の天使」としての表象の一部を担ってしまっていたと考えられるのである。

　このような動向と呼応するように、若松賤子の著作でも、作中人物たち、とくに子どもたちのジェンダーが尖鋭化されていく。若松の児童向けの創作において少女のジェンダー化の例をあげるとすれば、以下の二作が頭に浮かぶ。まず、『少年世界』の「少女欄」に掲載された『みとり（看護）』（明治二八年九月）。これは必ずしも小説といえるものではないが、家庭内に病気の者が出たときの少女の役割分担が明示的に述べられている。

> 患者は父上か、母上か、最愛の兄弟か、どなたにせよ、優敷令嬢方は我を忘れて看護に心を寄せ玉ふことは当然で厶升《ございます》。よし適任な看護婦があるにせよ、切めては手代《てがわ》りともなつて、雇はれ人には暫時の休息を得させ、患者には、聊かにても慰藉を呈して、何とか全癒の捗どる様にと、苦慮し玉ふことと存升。（略）家の娘たる人々の平素の心掛、たしなみ、技両がこゝぞと一働きする機会は実にこゝらで厶いませう。

「家の娘」としての役割は、家庭内に病人が出たときにこそ発揮しなければならないというのである。看病は男子の任ではない。「白衣の天使」ならぬ「家庭の天使」の勤めであるとでもいうべきか。また、同じく『少年世界』の「少女欄」に掲載された『着物の生る木』（明治二八年九月）では、たとえば『万有探検少年遠征』（『少年世界』明治二八年一〜五月）などで「少年」たちに冒険が奨励されているのとは逆に、「少女」の外の世界への外出（冒険）が禁じられている。〈少年〉は〈少年〉らしく、〈少女〉は〈少女〉らしく「家庭」にとどまるべきというジェンダーが付与されている。これらはセドリックが〈中性〉的な存在であり両義性をもっていたゆえに、物語の結節点となりえたことと好対照をなしていると考えられるだろう。

そして、これと相重なるように、子どもの社会的な位置づけも変わっている。「家庭の天使」として「家庭」との関わりで位置づけられていた「子供」（幼子）は、「十年か二十年の間近い未来に皇国の運命を一手に握らふといふ人々」「大切な御国の小民」（若松賤子「子供に付て」『女学雑誌』明治二六年五月）と、「皇国」「御国」という新たな時代のキーワードと結びつけられながら語られている。こうした論調は、『女学雑誌』の主筆であった巌本善治の言説にもあらわれている。巌本は「家庭《ホーム》」を「室家《しつか》」に、「夫婦」を「伉儷《こうれい》」と言い換えながら、次のように述べている。

> 夫れ伉儷の使命は、相愛するにあり、室家の天職も亦た愛にあり。而して此の愛や、国民に対し、天下仁世に対するの愛と異なりあるべき謂れなし。たゞし、人世に生れ、国家に属すると同一の主旨を以て、こゝに室家をつくり、伉儷を為す。其道や、愛にあり、その務や、献身にあり、其目的や、吾が霊性を発達し、又、他の霊性を発達せしむるに在り。（「室家伉儷の天職」『女学雑誌』明治二六年一〇月）

初期の『女学雑誌』では「家庭《ホーム》」は、男女の主体的な結びつきによって成り立つとしてきたのが、「室家」や「伉儷」は「国家に属すると同一の主旨」によって成立すると述べられている。井上輝子はこうした変質を捉え、「家庭を国家的に、そして国家を家庭的にする方向が志向されるようになった」[21]と論じている。こうした状況とリンクするような形で、若松の「家庭」観、「教育」観、そして「子供」観が「国家」との関わりをもとにして語られざるをえなかったのだと思われる。若松のスタンスは、政治的社会的文脈から切り離れていたはずなのに、その「子どもらしさ」をめぐる言説は否応なく『女学雑誌』をはじめとするメディアのなかに巻き込まれていったのである。

## おわりに

明治二十四年十月、女学雑誌社から『小公子』の前篇が出版されたあと、いくつかの熱心な書評や批評が寄せられたが、若松の死後（明治二九年二月）桜井鷗村によって未完分を補ってまとめられた完結版の刊行後は、思いのほか取り上げられることが少なかった。むしろ関心は、明治女学院の焼失直後に、幼い子どもたちを遺して逝った若松賤子の無念の死に向けられている。それとともに、『小公子』の表立った批評は影を潜めることになるのである。若松をめぐる言説は悲劇的な死の方に中心化されていったといえるだろう。

しかし、セドリックは目に見えないところでしっかり生きていた。たとえば、『小公子』的世界とおよそ無縁と思われる押川春浪の『海島冒険奇譚海底軍艦』（博文館、明治三三年一一月）では、「可憐なる日出雄少年」として登場する。「世界漫遊の目的」で旅行する語り手の「私」は日本への帰途、「伊太利」の名港「ネープルス」で旧友浜島武文邸を訪れ、夫人の春枝と長男日出雄に対面する。そこで夫人と日出雄がやはり所用があって日本に帰国することを聞き、母子とともに弦月丸に同船することになる。その船旅中に海賊船に襲われ、「私」と日出雄少年は、桜木海軍大佐なる人物と部下が西欧列強と戦うために「海底軍艦」（帝国軍艦日の出）を秘密裏に造船しているインド洋の孤島に流れ着く。そこから物語が始まる。

この「私」が、「ネープルス」ではじめて日出雄少年に会った折の印象は次のように語られている。

> 一通りの挨拶を終つて後、夫人は愛児を麾《さしまね》くと、招かれて臆する色もなく私の膝許近く進み寄つた少年、年齢は八歳、名は日出雄と呼ぶ由、清楚《さつぱり》とした水兵風の洋服姿で、髪の房々とした、色のくつきりと白い、口元は父君の凜々しきに似、眼元は母君の清《すゞ》しきを其侭に、見るから可憐の少年。私は端なくも、昨夜ローマ

府からの汽車の中で読んだ『小公子』といふ小説中の、あの愛らしい〳〵小主人公を聯想した。（第一回）

セドリックさながらに「可憐」で「愛らし」く、時に「無邪気」と語られる八歳の日出雄少年、「私」は昨夜読んだ『小公子』の記憶と重ねながら慈愛を込めて眼差している。だが、日出雄少年は三年の孤島生活の間、「智勇絶倫の桜木海軍大佐の愛育の下に」「毎日〳〵賢こく、勇ましく、日を送」り、「何から何まで、父君が嘗て望める如き海軍々人風の男児《をのこ》」へと成長する。そして、物語の末尾、初航海の海底軍艦日の出の甲板に佇む日出雄少年の「勇ましい」様子は以下のように述べられている。

あゝ、其光誉《ほまれ》ある観外塔上を見よ!!!　色の黒い、筋骨の逞しい、三十余名の剽悍無双なる兵士を後に従へて、雄風凛々たる桜木海軍大佐は、籠手《こて》を翳して我軍艦『日の出』の甲板を眺めて居る。其傍には、日出雄少年は、例の水兵姿で、左手は猛犬『稲妻』の首輪を捕へ、右手は翩翻と海風に翻へる帝国軍艦旗を抱いて、その愛らしい、勇ましい顔は、莞爾と此方を仰で居つたよ。（第三十回）

三年という短い時間の後、雄壮な帝国海軍の未来の軍人として既に〈男（大人）〉の側に迎え入れられている。この日出雄少年と重ね合わせられたセドリックは、〈愛らしさ〉〈無邪気さ〉〈優しさ〉を巧まざる武器にして大人たちの秩序を相対化してみせた。しかし、『海底軍艦』の日出雄は、自ら進んで帝国の領土拡大と秩序維持のイデオロギーの側に身を置こうとしているのだ。若松が夢見た「神聖なるミツシヨンを担ふ」「幼子」のイメージは、押し寄せる帝国主義の荒波に飲み込まれていく。セドリック的子ども像は日清日露という戦間期には、受け入れられる余地はなかったというべきだろうか。

しかしながら、日露戦争も一段落した明治四十年代になると新たな機運が高まってくる。日本で初めての女子大学である日本女子大学校の校友誌でもあり通信教育の機関誌だった雑誌『家庭』（明治四二年六月）には、以下のような文章が掲載される。

この小説（『小公子』）は之れを教育の方から見れば、道徳的性格に於いて理想的である婦人と子供とを設けて、精神教育の理想的主義を書きあらはし、その理想的の効果をも加へて内容を説明したものである。（略）兎に角、この世に於ける児童の使命、児童の後楯となつて、その使命を全うせしむる母親の職責に対する一の理想を芸術化して、之を具体的に示したものがこの書である。[22]

「教育の方からみれば」という限定をつけながら、「理想的である婦人と子供」を設定し、「精神教育の理想的主義を書きあらはし」たこと、また「児童の使命」「その使命を全うせしむる母親の職責」を「具体的に示した」ことを評価しようとしている。ここでは若松が示した〈対〉の意識は希薄だが、『小公子』で描かれている母子関係を中心においた家庭像が「道徳的」に「理想的」姿であると称揚されている。当時の女子大学での理想主義的な教育のありようと同時に、『小公子』が見直される機運がほのみえる。これと期を同じくして、翌明治四十三年には、巖谷小波による「脚本」仕立ての『小公子』[23]（明治四三年六月）が翻訳され、それをきっかけに百島操訳『小公子』[24]（明治四三年九月）、藤川淡水訳『お伽小公子』[25]（明治四五年四月）と出版が相次ぐ。『小公子』をプレテクストとする、わらび山人『家庭小説新小公子』[26]（明治四四年二月）もこの流れを汲んでいるといえるだろう。

そしてこれらは、大正期の「赤い鳥」運動に代表される児童観の変化と重なりながら、『小公子』の再評価の下地を作っていくことになる。こうした児童文学のうねりを背景に、大正末から昭和初期にかけて子ども向けの全集の出版が相次ぐ。なかでも、文芸春秋社と興文社から同時に出版された『小学生全集第65編　小公子』（一九二七年五月）には、菊池寛の次のような「はしがき」が掲げられている。

この物語をよむと、玉のやうに汚れのない少年の心が、どんなに周囲の人達の心をよくするかゞ分ります。殊に強情で無慈悲な老伯爵が、小公子のために、だんだんよくなつて行く経路は、大人がよんでも面白いだらうと思ひます。

小学生の方々は、この本をよむことで、正義を愛すること小公子の如く、物事におそれないこと小公子の如く、親切なること小公子の如くであつてほしいと思ひます。

「玉のやうに汚れのない少年の心」――〈童心〉・子どもらしさが大人を教化するという理解が改めて示されている。セドリックを介して〈童心〉・子どもらしさと「正義」とが結びつけられようとしていることも極めて示唆的である。ここでは、もはや荒々しいジェンダーが前面に押し立てられることはない。『小公子』の出版から三十年、若松賤子が夢見た〈自制〉〈自己犠牲〉〈献身〉を兼ね備えた「家庭の天使」が、再びここに降り立ち、新たなテクストが織り上げられていくことになるのである。

【注】

（1）坂崎麻子「解説」『小公子』偕成社、一九八七年九月。

（2）中山知子「解説」『小公子』下、春陽堂、一九七七年一月。
（3）ハンフリー・カーペンター『秘密の花園——英米児童文学の黄金時代』定松正訳、こびあん書房、一九八八年一月。なお、在米梅声生の「『小公子』に就て」（『女学雑誌』一八九二年一月）でも同様の指摘がなされている。
（4）注2に同じ。
（5）注3に同じ。『小公子』の文学史上の位置づけについては同書に拠っている。
（6）ジェリー・グリスウォルド『家なき子の物語——アメリカ古典児童文学にみる子どもの成長』遠藤育枝・廉岡糸子・吉田純子訳、阿吽社、一九九五年九月。
（7）『小公子』（*LITTLE LOAD FAUNTLEROY* 1886）をアメリカ文学とするかイギリス文学とするかの判断は難しい。著者のフランシス・ホッジスン・バーネット（Frances Hodgson Burnett）の伝記的事実をたどれば、一八四九年にイギリスのマンチェスターに生まれ、十六歳で家族とともにアメリカに渡った。そのころから小説を書き始め、八五年少年少女向けの定期刊行誌「セント・ニコラス」誌に『小公子』を発表して作家的成功をおさめた。移住後もイギリスに三十六回にわたって渡航したとされ、イギリス・アメリカの両文化に通暁していたと考えられる。『小公子』出版後の反応も両国で上々だったようである。ここでは、『小公子』のテクストはイギリス・アメリカの両文化に属しているという前提のもとに検討をすすめる。ちなみに、注3のハンフリー・カーペンターはイギリス文学、注6のジェリー・グリスウォルドはアメリカ文学として分析している。
（8）注3に同じ。
（9）Claudia Nelson, *BOYS WILL BE GIRLS: The Feminine Ethic and British Children's Fiction*, 1857-1917, Ruteger Univ. Press 1991
（10）続橋達雄『児童文学の誕生——明治の幼年雑誌を中心に』桜楓社、一九七二年一〇月。
（11）（無署名）「新刊」『早稲田文学』第四号、明治二四年一一月。
（12）無、無、無「「小公子」（若松賤子訳）」『國民之友』第一三八号、明治二四年一二月。
（13）石橋忍月「小公子を読みて」『國民之友』第一四二号、明治二五年一月。
（14）引用は *LITTLE LOAD FAUNTLEROY*（LONDON, FREDERICK WARNE AND CO. 1888）より。なお、吉田甲太郎訳では以下のように訳されている。

愛情のふかい、思いやりのある、やさしく上品な両親といつもいっしょに暮らしていたために、そういう気持ちがセドリックの心にだんだん強まってきたのでしょう。セドリックは、うちのなかで、不親切なことばだの、無作法なことばを、一度もきいたことがありませんでした。いつもかわいがられ、だいじにされ、やさしくあつかわれていましたから、セドリックの幼い心にも、親切と、無邪気なあたたかい感情とがあふれていたのです。(『小公子』吉田甲太郎訳、岩波書店、一九五三年三月)

(15) 注6に同じ。
(16) 牟田和恵『戦略としての家族——近代日本の国民国家形成と女性』新曜社、一九九六年七月。
(17) 若松賤子「主婦となりし女学生の経験」『太陽』明治二九年四年二月。
(18) 井上輝子「「女学」思想の形成と転回——女学雑誌社の思想的研究」『紀要』一七号、東京大学新聞研究所、一九六八年三月。
(19) 注9に同じ。
(20) 注16に同じ。
(21) 注18に同じ。
(22) 「小公子」『家庭』日本女子大学校桜楓会、明治四二年六月。
(23) 『小公子』巖谷小波訳、新橋堂書店、明治四三年六月。
(24) 『小公子』百島操訳、内外出版協会、明治四三年九月。
(25) 『お伽小公子』藤川淡水訳、益文堂書店、明治四五年四月。
(26) わらび山人『家庭小説小公子』スミヤ書店、明治四四年二月。

付記　執筆にあたり福山市立大学の藤森かよこ氏より『小公子』研究についての重要な示唆をえている。記して感謝する次第である。

# 第三部　冒険小説の政治学

# 冒険小説／探偵小説

探偵小説と冒険小説の類同性はしばしば指摘される。探偵小説は犯罪をめぐる隠された謎と真相が探偵によって解明され、一方、冒険小説では未知の世界の秘密が冒険者によって明らかにされる。また、物語の構図だけでなく、読者層も発表メディアも重なるところが多い。明治の翻訳探偵小説の立役者たる黒岩涙香は、後に人情奇談とか探検小説（『新説破天荒』[1]）に手を染めていくことになり、それを論ずる論者たちも探偵小説と冒険小説の閾をまったく意識していないかのようにみえる。英語圏ではプロット型の探偵小説に「冒険味を加えた作品」を「Adventure Detective Story（冒険探偵小説）」と下位分類されているという（九鬼紫郎『探偵小説百科』[2]）。

一方、冒険小説の変遷を論じたポール・ツヴァイクは、内面の「秘密」に意味を見出した十八世紀以来の近代小説の手法は、「理想的な覗き屋である語り手の視点を生み出し、その語り手は、登場人物の平常の習癖など紹介することによってその人物のさまざまな秘密、個人性を私たちに暴露」するための巧みな方法だとし、「秘密」をめぐる近代小説と冒険小説の相同性と差異を指摘した上で、「最良の小説とは、最大の秘密を最も多く告げている小説、それもなるべくなら登場人物自身が自覚していない秘密を物語る小説だということになる」[3]と、冒険小説を周縁に押しやった近代小説の隆盛をシニカルに眺めている。

むろん、成立からいえば冒険小説（物語）のほうがはるかに古い。日本においては、倭健《やまとたける》、須佐之男《すさのお》の英雄的な征旅と漂泊の生涯を語る『古事記』『日本書紀』、西欧においては地の果てから故郷を目指して未知の世界を勇猛に旅をする『オデュッセイア』を直ちに思い浮かべることができよう。彼らの命をかけた危険な旅はいかに語られるのか。「物語の技術そのものが冒険を語る必要から発生した」（ポール・ツヴァイク）という指摘もうなずける。日本の近代文学成立期には、まだ生き延びていた冒険物語が、西洋という新たに現れた未知の世界の「秘密」を受け止める器となり、それが小説表現の技法を磨いてきたといっても過言ではない。

わが国の翻訳の歴史をみても、その第一ページを飾っているのはジュール・ヴェルヌの『新説八十日間世界一周』（川島忠之助訳）であり、ダニエル・デフォーの『絶世奇談魯敏孫漂流記』（井上勤訳）であった。最初のビルディングスロマンの翻訳たる『欧州奇事花柳春話』も冒険小説的な構図と無縁ではない。そこには、イデオロギーともいうべき西洋的な合理主義的経済観や時間観念が示され、またピューリタンの世界像が語られ、恋愛観や立志観が書き込まれていた。まさに、冒険小説はそうした新しい未知の世界に乗り出す物語的な想像力を盛るに相応しい装置であったといえよう。世界の「秘密」を知りたいという欲望に適っていた。

それゆえに時代の思想と共犯関係を持つことになる。ポスト政治小説である明治二十年代の冒険小説、たとえば須藤南翠『遠征奇勲曦の旗風』（『改進新聞』）、奥村玄次郎『冒険立志砂中の黄金』（『日出新聞』）、矢野龍溪『報知異聞浮城物語』（『郵便報知新聞』）は、いずれも国権小説と括られる、海外進出を企図する昂揚したナショナリズムが基調となっている

また、ほんの少しのタイムラグののち、国家的アイデンティティとしての「海国」というイデオロギーが立ち上げられ、少年たちに向けて海事教育の必要性が繰り返され、「冒険」は国家的な事業と結びつけられていく。こうして、「冒険」が政治的経済的利害、啓蒙思想とリアルに接合されるなか、人間の内面の「秘密」を描く正統的な文学と、外部に向かう行動の連続を描く冒険小説との分化がなされ、文学概念が純化されると同時に「冒険小説」はカウンター・カルチャーとして正統的な文学の埒外に追いやられることになる。近代文学の歴史を語るに当たり、文学成立の象徴的な出来事として『浮城物語』論争がしばしば召還される理由はここにある。正統的文学か「冒険小説」か、いずれの側に立って見渡すにしろ、「冒険」が明治文学の展開と深い関わりをもってきたことは間違いない。

ただし、問題はそこにとどまるものではない。「冒険小説」は表現論的にも大きな意味を担ってきた。『浮城物語』では、事件に同道する同伴者的な一人称の「余」という視点を組み込み臨場感をもった語りが試みられ、『十五少年』では当時新しい文体として注目されていた「周密体」の実践がなされていたのである。「冒険」物語は、この意味でも近代文学の成立を支えていたといえよう。

第三部では、森田思軒訳『十五少年』を中心にして、「冒険」をめぐる構想力を論じていくことにする。

【注】

（1）黒岩涙香『新説破天荒』『萬朝報』明治三六年六月二八日～一一月二日。『萬朝報』創刊以来、涙香の探偵小説のほとんどは同紙に連載された。

（2）九鬼紫郎『探偵小説百科』金園社、一九七五年八月。

（3）ポール・ツヴァイク『冒険の文学――西洋世界における冒険の変遷』中村保男訳、法政大学出版局、一九九〇年六月。

# 第一章　明治期のロビンソナード

## 一　英雄魯敏孫

明治期に何種類もの『ロビンソン・クルーソー』（一七一九年）の翻訳がなされていることは知るとおりである。井上勤訳については第一部一章で既に述べたが、それから二十年の時を隔てて、森鷗外は高橋五郎・加藤教榮共訳『漂流物語ロビンソンクルーソー』（富田文陽堂、明治四三年五月）に風変わりな序を寄せている。鷗外自身とおぼしき「主人」が書斎で「客」と対座しているところに、『ロビンソンクルーソー』の「訳者」が現れ「主人」に序文執筆の依頼をする。その名も「序に代ふる会話」とされる文章には、「主人」が「忙しくて、序文なんぞは書いてゐられません」と断る一部始終と、そこに同席した三者が開陳する『ロビンソンクルーソー』の批評が記されている。この対話自体は、虚とも実ともつかない虚実皮膜の彼方にあるのだが、ここで交わされた会話から明治期の『ロビンソン・クルーソー』受容のいくつかの方向性をさぐることができる。

まず、「客」は「僕は子供の時に読ませられたことがあるが、怪しからん本だ」と切り出し、「ロビンソン・クルソオと云ふ男は、航海がしたいと云ふので、両親が泣いて留めるのを聴かずに、家を飛び出す。不孝ではないか」と述べたてる。この「客」が鷗外と同世代だとすれば、「子供の時」に読ませられたのは、井上勤訳『絶世奇談魯敏孫漂流記』[1]（明治一六年）か牛山鶴堂訳『新訳魯敏孫漂流記』[2]（明治二〇年）と想定される。確かに「不孝」な話と受け止められなくはない。ただし、不孝譚として批判的に見られるようになるのは、もう少し時代を下らなければならない。

初期の翻訳においては、むしろ「四方ノ志」を抱いた「男子」たる魯敏孫（以下翻訳されたロビンソンをこう表記する）の立志譚として受け止められていたといえる。その典型的な例は、井上勤訳『魯敏孫漂流記』であろう。原文において、たび重なる厄災を呼び込む原因となる否定されるべき“rambling Thoughts”（放浪癖）は、「桑弧の志」「周遊の志」と訳され、むしろ肯定的なニュアンスが付与されることになる。それは、航海に出ることを厳しく戒める父の言と、抑えることができない自らの「航海周遊の念」との葛藤が記されている以下の部分にも表れている。

一旦思ヒ定メタル当初《ソノカミ》ノ目的ヲ変ヘ我レト我カ誓ヒシ自カラノ良心ニ愧《ハヅ》ルニモセヨ断然航海周遊ノ念ヲ絶チ家ニ留マリ父親ノ望ミニ従ハズシテハ人ノ子タルモノ、道ニ背キ神明ノ冥罰モ恐ロシト稍々《（ヤヤ）》猛省改心シタリシカド先入主トナリタルニヤ時日ヲ経ルニ随ガヒ周遊ノ念慮再ヒ勃興シテ恩愛ノ情義モ何時カ忘レ果テ今仮令ヒ不孝ノ子ト呼バレ不信ノ人ト嘲ケラル、トモ 世俗ノ毀誉褒貶何ゾ意ニ介スルニ足ランヤト遂ニ全ク周遊ノ志ヲ決シタレドモ[3]（下略）

いったん立てた「目的」を変えることは「良心」に愧ずることであるが、「子」たるものの「道」に背くことはできないと断念しようとしたものの、「周遊ノ念慮」が再び燃え上がり、「不孝ノ子」「不信ノ人」と蔑まれることも覚悟のうえ「周遊ノ志」を決したというわけである。両親の「恩愛」忘れがたく、「孝」と「志」の葛藤は容易に折り合いがつかない。しかし、最終的に「志」を選びとる。それは「良心」と「男子」たるものの生き方に照らし価値ある選択だと思われたからである。

こうして、ひとたび選びとられた「志」は「区々タル情理ニ拘ハリナバ何日カ巨万ノ豪富ヲナシ錦ヲ衣テ故郷ニ返リ父母朋友ニ面唔《メンゴ》スルノ志望ヲ達スベキ大功ハ細瑾ヲ顧リミズ今更ヲ躊躇《タメラ》フコトカハ」と確信犯的な思いへと傾斜していく。猪狩友一は「「放浪癖」＝「志」と置き換えられた結果、それを否定的に見る善悪の価値判断の契機」が消滅することによって「「恩義」「良心」を把持する理性的・道徳的」な魯敏孫が、「世界周遊」の

「志」を抱く「英雄豪傑的な「丈夫」[4]」として改変・定立されることになると述べている。こうした情念過多の「立志」への強いこだわりには、井上訳が選んだ文体、すなわち悲憤慷慨調の漢文訓読体も作用していよう。また、明治という新時代に生きる青年たちに課せられた「立身出世」という新しい倫理によってコード化されていたとも考えられる。

しかしながら、原文の『ロビンソン・クルーソー』においては〝rambling Thoughts〟(放浪癖)は決して肯定されるものではない。たび重なる不幸を招来するという意味だけでなく、あらかじめ否定されるべきものとして物語構成の要点となっている。ロビンソンは早くから〝rambling Thoughts〟に取り憑かれ、父の戒めも聞かず航海に出、最終的には無人島に流れ着き、そこで二十八年間も過ごすことになる。そうした半生を自己省察するのが説話論的構造の柱となっている。つまり、父＝神の言葉に背き(Original Sin)、天罰(punishment)を受け無人島に漂着し、そのことを悔い改め(repentance)、精神的に救済(deliverance)される、というプロテスタントの精神的自叙伝という枠組みのもとに、この物語が語り出されようとしているのだ。この意味で、〝rambling Thoughts〟は、〝Reason, Consience〟(理性・良心)によって克服されるべきものであり、称揚されるものとして語られることはない。井上勤訳に先行する横山保三訳『魯敏孫漂行紀略[5]』(安政四年〔一八五七〕)の序文でも同様に、魯敏孫を忍耐強く剛胆な「尋常に卓越する」偉人であるかのように扱っているが、こうした魯敏孫像が原文の持つキリスト教徒の精神的自叙伝という構図から外れていく要因ともなっているのである。

一方で、「客」が述べるように「親不孝」を強調する翻訳もありえる。たとえば、明治三十五年に尋常小学校の児童たちが「修身」の授業に聞いた『ロビンソン・クルーソー』の話を、「文集」にまとめた『ろびんそんくるーそー[6]』(鈴木虎市郎編、明治三五年)があげられる。これは、「児童の平生用ふる言語といふものが、なか〳〵研究の価値もあると思ふ」という言語的関心で出版されたものであるが、「船のりになつて遠くの島へ行つて」みたいという「ろびんそん」の気持ち、あるいは行為は、父の言に背いた「親不孝」の行いであるとして、繰り返し批判されている。「アー〳〵父母の云ふことをきかないで、船に乗つたから、こんなばちが、あたつたのだ、もーふな乗りは、一生よそー」（原文傍点付き）という具合である。「修身」の授業らしいといえばそうなのであるが、「ろびんそん」の〈冒険〉的行為が手放しで推奨されていたわけではない。その一方で、この文集の最後に寄せられた感想には「ろびんそんは　えらいなー　僕も船がすきだ　これをかいた人もえらいなー　僕も作文がすきだ　石川栄司しるす」ともある。「立志」と「不孝」の大きな振幅のなかで受け止められていたといえる。

それは高邁な序と物語内容の乖離・葛藤としても表れていると思われる。学窓余談社訳『冒険奇談魯敏遜苦留叟奮闘の生涯』上（明治四二年）の序には次のように記されている。

> 本書は之を読む者をして、海事の思想を発揚し、勇敢の気象を涵養し、堅忍の精神を振起し、又は勤労の気風を養成せしむる効あるのみならず、近世滔々として社会を風靡する、かの淫逸の濁流を清め、不平不満の惰気を排し、若くは煩悩の迷夢を啓らき、其他陰に陽に仁慈、義侠、忠信、寛容、自省、克己、自重、注意、等の諸徳を鼓吹し、以て世道、人心を裨補すること誠に少小にあらず(7)（松島無人識）

ここで示される倫理的で教訓的な序とうらはらに、物語のなかの魯敏孫は「父母の恩愛を振棄て、故郷を逃れ」「狂妄なる計画」のために「妄想にまかせ、前後の利害を打忘れ」危険な航海に出る。序で述べられる「諸徳」と、むしろ裏腹な向う見ずな行き方を自ら選んでいるのだ。こうした矛盾は容易に解消されることはない。序と本文自体が矛盾葛藤していると言ったらいいか。さらに、ここに先の序で鷗外とおぼしき「主人」が語る、魯敏孫の物語をイギリスの「海事思想」の表象とみるファクターを組み入れてみてもいい。『ロビンソン・クルーソー』の翻訳は、われわれの想像を超えたイデオロギーの入り組んだ葛藤と緊張をはらみ込んだテクストとして明治の読書界に流布・漂流していたといえよう。

しかし、こうした緊張と葛藤に目を奪われてしまって見えなくなっている部分もあるのではないか。たとえば、「桑弧の志」と「周遊の念」にとらわれた「英雄豪傑」である魯敏孫にとってフライデーという「他者」はどのように立ち現れてくるのだろうか。フライデーに向けられた魯敏孫の眼差を考えてみることにする。

## 二　食人種フライデー

ロビンソンが初めて砂浜で人の足跡を見かけるのは、この島に滞在した二十八ヶ年中の十五年目のことであった。それまでの間に、暦を造り、テーブルと椅子を造り、日記を書き始め、砦を建造する。食の面では、麦の栽培をはじめ、葡萄を発見し、パン作りに挑戦する。そのために必要になる臼、篩、竈、土器なども苦労の末に作りあげ、穀物の貯蔵も始める。こうしたたゆまぬ努力の結果、大麦パンを焼くのに成功したのは四年目のことであった。ヨーロッパ食文化の根幹にあるパン作りを、苦労を重ねながら試みる象徴的意味はことのほか大きい。むろん食に限らず衣類も自給する。この島が北緯九度の亜熱帯の気候にもかかわらず、ロビンソンは決して裸（未開人）にはならない。図らずも取り置かれてしまった「自然人」の状態から、文明の側に移動することが常に目指されている。火薬が尽きかけた十一年目には、羊ならぬ山羊を飼うという牧場経営もはじめる。ロビンソンはヨーロッパ的文明世界、わけても葡萄・パンというキリスト教的隠喩に溢れた世界を身をもって生き直したといえよう。

こうして、一通りの自給体制ができあがり、島からの脱出願望を失いかけた十五年目に、他者の足跡と遭遇することになるのである。しかも、その「他者」は「食人種」として表象される「カリブ人」とされる。

カニバル（食人種）は、十五世紀末にスペイン王室の援助を受け、西回り航路で中国・ジパングを目指したコロンブスによってヨーロッパにもたらされた概念である。むろんコロンブスが、行き着いたバハマ諸島でほんものの食人種に遭ったわけではない。それは、初めて出会った異民族に対して、古くからヨーロッパ人が示していた理解の枠組みによって意味づけた、フィクショナルな他者像であるといえよう。しかし、捏造された馴染み深い概念であるだけに、むしろ強烈な想像力を供給し続け西欧諸国が植民地経営を押し進めていく重要な理由づけにされることになる。本橋哲也は次のように述べる。「「カニバル」という語によって、他者の野蛮さや劣等性を代表させること。これこそ自らの暴力的な植民地経略を正当化しようとしたヨーロッパ人にとって欠かせぬ言葉の武器であった(8)」と。

それにしても、コロンブスの「カニバル」発見二百年後、食人種伝説も一段落したと思われる時期にイギリス人によって書かれた『ロビンソン・クルーソー』という小説に、なぜ食人種という設定が取り入れられたのか。単なる恐怖の演出を超えているように思われる。理由はいくつも考えられようが、ロビンソンがスペイン人を「恐るべき残虐な人間」――もう一人の「他者」として批判している点が考える糸口になろう。歴史的には植民後進国のイギリスが植民先進国のスペインを追い落とそうとしていたことが関わっている。いわゆる「ギアナ計画(9)」には先住民をスペイン人の支配から解放し、自らが宗主国になろうというイギリスの計略が見てとれるわけだが、「食人種」を差別化すると同じ論理で「無数の土人を殺害」したというスペイン人をも差別化する。こうした二重の差別化によって、スペイン人を食人種側に追いやり、新しい支配者になるべき公明正大なプロテスタントのイギリス人を立ち上げるという政治的宗教的思惑が伏在しているといえよう。むしろ野蛮なスペイン人を介することにより、食人種を抱え込もうとする。文明対野蛮の二項対立を劇的に作りあげ、ヨーロッパ文明さらにいえばイギリス人の世界像を生き直す。そのために、その対極にある「食人種」が必要だったと思われる。

では、こうした点を明治期の翻訳はいかに掬い上げているのだろうか。たとえば、巖谷小波訳『無人島大王ロビンソン漂流記』（世界お伽噺第五、明治三二年）には、次のように記されている。

> これを見たロビンソンは、顔の色まで土の様にして、戦慄《ふるへ》上つてしまひましたが、見ると彼方《むかふ》の海の中に、舟の様な物が見えますから、さてはこの近所の野蛮人が、俘虜《とりこ》をわざ〳〵連れて来て、此処で料理して食べて行くのだな。して見ると此間の足跡も、この仲間に違無いと、此処で初めて解かりましたが、さァかう成るとロビンソンも、自分の恐《こわ》いのは忘れてしまひ、現在同じ人間でありながら仲間同士の肉を食ふとは、何と云ふ乱暴な奴だろう。さう云ふ鬼の様な奴は、この世界に生かしては置けない。よし今度来て見ろ、乃公《おい》が残らず退治してやるぞと、急に豪《えら》く成りまして、それからはもう、始終鉄砲に弾丸《たま》を籠め、この野蛮人の渡つて来るのを、今か〳〵と待つて居りました。[10]

むろん、これは「世界お伽噺」の一編として編まれたものであり、原文とは長さも、対象としている読者も異なっており、単純に比較することはできない。だが、他の翻訳（笹山準一訳『漂流奇談新訳ロビンソン』[11]明治四三年等）からも、同様の傾向を指摘することができる。つまり、「野蛮人」は「鬼の様な奴」であり、自分を照らし出す鏡となってはいないのだ。この意味では「他者」とも呼べないような「世界」を異にする存在で、それは「退治」し排除すべき対象にすぎない。原文では、食人という行為を梃子にして、「蛮人」に天罰を加えようとする自らの宗教的論理が内省的にとらえられているのだが、そうした契機は奪われており、勇ましい魯敏孫が義憤にかられ制裁を下そうとしていることが強調されている。論理を共有しない「他者」、という概念にまでは到っていない。まさに異世界に住む「鬼」として語られるべき存在なのであろう。

それはフライデーの描かれ方にもつながっている。まず、しばしば問題になるフライデーの容姿をめぐる表現をみると、井上勤訳『絶世奇談魯敏孫漂流記』では次のようにされている。

予熟々彼ノ容貌ヲ視ルニ蛮種ニハ甚タ稀ナル端正ノ風アリ（略）普通蛮種ノ如ク獰悪ナル顔色ナク笑ヲ含ムトキニハ酷《ハナ》ハダ欧人柔和ノ風ヲ帯ビタリ（略）肌膚ハ闇黒《アンコウ》ニアラスシテ稍々黄色ヲ帯ビタリ　然レトモブラジル及バーヂニャ其他亜米利加諸州ノ土人ノ如ク醜悪ナル黄色ニアラス　恰モ橙色《ダイ〳〵イロ》ノ淡黒色ヲ帯ヒタルモノ、如シ　顔ハ円《マル》クシテ肥《コ》ヱ鼻ハ高クシテ口ハ方正ニ唇ハ薄クシテ歯ハ整ヘリ　予ハ熟々《ツク〳〵》ト彼レノ容貌ヲ見テ天晴《アツパ》レ頼モシキ奴僕ヲ得タリト心窃《ヒソ》カニ喜ベリ(12)（二重傍線は訳書による）

原文の内容にそって「容貌」のこと細かな描写の再現がなされている。それによれば食人種でありながら「端正」な顔立ちで「欧人」のような「柔和ノ風ヲ帯」び、「肌膚」も他の「土人」のように「醜悪」ではなく、「鼻」が高く歯並びも整っている。「獰猛な食人種」でありながら食人種と遠く隔っているという。まさに「高貴な野蛮人」といいたげである。ただし、この部分は他の箇所に比して過不足なく訳し取られているといえるのだが、傍線部が大きく異なっている。フライデーに遭った魯敏孫は、「天晴レ頼モシキ奴僕ヲ得タリ」といきなり主従関係を結ぶことを意識しているのである。橘園迂史訳『魯敏孫嶋物語』(13)（明治一二〜一三年）ではさらに明確で、「図らず一人の土蛮を救ひ懇《ねんごろ》切に之を教育し主従の契約を結びて共に出嶋の工夫を凝らせる」とされている。原文では、主人―奴隷（主従関係とは異なる）という関係が作りあげられる以前に、まずはフライデーを文明化するという過程が、それなりの長さと持続をもって語られているのに対し、日本語訳の多くはその過程が端折られる傾向にあるといえるのである。

具体的には、言語獲得過程と、よきキリスト教徒に教化する過程をとおしてフライデーは文明人の側に招き入れられることになるのだが、訳ではいつの間にか英語能力を得、りっぱなキリスト教徒になりおおせているのである。牛山鶴堂訳『新訳魯敏孫漂流記』(14)（明治二〇年）のフライデーは、ロビンソンと出会った数日後には、「英語交《まじり》の言葉にて余々《われく》土人の王」について説明しているとされる。また、食人行為が「悪」とされる宗教的な意味づけも省かれている。つまり多くの訳文では、フライデーの文明化＝西洋人化は大きな問題とはされていないのである。原文では、十分であるかどうかは別にして、(15)その比重がずっと重く、第一部後半の中心の一つになっているといってもいい。ただし、フライデーを文明人化＝西洋人化するには、フライデーが「高貴な野蛮人」であることが重要なファクターとして関わっていることを忘れることはできない。

繰り返せば、ヨーロッパにとって、食人を慣習とする食人種はもっとも強烈な他者であり、野蛮・非文明の表徴であることは間違いない。これに対してフライデーは容貌からして、食人種でありながらもっとも食人種から隔った食人種として語られている。外部であり外部でない、他者でありながら他者でない。文明の側に抱え込むには実に都合のいい存在であり、食人の習慣を放棄した後は、フライデーの他者性は無化され一気に西洋の秩序に囲い込まれていく。それは「他者性」を剥ぎ取られた従順な「他者」になることを意味し、ヨーロッパ中心の世界観に自らすすんで恭順する主体に仕立てあげられている。それでいて、文明／野蛮、西洋／非西洋という二項対立は温存せられ、「野蛮人」を劣った者として差別・支配する論理が保持されてもいる。ここには、文明人しかもプロテスタントたるイギリス人として自己同定すると同時に、食人種を文明の側に取り込み従順な植民地人として作りあげようというコロニアルな欲望を見てとることができる。原文によれば“(he) made all the Signs to me of Subjection, Servitude, and Submission imaginable, to let me know, how he would serve me as long as he liv'd.”――「服従や隷属や従順を示す、想像しうるかぎりのありとあらゆる身振りをしながら、なんとか一生涯私に仕えたいということをしらせようとした」[16]（平井正穂訳）とされることになる。フライデーにむけて植民地主義的欲望が投射されているのだ。フライデーは、まさに「被征服民の象徴」（ジェームス・ジョイス）として語られ囲い込まれているということができよう。

一方、それでいてフライデーは西洋の論理を相対化する存在としての意味も担っていないわけではない。「神」についてのフライデーの素朴な質問は、時としてロビンソンを追いつめる。「もし神が悪魔くらい大変強く、大変力あるなら、なぜ神は悪いことこれ以上しないよう、悪魔を殺さないか」（平井正穂訳）、ロビンソンはこの質問から「神の啓示」を抜きにしては「赦し」について語れないことに気づく。むろん西洋の論理を脅かすまでには到らないのだが、新たな観点から信仰を深める契機となされている。

クルーソーとフライデーとの出会いの場面
（マリリエ／デリヴォー画、1786 年）

これに対し日本語訳では、たとえば「かれの心中には一点の悪念なく、不平なく、邪心なく、誠実と熱心とは忠義の面《おもて》に表れたり、されば両人の間は実に父子の如く」（笹山準一訳『漂流奇談新訳ロビンソン』[17]明治四三年）とされるように、食人種でありながら「忠義」という倫理を共有する、はじめから同質性をもった「奴僕」（下男）とされている。「他者性」に対する想像力が大きく異なっているのである。

では、こうしたモチーフが弱められている日本語訳では、物語の中心はどこにあると考えられるのか——。いくつかの類型があげられるのだが、代表的なのは先に示した井上訳のように、漂流した「英雄豪傑」の雄壮なサバイバル譚に仕立て上げられているといえる。ポール・ツヴァイクによれば、臆病で容易にアクションを起こさない主人公の行動記録である『ロビンソン・クルーソー』という小説は、冒険から遠く隔たった冒険小説とされるのであるが[18]、大航海時代の西洋／非西洋というコンテクストと奥行きが切り取られた冒険漂流譚にコード変換されているといえよう。

## 三　翻訳／再記述

岩尾龍太郎によれば、『ロビンソン・クルーソー』の変形譚には、始祖である『ロビンソン・クルーソー』（一七一九年）の登場以来、歴史的な四つの段階があったという[19]。以下、その見取り図を簡単にまとめれば、始祖『ロビンソン・クルーソー』は、勤勉な個人が海外に進出して独力で〈新世界〉を築き、帰還して異世界であったものを〈この世界〉として世界市場に統合する物語、つまり「近代ブルジョワ社会の起源の神話」として読まれていたとされる。この理解が基本型だとすれば、変形譚第一期（一七二〇〜一七六二年）の直接模倣期には、「悲惨な現実からの逃避願望を満たし、閉じた空間で家族的関係を展開すること」を「主題」とする「ユートピア譚」として変形せられ、島は理想社会を築くべき避難所とされることになったという。続く変形譚第二期（一七六二〜一八一二年）には、ルソーが『エミール』で試みたような、「生活を最初から（すなわち疎外されざる原初の自然から）組み立て直すモチーフ」が読みとられ、『ロビンソン・クルーソー』の教育学的神話化がおこる。流れ着いた島は学校となり「未熟な主人公はそこで忍耐・学習して、市民となって社会に復帰する」ことになる。変形第三期（一八一二〜一九〇四年）には、白人諸国の植民地主義的海外進出と重なり、島は「詩的な地、あるいは冒険・観光・ロマンのアドベンチャーランドへと変貌」し、「本国の少年たちに南洋の冒険ロマンを掻き立て、奇怪に歪曲された食人種・海賊・鮫（三大脅威）との戦いのために体を鍛えておくように奨励して植民地に送り出す」というパターンが見られるという。変形譚第四期（一九〇四年—）には、もはや冒険するような島は存在しないという認識のもと、反ロビンソンあるいは寓意的ロビンソンが登場する。たとえば、ミシェル・トゥルニェ『金曜日、あるいは太平洋の冥界』（一九六七年）では「潜在的他者の存在によって辛うじて成立していた自己—対象の関係が、その脆弱な基盤を曝け出しながら解体してゆく過程」が表される。この小説では、「ロビンソンを「恐るべき笑い」で吹き飛ばす脱構築者フライデー」が登場することになる。

こうした分類に従えば、井上訳でなされるような「英雄豪傑」による「冒険漂流譚」という理解は、むしろ『ロビンソン・クルーソー』前史に連なっているというのが妥当かもしれない。遠く『オデュッセイア』の流れを汲む「異世界遍歴譚」というわけである。いわば、近代資本制以前の『ロビンソン・クルーソー』ということになろう。これに対して、森鷗外が序を書いた『漂流物語ロビンソンクルーソー』[20]（明治四三年）には、明らかに「成功譚」として世に送り出そうという意図がみとめられる。農学博士横井時敬による序には「恐る可き強固な意志と努力を以つて無人島を経営するてふ、彼の負惜の強い痩我慢の生涯で、種々な災害亦幸福を経験する一種教訓的美談」で「成功の秘訣は茲に存し、人間の人間たるを得る所以の道、茲に厚つくといふても不可なからう」とされる。無人島で生き延びることには成功したが、「事業の拡張」「貿易商人として雄飛」を目指しながら、どれも中途半端な成果しかあげられなかった男の話が「成功譚」とされることにはいささか戸惑いも感じる。しかし、「禁欲的個人が神に代わって（経済的）世界を創世する勤勉物語」（岩尾龍太郎）と考えれば、『ロビンソン・クルーソー』の正統的な理解の範囲にあることは間違いない。

では、黒田麹盧（行元）による『ロビンソン・クルーソー』のわが国最初の翻訳『漂荒紀事』[21]（嘉永三年〔一八五〇〕）はどうだろうか。鎖国の時代に、イギリス貿易商（ロビンソン）の活躍をとおして海外事情を伝える稀有な書となったこの翻訳は、『ロビンソン・クルーソー』の翻訳史のなかでも特異な位置を占めている。「和蘭訳者自序」に「此書地理書の闕を補ふべし」とあるように、「文学」の翻訳というのとはいささか異なった方向を向いているようにみえるのだ。それは冒頭に「凡例」として付された語釈「赤道暖帯」「粘埴奎石」「スラーフ」（奴隷）など二十六語についての啓蒙的な解説からも窺うことができる。また、物語の構造自体も大きく改変されている。

黒田訳では「好んで航海の業」を学ぼうとしている魯敏孫に、父は「好むところに従事」せよとして病床で次のように「遺言」する。「世間の難事多しと雖も、無人の地を墾闢すると、産地に在て大家と成り、名を後世に挙て、先緒を恢にするの二業最も難し、汝此二者を選べ」と。魯敏孫はこの父の言を後押しに「我遂に無人の地を墾闢せんとす」るために「ロンドンを出帆」することになる。[22]度重なる遭難の後も「父母に約するに、堅く帰らざるを以せしかば」と、さらに「アフリカの商船に乗て、クヒネヤに赴」く。つまり、父の遺言に従って「無人の地」を目指して出帆し、好運にも無人島に漂着し、二十八年間もその島を「墾闢」することになったわけである。魯敏孫は父の遺言をしっかり守りとおしたのだ。ここでは、原文におけるプロテスタントの精神的自叙伝、すなわち父＝神の言葉に背いたがゆえに、天罰を受けて無人島に流れ着き、過去を悔い改め、精神的に救済されるという根本的な枠組みが、はじめから消し去られているのである。事実、黒田訳の魯敏孫は宗教的なことには全く関心を示してはいない。異端のテクストというより、明らかに物語の構造を裏切っている。解釈の横領とでもいうべきものであろう。平田守衛が「ダニエル・デフォーのロビンソンの筋を借りて麹盧が『漂流記』を書いた」[23]とするのも頷ける。

ならば、こうした変形のあり方／翻訳のあり方は誤りなのか。そもそも、正しい翻訳がありえるかどうか。同時に、誤った翻訳とはありえるのか。翻訳を異言語間の意味の〈等価〉な伝達と考えれば、原典の〈意図〉を他の言語によって正確に伝えていない翻訳は正しくない。とすれば、必然的に世の中には正しい翻訳など存在せず、誤った翻訳しかありえないことになる。しかし、誤った訳とされるものでも、ある閉じられた言説空間に亀裂をもたらす攪乱契機として何ものかを伝えている。翻訳を異質な言説を招き入れるパフォーマティブな行為だと捉え直せば、そこから対話的な関係を引き出すことができる。明治期の『ロビンソン・クルーソー』のどの翻訳をとってみても、過不足なくコードとコンテクストを理解したうえで正確に翻訳されたものはない。しかし、いずれの翻訳も明治の読書空間のなかでそれぞれのメッセージを伝えてしまっており、対話を始める契機となっている。黒田訳をとってみても、何種類もの写本が流通し、黒田訳のさらなる翻訳として齋藤了庵訳『英国魯敏孫全伝』『魯敏孫嶋物語』[24]が明治五年と十六年の二度にわたり出版されることになる。「当時蘭書といえば医学、兵学、天文、博物など、自然科学分野を主とした書物の翻訳にしか接する機会のなかった蘭学者、あるいは有識者の間に、この勇気と冒険心に富んだロビンソンの漂流記はこの名訳を得て忽ち評判を呼んで写本が何種類も作られた」（平田守衛）という受容の仕方も当然ありえる。この意味で翻訳・再記述はコミュニケーションのひとつのありようだと考えられる。「翻訳」は「話し手と聞き手の間にもともとあった非連続性を連続化し認知可能なものとする実践なのである」[25]と改めていうことができよう。

とすれば、翻訳／再記述をオリジナルとコピー、あるいは原典と模倣の比喩で捉えることはできない。一方から他方へのまさに一方通行的な意味の移動・変形と考えるより、何を交通させてしまったか、どのような異なった意味の混淆を招来したか、それを考えていくのがこれからの翻訳論のあり方だろう。この意味では、未知の世界への想像力を掻き立て、幅広い読者層に受け容れられた冒険小説『ロビンソン・クルーソー』の翻訳は、翻訳

／再記述をパフォーマティブな社会的行為と捉え直す興味深いモデル・ケースとなると思われるのである。

【注】

（1）井上勤訳『絶世奇談魯敏孫漂流記』博聞社、明治一六年一〇月。

（2）牛山鶴堂訳『新訳魯敏孫漂流記』春陽堂、明治二〇年三月。

（3）注1に同じ。原文は以下のとおり。

But I that was born to be my own Destroyer, could no more resist the Offer than I could restrain my first rambling Designs, when my Father's good Counsel was upon me.（I）'The Shakespeare Head Edition, Oxford, 1927'

（4）猪狩友一「『ロビンソン・クルーソー』の世界とその明治初期翻訳について――"Robinson"と「魯敏孫」の間」『国語と国文学』、一九八九年三月。

（5）横山保三（由清）訳『魯敏孫漂行紀略』安政四年（一八五七）九月。

（6）鈴木虎市郎篇『ろびんそんくるーそー』育成会、明治三五年八月。

（7）学窓余談社訳『冒険奇談魯敏遜苦留叟奮闘の生涯』上、春陽堂、明治四二年四月。

（8）本橋哲也『ポストコロニアリズム』岩波書店、二〇〇五年。

（9）「エスパニャ人が支配する南アメリカの地に、じぶんたち（イギリス人）の領土を持つ」という計画。デフォーはオリコノ川の河口最北端（ロビンソンが流れ着いたとされる島の西側）にイギリスの植民地を建設することを強く主張していたという（増田義郎『略奪のカリブ――もうひとつのラテン・アメリカ史』岩波書店、一九八九年六月）。

（10）巖谷小波訳『無人島大王　ロビンソン漂流記』世界お伽噺第五、博文館、明治三二年五月。

（11）笹山準一（狂浪）訳『漂流奇談新訳ロビンソン』精華堂書店、明治四三年七月。

（12）注1に同じ。原文は以下のとおり。

He was a comely handsome Fellow, perfectly well made; ..... He had a very good Countenance, not a fierce and surly Aspect; but seem'd to have something very manly in his Face, and yet he had all the Sweetness and Softness of a European in his Countenance too, especially when he smile'd. ..... The Colour of his Skin was not quite black, but very tawny; and yet not of an ugly yellow nauseous tawny, as the Brasilians, and Virginians, and other Natives of America are; but of a bright kind of a dun olive Colour, that had in it something very agreeable; tho' not very easy to describe, His Face was round, and plump; his Nose small, not flat like the Negroes, a very good Mouth, thin Lips, and his fine Teeth well set, and white as Ivory.（XIII）The Shakespeare Head Edition, Oxford, 1927.

（13）橘園迂史訳『魯敏孫島物語』『驥尾団子』二七～六二号、明治一二年四月一〇日～一三年一月七日。

（14）注2に同じ。

（15）正木恒夫は『植民地幻想――イギリス文学と非ヨーロッパ』（みすず書房、一九九五年七月）で「フライデーのヨーロッパ化が、信じ難い速さで進行する」ことを指摘し、「「文明化」はフライデーにとって、自動的にロビンソンへの服従を意味したのである」と述べている。ちなみに、ジョン・マイケル・クッツェーによって著された『敵あるいはフォー』（本橋哲也訳、白水社、一九九二年三月）では、フライデーは最後まで英語習得しない設定になっている。

（16）平井正穂訳『ロビンソン・クルーソー（上）』岩波書店、一九六七年一〇月。

（17）笹山準一（狂浪）訳『漂流奇談新訳ロビンソン』精華堂書店、明治四三年七月。

（18）ポール・ツヴァイク『冒険の文学――西洋世界における冒険の変遷』中村保男訳、法政大学出版局、一九九〇年六月。

（19）岩尾龍太郎「訳者解説」（マーティン・グリーン『ロビンソン・クルーソー物語』みすず書房、一九九三年九月）及び岩尾龍太郎『ロビンソン変形譚小史――物語の漂流』（みすず書房、二〇〇〇年三月）による。

（20）高橋五郎・加藤教榮共譯『漂流物語　ロビンソンクルーソー』（富田文陽堂、明治四三年五月）。この本の出版元である文陽堂からは、『修養叢書』というシリーズが刊行されている。たとえば修養叢書『苦学力行の人』

の広告文には「斯の如き人は必ず此書を読め」「意志薄弱の人」「克己心乏しき人」「忍耐力なき人」と檄をとばしている。こうした出版社の営業方針がこの翻訳に影を落としていると考えられる。
（21）黒田麹廬（行元）訳『漂荒紀事』（嘉永三年〔一八五〇〕）。引用は『文明源流叢書』第一（国書刊行会編、大正二年一〇月）より。
（22）杉本つとむは、「二者択一を父からせまられたというような記述は独自なもので、やはり拠った蘭語版が問題なのである。こうしてみてくると、ますますD・デフォーの思想や小説の内容、ロビンソン・クルーソーの人間像までも、歪曲されていることになる」と「翻訳のもつ一つの危険な点」を指摘している（「ヨーロッパ文学『漂荒紀事』（ロビンソン・クルーソーの冒険）の翻訳」『増訂日本翻訳語史の研究』杉本つとむ著作選集4、八坂書房、一九九八年七月）。まだ明らかにされていない黒田が拠ったとされる蘭語版が気になるところだが、本書の問題意識によれば、翻訳によるズレ・捻れは当然のことであり、たとえそれが誤訳とされることでも、翻訳された読書空間にどのような対話的契機が作り出されているかが問題となる。
（23）平田守衛編著『黒田麹廬の業績と「漂荒紀事」』京都大学出版会、一九九〇年一二月。
（24）齋藤了庵訳『英国魯敏孫全伝』（明治五年八月）、『魯敏孫嶋物語』（三書房、明治一六年一〇月）。同一の翻訳が書名を変えて出版されたもの。
（25）酒井直樹『日本思想という問題――翻訳と主体』岩波書店、一九九七年三月。

第二章

# ナショナリズムの翻訳——矢野龍渓『報知異聞浮城物語』

## はじめに

『報知異聞浮城物語』を『郵便報知新聞』紙上に連載する五年前、矢野龍溪は、翻訳政治小説として一時代を画した『斉武名士経国美談』をやはり報知新聞社から刊行している。一八八二年（明治十五年）、病床にあった龍溪は、無聊のあまり読んだ「和漢ノ小説」の中にあった「希臘、齊武《セーベ》勃興ノ事」を記した書に興味を覚え、それをもとに「小説体」の文章を綴ろうと思い立ったという。(1) 前編は紀元前三八二年、テーベの内乱から書き起こされ、英雄巴比陀《ペロピダス》・瑪留《メルロー》らがスパルタの先制政治と通ずる奸党を倒し、民主主義の回復を図る。後編は、両英雄と威波能《イパノミンダス》に率いられたテーベの軍勢が、スパルタの大軍を撃破して国威を発揚するいきさつが物語られる。一般に、「前編の主題は民権の確立、後編の主題は国権の伸張」(2) と、政治小説の展開をなぞるような形で理解されている。越智治雄によれば、『浮城物語』の発想は、一八八四年（明治十七年）の龍溪の訪英まで遡ることができ、『経国美談』後編と踵を接しているという。この意味では、『浮城物語』の国権論は『経国美談』を引き継いだものということができよう。(3) むろん、『浮城物語』は翻訳小説ではない。しかし、翻訳を言語間翻訳に限定せず、何ものかを媒介する能動的な行為だとすれば、この圧倒的な存在感をもった冒険小説の祖である『浮城物語』は、同時代の歴史的政治的背景のもとで、好むと好まざるとに関わらず何かを翻訳・再配置してしまっていると考えられる。ここでは、この稀代の政治小説を取り上げながら、明治二十年代の政治小説が担ったナショナリズムの問題の一端を論じることにする。

## 一　「文学極衰」論争のなかの『浮城物語』

日本の近代小説の歴史において、「政治小説」というジャンルは特殊な位置に置かれてきた。自由民権思想を体現する「政治小説」は、ルソーを始めとする西洋の人権思想の影響のもとに成立したのであり、ユゴーやリットンなど西欧の政治家が著した文学をいち早く翻訳・受容し、「粋」とか「通」という近世的な美意識から離れた、「天下国家」を論ずる士大夫のための「稗史小説」を目指した。また、広く民衆に政治思想を伝えるために、「新聞」という新興の活字メディアを積極的に利用し、その内容の有効な伝達のために文体の改良もはかられた(4)。この意味で「政治小説」には文学改良の新しい試みが満ちていたといってよい。しかし、自由民権運動の衰退とともにその活力を失い、坪内逍遙らが先導する「人情」描写を中心にした小説改良の動きが胎動するなかで、むしろ前近代的な「文学」、「美しい織物についた汚染《しみ》」(5)として一気に周縁に追いやられることになる。

こうした、いままさに立ち上げられようとしていた「文学」をめぐるせめぎ合いの最終局面で交わされたのが、「政治小説」批判を含み込む「文学極衰」論争なるものであるとするのが一般的な見方であろう。

明治二十二年十二月『女学雑誌』に「文学極衰」という以下のような小文が掲載される。無署名の記者は、島田三郎とおぼしき人物の言を引きながら、「今日の書を著わすものは、已れ先づ鬱勃言はんと欲する所あり慷慨之を筆にして世に問はんとするにあらで、先づ世の好尚を察し只だ多く売れんことを欲して著作す、之を其文繊弱軟巧、絶えて雄厚絶大の象《しょう》なし(6)」として、当今の「文学者」の志の低さを批判し「今日は正に是れ文学極衰の時也」と慨嘆している。ここでいう「文学」とは、必ずしも今日いうところの「文学」と全面的に重なるものではないが、論争は次のような小説批判に向かうことになる。

今の小説家は全身の能力を此一小窩内に拘束して、毫も其外に出る能はず。僅に涙字、愛字、情字等を参差交錯して、小説の能事了れりとなす。小説家の天地も亦狭隘なりといふべし(7)。

明治二十三年二月の『朝野新聞』に掲載された、この「文学世界の近況」という文章では、「今の小説家」の描く世界があまりにも狭く、「世間普通の人情を模写曲尽する」にとどまってしまっていることが批判されている。ここには、『小説神髄』で坪内逍遙によってレールが敷かれた「小説」の方向に対する不満が表れていると思われる。前田愛の整理によれば、この論争は「逍遙が設定した「美術的の文学」の路線」と「経世済民を志す「上の文学」の伝統」の抗争ということになる。(8)

そして、この論争の中心に担ぎ出されたのが、明治二十年代「政治小説」の行き着いた一つの形ともいえる海洋小説『報知異聞浮城物語』だったのである。徳富蘇峰は、この『浮城物語』の序文で、こうした文学についての状況認識を踏まえ「近時の文学愈々細となり、纖となり、儇となり、巧となる」に比して、この小説は「所謂十九世紀の実学を架空文字の中に寓したる者にして、之を評して、一種第十九世紀の水滸伝と云ふ、亦不可なかる可し(9)」とその雄大なスケールを高く評価する。これに対して、当時新進の批評家たち、石橋忍月や内田魯庵の評価は厳しい。忍月は「著者は第一に趣向を求めて戦争、冒険、烟等之に次ぎ、而して人物の感念は措いて問はざるもの丶如し(10)」とし、魯庵は「「浮城物語」何の為に出でたるや。若し龍溪居士が胸中に鬱積する不平を洩すに過ぎざれば、是れ政治家の玄関番が作りし所謂佳人才子的の政治小説と同様にして審美学上論評するの価値《かちよく》なし(11)」と容赦がない。一方の、著者矢野龍溪の反論「浮城物語は豪宕拓落《ごうたうたくらく》を以て全体の骨子とし、一個常情の人を主人公として偉人奇士の神采《しんさい》態度をチラ〳〵と隠見《いんけん》せしめ、此の常情の人と相ひ反照せしめんと企てたり(12)」という声はとどかない。越智治雄はこうした応酬に、「啓蒙家たちの志向した近代と文学的近代の断絶」「啓蒙家の時代」の終焉を見ている。(13)

「国権伸張」と「海外雄飛」の願いが込められた政治小説は、発表当初、その政治的な意味からというより、文学観念の措定を急ぐ「審美学」的な文学論の側から保守反動的な非＝文学と位置づけられていたのである。

一方、時を隔てて第二次世界大戦直前の受け止められかたは、異なった方向を向いている。第二次近衛内閣が南方政策遂行の「基本国策要領」を発表した一九四〇年、『浮城物語』は岩波文庫の一冊として再刊される。その解説を書いた柳田泉は、この小説の「趣向」を「日本血性男児の一団が国家の前途を慨し、南洋に進出して、英国、和蘭を相手にジャヴァ、スマトラ等の経略を試みるに至る」「冒険的政治小説」とし、書かれなかった後半の腹案をもとに「世界のあらゆる有色人種、虐げられたる民族をわが大日本の旗の下に糾合して一大救世運動を展開して、白人の横暴を制し、いはゆる八紘一宇の理想の実現とまでもつていくつもりであつたのであろう」と敷衍してみせる。(14) 柳田泉はさすがに明言はしていないが、「対蘭印」とのリアルな政治情勢を「予言」「予見」した「時局に切実な読み物」と位置づけられているのである。

また、大戦後、大衆児童文学の研究をいち早く始めた上笙一郎は、『浮城物語』を「日本のナショナリズム児童文学の思想と方法が、この作品によって原型をあたえられている」としている。上によれば、「ナショナリズム児童文学の原型となった思想と方法」とは「南進論と科学冒険小説的傾向の二つ」であり、これが新兵器を手に南の地に向かうという、冒険的「少年小説」を生み出していったとされる。(15) さらに、押川春浪、山中峯太郎と合わせて同じ地平で論じられることと相俟って、いよいよ「政治小説」としての意味合いが希薄化され、大人の「文学」というより「児童文学」の祖として意味づけられることになる。結果的に、『浮城物語』は六十年代の「児童文学研究」という新たな研究領域の成立とともに「児童文学」の側に囲い込まれていくに到った。

こうしてみると、『浮城物語』の受容は、文学史だけでなく、政治・経済・アカデミズムを含めた時代のコンテクストの中で二転三転し続けてきた。しかし、実は、これが「政治小説」的受容のあり方であるといえなくもない。

## 二　「国権」的冒険政治小説

『浮城物語』に付された「緒言」によれば、物語は、著者龍溪が同郷の人物上井清太郎が「経歴史《ものがたり》」を偶然手に入れたことに発する。この人物は、明治五年頃、「坂《おゝさか》、神《かうべ》の間に学遊する」と出郷したのち消息不明となっていたが、「去歳明治廿二年」外国郵便にて一函の書を伯父の元に送ってきた。それが、著者龍溪の手に渡ったとされる。これには「宛然《あたかも》一個の好小説」たる面白さがあり、「繁《しげき》を苅り冗《むだ》を去て」、『浮城物語』として書き改めたという。この上井が作良義文・立花勝武と知り合う物語の発端が明治十一年なのである。物語はこれを踏まえて、書き手である龍溪ではなく、意識的に上井清太郎という「余」の視点に立ち、「余」の感性をとおし、「常情の人」である「余」の身の丈に沿った形で語られ、そこから作良・立花の両雄が見据えられることになる。こうした入籠型ともいえる、書き手からワンクッションおいた一人称の語りをとることによって、事件に同道する実況中継者的な臨場感をもった視点位置（焦点人物）を手にすると同時に、実際の政治の世界からも切り離れた自由な批評的スタンスを手に入れることができた。また、臆病者の「余」が、軍人としての自覚を持つに到る、自己言及的な成長譚も忍び込ませることが可能となった。こうした、当時としては斬新な試みによって、アフリカのマダガスカルを領有しようという稀代の空想的海洋冒険小説がリアリティーをもって展開されることになるのである。

山口信行によれば、この破天荒な政治小説の起点を明治十一年にするのには必然的な意味があるとされる。それは、既に指摘されているように西洋列強によるアフリカの分割が起こる直前でなければならないという歴史的な整合性はもとより、一行の精神的支柱である作良義文にあったとされる洋行体験は、「戊辰の戦乱がさめやらぬ時期に日本を出発したとは考えにくい」、また、物語の後半で和蘭の大軍と互角に戦い抜くことができたのは西南戦争（明治一〇年）において「組織的な近代戦争を経験して」いたからだったはずだと推測している。[16]林原純生は、さらに一歩踏み込んで、一行の軍事的指導者である立花勝武が薩摩の出身で、海軍に従事し維新後は函館戦争に出征したという経歴、また、大統領たる作良義文が東北出身であるところから会津戦争における反政府的な立場を連想し、作良と立花の連携に西南戦争における「奥州と薩摩との提携と言う痕跡」が認められるとする。その上で、西南戦争の翌年である明治十一年に物語の起点が設定されているのは、こうした人物設定と無関係ではなく、『浮城物語』と言う小説は、西南戦争の賊軍たちが新しい生活を求めて旅立つ話なのであり、この小説もまた、西南戦争物と言えよう」と述べ、「『浮城物語』の内容は、矢野龍溪流の西南戦争の戦後処理策」だったとしている。[17]『浮城物語』の人物配置と国内事情との時代的な連関として興味深い。

一方、『浮城物語』が明治二十三年一月から三月にかけて『報知異聞』とし『郵便報知新聞』紙上に連載された歴史的意味も大きい。柳田泉によると、明治期において「海洋熱」「海国日本の理想の確立」についての大きな転換点は明治二十年にあったとされる。[18]そのきっかけは、明治十九年八月の「長崎事件」という清国北洋艦隊の水兵とのトラブルだったとされるが、この事件後、清国が「頻りに巨艦を建造して威容を誇示」したことが日本の危機意識を煽り、翌明治二十年三月には「海防設備充実の勅諭」が発せられることになる。それと重なるように海軍の「官制」及び教育が改められ、明治二十一年七月には「海軍大学校」が開校されている。

また、同じく明治二十年に志賀重昂の『南洋時事』（丸善）によって、「南洋」という新たな意味をもった地域が見出される。「北海道開拓論」を展開していた田口卯吉も、これに触発されるように、「南洋経略論」（『東京経済雑誌』、明治二三年三月）のなかで「南洋諸島の事情」へ強い関心を向けている。こうした「南洋」に対する熱い眼差しの背景には、「内国殖産論」から「海外殖産論」への殖民思想の転換があったと思われる。明治二十二年には士族授産金制度の廃止があり、旧士族階級の救済のために「海外殖民」が奨励されていたのである。田口の発言も新たな士族授産の道を開くことを企図していたと考えられる。さらに、明治十九年にはドイツのマーシャル諸島領有というショッキングな出来事があり、西洋列強に対抗しようという機運が高まっていた。これらのことが急速な海外進出への関心を駆り立てたといえよう。『浮城物語』が、こうした「海外雄飛」を推奨する政治的経済的利害、啓蒙思想と結びついていたことはいうまでもない。この意味で、『浮城物語』が「啓蒙家の文学」と総括され、「啓蒙期の文学の総決算の意味」を帯びていたと文学史的に位置づけられることは当然のことであろう。まさに「国権」的政治小説と、ひとまず括ることができよう。(19)

一方、「龍溪の文学は現実の日本の反措定として、新しい国家体制」を描いたとし、「それは単に現実の日本を否定するというよりは、現実の日本を踏まえた上での、最も実行可能で新しい社会ビジョンの提示なのである」という見方もある。(20) 表世晩によれば、矢野龍溪の国際感覚が作良義文の言動をとおして表現されているとされる。それはたとえば、作良が人質となっている部下笹野の解放のための交渉をイギリス人船長と理性的に成し遂げること、また、直接の交渉相手である和蘭鎮台の浮城丸に対する眼差しを冷静に受け止めるバランス感覚に表れているという。これは、日本の政治状況を見る冷徹な目とも重なっており、「政教社の国粋主義的国権意識」に代表されるような当時の排外主義的な政治・思想状況に対する批判となっているというのである。事実、明治二十二年になされた条約改正をめぐる改進党の穏健なスタンスが、その機関誌であり、かつ『浮城物語』の掲載紙でもある『郵便報知新聞』をとおして『浮城物語』に反映していたと思われる。しかしながら、政治家矢野龍溪が、どれだけ日本の国家体制の枠組みから自由でありえたかを推し量るのは容易なことではない。ここで指摘される『浮城物語』の批評性とされるものも、逆の意味で国内的な現実政治を参照項として対応させることによって成立しているのではないか。

こうした『浮城物語』についての解釈のありようを改めて検討してみると、最初の政治小説とされる戸田欽堂の『民権演義情海波瀾』（明治一三年）が想起される。魁屋阿権《さきがけやおけん》という芸者と和国屋民次という青年との恋を、それに横恋慕する豪商国府正文との関係で描くこの小説では、最終的に国府正文（政府）が身をひき和国屋民次（国民）と魁屋阿権（権利）の結婚を祝うことになる経緯がアレゴリカルに描かれている。一般に、アレゴリーとは表現の背後にレベルの異なった意味大系を盛り込むことを指しているが、こうした小説作法はいまだ実現していない政治的未来を語るのに相応しいと考えられたためか、「政治小説」にとくに顕著にみられる表現技法であった。また、「政治小説」の解釈もそれに沿う形でアレゴリカルになされてきたといえる。ただ、一見、個人的日常的な出来事を、抽象化された政治の領域の出来事として迂回しながら語るこの修辞法また解釈法も、基本的には小説の背後に盛り込まれたとされる事象と現実との対応関係を想定しながら意味づけることをベースにしている。むしろ明示的に語らないだけ、強い対応関係を指示しているともいえる。この意味で、「政治小説」的な読みとは、さまざまに切り取られる現実との対応関係、しかも時代性を帯びた対応をもとに意味づける、つねに参照項としてその時々の現実政治を置いた解釈であるということができよう。それゆえ、現実の枠を遥かに超えているという意味において、『浮城物語』の場合は空想的なユートピア小説、あるいは現実と切り離れた「少年小説」とされることになるのだと思われる。

しかし、それにしても、「政治小説」的読解のあり方では、国内的な事象と結びつけることにより、そこに現実批判的な意味を読み込むことが一般的だとしても、書き手が必ずしも企図していない国内の事象を越えた問題認識のレベルで意味づけることはできないのか。とくに『浮城物語』は、国内に留まることを拒否し、日本からの脱出を図るところから物語が始まっている。むしろ、物語の舞台である東アジア・東南アジアから考えることで『浮城物語』的世界像の特質が見えてくるのではないだろうか。

## 三　『浮城物語』のナショナリズム

『浮城物語』をプロットの展開からまとめれば、次の四つの段落から成り立っているといえる。明治十年三月、事業船高砂丸で横浜を出航しナツナ島で海賊船――後の浮城丸を手に入れるまでが第一段、バタビアの攻撃を逃れてソンバワ島に停泊している折のいきさつが第二段、捕虜となった笹野を救出するために和蘭領事を人質にするも失敗、蘭英の軍艦との勇壮な海戦が描かれるのが第三段、ジャワの独立を助けるために和蘭軍と闘う経緯が述べられるのが第四段である。

ただし、意外なことに「西南戦争の賊軍」ともされる多くの乗組員は行く先を知らずに同船しており、最初の寄港地グリーガン島で、はじめて作良の口からその遠大な計画を聞かせられる。それによると、作良・立花両雄と「余」上井清太郎はじめ百二十有余名の乗組員をのせた高砂丸が、最終的に目指す地はアフリカ東岸の馬島《マダカスカル》であるという。そもそも、なぜ日本を遠く離れた馬島《マダガスカル》をめざすのか。

第六回「大事業」の作良の演説では次のように語られる。

某し熟々《つらつら》考ふるに我々已てに此の地球に生れ来りし以上は亦た此の全地球を横行するの自由あるへし。豈に其の日本に生れたるの故を以て其働きを日本のみに限るへきの理あらんや、視よ我々の眼前に横はる海洋は是れ天の我々をして地球を横行せしむるの道路《みち》なり。五大洲中何の処か天の我々に蹂躙《ふみあらす》を許さゝるの地あらん、我々已に此の地球に生れ来れり。応さに此の全地球を以て一舞台とし稀世の大業を成すへきのみ、何そ必らすしも日本のみに跼蹐《ちいさくなる》たらん（第六回）

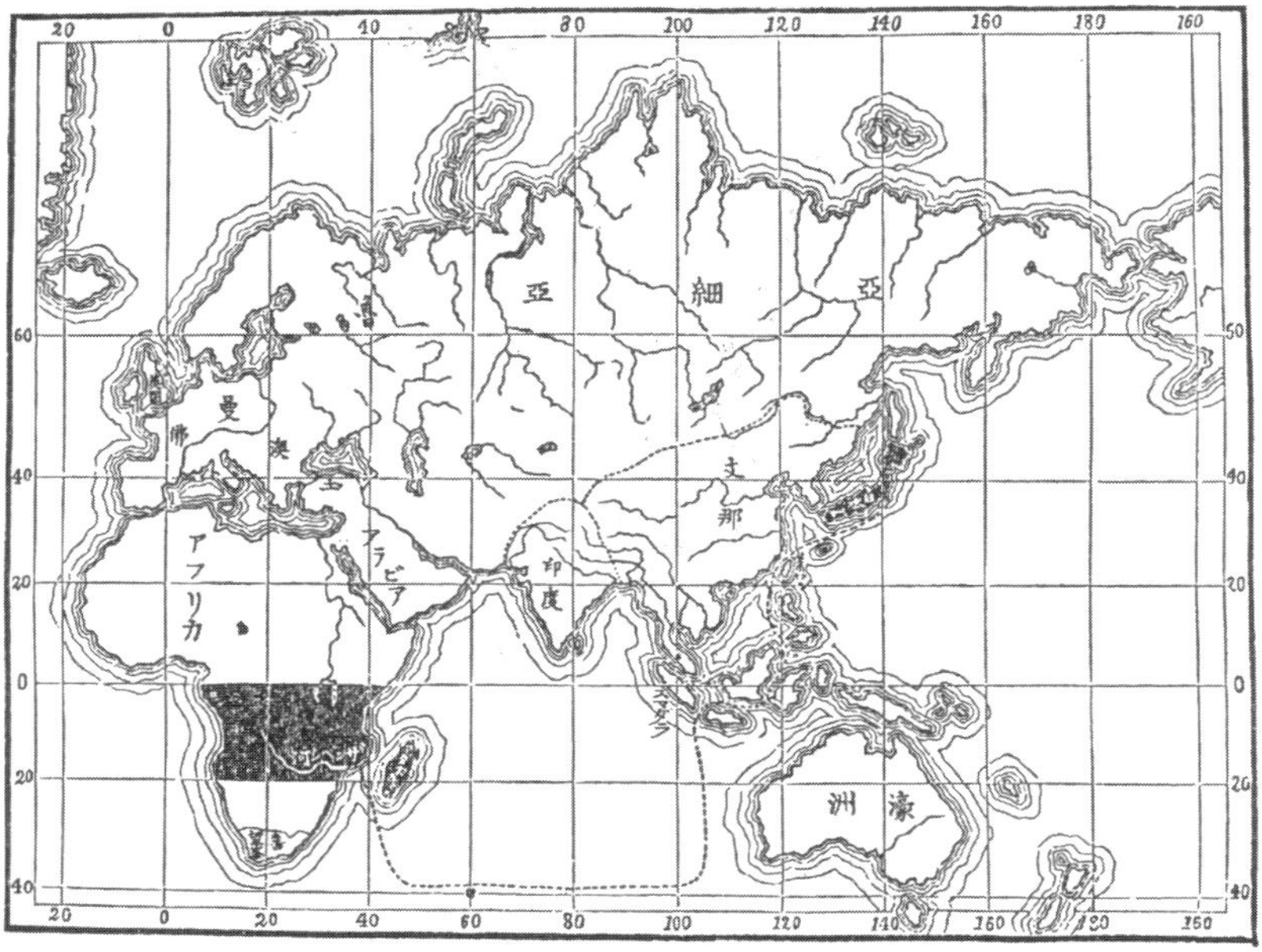


馬太加須島《マダカスカル》への海図（『浮城物語』第七回）

これによれば、「地球に生れ来りし以上は」「全地球を横行するの自由」があり、「五大洲中」に「天の我々に蹂躙を許さ」ない地はない。この「全地球」を「舞台」として「稀世の大業を成す」べきであり、「我々」はその「自由」を保持しているというのである。ならば、こうした欲望はどこから生まれてきたのか――。

作良によれば、「西洋人種は地球を以て功名の地と為し日本国人は自国を以て功名の地」としており、「彼の西洋人種の偉業を立つる者多きを考ふれは日本人は顔色なし」と言うべきである。それゆえ、「我々今ま将さに全地球を蹂躙して無人の地を席捲し日本に幾十倍するの大版図《りょうぶん》を拓て以て之を陛下に献し我々請て其地を鎮せんとす、若し不幸にして日本の国力之を所有するに勝《た》へすんは、我々諸君と与に自ら其地に王たらん」というわけである。「全地球を蹂躙して無人の地を席捲」し、「西洋人種」が得たような「功名」と「偉業」を成し遂げ、できればその地の「王たらん」というのだ。まさに「西洋人種」の植民地主義的欲望の模倣だといえる。「西人」がするように「我々今ま去て無主の地を略《とる》し、微弱にして自立する能はざる邦国を征服《とりしづめる》するも何の不可かあらん」、そのために「西洋人種」による分割が進んでいない遠いアフリカの地に「我々」「日本人」が侵出するのである。

そのさい重要なのは、「万国公法」は問題ではないということである。作良の演説によれば、「万国公法は論なり法にあらさるなり、若し先取を以て所属の権利を定むと言はゝ我々ハ先取すへきの地あり、若し守衛の力以て所有の権利を生すと言はゝ我々の武力以て守るに足るの地あり」と相対化される。「万国公法」は、アメリカの国際法学者ヘンリー・ホイートンによる国際法の教科書が中国語に翻訳されて幕末に入ってきたもので、明治初年官民を問わず広く読まれ、「世界にあまねく通ずる経典」のように目された。明治三年に制定された「大学規則」の中にも外せない教科の一つとして取り上げられている。[21] しかし、時を経るにつれてその特殊性が指摘されるようになり、龍溪の師である福澤諭吉も『通俗国権論』[22]（明治一一年）のなかで次のように述べている。

> 和親条約と云ひ万国公法と云ひ、甚だ美なるが如くなれども、唯外面の儀式名目のみにして、交際の実は権威を争ひ利益を貪るに過ぎず。世界古今の事実を見よ。貧弱無智の小国がよく条約と公法とに依頼して独立の体面を全うしたるの例なきは、皆人の知る所ならずや

福澤は『学問のすゝめ』（明治五〜九年）執筆当初、「自然法社会観」に則り「万国公法」を「自然法的規範の実定法化」されたものと考えていたとされるが、[23] 西洋列強による世界分割を目の当たりにして、「国権論」の側から「翻訳」し直したといってもよい。福澤は必ずしも好戦論者ではなかったが、『通俗国権論』に記された「百

巻の万国公法は数門の大砲に若かず、幾冊の和親条約は一筐《きやう》の弾薬に若かず」という言、また「欧州各国の交際は恰も禽獣の餌食を争ふものにして、互に相睥睨《へいげい》して寸隙を示すこと能はず」という認識は、後に唱える「脱亜入欧」の理念と結びつきながら、植民地主義的侵出の欲望を後押ししていくことになる。作良の発言も、こうした流れを忠実に踏まえているものと思われる。

ただし、その一方で、バタビアの小官吏にむかって、「汝ち阿蘭の小鎮台、事の理否を解せす、我船の使節を捕へ万国公法、互いに行人《つかひ》を捕へさるの義に反す、不法も亦た甚たし」（第二十四回）と、「万国公法」に則り航行の「自由」を主張する部分もある。この「万国公法」について、小森陽一は「あくまでも欧米列強型国家の間における「国際《インターナショナル・ロー》」法にすぎない」として、次のように述べている。

> それは、結果として欧米列強による様々な形態における植民地支配を追認的に正当化する役割を果たしていた。「万国公法」において、「世界」は、欧米列強を中心としたキリスト教国を「文明国」として特権化し、その他の地域を「未開国」に分けていた。そして、「文明国」が「未開国」の領土を「無主の地」として領有支配することが正当化されていたのである。(24)

作良はこうした意味合いを十分踏まえた上で、「万国公法は論なり法にあらさるなり」と述べているのであろう。時しも改正が政治問題化していた不平等条約と同様に、一方的に西洋の「権利」をアジアに押しつけるものであるというわけだ。しかしそれでいて、作良はこの国際法の発想の根本にある「文明」と「未開」（野蛮）という枠組みからは離脱しようとはしなかった。それは一人作良にとどまるものではなく、語り手である「余」上井が、セレベス島で先住民に捕らえられた折の「蒙昧未開と見ゆる蛮人」に対する侮蔑的眼差しにも表れている。

先に示した物語の第二段で、上井ともう一人の隊員菊川が実験のために乗り込んだ「軽気球」は、海峡を隔てたセレベス島に不時着し「蛮人」たちに捕えられる。その「蛮人」たちの様子は次のように語られる。「頬骨露はれ、色黒く、筋骨《すぢほね》殊に逞しく、腰辺に色布を纏ひし他は身体総へて露出《むきだし》せり、皮膚の色は黒光りに光を放ち、顔色卑醜《みにくし》を極む、然れとも其の武器とては先太の棒、古釘、古包丁の類を結付て造り成せし幾條の槍を携ふるのみ」（第二十八回）と。ここでは、「蛮人」たちの容姿の「卑醜」さが、人種的劣等の徴であるかのようにことのほか強調され、それが「武器」の原始的で下等であること、則ち非文明的であることと重ね合わせられているようにみえる。こうした「蛮人」の様子を描くことは、自らの文明的優位性を示す根拠となっていると思われる。この意味では、馬島《マダカスカル》を領有するという物語の展開からすると一見ノイズのようにみえるセレベス島での体験を述べた第二段は、実は物語を反復・強化しているといえよう。

まさに西洋的な世界観の表象ともいえる「万国公法」の枠組みを一方的だと拒みながら、その世界認識の根本にある文明／野蛮という枠組みから逃れようとはしていない。いやむしろ、西洋を拒みながら、同時に西洋に自らを重ね合わせ、「万国公法」によって東アジア・東南アジア（ジャワ）の政治状況に参入しようとしていたといった方が適切であろう。自らは非西洋で非キリスト教徒であり、文明から隔たった「非文明」の民と眼差されていながら、「西洋人種」の欲望を翻訳／模倣し、西洋の論理に積極的に従おうとする。それは、自分たちに脅威を与える西洋に過剰に同化することによって、自己を守り正当化しようという「自己植民地化」(25)の欲望に発しているということができよう。

その一方で、日本人であることの倫理性が強調されもする。馬島《マダカスカル》に向かう前に、和蘭の厳しい植民地支配からジャワの「正統の帝室」を救うことを提言する作良の言には以下のような部分がある。

彼れ欧洲人が他洲に属領を開き植民地を樹《たて》るの手段は概ね此の如くならさるはなし、其の本国に於けるや、信義を重んし礼儀を尊ふと称しなから其の一たひ足を他洲に容るゝに及ては非法無礼《ひりむはう》、他の人種を遇する幾んと禽獣を以てす、我々豈天に代て彼等の暴横を懲らさゝるを得んや、正弱を助けて邪強を挫《とりひし》くは仁人義士の素懐《ほんい》なり、絶世を継き廃国を興す元と是れ日本男子の本分、我々今より横軽太の地方に赴き二王を助けて蘭人を東印度諸島より放逐し、二王をして正統の位に復せしめん（第四十九回）

「欧洲人」の「非法無礼《ひりむはう》」な非倫理性に対して、自らを「仁人義士」の「日本男子」として差異化させながらアイデンティティを再編成しようとしている。ヨーロッパによって屈辱を余儀なくされている世界の弱小民族を救うという英雄像は、東海散士『佳人之奇遇』（明治一八～三〇年）にもみられる、当時の条約改正をめぐるナショナリズムの昂揚とも関わる重要な政治小説的なモチーフだといえる。こうした文脈では、不平等条約を押しつけられていた日本と、オランダによる強固な植民地化がなされていたジャワは被抑圧民族として立場を同じくしており、それを「仁人義士」として救おうというのである。自らのナショナルな欲望の正当性を述べている。しかし、この発言のすぐ後、作良は「然る後ち此地を我々の保護の下に置き我が新版図の一附庸《こぶん》となさんも亦快ならすや」と続け、植民地主義的な野心を隠さない。「我が雄図《おゝもくろみ》の第一着手を為すへき、好事機《よきしほ》を発見せり」というわけである。「欧洲人」に取って代わる支配を目指すという「日本男子の本分」が示されているのだ。この意味で、『浮城物語』は「欧洲人」の論理を拒みながら、西洋のコロニアルな欲望を翻訳／媒介してしまっているといえよう。

十五世紀、明朝の対外膨張政策により東南アジアの諸国も朝貢貿易圏に組み込まれることになった。当時の、朝貢国の中国への渡航頻度は、日本（室町幕府）の十年に一度に対し、琉球は一年に一度、東南アジアのジャワは三年に一度だったという。宮本謙介によれば、「朝貢頻度の多い国を中継点として、恒常的に東・東南アジア商品（たとえば日本産の金・銀・銅〔とくに銀〕、東南アジア産の香辛料、海産物など）が中国にもたらされ、また大量の中国商品（生糸、絹織物、陶磁器など）が東・東南アジアに流出した」[26]とされる。中国を中心にアジア間の交易のネットワークができつつあった。そこに進出してきたのが、ヨーロッパ諸国、とくに一六〇二年に連合東インド会社を作り、バタビアの覇権を握ったオランダであった。この後、ジャワ、インドネシアの交易はオランダ中心に進められることになり、宗主国中国の相対的地位の低下により東南アジアの朝貢貿易も衰えていく。作良・立花たちがジャワにのり込んだ十九世紀後半には、オランダによる帝国主義的な支配が確立されていたのはいうまでもなく、『浮城物語』の物語内容からすれば、かつてのアジア的な朝貢外交圏に、まさにその朝貢外交圏の一国であった日本が、一方において否定し一方において依拠する西洋的な「万国公法」の外交論理に沿うことによって、帝国主義的な世界分割に参入していったということになろう。

こうした西洋モデルの模倣と、それを差異化する「日本男子の本分」とのきわどいバランスの上に、作良に導かれた浮城丸の乗組員たちの主体《エージェント》――帝国主義的な主体が創出されようとしているといえよう。「日本男子」として アイデンティティをうち立てるためには、否定すべき西洋の論理を模倣し他有化されなければならない。否定すべき他者と合一化し、その媒介者になることによってしかナショナルな主体形成がなされないという逆説がここにはある。それはまた、アジアを劣位な他者と眼差すことによって強化され、支えられていくのである。[27]

先にも示したように、作良が率いる浮城丸一同の抱く「海外雄飛」の大望には、「国権」の伸張を企図するというよりも、徹底的な個人的欲望が漲っていた。「民権」と「国権」は表裏をなすものだとしても、そこでは西洋型の個人の「民権」・自由が追求されていたといえる。のみならず、「文明」と「進歩」を押し進め西洋列強と肩をならべ、むしろ日本の優位性・固有性を主張しようというナショナリズムも、自から西洋的価値と合一化しそのエージェントとなるという「自己植民地化」の欲望をとおしてなされている。この意味で、『浮城物語』を一口で国家の威信を発揚させようという「国権小説」と括ることはできない。自国の優位性とナショナリティーを示すためには、他国のありようを模倣しないではいられない。他国を植民地化するためには、自からも植民地化されなければならない。むしろ、転倒した「国権小説」とでもいうべきではないだろうか。

しかしながら、『浮城物語』は必ずしも単なる保守主義の産物ということもできない。「日本政府の旅券」（国籍）を棄て、国家の枠を逸脱して海洋を冒険・浮遊するというラジカルな部分を多く含み持っていた。ただ、彼らは個人の欲望を追求しながら、席捲した「大版図《りょうぶん》」を天皇に献ずるとし、離脱したはずの国家の欲望を模倣してしまっている。ネーションと繋がるころを拒みながら、だが、それでもやはり逃れることができなかったナショナリズムの逆説がここにある。ただし、それはひとり『浮城物語』に限られた問題ではない。同時期に書かれた政治的冒険小説、たとえば『遠征奇勲曦の旗風』（明治二〇年）『南溟偉蹟』（同年）『政治小説南洋の大波瀾』（明治二四年）からも、同様のナショナル・アイデンティティをめぐるパラドックスとして見出されるのである。

【注】

（1）矢野龍溪「斉武名士経国美談自序」『斉武名士経国美談』前篇、明治一六年三月。
（2）前田愛「政治小説」『近代文学史1　明治の文学』紅野敏郎ほか編、有斐閣、一九七二年一月。
（3）越智治雄「『浮城物語』とその周囲」『明治文学全集15　矢野龍溪集』筑摩書房、一九七〇年一一月。
（4）たとえば、矢野龍溪「後編自序　文体論」（『斉武名士経国美談』後篇、明治一七年二月）からは文体に対する尖鋭な意識を窺うことができる。

（5）柳田泉『政治小説研究』上巻、春秋社、一九六七年八月。なお、人情小説風の『政治小説雪中梅』（末広鉄腸、明治一九年一一月）なども書かれはしたが、その描写の類型性がむしろ古い文学の印象を強めたといえる。
（6）無署名「文学極衰」『女学雑誌』191号、明治二二年一二月。
（7）無署名「文学世界の近況」『朝野新聞』、明治二三年二月二七日。
（8）前田愛「近世から近代へ――愛山・透谷の文学史をめぐって」『講座日本文学』近代Ⅰ、三省堂、一九六九年四月。
（9）蘇峰生「序」『報知異聞浮城物語』報知新聞社、明治二三年四月。
（10）石橋忍月「報知異聞（矢野龍溪氏著）」『國民之友』、明治二三年四月。
（11）不知庵主人「『浮城物語』を読む」『國民新聞』、明治二三年五月八日、一六日、二三日。
（12）矢野龍溪「浮城物語立案の始末」『郵便報知新聞』、明治二三年六月二六日～七月一日。
（13）注3に同じ。
（14）柳田泉「『浮城物語』について」『浮城物語』岩波文庫、一九四〇年一一月。
（15）上笙一郎「日本の児童文学におけるナショナリズムの系譜――『浮城物語』から山中峯太郎へ」『日本文学』10巻9号、一九六一年一〇月。
（16）山口信行「『浮城物語』試論」『語学と文学』34号、一九九八年六月。
（17）林原純生「西南戦争と文学」『日本近代文学』58集、一九九八年五月。
（18）柳田泉『海洋文学と南進思想』日本放送出版協会、一九四二年一一月。
（19）注3に同じ。
（20）表世晩「明治二十年代の「南進論」を越えて――矢野龍溪『浮城物語』の国際感覚」『国文論叢』30号、二〇〇一年三月。
（21）安岡昭男「日本における万国公法の受容と適用」『東アジア近代史』2号、一九九九年三月。
（22）福澤諭吉『通俗国権論』慶應義塾出版社、明治一一年九月。
（23）丸山眞男「『福沢諭吉選集』第四巻解題」『福沢諭吉の哲学』岩波書店、二〇〇一年六月。

(24) 小森陽一『ポストコロニアル』岩波書店、二〇〇一年四月。

(25) 注24に同じ。

(26) 宮本謙介『概説インドネシア経済史』有斐閣、二〇〇三年五月。

(27) 『浮城物語』第二十二回で、捕虜にされた海賊船の中国人乗組員は、「支那人三十一名の容子を見るに何れもみな蠢々《うじ〱》乎《し》たる愚物にて解語《ことばのわかる》の偶人《にんげう》に異ならす」と侮蔑的に表象されている。

# 第三章

# 「海洋冒険小説」の時代——『冒険奇談十五少年』の背景

## 一　「南洋」の発見

〈漂流記物〉の起源は想像以上に古い。それは神話の時代まで遡ることが可能であるが、江戸期に出版され、かつ資料として残っているものに限ってみても、石井研堂らによって紹介された『南瓢記』（寛政六年（一七九四））までは確実に辿ることができる。そのほかに出版が確認されているものには、『南海紀聞』（文政三年（一八二〇））、『海外異聞』（嘉永七年（一八五四））等、四書が数えられる。しかし、鎖国の時代でもあり、それらは幕府により発行禁止に処されていた。当時は外洋にも出航できるような大きな船を作ること自体が禁じられており、比較的小さい船で漁業をしていた漁民たちは、漂流してしまうことが多々あったという。そうしたなか、このような漂流記に興味が向けられたのは、海の向こうという〈異界〉に対する恐れとともに、それが唯一の外部の世界を知る手段だったからだと考えられる。それは、ロビンソンの翻訳が「漂流記物」として明治二十年までに七回も繰り返し翻訳されたことにも繋がっていよう。

ただし、日本人が積極的に海外に渡航し、かつそこと交易しようという小説は、たとえば須藤南翠の『遠征奇勲曦の旗風』（『改進新聞』明治二〇年七月九日～九月二五日）、久松義典の『南溟偉蹟』（金港堂、明治二〇年九月）等、明治二十年ころから始まる。その背景には、同時期に、「内国殖民論」から「海外殖民論」への殖民思想の転換があったと思われる。たとえば、明治十四年には「北海道開拓論」を展開していた田口卯吉も、『南洋経略論』（『東京経済雑誌』、明治二三年三月）を著し南進論に転ずることになる。

こうした大きな転換には、「南洋」の発見という新たな事態が深く結びついていたと考えられる。今日われわれが思い浮かべる「南洋」ということば／概念自体がこの時期に作られ成立したことに[1]、まず思い到らなければならない。それは前節でもふれた志賀重昂の『南洋時事』（丸善、明治二〇年四月）に明瞭に記されている。志賀は

「自跋」で自著の意図するところを次のように述べていた。

南洋トハ何ゾヤ。未ダ世人ガ毫モ注意ヲ措カザル箇処ナリ。然レバ予輩ハ南洋ナル二字ヲ初メテ諸君ガ面前ニ拉出シ、是レガ注意ヲ惹起セントスルモノナリ。

これまでまったく注目されることのなかった「南洋」の存在を明らかにするというのである。同様に開明的な経済主義者である田口卯吉が、先の『南洋経略論』のなかで「南洋諸島の事情は稍々世人の注目する所」となったが、「我日本人種の孤島の内に閉居したるや久し」く、故に「余輩の幼時と雖も我南方に当りて如何なる島嶼の点在するを知らざりしなり、老人等皆な余輩に教えて曰く南海極なし」と往事を回想するのは、「南洋」への関心が新しいものであることを示していると考えられる。こうした「南洋」への眼差しと、内国から海外へという殖民思想の転換とは不可分であり、この動きを根本で促していたのが、明治二十二年の士族授産金制度の廃止であった。田口は同文の後半部分で「我日本人民にして土地を買入れんと欲するも、殖民を興さんと欲するも、通商貿易を行はんと欲するも、実に自由なり制限する所なきなり」としているのは、新たな士族授産の道を開くことを企図してのことだと考えられる。旧士族階級の救済のために広く「海外殖民」が奨励されていたのである。

これらが国内的な背景だとすれば、国外的な問題として西洋列強によるアジア・アフリカの分割への恐怖があげられよう。折しも明治十九年にはドイツのマーシャル諸島領有という出来事があり、帝国主義的な領土獲得に対抗しようという機運が高まった。さらに、そこには政略的な問題・駆け引きとしての北進か南進かという選択を含む、政治的経済的な利害が複雑に絡んでいた。これらのことが急速に海外進出へ関心を向けさせたといえよう。

ただし、未だ何処にどう移住するかの移民政策が一向に確定しない状態であった。それゆえ、そうした状況を反映する「海外雄飛」小説は、未来記の形をとるものもあれば、『報知異聞浮城物語』のようにわざわざ明治十一年の時点に時代を遡るものもある。またユートピアの建設を目指すものもあり、国権伸張を鼓舞するものもあり、さまざまな目的・モチーフが見て取られる。しかし、それらは、少なくとも〈大人〉の〈空想譚〉であることは間違いのないことであった。

これが明らかに少年向けの〈海洋冒険小説〉に変貌する。たとえば、「こがね丸」(明治二四年一月)から始まる博文館の「少年文学叢書」、全三十二編中〈海洋冒険小説〉と目されるのは一つもないのだが、日清戦争中・戦後から出版された数の多さには圧倒される。とくに『海島冒険奇譚海底軍艦』(明治三三年一一月)の前後に著しい(2)。むろん、『冒険奇談十五少年』の翻訳もここに含められる。

この間の〈大人〉向けの減少の理由として考えられるのは、第一に「政治小説」の季節が過ぎたこと、また政治の興味が朝鮮半島・日清関係に向けられることになったことがあげられる。第二として、それらの戦争報道のディスクールのありよう、すなわち、国木田独歩の『愛弟通信(3)』にみられるような、たとえば弟に私信を送るという虚構のコミュニケーションによって、戦記が物語化されたこと。また記事の内容自体が、小説に代わりうる同時代的なリアリティーをもったある種の冒険的な体験を語っていたことが考えられる。第三として、海外に対する興味の散文化――海外進出は小説の世界の話ではなくなり、リアルな話となる。台湾の植民地経営は明治二十八年に始まっている。こうした要因が重なりながら大人向けの〈海洋小説〉を衰退させていったと思われる。

その一方で、日清戦争をとおして、改めて「海国」というイデオロギーが繰り返し唱導されることになる。このことが、〈子供〉向けの海洋小説の成立に関わっていると思われるのである。ただし、単に海に囲まれているから「海国」なのではない。海に囲まれた島国という事実と「海国」であるということは根本的に異なる。というのも、この時期に「海国」が語られる時は、地理的な意味とは別に、つねに政治的イデオロギーと結びついているからである。とくに「海国日本」「海国男児」「海国少年」と造語されるときにその強度が増す。それは、後に述べるように、さまざまなメディアのなかで反復、拡散され、文字どおり津々浦々まで行き渡った。ちなみに国民の半分を占めているはずの女性は、「海国女児」あるいは「海国少女」として述べ立てられることはない。「海国」は男性性と結びつけられながら物語化されることになるのである。

では、それはいつのころから流布されるのか。明治二十年代前後の「南洋」の発見は必ずしも「海国」とセットになって語られてはいなかった。この点が重要である。このイデオロジカルな「海国」思想が正確にどこまで遡られるかはまだはっきりしないが、少年雑誌においてもっとも早い例のひとつとして、明治二十四年七月の『日本之少年』（博文館）に掲載された「流楊子佐藤次郎吉」の「起てよ海国の少年」をあげることができよう。

明治十年代末から二十年代前半は海軍の制度・軍備ともに急速に近代化された時期でもあった。そのきっかけは、前節で述べた明治十九年八月の「長崎事件」ともされる。これは、当時長崎に入港していた清国北洋艦隊の水兵の一部が、酔って乱暴を働いているのを捕えた警官の派出所を、他の水兵たちが襲撃した事件で、のちの清の無礼で高圧的な態度が国家的憤慨をさそったとされる。また、『伊藤博文伝』（春畝公追頌会編、昭和一八年）によると、清国は「朝鮮の内訌に乗じ（中略）頻りに巨艦を建造して我にその威容を誇示」したことが日本側の危機意識を高め、海軍が拡張されることになったともされる。

これらの出来事がもとになって、明治二十年三月に「海防設備充実の勅諭」が発せられるに到る。また、同時期には海軍の「官制」及び教育の改革があり、明治二十一年七月には「海軍大学校」が開校される。『近世帝国海軍史要』（海軍有終会編、昭和一三年一〇月）に付された「帝国艦船年表」によると、艦船の建造も明治十九年から二十二年に集中していた。さらに、明治二十三年三月に日本郵船香港航路、同十二月に神戸・マニラ間に海運航路がそれぞれ開設される。この時期に海軍・海運ともに近代化が飛躍的にすすめられていた。つまり、明治二十年代のはじめ、軍備・殖産の二つの方向から、自国の国益・交易を守るために——シーレーンの防衛、海軍増強、造船力強化、航路の延長、貿易進行、移住が渾然となりながら問題になっていたのである。

こうした時期に、国家としてのアイデンティティが「海国」に求められたと思われる。繰り返せば、それは、単に周りを海に面しているから「海国」というのではない。帝国主義列強の中に自ら進んで入り込んでいくための拠り所・根拠としての同一性が「海国」というコンセプチュアルな概念に求められたと思われるのである。こうした「海国」というイデオロギーが、この時期に立ち上げられたということができよう。

## 二　起て「海国」の少年

このような「海国」をめぐる政治力学については不明な点も多いが、そのなかで際立っているのは「海国」の思想が少年の教育・情操の問題と結びつけられているということである。そこには、国家的な将来のビジョンが重ね合わせられていると思われる。たとえば、明治二十五年二月の『幼年雑誌』（博文館）に掲載された「海上の戦争」という文章は次のように締めくくられている。

> 幼年諸君は如何なる考《かんがへ》を為しますか、日本は四面海に囲まれたる海国であります、幼年諸君は海国に生れました。故に航海の術を知らなければなりませぬ。万一髯面《ひげつら》の夷《ゑびす》が攻めて来たときは、（中略）戦争せなければなりませぬ、諸君の覚悟はよきか。〔傍線引用者、以下同じ〕

「幼年諸君」とあるように、対象は小学生ぐらいが想像されるが、「海国」の少年である「覚悟」・自覚を促すように語りかけ諭している。また、先に示した「起てよ海国の少年」の後半部には次のように記されていた。

〔イギリスの繁栄は〕皆之れアングロ、サクソン民族が大膽雄偉の特性を発揮したる冒険企業の成果にあらずや其の祖先の成しぬる這般《このはん》の偉業を慕ひつゝ、益す雄大の志望を勃興しつゝある英国少年の前途は真個に羨ましき事にぞある。

寄語す、日本臣民の少年よ、我が海国の少年よ起て起て、起《たつ》て偉業を六拾余州、八百四郡の域外に開けよ

（後略）

当時繁栄を極めていた英国の少年たちとの比較の上、「我が海国の少年よ起て起て」と、やはり叱咤激励している。また、「英国少年」を範にする「海国少年」の鼓舞は、「冒険企業」——国家的事業たる「冒険」の勧め、推奨ともなっていることにも注目しなければならない。富山太佳夫によると、こうした帝国主義と少年教育の結びつきは、大英帝国時代の『ワイド・ワールド・マガジン』誌に代表されるような、イギリスの少年文学のありようにも通じているという。[4] このような教育の突出してるのが、まさに日清戦争期であったわけである。

たとえば、戦争の真っただなか明治二十八年一月に創刊された博文館の総合雑誌『太陽』には、早くも「戦勝後の教育」という論説が掲載され、教育者である著者千頭清臣は戦後教育の四つのポイントをあげている。すなわち、（一）海事教育、（二）武事教育、（三）商事教育、（四）語学教育である。そのなかで第一にあげられているのが見てのとおり「海事教育」であった。そこでは、「余の謂ゆる海事教育とは、固より海軍の教育を包括するは論なしと雖も、一般航海の教育を盛んにして、大に海国の思想を鼓舞せんことは、亦主要の精神なり」として、「余は海事教育の先ず勃然として拡張すべきを疑はず」と確信に満ちて主張されているのである。

こうした「海国」の時代といえる流れの中で、東京東光館から出版された『海国少年』という雑誌は出るべくして出た雑誌といえよう。その「創刊の辞」（明治三〇年一月）には次のような言辞が掲げられている。

偶二十七八年の戦役は、大に我邦人を警醒し、朝野の視線は、漸く変じて将に海国的に移らんとす。吾人年来の宿望は、我天賦の海国を、真に海国的に発達せしめんと欲するにありき。

書き手は文字どおり「海国」を連呼し、「海国」のプロパガンダたるべく「海国」的であるべきことを強くアジテートしている。そして、その「発行」の意図するところを次のごとく述べている。

我帝国をして将来世界の大海国たらしむる者は、実に今日の少年にあり、海国の素養を為さんには、宜しく先づ此妙齢なる少年に於てせざるべからず。是れ吾人が本誌を発行して、少年諸子の朋友となり、侶伴となり、斯道の為に尽さんことを期する所以なり。

「我帝国」の将来は少年の肩に掛かっているとし、〈帝国の将来〉〈海国〉〈少年の教育〉が一つの系《セリー》として意識的に結びつけられているのである。「海国」は新しいコンセプチュアルな思想《イデオロギー》であっただけに、次の世代に託さざるをえなかったのだろう。

他にも、この時期の「海国」の用例としては、『國民新聞』掲載の国木田独歩の「海上の忘年会」（明治二七年一二月三〇日）、『東京日日新聞』（明治二九年三月一五日）の「土佐丸を送る」——これは単なる商業船の進水式の記事なのだが「海国男児」がキーワードとなって繰り返されている——等をあげることができる。「海国」の文字は新聞にも溢れていたのである。

それは、『海島冒険奇譚海底軍艦』（文武堂、明治三三年一一月）の受容においても同様で、海軍少佐上村経吉の「序」では「原ト一種海事的並ニ冒険的ノ小説ナルモ之ヲ我カ海国人士ニ紹介スルノ利アル……」と推挙され、また新聞の「新著紹介」でも、「著者の意海国少年の志気を鼓舞するに在り」（『東京日日新聞』明治三三年一一月三〇日）、「大海国たる日本人の読むべき好冊子なり」（『都新聞』明治三三年一一月二七日）とされ、「海国」という言説シフトの枠の中で送り出され、受け止められている。投げかける側も、受け取る側も解釈コードとしての「海国」を念頭においていたことは明瞭である。

しかも、それはあるメディアの政治的な言説と連動していた。『海底軍艦』第四回、語り手の「私」が旅の船中で反古の新聞を読んで慷慨、慨嘆する部分は次のように述べられている。

今や世界の各国は互に兵を練り武を磨き、特《こと》に海軍力には全力を尽して英仏露独、我劣らじと権勢を争つて居る、而して目今《もくこん》其権力争議の中心点は多く東洋の天地で、支那《シナ》の如き朝鮮《テウセン》の如きは絶えず其侵害を蒙《かふむ》りつゝある、此時に当つて、東洋の覇国ともいふ可き我大日本帝国は其負ふ処実に重く一方東洋の平和を保たんが為め、他方少くとも我国の威信を存せんが為めには非常の決心と実力とを要するのである。

日清講和条約の六日後に出された三国干渉（明治二八年四月二三日）後の、所謂、臥薪嘗胆とされた時期の狂熱的なナショナリズムを正確になぞっている。「東洋の覇国ともいふ可き我大日本帝国」は「東洋の平和を保たんが為め」「我国の威信を存せんが為めには非常の決心と実力とを要する」と、早くも日露戦争に向かって動き出しているかのようにも見える。そして、こうした認識をもとに、少年たちの関心を「海上」に向けさせるべく、

『海底軍艦』「はしがき」では「海の勇者は即ち世界の勇者たるべし」として少年たちを「海」へと誘っているのである。

　これは、出版元である博文館的状況認識・ヴィジョンとそのまま重なっている。博文館の中心的雑誌『太陽』の三国干渉直後の論調が窺える久松義典の「海国日本に於る海事思想」（明治二八年一〇月）では、「海事思想養成の必要は、政治思想養成より一層の急且切を訴ふるの時運に際会せり」とし、「海事教育」の必要性を強調しながら、

> 第二の北洋艦隊は嚮に眼前に現出し、今後何れの海上にか第三第四の大艦隊を現出するやも計られず、故に帝国海軍の拡張と、之と相伴ふべき航海事業の発達は、専心経営、矻《（こつ）》々として日夜之を計画するも、尚或は及ばざらんことを恐るゝなり

と、清の北洋艦隊は打ち負かしたが、第二第三の北洋艦隊が現れるかもしれないと危機を煽っている。また、傍線部「帝国海軍の拡張と、之と相伴ふべき航海事業の発達は」と、「軍備」と「航海事業」とを意識的に結びつけ、「他郷の新天地に入りて自由独立の新生涯を求むるは、人生の一大快事ならずや」（同）と冒険・進取の精神を促している。やはり、「帝国」の危機という意識のもと、人々を「新天地」へ誘うことがひとつのメッセージにされていたということになろう。それは大人向けの記事でも同様であったわけである。

　こうした傾向は、博文館から出版された少年向けの雑誌『少年世界』の連載記事、たとえば『万有探検少年遠征』（明治二八年二月〜五月）で、「帝国の武勇は坤輿《こんよ》球上《きうじやう》に轟きて、東洋唯一の強大国と称へられ、傲慢不遜の欧人すら、尚且つ畏敬の念を生じ」たという状況認識を示しながら、「益々国防の軍備を厳にし（中略）海陸の軍

備のみかは、航海の業盛んに開け」と、さらなる「探検」心を煽るのにも対応している。先に示したように、早い時期から少年たちに「海国」をアピールしていた『日本之少年』も『幼年雑誌』もやはり博文館の雑誌であった。また、多くの少年の心を捉えた森田思軒訳『冒険奇談十五少年』（明治二九年三～一〇月）、十二編に及ぶ桜井鷗村の「世界冒険譚」シリーズいずれも博文館系出版社から送り出されている。(5) 正に尖鋭な博文館イデオロギーともいうべきものが底流を貫いていた。この流れの延長線上に雑誌『海国少年』も存在したというべきであろう。

『報知異聞浮城物語』以下の二十年代初頭の海洋小説の発表舞台が『改進新聞』『郵便報知』という「南進」を是とした改進党系のメディアに偏っているのと同様に、日清戦争を機に、具体的にいえば「日清戦争実記」の成功を機に飛躍的な発展を遂げた博文館の政治的立場と見事に繋がりながら、夥しい少年向けの「冒険小説」、海をめぐる物語が生産され消費されていたのである。それは、『少年世界』という雑誌の成功にも表れており、〈少年〉という読者の確立と表裏をなしていたといえよう。

**『少年世界』科学欄（明治 28 年 1 月）に掲載された**
**霞城山人『万有探検少年遠征』の挿絵**

　ツヴェタン・トドロフはジャンルに対するアプローチを「特定の一時期を観察することから出発して諸ジャンルの存在を〈確認する〉」「帰納的アプ

ローチ」と、「文学的言述の理論から出発して諸ジャンルの存在を〈措定する〉」「演繹的アプローチ」に区別するが[6]、前者の意味即ち「帰納的アプローチ」から、少年向けの〈海洋冒険小説〉というジャンルの存在を「確認する」とすれば、それはここでみるように日清戦中・戦後の言説の渦の中で成立したということができよう。いうなれば、従来の「海外雄飛」小説、「海外渡航」小説、「漂流」「漂着」もの等、さまざまな小説を、〈海洋冒険小説〉に凝縮させていく〈力〉がその言説空間に働いていた――そこに日清戦中・戦後という言説のモードがあるといえるのではないか。

こうした日清戦中・戦後の政治的な言説と切り結んだ物語が大量生産され、流布され、それを受け容れる人口が増大化していくなかで、少年向けの〈海洋冒険小説〉というジャンルが編成されていったといえよう。

## 三　冒険から殖産へ

さて、『浮城物語』から『十五少年』を経て『海底軍艦』への流れを跡づけるのには、「海国」という言説モードのほかに、先にも述べた明治二十年代半ばに交わされた「浮城論争」（文学極衰論争）を見落とすことはできない。島田三郎、内田魯庵、石橋忍月、矢野龍溪らによってなされたこの論争は、たとえば、「写実的文壇文学」対「大衆文学」の対立[7]（柳田泉）、「啓蒙家たちの志向した近代と文学的近代の断絶」、「啓蒙家の時代」の終わり[8]（越智治雄）、「逍遙が設定した「美術的の文学」の路線」と「経世済民を志す「上の文学」の伝統」の抗争[9]（前田愛）、「逍遙によって選択された新文学の方向に対して鬱積した不満」の「噴出」[10]（十川信介）等、さまざまに整理されている。なかでも、野村喬は内田魯庵に力点をおいて、「文学観念の尋究が欠けている」龍溪ら極衰論者と、「文学界当面の課題」を「文学観念の措定にある」とする不知庵（魯庵）との対立[11]としているのが目をひく。

周知のように魯庵は日清戦争後に精力的に小説を書き始め、明治三十一年には、しばしば社会小説とジャンル規定される『くれの廿八日』（『新著月刊』明治三一年三月）を発表している。この小説は「海外移民」「海外渡航」を目指すという意味では『浮城物語』―『海底軍艦』の流れに位置づけることが可能である。というより、流れそのものの中にあった。魯庵は『浮城物語』論争では、「小説は人間の運命を示すもの[12]」であるとして『浮城物語』批判の急先鋒であったわけだが、ここで述べる「国権小説」から〈冒険小説〉へという流れを参照大系《レファラン》におくことで、明治三十年当時における『くれの廿八日』の微妙な位置が見えてくる。

まず、『浮城物語』と対比させてみれば、海外にユートピアを求めるという意味で重なるところが多い。しかし、従来、魯庵の『浮城物語』への具体的な批判は「現代文学」（明治二四年一一月～二五年一月）なる「文学史」記述、あるいは『文学一斑』（明治二五年三月）によってなされたとされる[13]が、実作である『くれの廿八日』は次の三点においてそれを明瞭に差異化している。

第一に、「墨西哥《メキシコ》」渡航を企図する点。『浮城物語』における「南進」はもともと殖産・交易が目的だったはずだが、第六回、「大統領」たる作良義文の演説の一部分「已に馬島《マダカスカル》を畧有せは夫より手を延て接近《ちかき》せる亜非利加内地を侵畧《とる》せん」を引用するまでもなく、意識的であるか否かに関わらず、「侵畧」的であったことは間違いない。西洋列強・西洋帝国主義国家の欲望を翻訳／模倣するかのようにアフリカの分割を意図していたといえる。それに対し、メキシコへの殖民は「墨国政府が、日本人民に好誼《こうぎ》を表し、寛容温良の政治を執り、日本人民の移植を促しつゝある近時の情況は、真に両国間の幸福なるのみならず（下略）[14]」という新聞記事からも窺われるように、メキシコ政府の促しに平和裏に応じる形であった。当時メキシコはアジア系移民を積極的に受け入れる数少ない国であったのである。メキシコに向かうこと自体、「南進」という侵略的政治的判断がズラされていたといえる。

第二に、あくまで経済的移民であること。『くれの廿八日』におけるメキシコ殖産のイメージは有川純之助の言として次のように語られている。

墨西哥《メキシコ》に渡航するに若干《いくら》の金子《かね》が要る。百ヱクタラや二百ヱクタラの土地を借りるに若干の金子が要る。珈《カ》琲《ヒー》の苗カ、オの苗、葡萄の苗、玉蜀黍《たうもろこし》や馬鈴薯の栽付《うゑつけ》をするに若干の金子が要る。堂々たるチワワの殖民会社すら十年前の経営は僅に移民二十戸土地三百ヱクタラを以て初めたのだ。（其七）

徹底して「金子《かね》」と経済的効率にこだわっている。当時、邦人の海外進出は「日清戦争後の不況と貧民問題の深刻化につれて、いっそう高まりつつあった[15]」とされるが、純之助の海外移住は純粋に殖産が目的であり、それはメキシコ政府の利害とも一致していた。ここでは、領土の拡張という帝国主義的なコロニアリズムと明らかにズレている。もしくはズラされている。こうした意味では、日清戦争から日露戦争へと向かって一層尖鋭化していた「海国」のイデオロギーに、距離をおいていたということができよう。

そして、三番目として、海外へ「行かない」あるいは「行けない」ということ。この「行けないこと」が、『くれの廿八日』の物語を成立させている。小説に即せば、話は純之助のメキシコ渡航断念から始まり、その不可能性を前にした人物の〈内面〉に物語が中心化されている。行く場所がない――。結局、自分が属している意味論的な場へ自己言及するしかないような男の反＝冒険小説ともいうべき構図であり、空間的な越境が閉ざされることが物語を呼び込んでいるのである。いわば〈冒険への誘い〉に対して〈苦悩することへの誘い〉が用意されていた、というべきだろうか。こちらは、まさに魯庵の目指す〈心理小説〉的という意味で『浮城物語』を差異化しているのである。

のみならず、そうした小説の主題は遠く明治四十年代的な小説とも繋がっていると思われる。たとえば、二葉亭四迷を再評価しようとした正宗白鳥は、自然主義が隆盛をきわめようとしていた明治四十年に、『くれの廿八日』にも言及して次のように述べている。

数年前までの硯友社諸氏の作の、今日となりては多く読むに堪へざるに反し、浮雲尚読むに足るべく、嵯峨の屋の「流転」不知庵の「暮の二十八日」等明治四十年の文壇に出すとも一佳作たるを失はざるを見て、吾人は硯友社の側を流れし一小流を忘るべからざるを思ふ。今日以後の小説界は過去の硯友社の水流によつて灌漑されずして、寧ろかの小説と水源を一にして発展するならんか。

今は二葉亭氏等の小説の充分に翫賞せらるゝ世となりぬ。(16)

文学から硯友社風の遊戯性を排そうとする白鳥は、「暮の二十八日」と「今日以後の小説」即ち四十年代の文学との間に連続性を見出している。それは、そのころ成立した自然主義という〈読み〉のモードに照らして「充分に翫賞」する価値が見出された。言い換えれば、自然主義的な読者の成立によって新たな可読性が獲得されたということに関わっていよう。

これに従えば、ここでいう反＝冒険小説的な側面は、易々と境界線の越境を果たしてしまう「冒険小説」に対し、白鳥の小説さながら『何処へ』（明治四一年一～四月）も行けない青年・大人たちの物語として、苦悩することに意味を見出す明治四十年代的な小説と「水源を一に」していることになる。それは、いわゆる家庭小説のヒーローたちが海へ向かって出帆し（たとえば『不如帰』の浪子の夫海軍少尉川島武男の不在が物語を促している）、それが小説を展開させるというタイプの小説とも明らかに異なっていた。むしろ、テキサス移民を決意するが、移民そのものではなく、そこに到るまでの煩悶が主題化される島崎藤村の『破戒』（明治三九年三月）に構図として重なる部分が大きいといえよう[17]。

そして、こうした苦悩することへと誘われ冒険に赴かない側の物語が、近代文学の抜き差しならぬ主題・正統的なジャンルとして改めて浮上し、他の小説と差異化しあうなかで、境界の越境の連続によって展開するタイプの小説（冒険小説・遍歴小説）は正当的な文学の埒外、いわば子ども向けの〈少年小説〉・大衆向けの文字どおり〈大衆小説〉へと追いやられていくことになるのである。この意味では、『くれの廿八日』はジャンル論のただなか、読者の分化に向けた一歩を踏み出していたということができよう。それは、〈少年〉という読者の確立とも歩を同じくしていたのである[18]。

いうなれば、日清戦争期をとおしてのジャンルの再編成は、ゆるやかに読者層の再編成・分化をも促していた――。いや、むしろ、ジャンルの再編成とは読者の再編成そのものであるというべきかもしれない。単なる文学史上の類型《タイプ》の交替ではない。それは、同時代的な言説のシフトとからみついた、〈大人〉向けの政治小説から〈少年〉向けの冒険小説へという海外渡航、海洋冒険をめぐる小説の展開からも窺い知ることができる。次章で論ずる『十五少年』はこうしたジャンル編成の真っただ中にあったということができよう。

【注】

（1）矢野暢『「南進」の系譜』（中央公論社、一九七五年一〇月）参照。

（2）たとえば、武田桜桃「海軍教育船」（『少年世界』明治三三年一月）、生田葵山「海国の少年」（『少年世界』明治三三年八月)、桜井鷗村『世界冒険譚第八編航海少年』(文武堂、明治三四年四月)等があげられる。

(3) 明治二十七年十月二十一日から翌年三月二十六日まで『國民新聞』に連載。明治四十一年十一月『愛弟通信』として左久良書房から出版される。

(4) 富山太佳夫は「コナン・ドイルの世紀末　アフリカ、アフリカ」(『現代思想』一九九二年一月)のなかで、「帝国主義を成功させるには(略)帝国の自明のものとして受けいれる心の素地を作るにかぎる。その役割をになったのが少年文学である」と指摘している。

(5) 桜井鷗村の「世界冒険譚」シリーズは博文館の系列会社である文武堂から出版されている。『海底軍艦』も発兌元文武堂、発売元博文館と併記され出版されている。

(6) ツヴェタン・トドロフ「文学のジャンル」『言語理論小事典』滝田文彦ほか訳、朝日出版社、一九七五年五月。

(7) 柳田泉「矢野龍溪の『浮城物語』について」『政治小説研究(下)』春秋社、一九六八年一二月。

(8) 越智治雄「『浮城物語』とその周囲」明治文学全集15『矢野龍溪集』筑摩書房、一九七〇年一一月。

(9) 前田愛「近世から近代へ――愛山・透谷の文学史をめぐって」『講座日本文学』近代Ⅰ、三省堂、一九六九年四月。

(10) 十川信介「文学極衰論争の位置」『近代文学2　明治文学の展開』有斐閣、一九七七年九月。

(11) 野村喬「近代文学史認識の留意点(上)――不知庵批評の問題を例に」『文学』一九六四年八月。

(12) 不知庵主人「龍溪居士に質す」『國民新聞』明治二三年七月一五、一六日。

(13) 平岡敏夫「『明治文学史』研究序説――その覚え書き・不知庵の『現代文学』」『文学』、一九六四年二月、及び注11。

(14) 長風生「日本よりメキシコの観察」『國民新聞』明治三〇年三月一九日。こうした記事の背景にはアメリカ西海岸での日本人排斥の動きが関わっていると思われる。

(15) 野村喬「『くれの廿八日』の性格考」『日本の近代文学――作家と作品』角川書店、一九七八年一一月。

(16) 正宗白鳥「漱石と二葉亭」『文章世界』明治四〇年一月。白鳥は『浮雲』と『くれの廿八日』の相違点を述べてはいないが、敢えて差異化すれば、「苦悩」することに何らかの意味があるのだという側に一歩振られているか否かがポイントになろう。『浮雲』の文三のみならず二葉亭自身、思い悩む自分に自己嫌悪をもっていたことは知るとおりである。

（17）夏目漱石の作中人物たちでいえば、たとえば『門』（明治四三年三～六月）において、満州に渡り「冒険者《アドヴェンチュアラー》」と意味づけられる安井に対して、空間的心理的な境界線を越境できない即ち「冒険者」たることができない宗助が、むしろ物語の中心にいることを思い起こすことができよう。むろん、お米とともに人倫の境界を越えたという意味では「冒険者」であるのだが。

（18）本書第三部第一章を参照。

第四章

# 「冒険」をめぐる想像力——森田思軒訳『冒険奇談十五少年』

## はじめに

森田思軒訳『冒険奇談十五少年』[1]の原題は、いうまでもなく『二年間の休暇』*DEUX ANS DE VACANCES* である。オークランドの港から無人島に流された十五人の少年たちの二年間の体験が書き込まれている。邦題と原題のあいだには意味上の隔たりが大きく意外な感もするが、この後孤島で待ちうける困難な状況を、「少年」たち自身の智恵と力だけでうち破っていくという物語内容の一部を、『十五少年』なる題は端的に伝えている。それは、創刊されたばかりの『少年世界』（明治二八年一月創刊）という雑誌には相応しい題名であった。後になされる多くの翻訳でも踏まえられる、すぐれた命名の一つといえよう。

一方、原題の方にも必然的な意味がある。それは、単にふた月あまりの短い夏休みが、思いもかけないことで「二年間の休暇」になってしまったということだけではなかろう。休暇という非＝学校的時間、無人島という非＝学校空間に、イギリス寄宿学校の規則、教育、慣習、いわば〈学校〉そのものが持ち込まれ、少年たちはそこで身につけたルールに則って生活する。ここには学校教育についての問題系が盛り込まれている。『二年間の休暇』には、そうしたイギリス風の教育に対するジュール・ヴェルヌの批評意識が込められていると思われる。こう考えると、原文と森田思軒訳の違いは、単に題名にとどまるのではなく、両者が焦点をあてる部分自体が異なっていることを示していると思われるのである。

ならば、両者の物語の中心はどこにあるといえるのか。何が前景化され、何が後景化されているのか。それを考えることは、日本における「冒険小説」というジャンルの展開のみならず、明治二十年代から三十年代にかけて人々を駆り立て、作動していた「冒険」をめぐる同時代的な想像力のありよう、また歴史的コンテクストを浮上させると思われるのである。ここでは、明治三十年代における「冒険」をめぐる歴史的な位相を、森田思軒訳

『十五少年』を論ずることから考えていくことにする。

一　〈外部〉の在処《ありか》

十五人の少年たちが乗り込んだスルーギ号は、想像以上に装備の整った帆船であった。「一〇〇トンばかりのヨット」であると記されているが、武器、火薬、身のまわりの品、料理の道具、防寒具などの衣類、食糧、酒類、工具、金具など十分な用意が積み込まれていた。これらの多くは少年たちの夏休み沿岸周遊航海のための装備であったのだが、それにとどまらず、アネロイド気圧計、酒精百分度寒暖計、暴風雨予報器、旧世界と新世界を含む世界地図、そして、「イギリスとフランスのりっぱな本、とくに旅行記や、科学書が、かなりならんでいた」とされる図書室も備えつけられていた。

そこに所蔵されている本についての詳しい言及はなされていない。だが、「有名な二冊のロビンソン物語」の蔵本についてだけは明らかにされている。この二冊の「ロビンソン物語」とはいうまでもなく、ダニエル・デフォーの『ロビンソン・クルーソー』（一七一九年）とヨハン＝ダビット＝ウィースの『スイスのロビンソン』（一八一二年）を指している。ヴェルヌは「序文」の冒頭で、この著名な二つの小説を取り上げ、つぎのように述べている。

今日まで、数多くの「ロビンソン」ものが少年の読者たちの好奇心を満足させてきた。ダニエル・デフォーは、その不朽の名作『ロビンソン・クルーソー』で、孤独な漂流者を描いた。ウイスは、『スイスのロビンソン』で、同様な状態におかれたある一家の姿を、興味深い物語につくりあげた。(2)

上記の二つの「「ロビンソン」もの」が、基本的なタイプであるというのである。これらの蔵書は、船が遭難・座礁するような嵐のなかでも無事に生き残り、小説好きの少年サービスによって救い出される。のみならず、この少年はダチョウを乗りこなすことを試みるという意味で『スイスのロビンソン』を生きようとする。しかし、この試みはたやすく実現はされず、むしろ他の作中人物の口から「空想と現実の違い」として、あたかも小説というジャンルそのものへ自己言及するかのように語られる。この二つの小説が、『二年間の休暇』のプレテクストとして物語の枠を作り上げているのは間違いない。

しかし、それらは嵐にあって無人島に漂流し最終的に文明世界に帰還するという意味では構造的な相同性は指摘できるが、複数で漂流するか単数で漂流するかでおのずとその物語の向かう方向が変わってくる。単独の漂流である『ロビンソン・クルーソー』では、言葉を投げかけ語り合うべき相手が存在せず、終始自分と向き合うことになる。そして、いうならば自分との対話のなかで〈神〉を見出していく。冒険物語において〈神〉との対話をとおして〈内面の物語〉が展開されているというべきか。一方、『スイスのロビンソン』では漂流した家族が、父を中心にしていかに各々の役割を果たし家族の絆を深めるか、さらに『二年間の休暇』についていえば、出生国の異なる少年たちがいかに共同性を保ち、その壁を乗り越え和解するか、という関係性に焦点が当てられていくことになる。ヴェルヌも先に引用した「序文」で、次のように述べている。

この無限ともいえるロビンソンもののリストは、八歳から十三歳までの子どもたちの一団が孤島に漂着し、国籍のちがうことから起こる偏見や愛情の中で、生存のための戦いに立ち向かう間の経験と冒険とが描かれれば、さらに完全となるように思われる(3)。

これまで数多く出版された「ロビンソンもののリスト」に足りないものを、十五人の少年たちの漂流する『二年間の休暇』という小説で補おうというのである。そこに「いま、私が新しく『二カ年の休暇』の題名の作品を読者に贈る目的」（序文）があるとされている。この意味では、漂流から帰還へという枠よりも、「国籍のちがうことから起こる偏見や愛情の中で、生存のための戦いに立ち向かう間の経験と冒険」という枠の方に、むしろこのテクストの中心があるといっても過言ではない。

構造主義風の分析を試みれば、難破船スルーギ号が暗礁に乗り上げ、四〇〇メートル先の陸地へ渦巻く波を越えていかにたどり着くかが少年たちの間で議論されるその時、指導的役割を果たし「共同の利益」を守ろうとするフランス人の少年ブリアンは、反目するイギリス人少年たちに向かって「どんなことがあっても、ぼくたちは離れてはだめだぞ！　いっしょに、ここ（難破船）に残るんだ。さもないと、ぼくたちは助からないぞ！」「みんなが助かるには、協力して行動しなければならないということだよ！」と述べる。まずは、共同性を破ってはならないという「禁止（タブー）」が仕掛けられている。むろん、これは後に破られ物語は急展開することになる。つまり、敵対するドニファン（イギリス人少年）たちによって破棄されることが侵入者たちとの遭遇を促し、物語は新たな局面に入り込み、最終的な結末に向かって一気にすすんでいくのだ。この「共同の利益」〈共同性〉がどう物語化されているかを読み解くのがひとつの鍵となる。

そこに絡んでいるのが、異なった国籍のルーツを持つ少年たちの国民性の差異である。小説の舞台から述べれば、十五人の少年たちは「太平洋にあるイギリスの重要な植民地、ニュージーランドの首都」「オークランド」にある「チェアマン寄宿学校」の生徒である。これは「上流家庭」の子弟向けの学校で、イギリス本国と同じような、まさにイギリス風の教育がなされていた。生徒たちにはイギリス人だけでなく、フランス人、アメリカ人、ドイツ人も含まれていたようだが、当然のようにイギリス人が多数派を占めている。この小説に登場する十五人の少年たちにおいても、イギリス人が十二人で、残りはフランス人のブリアン兄弟、アメリカ人のゴードンのわずか三人である。しかしながら、数の上では圧倒的に優勢なイギリス人たちなのだが、リーダーとなるべき人物がおらず、はじめから、非＝イギリス人の少年たち、とくにフランス人のブリアンとの軋轢、葛藤がおこる。先の上陸をめぐる議論でも、「ブリアンがフランス人だというだけで、イギリス人の少年たちは彼の指示に従いたがらなかったのだった」とされる（この部分、森田思軒訳にはない）。この小説ではこうした不調和がフランス人の側から眼差されているのである。

そして、このような主導権争いにともなう葛藤は、この島のリーダー決定時に集約的にあらわれことになる。リーダーになるべき年長の人物は三人いる。まずイギリス人のドニファン。この少年はフランス人からみたイギリス人を表象しているかのようにみえる。「貴族的な尊大な態度から《ドニファン卿》というあだ名をつけられており、その高圧的な性格から、いつでも人を支配したがる傾向があった」。上流社会に属する豊かな地主の子であり、成績優秀であるが高慢で人望がない少年とされる。次にアメリカ人のゴードン。「態度にも、すでにすっかり〈ヤンキー〉式の垢ぬけしないようすが身についている」「するどい才気をもってはいないが、正義感と実際的な感覚をそなえている」。また「きちょうめんなアメリカ人――生まれながらの会計係と言っていいだろう」ともされる。こうした公正で真面目な性格ゆえに、初代の「大統領」となる。しかしながら、あまりにアメリカ人的、清教徒的な厳しさで、幼い子たち（世論として機能する）の信望を失ってしまうことになる。そしてフランス人のブリアン。「大胆で、物おじせず、体操がうまく、頭の回転が早く、そのうえ親切で、人がよく、ドニファンのような尊大なところはなく、少しだらしなく、身なりにかまわない――要するに、非常にフランス人らしく、その点でイギリス人の仲間たちとはかなり違っているのだった」とされる。弱い者を守り、力強さと勇気をもって、幼い子たちにも好かれる。いうまでもなく、この少年はヴェルヌの考えるフランス人を表象＝代行している。こうした人物設定をみただけでフランス人ヴェルヌのイギリス人観[4]、アメリカ人観の一端を窺い知ることができよう。

同様のことはイギリスの学校教育を紹介する場面でも示される。語り手は次のように述べる。

イギリスの寄宿学校で行われる教育は、フランスの寄宿学校で行われものとはかなり違っている。生徒たちに、はるかに自主性、つまり相対的な自由が与えられており、それが生徒たちの将来によい影響を与えるのである。生徒たちは、フランスと比べて、早くおとなになるのである。一言でいえば、人間的な教育が知的な教育と並行して進められる。その結果大部分の生徒が礼儀正しく、他人に対して思いやりがあり、きちんとした服装をしている。そして、これは注目に値することだが、受ける罰が正当なものであれば、それを逃れるためにごまかしたり嘘をついたりすることは少ないのである。(三章)

フランスの教育との差異から、イギリス寄宿学校の教育が生徒たちの「自主性」を重んじ、生徒たちもきちんとそれに応えていることが称揚される。その上で、「こういう自主独立を悪用する生徒がまれにあるが、それに対する懲罰として、体罰――おもに鞭打ちの罰――がきめられている。しかし、アングロ・サクソン民族の少年たちにとって、鞭うたれることは少しも不名誉なことではないのである。彼らは、自分がそれに価すると認めたときには、抵抗することなくその罰を受ける」と、アングロ・サクソン民族の〈民族性〉にまで踏み込んで述べている。

また、十九世紀初頭に発達したとされるイギリスのパブリック・スクールにおける「ファッグ制度」[5]の伝統に言及して、「新入生は上級生に日常生活で奉仕をしなければならず」、それは、「朝食を運んだり、服にブラシをかけたり、靴を磨いたり、お使いをしたりすることで、それらは《雑用《ファジズム》》と呼ばれ」「服従を拒むと、ひどい目に遭うことになる」という下級生への支配権を持つ一方、上級生は彼らに対する保護の義務を持つとされ、次のように述べられる。

そのことが少年たちに規律に従う習慣を与えるのであり、それはフランスの高等中学校《リセ》には見られないところである。しかしとにかく、伝統はそれに従うことを要求しており、すべての人間がそれを守っているのが大英帝国なのである。大英帝国では、最も身分の低いロンドン子《ロックニー》から上院議員にいたるまで、伝統に従うことが要求されているのである。(三章)

ヴェルヌは、「驚異の旅」シリーズの第一作『地底旅行』(一八六四)では、ドイツ人の地質学者リンデンブロックをエキセントリックなドイツ人気質として戯画化しているが、そうしたシニックな眼差しがここにもある。まずは、学校教育の違い、民族的・文化的な違いに焦点があてられ、その上で、イギリス的な寄宿学校の教育、集団のルールが少年たちが流れ着いた無人島に持ち込まれたとする。その名も「チェアマン島」という少年たちの寄宿学校の名が命名された〈非＝学校空間〉でイギリス的〈学校〉的規律・論理が実行されることになるのである。そこで緻密に立てられた日課表は「アングロ・サクソン人の教育の基礎をなしている、次のような原則に基づいてつくられていた」とされる。

恐れることなく、行え。
つねにできるだけ努力せよ。

疲労を軽視するな、疲労は決してむだにならない。(十三章)

この原則に従って働き、朝と晩の二時間、全員が広間で勉強し、上級生たちが交代で、下級生に数学、地理、歴史を教える。さすがに「ファッグ制度」そのものはこの島に持ち込まれていないが、「小さな子どもたちの教師となっておしえることが、上級生たちの仕事」「義務」であり、彼らは年少者たちの安全と健康に細心の注意を払っている。ここには「イギリスの学校生活の伝統」が明らかに残っている。この意味では『二年間の休暇』という題名自体が、学校の休暇——〈非＝学校的時間〉における、〈学校的〉な共同生活体験を表象しているともいえよう。そして、こうしたイギリス的な教育を受けたフランス人少年のリーダーシップのもと、少年たちは文明世界に帰還することになるのである。そこにヴェルヌの批評性がある。一方の森田思軒訳ではイギリスの学校教育の特色について書かれている部分は十分に訳されていない。むしろ、意図的に省かれていると考えられるのである。

さて、話をリーダー(chief、森田思軒訳では「太守」)選出時に戻せば、はじめての選挙が行われたのは、六月十日の晩、漂流から四ヶ月後のことであった。島にある洞窟に居を決め、生活も落ち着いて来たとき、島の主要な場所に名前をつけ、ここに住むのが一時的なものではないという自覚を共有した晩である。しかし、すべての少年たちが、リーダーを決めるのに賛成であったのに対して、ドニファン一人はためらう。「仲間たちが自分ではなくブリアンを選ぶこと」を心配しているからである。それを知ってか知らずかブリアンは、アメリカ人のゴードンを推薦する。推薦されたゴードンは次のように考える。

初め、ゴードンは、自分は指揮をするよりも組織だてる仕事をしたいと言って、指名された名誉を辞退したいと思った。しかし、少年たちの感情はおとなと同じくらい激しく、そのため将来どんな混乱が生まれるかもしれないと思い、自分がリーダーになることはむだではないだろうと、ゴードンは考えた。（十二章）

決定的な亀裂を避けるためにドニファンでもなくブリアンでもないゴードンというバランスがはたらいてる。しかし、一年後の選出時には亀裂は決定的なものになる。その時は、ドニファンは本気でこの島の指揮者になろうと思っている。それゆえ、ライバルのブリアンがリーダーに選ばれたことを快く思うべくもなく、「ブリアンに命令されたくない」という理由から仲間の三人と、寝食をともにしてきた洞窟を離れ、別行動をとることになる（タブーの侵犯）。この時、ドニファンは「この前のリーダーはアメリカ人だったね！……今度はフランス人だ！……きっと、この次はモコ（黒人の少年）だろうね……」と、皮肉たっぷりに言い放つ。

一方のブリアンは、「自分はフランス人なので、イギリス人が多数を占める仲間たちのリーダーになることなど考えていなかった」とされるが、彼がリーダーに選出されて最初にしたことは、これまでこの島の丘に目印のため立てられていた「イギリス連邦の国旗」のかわりに、「沼のほとりに生えている」「灯心草」で作った「信号球」を掲げたことである。それは単に「信号球」の方が目立つからではない。もともとこの国旗は、難破したスルーギ号から島の洞窟に居を移そうと決定したときに、ゴードンの提案で近くを通る船への合図として旗（our flag）を立てておくことにしたものである。しかし、ドニファンとその仲間たちは独断で自分たちの国の国旗――イギリス国旗（the English flag）を掲げたのである。その場面は次のようにされている。

（略）頂上近くの曲りくねった道を、マストを運び上げるのは大変な苦労だった。
しかし、ようやく頂上に着き、マストを地面にしっかりと立てた。それから、バクスターが動索を使ってイギリス国旗を掲揚し、同時にドニファンが銃で礼砲を撃った。
「やれやれ」とゴードンはブリアンに言った。「イギリス代表のドニファンが、この島を所有するってことになるわけか！」
「そんなことだろうと思ってたよ！」とブリアンも言った。（十章）
ここにはイギリス人の持つ領土拡張という植民地主義的欲望に対する批判が示されている。個人的レベルの葛藤は、国家的レベルの葛藤であったということができよう。こうした国民性の差異の強度、溝の深さが強調されればされるほど、また敵対の緊張が強ければ強いほど和解のカタルシスが深い。しかしながら、森田思軒訳ではこの点に十分に注意が払われているようにはみえないのだ。事実、このイギリス国旗掲揚の部分は思軒訳では訳されていない。ならば、森田訳ではどこに中心があったといえるのか。どこに最大の物語を作り上げようとしていたのか。次章ではそこから考えていくことにする。

Baxter s'occupa de rehisser un pavillon neuf. (Page 223.)

**バクスターらイギリス人少年は島の断崖にイギリス国旗を掲げた**

森田思軒は『十五少年』の「例言」で次のように述べる。

一是篇は仏国ジユウールスヴエルヌの著はす所『二個年間の学校休暇』を、英訳に由りて、重訳したるなり。
一訳法は詞訳を捨てゝ、義訳を取れり、是れ特に達意を主として修辞を従としたるを以てなり。

## 二　「冒険」と博物学

「重訳」の問題は後に触れるが、ここで注目すべきは、「達意を主として」「義訳」を取ったということだろう。事実、漢文脈の文体の問題を度外視すれば、分量も半分以下に短縮されている。『少年世界』(明治二九年三月一日〜一〇月一日)というメディアに掲載するにあたって、簡潔さ・わかりやすさを第一にしたとも思われるが、訳の工夫は随所にみられ、その巧みさはさまざまな形で分析・説明が試みられている。

豊島与志雄は「原作を先ず脳裡に消化して、そして新たに自分の文体を以て書いたのであつて、ここに所謂『思軒調』の成熟せるものが現はれてゐる」(岩波文庫「解説」、一九三八年)と評する。また、平川祐弘は「幕末・明治期の翻訳文学」を論じ、「漢語まじりの訳文が、映画的といおうか彫像的といおうか、読者の眼前に喚起するイメージの鮮やかさは比較を絶する」[6]と激賞する。さらに、前田愛・藤井淑禎は「森田思軒解説——森田思軒と少年文学」[7]のなかで、「逐語訳」という「窮屈な枠組みから抜け出て」「「気勢」「力量」「声調」を重視する方向へと向かい」、「義訳」という到達点に立つことにより「闊達自在の文章」を得ることができたとしている。「思軒調」であること、「漢語」的であること、あるいは「義訳」であるという全体の印象が問題にされている。しかし、原文あるいは森田思軒が拠ったと考えられる英文との比較がなされておらず、具体的な分析が十分なされているとは言い難い。これは原典の確定がすすんでいない時点ではやむをえないことであった。

一方、波多野完治は『十五少年漂流記』（新潮文庫、一九五一年）の「解説」において、ヴェルヌの文章の「美点」と同時に「欠点」をあげ、「文章は正確」であるが、「ダラダラしていて、くりかえしが多く、退屈をさそうもの」とし、これに対して「思軒は英訳からこれを日本語にうつしうえたためにかなり自由に文章をなおし、たるんだ文章に漢語的な緊張をあたえること(8)ができたと、思軒の訳文のテンションには「英訳」の介在があるという重要な指摘をしている。

これを踏まえた私市《きさいち》保彦は、波多野が参照した英訳本 *A two year's vocation*（1889年）が、思軒の原典としたテクストである可能性が高いことを指摘し、それとの比較の上で、「思軒訳の成功」は、「英訳の特徴に拠りながら、自家薬籠中の漢文体の長所を生かし切った地点でもたらされた(9)」として、次のように述べている。文章を簡略化させてというより、むしろ「文章の細部では思軒は原文の修辞を膨張し、拡大させている」「とりわけ四文字表現の漢文体を駆使するとき、その特徴が現れる」と。そして、原文の「emotion」が英訳では「The state of alarm」とされているのだが、それを「驚愕危懼」と訳している例をあげ、改めて英訳の介在を指摘している。

また、私市は思軒の章立てにも注目している。三十章立ての原文を、思軒は十五回立てで訳しており、しかも「連載の切り方が原文の章の切り方と一致しない場合」が何回かある。私市によれば、「その際の手法」は「一回の連載の分量を考えながら筋が盛り上がったところで切って、サスペンスの効果を出すことを狙」うところにあったとされる。

こうした、指摘から見てとれるように、思軒訳は、漢語調であることと密接に関わる緊張感《テンション》、あるいは構成の工夫による「サスペンスの効果」というところから高く評価されている。むろん、こうした特質は、同様に〈語り〉の観点からも指摘することができる。たとえば、次のような場面はどうであろうか。

童子等はフハンの導くがまゝ随ひゆくに、やがて一簇の荊棘《けいきょく》灌木雑生せる岩壁の下に至りて、止まりたり。童子等は心を用ひて、恐る恐る荊棘を披《ひら》き、灌木を払ふて、其の中を窮ふに、岩壁の面に、黝然《えうぜん》として黒く見ゆるは洞の口なるべし。武安《ブリアン》は手ばやく枯草を聚《あつ》めて、之に火を点じ、洞中にさし入るゝに、依然として熾燃《しねん》せるは、洞中の空気の呼吸に害なきを知るべし、武安は又た川の上に往きて、松樹の枝を折り取り来りて、之に火を点じて、早速の火把《たいまつ》となし、之をかざして、一同相率ゐて洞中に進み入るに、口は高さ五尺幅二尺に過ぎざるも其の中は呀然《がぜん》として、二十尺四方の一広室を成し、地上は一面に美くしき乾沙《かんさ》平布《へいふ》して、毛氈《もうせん》を履《ふ》むが如し、室の口の右方に、一個の粗製の卓子《テーブル》ありて、卓子の上には、土製の水さし一個、巨なる貝殻数個あり。（第四回）

A little further on Fan came to a sudden halt in front of a clump of briers and bushes by the side of the cliff. Brian stepped forward to see if the tangled growth did not conceal the remains of some animal, or possibly of the man who had once inhabited these wilds.

But behold! on parting the briers he perceived a narrow opening in the cliff.（中略）

The mystery must be solved, however; but first, as the air within the cave might be impure. Brian threw in a handful of dry grass and weeds to which he had set fire, and which crackled and blazed briskly, thus proving that the air was breathable.

"Shall we venture in?" asked Wilcox.

"Yes," replied Donovan, promptly.

"Let us wait until we have provided ourselves with a light," said Brian; and cutting a bough from one of the pines growing on the river bank he set fire to it, and then followed his companions into the cave.

The cave at its mouth was about five feet high and two feet broad; but this proved to be merely a passage leading into a large chamber about twenty feet square, the floor of which was thickly covered with very fine dry sand.[10]（Ⅷ）

無人島を探索しているとき、犬の「フハン」が突然吠えたて、少年たちをある場所に導こうとする。引用冒頭部では、英文とは微妙に異なり、語り手はファンではなく「童子等」の側に立って語っている。それゆえ、続く文では「心を用いて、恐る恐る」の語が「童子等」の不安感にそって補われ、目前の「荊棘を抜《ひら》き」「窮ふ」と、「黝然として黒く見ゆる」「洞の口」が視界に入ることになる。英文では、単に「狭い穴」（a narrow opening）なのであるが、「童子等」の恐怖感に沿うことによって、中が真っ暗で見えない「黝然」とした「洞の口」と敷衍して語られていると考えられる。しかも、それは「洞の口なるべし」と推量の助動詞が付され、「童子等」の思わぬ発見を「童子等」の側から語っている。

また、引用の後半では会話文が削られ、作中人物たちの行為を中心にスピード感をもって語られる。とくに注目すべきは洞窟内の描写であろう。英文では単なる広さの説明になっているのが、思軒訳では「火把《たいまつ》」をかざして進みゆく行為に即し、緊張する「童子等」に焦点化しながら語られている。それゆえ、英文に書きこまれていない足元の感触が「毛氈《もうせん》を履《ふ》むが如し」という身体感覚として補われることになる。そして、それと相重なるように、時間も現在時に訳し変えられ、現在時制で語られる「童子等」の視覚あるいは感覚に促されるように、読者も彼らとともに未知の洞窟に入り込んでいく――。それは、さしずめ〈語り〉が「実況中継者の位置」[11]に立っているということになろうが、そうした〈技〉がより洗練された〈周密訳〉ともいうべき形で実現されているといえよう。

しかしながら、その一方で、こうして繰り返しなされる思軒訳への〈文学的〉称揚が、内容上の問題を覆い

子どもたちが共同作業をする図（森田思軒訳『十五少年』）

隠してしまっているという危惧がないわけではない。たとえば、国家的アイデンティティを異にする少年たちの〈共同性〉はいかに訳されているかである。

　この洞窟に居を決め、新たな嵐で大破したスルーギ号の船体からさまざまな物品を搬送する場面は以下のように訳される。

其の最も年長者と称する者さへ未だ十五歳には満たざる一群の童子が、或は長き木材を槓杆《てこ》として重きを起すあれば、或は団《まろ》き木材をコロとして重きを転ばすあり、或は担ふあり、或は舁《かつ》ぐあり、互にゑいゑい声をあはせて、一心に奔走労作するさまは、如何に憐れにも、しほらしく、勇ましき観《み》ものなりしとするぞ。（第五回）

It was an interesting sight to see these lads moving some piece of heavy timber, all pulling and straining together, and inciting one another to increased exertion by eager shouts. Usually spars were called into requisition to serve as levers;

and sometimes pieces of round wood rendered good service as rollers in the transportation of the heaviest articles.（中略）How greatly any practical man could have assisted them! Had Brian only had his father with him, or Garnett his, they might have been saved from many blunders;（X）

思軒訳では、十五歳に満たない「童子」たちが、「互にゑいゑい声をあはせて、一心に奔走労作するさまは、如何に憐れにも、しほらしく、勇ましき観ものなりしとするぞ」と、力を合わせるところに、いじらしい気持と憐憫の情ともいえる感情移入をしながら語られている。一方の英文では、子どもたちの働きぶりを見るのは“interesting”（原文では“curieux”）であるとされ、小説に初めから仕組まれている大人／子どもの対立軸をもとに、大人がいないなかで子どもたちだけで、いかに大変な作業をこなしているかへの〈興味、好奇の気持〉という観点から叙述されている。それゆえ、この後に、ブリアンの父かガーネットの父のような経験に富んだ大人がいれば、多くの失敗をしないですんだだろうと語られることになる。

　しかし、思軒訳ではこの部分は訳されておらず、むしろ、英文から逸脱して「馬克太《バクスター》」に「天生一個の木匠たるの才」があり、「他の諸童子は多く馬克太の指揮に従ひて運動せり」と、才能ある少年指導者をもとに、子どもたちが秩序ただしく作業を行う様子が語られる。いうならば、英文が焦点を当てようとしているのは必ずしも〈協力〉の仕方そのものではないのに対して、森田訳では同質性をもった子どもたちが、自分たちだけで困難に向かって「一心」に力を合わせているところが感動的に語られているといえよう。むろん、こうした訳のありようは『二年間の休暇』の語り方として必ずしも誤っているわけではない。だが、そこで語られる〈協力〉〈共同性〉には、出生国の異なる少年たちによってなされているということの他者性が、微妙に抜け落ちているように見える。

波多野完治は、この『二年間の休暇』に、少年向けの小説ゆえにヴェルヌの「モラル」がはっきり出ているとし、「それは、子どもたちが、無人島で「共和国」をつくる、という構想にあらわれています」(12)と述べているが、森田思軒訳がイメージしているのは国家的アイデンティティを異にした少年たちによる〈共和制〉というよりも、単一民族的な想像力による、同質性をもとにした、内部的な〈共同性〉〈共和制〉といえるのかもしれない。それゆえ、イギリス人の「杜番《ドノバン》」「虞路《クロース》」「乙部《ウエツブ》」「韋格《ホルコクス》」の四少年が、善玉であるフランス人「武安《ブリアン》」、アメリカ人「呉敦《ゴルドン》」に対して悪玉として単純に構図化され配置されることになっていると考えられる。思軒訳では、民族・人種的な意味の〈外部性〉は必ずしも中心的な問題ではなかったと思われるのだ。それゆえ、人種的な〈他者〉たちとの軋轢のなかで少年たちが「大人」の世界に近づいていくという成長の物語が後退しているといってもいい。

ならば、思軒訳の説話論的な核心はどこにあるといえるのか。

先に述べたように、思軒訳は原文を半分ほどに短縮しているのだが、次のような箇所はほぼ生かされている。

茂樹は岩壁と川との間にありて、岩壁のかたに近づくに随ひて愈《いよい》よ益《ますま》す欝密し、其の中に分け入れば、多くの喬木は自から僵《たほ》れたるがまゝに朽腐し、落葉は陳々《ちん〳〵》相因りて、高く地上に堆積して、両個《ふたり》の膝を没するばかり、閑々《かん〳〵》又た寂々《せき〳〵》、絶えて人の踪蹤《そうしやう》を見ず。然れども時に禽鳥の両個の来るを見て、紛然として驚飛し去る有るは、其の既に人を識りて人の恐るべきを知れる故なるべき歟。茂樹を穿ちて行くこと十分間ばかりにして、岩壁の下に至るに、岩壁は直立二百尺、平面板の如くして、啻《たゞ》に洞穴の類の童子等が仮りの棲居に充つべきもの無きのみならず、縁《よ》りて以て其の頂きに攀ぢ登るべき足がゝりの罅隙《こげき》さへある無し。(第三回)

ブリアンとゴルドンは、難破船から無人島に上陸し、住まいとなるべき地を求めて島を「探求」（expedition）する。英文には書き込まれていない、「茂樹」（woods）の中の雰囲気を「閑々又た寂々」、「落葉」の積もっている様を「陳々相因りて」と補いながら、森の中へ入り込む「両個《ふたり》」少年の心理に即して緊迫感をもって語られる。こうした難破、脱出、未知の空間の探検、「怪物」（野獣）との遭遇、「大紙鳶《おおだこ》」による偵察、侵入者（悪漢）の撃退という、いうならば「冒険譚」的要素ははずされることはない。前述した思軒訳の語りのテンション、サスペンス仕立てはここに接合している。

西洋世界における冒険の変遷を論じたポール・ツヴァイクは、『冒険の文学』[13]のなかで冒険物語の条件として、出来事が「私たちが馴染んでいる人間関係や責任」の圏外、すなわち「〝この世界の外〟」で起きることと、「〝アクション〟が豊富で見事に処理」されていること、すなわち「〝アクション〟こそが物語の真の主題であり」、「人間関係」が副次的な背景に止っていることとをあげている。思軒訳において「人間関係」が副次的な背景に止まっているとは必ずしも言えないが、一つ一つの「アクション」（行為）の緊張度を高め、それらをエピソードの連鎖として提示していこうという構成の意図を読みとることができる。原文よりはるかに〈冒険的〉であるといっていい。

逆説的に聞こえるかもしれないが、ポール・ツヴァイクによれば『ロビンソン・クルーソーの生活と驚くべき冒険』（『ロビンソン・クルーソー』の原題）は、「冒険」からもっとも遠く離れた〈非＝冒険的〉な小説であるとされる。つまり、「冒険的なエピソードは豊富にある」が、「この小説はエピソード的な生活に栄光を認めない。そのヒーローはやけに用心深く、危険に遭遇すると恐怖で麻痺し、いつも自分の過去の人生の〝誤り〟を悔やんでいる」とされる。むしろ、〈父（神）〉の教えに背いて「冒険者」となった自分を「不従順な息子（prodigal son）として裁くこと」に「主題」があるといえる。また、人間像についても次のようにされる。

ロビンソン・クルーソーは、合理的個人主義のヒーローなのだ。内面と外面の必要から彼はさまざまな人工物を充分に紡ぎだし、世界内での人間の存在を規定する本質的な限界のパターンを創出する。重労働という安心できる方法によって、文化と社会のすべての資源が人間の内面的な性質から抽出される。その人間を代表するのがロビンソン・クルーソーなのだ。

これによれば、ロビンソンは孤島に一人生きようとも「社会全体を自分の内に」含んでいる。それゆえ、命がけで賭と危険という興奮のなかに入ることもしないし、自らすすんで「この世界の外」へ出ようともしない。むしろ、清教徒的な倫理に従って「労働」することによって人間性が救済されていく。

こうした構図は、『ロビンソン・クルーソー』をプレ・テクストした『二年間の休暇』も同様である。異国人どうしの「人間関係」の和解と、スルーギ号の舫い綱を解いてしまったジャック少年の「告白」を縦糸にし、イギリスの寄宿学校のルール（社会的ルール）に沿って「疲労を軽視」せず「努力」する――「労働」するという原則のもとに生活が組み立てられる、そのさまが描かれる。そこでは「冒険」的欲望と無縁な合理的判断がなされ、向う見ずな「冒険」がたしなめられ、慎重な行動が要求される。島に上陸した少年たちは、この島が大陸の一部なのか孤島なのかを調査しようとする時、いつ出発すべきか、またどこを調査すべきかで意見が割れる。このとき指導的位置にいるブリアンとゴードンは、ともかく探検に出ることを望むドニファンに対し、常に慎重な態度をとり、進んで「冒険」へ出ようとはしない。一方の思軒訳では、「武安《ブリアン》と杜番《ドノバン》とが屢《しば》ば互いに其の意見を異にして相反目する」ことは取り上げられるが、話の中心は量的な意味でも質的な意味でも「探検」的行為と体験に向けられている。その過程で、思わぬ出来事に遭遇し、またさまざまな動植物たちとも出会う。時には「ペンギンと呼ばるゝ鳥の群」が「颯然声を成して頭上を過ぐる」のに遭遇したりする（!・）。ポール・ツヴァイク風にいえば、こうした少年たちの「〝アクション〟」(行為)そのものが「物語の真の主題」とされているのである。「冒険」「探検」の物語として語っていくことが、まさに森田思軒訳の基本的スタンスであるといえよう(14)。

『十五少年』の掲載メディアである『少年世界』の記事に目を転じてみても、この『十五少年』完結後、号を空けずに柳井絅採『孤舟遠征北極探検(冒険小説)』(明治二九年一〇月一五日〜三〇年四月一五日)、さらに奥村不染『極西探検(冒険小説)』(明治三〇年五月一五日〜一二月三〇日)が連載されている。ただし、「冒険」的要素の強調は、単に少年読者の興味あるいは雑誌の編集方針に沿っているということだけでなく、当時の「博物学」への関心とも重っていると考えられる。この『少年世界』の「科学」欄には、『十五少年』の連載と重なる時期に、森愛軒『動物界の奇異』(明治二九年四月一日〜一一月一日)、落合城畔『極北土人の話』(明治二九年四月一五日〜六月一五日)、芳菲山人『帝国博物館天産部概況』(明治二九年五月一日)が掲載されていた。こうした点を踏まえ、上野益三は『日本博物学史』のなかで、「巌谷小波が主宰した雑誌『少年世界』が、少年博物学者たちの研究心を煽った」(15)と指摘している。一例をあげれば、『十五少年』には直接「博物学」にふれた以下のような部分がある。湖の西岸「探征」の途中、少年たちは「茂林の陰より突出せる一個の巨獣」――「ラマ」に出会う。

(略)是れ渠等《かれら》が博物学に於て学び知れる所の、ラマなり。ラマは駱駝の属《たぐひ》にして、形頗るこれに似たるも駱駝の如く大ならず、之を馴らし之を養へば、以て馬の用をなすべし、南亜米利加の土人の中には、現に之を用ひて馬に代る者あり。渠は性甚だ怯懦なりと見え、繋ぎ住《とゞ》めてより未だ幾ばくならざるに、早くも気沮《はゞ》みて、復たもがき争はず、馬克太《バクスター》が其の頸に索《なは》を改め係《つな》ぎて、牽きいだすに、渠は再び抵抗する擬勢《ぎせい》も無く、をめをめとして渠等に随ひ去りぬ。(第七回)

むろん、原文でもそうした傾向は強いのだが、思軒訳ではこのような「博物学」的な部分はおおむねそのまま伝えられている。

十八世紀から十九世紀にかけて全盛を誇った博物学ブームは、ヨーロッパ全土を覆い尽くしていた。荒俣宏によれば、ヴェルヌが生きた十九世紀、「探検航海によって、もっとも多大な博物学的成果を手にいれた国はフランスである」(16)とされる。これは行方不明になった探検家ラ・ペルーズの探索航海と同時になされた博物学的調査が大きな収穫をフランスにもたらしたとされるのだが、そこには新しい航路の発見と植民地獲得という狙いが込められていた。むろん、それはフランスに限らず、博物学を支えた「未知の生物あるいは珍奇な博物標本を求めて異国へ探査を試みる――いわゆる〈博物学探検〉(17)」は、列強の植民地経営と結びついていた。それによって得た知識は、植民地の産業的開発の有効な情報となり、そこから収奪された品々のトレードは商業的な大きな意味をもっていた。階層を問わず人々は収集に走り、ヨーロッパの博物学陳列室には〈未開の地＝博物学的に未知の土地〉からもたらされた収奪物であふれ、それらは外部的世界への想像力をかき立てた。すべてのものを分類しつくしたいという博物学的な欲望は、「〝この世界の外〟を知りたい／領略したいというコロニアルな欲望と結びついているといえよう。そして、それはまさに「冒険」的行為によって支えられていた――。

『少年世界』創刊とほぼ同時に連載された霞城山人の『万有探検少年遠征』(明治二八年一月一五日～五月一日)には、次のような箇所がある。日本は「日清戦争の結果」「東洋唯一の強大国と称へられ」るようになったが、「益々国防の軍備」が必要となる、そのためには「少年社会」においては「理化博物学の講究は、最も大切なる学科」となるとし、小説中の東野太郎、二郎の兄弟が自らすすんで「万有探検」の「航海」に出ることが称揚されている。

此の航海の目的は、二人に敢て貿易のこと見習はせん為めには非ず、各地の風俗、文野の状況を観察せしめ、殊に各世界の動植物の蒐集など、要するに知識を啓発せしめて、国家に有用なる材幹をなすに在れば、蛮地に遠征を試みて、珍らしき獣狩するなどは、最も此の二人の目的として出で行きたる業なり

航海の目的は、「各地の風俗、文野の状況を観察」し、「各世界の動植物の蒐集」「珍らしき獣狩する」ことだという。繰り返すまでもなく、「冒険」「探検」の奨励は「博物学」的な欲望と表裏をなしていた。両者は深く切り結びながら、ともに「蛮地」という外側の世界を志向しているのだ。翻っていえば、こうした二つの要素を強く持つ森田思軒訳『十五少年』は、原文と異なり一貫して〈人種的・民族的〉ではなく〈空間的〉な意味での〈外部〉的世界への強い関心と想像力のもとに翻訳されていた、ということができよう。人種的同一性の幻想を背景に「〝この世界の外〟」をめぐる物語として作り上げられていたといってもいい。この意味で、まさに「冒険」的行為が説話論的中心にあったのだ。

しかしながら、その一方で「冒険」的行為によって得た〈外部〉を馴致するはずの「殖産」をめぐる物語には思いのほか冷淡である。無人島で「自然」を人工的に変形させ、〈人間〉としての生活の基盤を整えていく過程――「殖産」が、中心的プロットから外されているのである。こうした意図的ともいえる無関心からいかなる問題がみえてくるのか、次章ではその点から考えていくことにする。

## 三　「冒険」をめぐる想像力

『二年間の休暇』は大きく三つの時間に分けることができる。一、難破、漂流から島の洞窟に居を決めるまで。二、この洞窟での一年数ヶ月の共同生活。三、ドニファンたちの離脱と、侵入者の登場、島からの脱出ということになろう。なかでも、先にふれた漂流から四ヶ月後、居を決めこの島に住み着くことを覚悟し、リーダーを選

出した一八六〇年六月十日の晩は、少年たちにとって大きな転機となっている。

　南半球の六月といえば冬のはじまりで、少年たちの住む洞窟フレンチ・デンにも雪が降り始めていた。夜食のあと、みんなはホールのストーブの前に集まり、この島の主な場所に名前をつけることになる。湖はそれぞれの家庭を思い出すように〈家族湖（ファミリー・レイク）〉、断崖には〈オークランド丘〉、この島には少年たちが学んでいた寄宿学校にちなんで〈チェアマン島〉、そして太平洋に突き出ている三つの岬はそれぞれ〈フランス岬〉〈イギリス岬〉〈アメリカ岬〉と命名される。この命名は、「この小さな植民地（colony）のなかで代表者となっている、フランス人、イギリス人、アメリカ人という、三つの国民の名誉のためだった」として、次のように述べられる。


　植民地だ！　そのとおりだった！　その言葉は、ここに住むことが、もう一時的なものではないことを思い出させるために、使われたものだった。そして、むろん、それはゴードンが先にたって提唱したことだった。彼はいつも、この新しい領地から出ることよりも、そこで生活を組織だってやることに、心を遣っていたのだった。この少年たちは、もう〈スルーギ号〉の難船者ではなくて、島の植民者だったのだ……（一二章）

この直後、この「植民地」の“governor”“chief”（森田訳思軒では「太守」「首長」）が決められることになる。自分たちがこの島の住人であり、「植民者」であるという認識が、少年たちの意識の転換点になっている。この後、少年たちは語り手から繰り返し「植民者」あるいは「少年植民者」と呼ばれることになる。

　この部分は、英訳では次のように手短に語られている。

French Cape, British Cape, and American Cape, in honor of the three nations represented in the little colony—for colony was the word that must be applied to the little settlement now that it had been established on a permanent basis.（XII）

簡略ながらも、なぜ「植民地」と呼ぶのか、その理由ははっきりと示されている。このことばは、この島に住むのはもう一時的ではないことを心にとめるために使われたというわけだ。また、英文でも少年たちは「植民者（colonists）」「少年植民者（young colonists）」と同様に呼びなされている。しかし、一方の思軒訳では、この「植民地」「植民者」の語は厳重に消され、引用の部分は全く訳されていない。意図的に関心が向けられていないように見える。むしろ、この島と彼らの住居である洞窟は、〈植民〉すべき地であるというよりも、「冒険」の最前線という仮の住まい的な意味合いが強められている。そして、それと重なるように、先の「young colonists」も「渠等《かれら》衆童子《しうどうじ》」あるいは「衆童子」と言い換えられている。こうしたことからすると、思軒訳では、少年たちが「植民者」としてこの地での生活を組織だてて作り上げていこうする点、いわば――〈外部〉を〈内部化〉しようとする点は、物語の主要な問題となされていないのではないかと考えられるのである。

それは、『二年間の休暇』のプレテクストとされる『スイスのロビンソン』の翻訳である『孤島の家族』（桜井鷗村訳、『少年世界』明治三二年八月一五日～一〇月一日）においても同様である。

ウィースの『スイスのロビンソン』（一八一二年）は、両親と子ども四人の家族が、嵐にあってある無人島に漂着し、十年の長きにわたって共同生活を行う話である。家族が乗り込んでいた船は、「ヨーロッパのあらゆる果樹の若木」「鍛冶道具一式、つるはし、シャベル」から「袋づめのトウモロコシ、エンドウ、カラズムギ、スイートピー」、また牛、ロバ、ブタ、ニワトリなどの家畜まで、「ヨーロッパの移民が遠い世界のはてで生きていくのに必要なものが、ほとんど無限に準備してある」[18]とされることから、移民のための輸送船であったと思われる。この家族は、難破した後も無事に残ったこれらの物資を有効に使い、無人島を「開墾」していく。灌漑施設をはじめ、穀物畑、野菜畑、綿花の畑も苦労の末に作られる。まさに、殖産的移民である。一家は、十年後この地にしっかり根を下ろし、「新たな故郷」「万物共存の楽園」の思いを強くし、通りかかった船に救助されたのちも、両親と二人の息子はこの島に留まることを希望する。そして、「『新スイス』」という名称のもとに、「協力して、幸福な植民地を建設」していくことになるのである。

一方の桜井鷗村訳『孤島の家族』は、分量は十分の一以下に、物語の時間も「一年余」に短縮されており、「殖民」する家族という意味合いははるかに弱い。事実、後に「殖民」の計画は立てることになるが、「故郷」を思う念が強く、家族全員救助船でこの島から引き上げてしまうことになる。対照は鮮やかである。

ただし、少年向けとはいえ、こうした小説内の「植民」「植民者」の扱いと、同時代の日本の移民状況とを重ね合わせることはそう難しいことではない。明治三十年前後の、移民は定住目的の永住移民ではなかった。「彼らのほとんど大部分のものが一攫千金を夢見た出稼ぎ労働者」[19]であったと考えられる。この意味で、ある土地に「殖民」して、開拓や経済活動を通じて新たな「故郷」を作り上げようという意識は低かったといえよう。また、明治期最大の規模を記録したアメリカ向け移民の旅券発給数の統計をみると、そのピークは一九〇〇年（明治三三年）前後と、一九〇六年（明治三九年）前後の二回あった。移民が社会問題としてクローズアップされるようになるのは、明治三十年代の半ば以降である。『十五少年』（明治二九年）『孤島の家族』（明治三二年）において「殖民」「移民」の問題が前景化されないのも当然といえば当然である。

それが『孤島の家族』の翌々年に出版された、同じく桜井鷗村訳述の世界冒険譚第七編『殖民少年』（原著者不明、博文館、明治三四年二月）では、それまでと違った形で問題化されている。巻頭に付されたことばには次のように記されている。

殖民とは本国を去つて他国に移り住み、一つの新しい故郷を建設することで、実際は国民の領分を他に拡げるわけになるのです。米国でも濠州でもいづれも殖民で成立つた国でして、英国人がエライと云ふ一つの理由は殖民の精神に満ちてゐるからです。これは実に愛国心に富んでゐるものが一大奮発をなすべき愉快な冒険的な事業でして、現に日本人で墨西哥《メキシコ》や巴西《ブラジル》などへ殖民するものも少なく無いが、追々は少年諸君の中でも、大志を決して実行して貫ひたいものです。それで今回は殖民少年の一模範を示して、諸君の冒険心起業心を鼓舞することにしたのです。

「殖民」の意味から説き起こし、それが「愛国心に富」む「愉快な冒険的な事業」であるとし、まさに少年たちに「冒険心起業心を鼓舞」しようというのである。それまでの『少年世界』には盛り込まれてこなかった、「殖民」という生き方を少年たちに示そうとする、新しい時代に応えたテーマであると言っていい。しかしながら、この小説を読み進めていくと、ここに書き込まれた物語は、巻頭言として高く掲げられた言辞をことごとく裏切っているようにみえるのである。

イギリス人である、語り手「僕」（ツラバートン）は十六歳の時「一廉の大地主になりたいものだと決心し」、父親の友人を頼って、「馴れた故郷を遥々と去り」四ヶ月をかけて「濠洲」までやって来る。しかし、頼りとすべき父の友人は既に他界しており、わずかのお金を懐に、職を求め「濠洲」を放浪することになる。本国で積んできた「学問」を、職探しの足しにしようと思うが、あっさり「学問ていのが、コンナ処ぢや、何の役にも立たねい」と言われてしまう。ツラバートン少年は折々、次のようなことを思う。

これでも英国に在つた時には、天晴れ良家の息子だが、冒険心といふものに駆られて、遥々と此他国に来てから、日傭かせぎの風になつて、肩へ荷物をかけ、顔は真黒に焦げ、衣服は埃だらけになつてゐては、誰も先の身分を察して呉れるものが無い（第五回）

手も節くれ立ち、顔は日に焦げて真黒に、衣服は色が脱げて、ドウ見ても濠洲の殖民少年になつて仕舞つたのです（第六回）

殖民の悲しさには、これでも我慢しなければ、雨露を凌ぐことが出来ないのです。しかも此荒漠たる原野の只中には、これ丈の小ッぼけな小屋でも実に珍らしいのです。殖民風情には実に結構過ぎる位なものなのです。（第九回）

僕の生活は丸で野蛮人同様になつて仕舞ひ、昔、英国に居つた日に比べて、悲しい辛いことであつたですけれども致方が無い（第十八回）

僕は丸で、画にあるロビンソン　クルーソーのやうな風姿《なり》になつて仕舞つたのです（第十八回）

一度故郷の父母に逢つて死にたや（第十八回）

「殖民地」では、学問も家柄も役に立たない。「学問」することによる「立身」という生き方そのものを改めざるをえない。「学問」「家柄」という〈内部的〉価値が、問われていると言ってもいい。確かに、「黒鬼のボツブ」退治、「濠洲駝鳥」狩り、「海豹」猟と、冒険的な行為・出来事が記されている。しかし、それも「愉快な冒険的な事業」とはほど遠く、〝この世界の外〟に入り込み世界を領略するというようなものではない。また、「冒険」と同時に、飢餓、大病という試練にも立たされることになる。ツラバートンは羊飼場の粗末な小屋で熱病に冒され、文字どおり瀕死の状態で「一度故郷の父母に逢つて死にたや」と悲惨なうめき声をあげている。

原文との比較の上でなければ正確な指摘はできないが、巻頭言と遠く隔たっているのは間違いない。ほんとうに「殖民」は、「新しい故郷を建設することで、実際は国民の領分を他に拡げる」「愛国」的行為なのか。それが、メッセージとされているのか。ここに「殖民」をめぐる錯綜したイメージの一端が読みとられる。

現実的に機能したかは別にして、「殖民」は「国民の領分を他に拡げる」という国家的な膨張意欲と結びつけられていた。それは「冒険」的行為によって拡張した〈外部〉を〈内部化〉することでもあった。だが、当時の日本における海外殖民は資本のない者が労働力を欲している他の国で賃労働して帰ってくるという形が一般的であり、「国民の領分」の拡張とはほど遠く、『殖民少年』序でいう「愛国」的行為とは初めから位相を異にする。しかし、メディアのなかで「殖民」が国家との関わりで絶えず鼓舞され続け、それが「殖民」のイメージの重要な部分を占めていた。

また、和田敦彦が指摘するように、「殖民」は「立志」とも結びつけられていた。[20] たとえば、堀内新泉によって実業系の雑誌『殖民世界』などで繰り返し小説化されている。それでいて、殖民小説は、和田の述べるように「学問」を積んで社会的ポジションを上げ、「故郷」に錦を飾るという従来の「立身出世」のパターンから外れていた。さらに、明治三十年代に起こりつつあった「正統的な学歴コースに乗れない者」たちによる「苦学ブーム」とも結びついてはいない。[21] 先にも述べたように、「殖民」するためには学歴という資本は役に立たないのである。役に立つのは経済的資本である。だが、経済的資本がないからこそ「殖民者」として海外に渡ることになるのであって、そこにははじめから矛盾が潜んでいる。根本的に「学問」によって身を立て、国家有為の人物になっていくという説話論的なパターンと異なっている。小説作法からいっても、「殖民」していく過程はあるポジションからあるポジションへステップ・アップしていくものではなく、境界線を越境するような事件として物語化しにくい。このような意味では、『殖民少年』のなかに国家的事業としての「殖民」を鼓舞する〈殖民小説〉がはやばやと自己崩壊している道筋を見て取ることができよう。[22]

一方の「冒険」を問題にすれば、『殖民少年』の本文に「冒険心というものに駆られて、遥々と此他国に来てから、日傭かせぎの風になつて」しまったことが反省的に述べられていることに着目しなければならない。この小説は少年たちを「冒険」に誘うことが基本的なメッセージの一つなのであるが、「冒険心」に駆られた自分をさめた見方で対象化している。たとえば、「袋鼠《カンガルー》」狩りという「冒険」に夢中になったために「貴い命を、濠洲の森中に棄てゝ、山犬か袋鼠かの餌食にする処であつた」というエピソードなども書き込まれる。ここでは「冒険」が世界を拡げる契機になっているわけではなく、むしろ「冒険」を禁じているようにみえる。また、このツラバートン少年は最終的に「父の親友」の「遺産」をついで「大地主」になりおおせる。それは「僕が困難辛苦の冒険をした後で、始めて遺産を受継ぐやうになつたのは、天が僕を真の人間らしい人間にしやうと思し召しての事であらう」と受け止められている。一見すると、「冒険」の後に成功を得ることができたことになっているのだが、「冒険」そのものが何らかの形で問題の解決に結びついているわけではない。むしろ、「冒険」の奨励と同時になされる「冒険」の禁止は、「殖民」を〈外部的〉膨張の欲望と結びついた「冒険」という形で語ることの不可能性を露呈させてしまっているのではないか。

振り返れば、明治二十年代においては、「冒険」は国家的な使命を帯びていた。国土の空間的拡張――境界線を押し広げる行為は、海国日本の海事思想・教育と重なりながら、男子たる少年たちに強く求められていた。[23] たとえば、明治二十八年十月の『太陽』（博文館）に掲載された論説にはつぎのようなものがあった。

> （略）帝国海軍の拡張と、之と相伴ふべき航海事業の発達は、専心経営、矻々《こつこつ》として日夜之を計画するも、尚及ばざらんことを恐るゝなり（中略）有為起業家の驥足《きそく》を展《の》ぶべき所は、其唯海外に在らんか、長風に駕して万里の浪を破り、他郷新天地に入りて自由独立の新生涯を求むるは、人生の一大快事ならずや、何ぞ進

んで此の新天地を一開せざるや(24)

ここには臥薪嘗胆《がしんしょうたん》とされる三国干渉後のファナチックなナショナリズムと同時に、「他郷」を侵すことも辞さない「冒険」・進取の精神を促す帝国主義的な欲望を読みとることができる。改めていうまでもないが、森田思軒訳の『十五少年』――空間的な〈外部〉への関心と想像力をベースにしている――は、意図するせざるにかかわらず、こうした時代の方向と重なりながら翻訳されていたのである。

これからすれば、明治三十年代の中葉に書かれた／翻訳された『殖民少年』には「冒険」という形で〈外〉に向かう力の臨界点が見出されるのではないか。(25) 既に、事実上、世界はヨーロッパ列強によって分割が終っており、新たに冒険すべき地も失われつつある。関心は〈外部〉から反転して〈内部〉に向かわざるをえず、「冒険」の意味が微妙に変質することになる。この意味で、『殖民少年』には、外部的な拡張の欲求と内部的な凝縮という二つの力の拮抗状態の先蹤が見て取られる。もし、そうした状況を〈文学〉場の問題系でいうのならば、三十年代末に書かれた二つの小説を思い起こしてみればいい。島崎藤村の『破戒』（明治三九年三月）では、「テキサス」殖民を思い立つ瀬川丑松が〈内部〉から排除される人物として描かれ、二葉亭四迷の『其面影』（明治三九年一〇月〜一二月）では、こちらは「殖民」ではないが、「支那」に渡る小野哲也が〈内部〉からはみ出していく人物として、その〈内面〉が描かれている。明治三十年代の初頭に書かれた『くれの廿八日』（内田魯庵、明治三一年三月）の有川純之助が、「墨西哥《メキシコ》経綸」のために自ら進んで〈外部世界〉へ「雄飛」しようとするのと好対照をなしている。ここには、向かう国が異なっているということにとどまらない差異がおのずと表れている。すなわち、『破戒』『其面影』には、単なる〈外部〉の拡張ではなく、〈内部〉的な強固な凝縮性と同時にその反対側の極に殖民／移住が据えられていると考えられるのである。

その一方で、やや時代は下るが、笹山準一訳『漂流奇談新訳ロビンソン』（明治四三年）の「はしがき」には、次のように記されている。

　愛国の至誠に奮起して冒険の大勇猛心と痛絶なる男児の本懐とを一片の孤舟に載て北海に離島を志し、単騎西比利亜《シベリア》の曠野を蹂躙せし当年の快男児は今将《ま》た何地《いずこ》(26)

こうした、紋切り型の国家的事業としての「冒険」への誘いは声高に繰り返され続ける。それが、三十年代の『殖民少年』でいえば、「冒険」を勧めながら「冒険」を疑うという身振りにも現れていると考えられる。

ただし、四十年代に入ると、「冒険」のおかれている位置がさらに変わる。それは端的にいえば、『冒険世界』という雑誌の創刊に見て取ることができる。「英雄主義、武侠主義を高唱して、青少年の意気向上を目的とした雑誌(27)」とされるが、その創刊の辞は以下のように述べられている。

　冒険世界は何故に出現せしか、他無し、全世界の壮快事を語り、豪胆、勇侠、磊落の精神を鼓吹し、柔弱、奸佞、堕落の鼠輩を撲滅せんが為に出現せしなり。

　冒険世界は鉄なり、火なり、剣なり、千万の鉄艦鉄城を造り、五大洲併呑的の壮闘を語る事もあらん猛火宇宙を焼尽すが如き、破天荒の怪奇を述る事もあらん、又た抜けば玉散る三尺の秋水、天下の妖髠《えうこん》を圧殺するの快談を為す事もあらん

　夫れ二十世紀は進取的、奮闘的勇者の活舞台にして、広き意味に於て、冒険的精神を有する者即ち勝つ、最も広き意味に於て観察すれば、人界何事か冒険的ならざらん、戦争は一大冒険なり、航海も一大冒険なり、

幾多の成功の裏面には常に冒険的壮談あり、曠世の偉業多くは大冒険を経て初めて成る、更に極言すれば汽車に乗る事も冒険なり、市街を歩む事も冒険なり、更に更に極言すれば、人間が此地球上に住ふ事すでに一大冒険ならずや(28)(後略)

傍線部「豪胆、勇侠、磊落の精神を鼓吹し、柔弱、奸佞、堕落の鼠輩を撲滅せん」、つまり少年の〈チャレンジ精神〉を養うために創刊したというのはわかりやすいが、そのために「五大洲併呑的の壮闘」や「猛火宇宙を焼尽すが如き、破天荒の怪奇」を語ることもあるという。また、「進取的、奮闘的勇者の活舞台」である「二十世紀」においては、「極言」すれば「汽車に乗る事」も「市街を歩む事」も、更にいえば「人間が此地上に住ふ事すでに一大冒険」であるとされている。(29) しかし、ここで語られる〈チャレンジ精神〉涵養のための「冒険」は、明治二十年代的な領土の空間的拡大の夢想——ともかくも現実の世界認識と地続きだった——と同じベクトルにあるわけではない。「五大洲」から「宇宙」に広がる勇壮なこと、あるいは極めて身近なことを語りながら、ある政治的な見取り図に則って少年たちに何らかの現実的な行為を促しているわけではない。この『冒険世界』創刊号の目次を飾っているのは、押川春浪『冒険小説怪人鉄搭』、嘯羽生『空中戦争気艇』、木村小舟『火星奇譚』等であり、これらは「冒険」譚というジャンルの枠内に自足しようとしているようにみえるのだ。

江見水陰は『実地探検捕鯨船』(博文館、明治四〇年)のなかで、「冒険」譚について、捕鯨船同乗記である「実地探検」との相違を際立てながら、「鰐魚《がくぎょ》が出る、大蛇が出る、蛮人が毒矢を向ける、大森林、大沙漠、冒険の舞台には必らず此献立が伴はぬと物足らぬのであるが」と対象化してみせる。こうした「冒険」についてのシニカルな自己言及には、もはや〈外部〉でも〈内部〉でもない遠く隔たったフィクショナルな空間を舞台にした「冒険」という物語世界を、純粋に楽しみ消費する体制ができあがりつつあることが暗に示されている。自然主義とともに〈文学〉が成立していく過程で、よりおたく化されたカウンター・ジャンルとしての「冒険」小説が括り出されようとしている。

ポール・ツヴァイクによれば、「最良の小説とは、最大の秘密を最も多く告げている小説、それもなるべくなら登場人物自身が自覚していない秘密を物語る小説だ」[30]とされる。「最良の小説」というのは、「冒険小説」を葬り去った十八世紀以後の「小説」、まさに〈文学〉を指している。こうした小説は、第三部の導入で述べたように「理想的な覗き屋である語り手の視点を生み出し、その語り手は、登場人物の平常の習癖などを紹介することによってその人物のさまざまな秘密、個人性を私たちに暴露したりする」こと、それを主な手法にしているというのである。いうならば、〈内面〉の「秘密」を明かす小説の登場が、未知の「空間」の「秘密」を解き明かそうという「冒険」小説を「通俗文学」として追いやっていくというのだ。こうした見取り図は明治四十年前後の日本の〈文学〉状況とも相似している。あるジャンルが中心にせり上がることが他のジャンルを周縁に追いやる。ただし、消えてなくなるわけではなく、カウンター・ジャンルとして特別な位置が与えられる。のみならず、「冒険」という〝この世界〟からはみ出る危険な行為さえも、そうしたカウンター・ジャンルのなかに押し込められ無毒化されていく――。ここでは、『十五少年』を取り巻いていた〈内部〉と〈外部〉の対立の意味はすっかり変質してしまっている。むしろ、内部／外部という二項対立では語りえない「冒険」をとりまく新しいナラティヴが成立しつつあったといえよう。

こうした観点に立つと、雑誌『冒険世界』が『日露戦争写真画報』の後をうけて創刊され、大正期に『新青年』に引き継がれていくことが、「冒険小説」の来し方行く末を表して特別な意味合いをもっているような気がしてならない。「冒険」をめぐる小説は、明治四十年代にできあがりつつある〈文学〉場をめぐるマトリックスの一隅で新たに消費されていくことになった。明治の少年たちを熱く駆り立てた「冒険」をめぐる想像力も、ひとつのサイクルを終えたといえるのではないだろうか。

【注】

（1）『少年世界』（明治二九年三月一日〜一〇月一日）の「小説」欄に連載。

（2）波多野完治訳『十五少年漂流記』新潮文庫、一九五一年一一月。

（3）注2に同じ。

（4）杉本淑彦は『文明の帝国――ジュール・ヴェルヌとフランス帝国主義文化』（山川出版、一九九五年）のなかで、ヴェルヌの「反イギリス感情」には波があったとし、その原因の一つとして「スエズ運河会社株買収事件（一八七五年）以降、エジプト支配や、その東方のマグレブ地方、さらにサハラ南辺地域の覇権をめぐりフランスとイギリス両国の軋轢」の「漸増」をあげている。

（5）伊村元道『英国パブリック・スクール物語』丸善ライブラリー091、一九九三年七月。

（6）平川祐弘「幕末・明治期の翻訳――『ロビンソン・クルーソー』と『十五少年』」『現代詩手帖』一九七六年九月。

（7）前田愛・藤井淑禎「森田思軒解説――森田思軒と少年文学」『若松賤子　森田思軒　桜井鷗村』日本児童文学大系二、ほるぷ出版、一九七七年一一月。

（8）波多野完治「解説」『十五少年漂流記』新潮文庫、一九五一年一一月。

（9）私市保彦「日本の〈ロビンソナード〉――思軒訳『十五少年』の周辺」『近代日本の翻訳文化』叢書比較文学比較文化3、中央公論社、一九九四年一月。

（10）A TWO YEAR'S VACATION, GEORGE MUNRO. PUBLISHER. 1889による。波多野完治氏と私市保彦氏のご厚意により、お見せいただいた。

（11）小森陽一『構造としての語り』新曜社、一九八八年五月。
（12）注8に同じ。
（13）ポール・ツヴァイク『冒険の文学　西洋世界における冒険の変遷』中村保男訳、法政大学出版局、一九九〇年六月。
（14）『少年世界』（明治三〇年一月一日）に掲載された『十五少年』の広告文でもこの点が強く意識されている。それには次のように記されている。「英国重要の殖民地ニュージランドの学校生徒十五名、一隻の両檣船スロー号に搭じ沿岸週航に出でたるに、風濤の為めに吹き流され、絶島に漂着し具《つぶ》さに千辛万苦を嘗め、満二年の後漸く一汽船の救う所となり、故郷に帰ると云ふ大冒険小説なり。事既に奇にして文之に称ふ、思軒君が訳文中傑作の一なるべし」。
（15）上野益三『日本博物学史』平凡社、一九七三年一一月。
（16）荒俣宏『地球観光旅行　博物学の世紀』角川選書246、一九九三年一一月。
（17）西村三郎『リンネとその使徒たち――探検博物学の夜明け』人文書院、一九八九年五月。
（18）ヨハン＝ダビット＝ウィース『スイスのロビンソン』小川超訳、学研世界名作シリーズ16、一九七六年一二月。
（19）鈴木讓二『日本人出稼ぎ移民』平凡社選書145、一九九二年一一月。
（20）和田敦彦「〈立志小説〉と読書モード――辛苦という快楽」『日本文学』一九九九年二月。
（21）竹内洋『立身・苦学・出世――受験生の社会史』講談社現代新書1038、一九九一年二月。
（22）和田敦彦「〈立志小説〉の行方――『殖民世界』という読書空間」『ディスクールの帝国――明治三〇年代の文化研究』新曜社、二〇〇〇年四月。
（23）本書第三部第三章「海洋冒険小説の時代」を参照。
（24）久松義典「海国日本に於る海事思想」『太陽』明治二八年一〇月。
（25）冒険に懐疑的な言説はさまざまな場でみられる。たとえば、明治三十五年に尋常小学校の児童たちが「修身」の授業に聞いた『ロビンソン・クルーソー』の話を、「文集」にまとめた『ろびんそんくるーそー』（鈴木虎市郎編、育成舍、明治三五年）。これは、「児童の平生用ふる言語といふものが、なか〳〵研究の価値もあると思ふ」という理由で出版されたものであるが、ここでは「船のりになつて遠くの島へ行つて」みたいというロビンソンの気持ち、あるいは行為は、父の言を背いた「親不孝」の行いであるとして、繰り返し批判されている。それによれば「人の知らない、とーくの島などを見に行く人」は「おちぶれた人」とされている。「修身」の授業らしいといえばそうなのであるが、〈冒険〉的行為が手放しで推奨されていたわけではない。

(26) 笹山準一訳『漂流奇談新訳ロビンソン』精華堂書店、明治四三年七月。

(27) 笠井秋生「『冒険世界』」『日本近代文学大事典』第五巻、講談社、一九七七年一一月。

(28) 『冒険世界』博文館、一巻一号、明治四一年一月。

(29) 『冒険世界』には創刊号（明治四一年一月）から「△金牌銀牌の懸賞問題▽」という投稿課題が出題されている。第一回は「△家庭内の最大冒険は何か？」――「平和なる家庭内にも千種万様の冒険あるべし、食客が抓み喰いするのも一種の冒険なり、火事見に屋根に登るも一種の冒険なり、滑稽なると真面目なるとを問はず、奇抜なる答案を求む」とある。

(30) 注13に同じ。

付記　『二年間の休暇』の訳については、荒川浩充訳『十五少年漂流記』（創元ＳＦ文庫、一九九三年）をベースに、波多野完治訳『十五少年漂流記』（新潮文庫、一九五一年）、石川湧訳『十五少年漂流記』（角川文庫、一九六二年）、金子博訳『十五少年漂流記』（旺文社文庫、一九七二年）、横塚光雄『二年間のバカンス』（集英社文庫、一九九三年）を参考にしている。

原文の英訳本である *A TWO YEAR'S VACATION*, GEORGE MUNRO. PUBLISHER. 1889 は、波多野完治氏と私市保彦氏のご厚意によりお見せいただいた。このご厚意がなければ、拙稿は成り立ちえなかった。記して深謝する次第です。

# 初出一覧

## 第一部　〈人称〉の翻訳

第一章「〈人称〉の翻訳・序説――明治初期翻訳をめぐって」『国語と国文学』第70巻5号、東京大学国文学会、一九九三年五月

第二章「〈人称〉的世界と語り――J・ヴェルヌ『拍案驚奇地底旅行』をめぐって」江頭彦造編『受容と創造』宝文館、一九九四年一二月

第三章「〈翻訳〉という自己言及――坪内逍遙訳『贋貨つかひ』のパラドックス」『季刊　文学』第3巻1号、岩波書店、一九九二年一月

第四章「坪内逍遙〈探偵小説〉の試み――「種拾ひ」『贋貨つかひ』をめぐって」『国文学　解釈と鑑賞』第59巻4号、至文堂、一九九四年四月

第五章「森田思軒訳『探偵ユーベル』の〈終り〉――「探偵小説」というあり方をめぐって」『国文学論集』38号、上智大学国文学会、二〇〇五年一月

第六章「翻訳のことば／告白のことば」岩波講座『日本文学史』第11巻、岩波書店、一九九六年一〇月

第七章「〈人称の翻訳〉の帰趨――坪内逍遙『細君』」（書き下ろし）

## 第二部　言語交通としての翻訳

第一章「翻訳というメディア――不透明なる「媒介者」」『国文学』第46巻6号、学燈社、二〇〇一年五月

第二章「丹羽純一郎訳『欧州奇事花柳春話』の志向する世界」『日本近代文学』第31集、日本近代文学会、一九

八四年一〇月

第三章「坪内逍遙『新磨妹と背かゞみ』論――『花柳春話』を軸として」『国文学論集』第18号、上智大学国文学会、一九八五年一月

第四章「『探偵小説』が隠蔽するもの――内田魯庵訳『罪と罰』をめぐって」文学年報1『文学の闇／近代の「沈黙」』世織書房、二〇〇三年一〇月

第五章「若松賤子訳『小公子』のジェンダー――「家庭の天使」としての子ども」『研究叢書』17、共立女子大学総合文化研究所、一九九九年二月

第三部　冒険をめぐる想像力

第一章「翻訳と加工――明治期のロビンソナードをめぐって」『日本文学』第55巻1号、日本文学協会、二〇〇六年一月

第二章「冒険小説の政治学――『浮城物語』の世界像」岩波講座『文学』第10巻、岩波書店、二〇〇三年一月

第三章「ジャンルと様式――日清戦争前後」『日本近代文学』第50集、日本近代文学会、一九九四年五月

第四章「『冒険』をめぐる想像力――森田思軒訳『十五少年』を中心に」『ディスクールの帝国――明治三〇年代の文化研究』新曜社、二〇〇〇年四月

# あとがき

明治初期の翻訳研究を進めるためには運も味方につける必要がある。研究は訳者が原典としたテクストとは何か、まず、それを特定し探し出すところから始まる。書籍に特別な関心を抱いていた内田魯庵の『罪と罰』のように、「千八百八十六年板の英訳本（ヴヰゼツテリイ社印行）より之を重訳す」と書き残してくれることはきわめて稀なことであり、それが分かったとしても、その原物を手にするのは容易なことではない。インターネット社会となった現代では話が違うのかもしれないが、筆者が研究を始めた八十年代には、直接図書館に出向きカードを一枚一枚繰ったものである。それでも日本国内で見つけ出せる可能性はきわめて低く、上手い具合にその本が外国の図書館にあることを突き止めても、そんな貴重な本を丸ごとコピーさせてくれるところはない。この内田魯庵訳『罪と罰』の原典 *Crime and Punishment*, London. Vizzetelly & Co. 1886 については、コロンビア大学図書館に所蔵されていた蔵書のコピーを、折よく同大学に勤務していた友人石田浩さんのお力を借りて手に入れることができた。幸運としかいいようがない。こうしたつながりが細々とした研究を支えてくれた。

もうひとつ感謝を込めて、資料探しのエピソードを述べさせていただきたい。森田思軒訳『冒険奇談十五少年』を研究するにあたり、私市《きさいち》保彦氏がその原典とされる *A Two Year's Vacation*, George Munro. Publisher. 1889 を参照の上で論究されていることを知り、万策尽きてなす術もなかったこともあり、何とかその資料をみせていただくことはできないかと厚かましくも思い立った。しかし、あいにく面識はなく、当時武蔵大学に勤務しておられた鳥居邦朗先生に相談してお取り次ぎいただいたが、私市氏も波多野完治氏からお借り受けし、既に返却なさっていることがわかった。それをいま一度お貸し下さるように波多野氏に掛け合い交渉して下さることになったが、そのころ波多野氏はご病気で伏せっておられ、その本を探し出すことが困難であるという連絡をいただいた。しかし、家政婦さんに探させてみるので、時間をくれということであった。半ば諦めかけていた数ヶ月後、念が届いて貴重なコピーをお貸しいただけたときには、もう研究が終わったかのような気になってしまったものである。今から思えば、なんと大胆で厚顔なお願いをしてしまったかと慚愧の念に堪えないが、あのご厚意がなければ研究が成り立たなかった。改めて感謝の気持ちでいっぱいである。

こうして、何人もの方からのお力を得てなんとか研究を進めてきたが、当初から翻訳研究を目指していたわけではない。近代文学の学会で知り合った山本芳明さんが中心となって開かれていた『花柳春話』研究会（のちの明治初期文学研究会）に参加させていただいたことがきっかけである。そこで小森陽一さんをはじめ新進気鋭の研究者たち（まだ大半が大学院生だったが）と知り合うことができ、教えられるところが多くかけがえのない研究上の財産を得ることができた。その仲間たちは全員いわゆる「国文学」を専攻しており、国文学研究者が翻訳文学を研究することの意味についてしばしば話題にのぼったと記憶している。そもそも、語学に堪能といい難い国文学研究者が翻訳文学を研究することは可能なのか。

一口に翻訳文学研究といっても、いろいろなスタイルがある。筆者が研究を始めた当時の先行研究は、文字どり西洋文学の聖典（カノン）を文化的にも空間的にも遠く隔たった日本の翻訳者たちがどう訳したかが大きな問題で、中心に置かれているのはあくまで西洋の原典であり、場合によってはその翻訳の誤りを示すことが研究であるかのようにみえた。そうしたなかで、日本文学の研究者が翻訳文学を研究したらどうなるのか。それを実践するためにどのような問題意識を持てばいいのか。

それは訳されたものを、原典に従属するものではなく、ひとつのテクストとして考えることにつながる。つまり、翻訳、翻案を問わず、一本一本の意味の糸によって織り上げられ語り直された構成体であると理解し分析を試みる。折から八十年代はテクスト論の新時代であり、さまざまな文化的な衝突・葛藤から出来上がっている翻訳テクストこそが、テクスト論的な実践にもっとも耐えうるものだと思っていた。そうした問題意識で翻訳研究を始めた。その後、ポストコロニアル翻訳批評の洗礼を浴び、散種された翻訳テクストの越境性とどう向き合ったらいいかを考えさせられることになった。

こうした問題認識が本書で十分に達せられたか否かはさておき、何年かの間に書きためてきた旧稿を一冊の本にまとめるにあたり、分かりやすく、かつなるべく今日の問題に沿うように書き改めたつもりである。しかし、それらを一つの物語にまとめ上げることはしなかった。そうするには問題が多岐にわたりすぎている。そもそもアモルファスな明治初期の翻訳を一つの物語に押し込めること自体に無理がある。また、思想、哲学の領域にとどまらず、文学をめぐる大きな物語も揺らぎつつある。その物語とは、J・F・リオタール風にいえば、さしずめ「文学」の進化・発展による人間解放の物語ということにでもなろうか。こうした大きな物語から余剰なものとして排除、抹消されるもの、いわば小さな物語にこそ注目しなければならないのではないか。

はからずも、本書では探偵小説と冒険小説に目を向けることになった。両者は近年ではむしろメジャーな存在になっているが、明治初期には探偵小説批判、文学極衰論という形で排除の論理が働いていた。本書の第二部、

第三部で述べたように、それらは中心にある人情模写・心理小説というメインストリームから排撃のターゲットにされながらも、強い光で「文学」を逆に照らし出していた。とくに、翻訳とは、語り直すこと／再記述することであり、近代文学成立期に新たなナラティヴの問題として浮上するのは必然的なことであり、探偵小説・冒険小説が新時代の物語叙述のありようのヒントになっていたと思われる。

むろん、翻訳の問題はそこにとどまるのではない。西洋言語における人称概念の翻訳——人称の翻訳をとおして、文学の中に表れた西洋的な主体観、世界観の一端を知ることにより、明治の翻訳者たちが新たな表現論的、主題論的な広がりを手にすることになったのは指摘したとおりである。また、翻訳の社会的行為としての部分を強調すれば、翻訳することは関係を構築する意思の発現とばかりはいえず、異なった共同体を繋ぎ媒介すると同時に両者を差異化し、ときに分断する力にもなると考えられる。翻訳のイデオロギー的側面といったらいいか。さらに、翻訳の現象と理論を研究の対象とする「翻訳学」という学の隆盛とも重なりながら、言語を媒介にする翻訳にとらわれない「文化翻訳」という翻訳論も登場し、翻訳をめぐる研究のアプローチはじつに多様化し交錯している。本書をまとめ上げながら翻訳研究の持つ領域の複雑さ宏大さに今更ながら思い到ることになった。

しかし、そうした領野を一冊の本でカバーすることはもとより不可能であり、翻訳論として論じきれなかった問題は多い。積み残した課題は、資料とのさらなる幸運な出合いを希い、機会を改めて論ずることにしたい。

最後になったが、期せずして本書の元になった小稿によって学位を得ることができた。審査を快くお引き受けくださった小林幸夫先生、松村友視先生、福井辰彦先生に感謝申し上げたい。公開審査の場で戴いたご指摘・ご教示は本書をまとめるにあたって心強い指針となった。感謝の念に堪えない。校正にあたっては、卒業生の秋元みち子さん、大場まりかさんに大変お世話になった。改めて御礼申し上げたい。

なお、本書の出版には共立女子大学の総合文化研究所の助成を得ている。記して感謝する次第である。

末文ではあるが、出版の期日が迫るなかで、適切なアドバイスと校正でしっかりと支えて下さったひつじ書房の森脇尊志さんに心より謝意を表したい。

二〇一五年二月

高橋　修

## わ



索引

## ま



## み



## む



## め



## も



## や

## ふ



## へ



## ほ

## に



## ぬ



## ね



## の



## は



## ひ

## て



## と



## な

索引

## す

## こ



## さ



## し

## き



## く



## け

## え



## お



## か



索引

# 索引

## あ



## い



## う

【著者紹介】

## 高橋修（たかはし おさむ）

〈略歴〉

一九五四年、宮城県生まれ。上智大学大学院博士後期課程修了。博士（文学）。専攻は日本近代文学。共立女子短期大学文科教授。

〈主な著書〉

『主題としての〈終り〉――文学の構想力』（新曜社、二〇一二年）、コレクション・モダン都市文化59『アナーキズム』（編著、ゆまに書房、二〇一〇年）、『少女少年のポリティクス』（共編著、青弓社、二〇〇九年）、文学年報2『ポストコロニアルの地平』（共編著、世織書房、二〇〇五年）、新日本古典文学大系明治編『翻訳小説集二』（校注、岩波書店、二〇〇二年）、『ディスクールの帝国――明治三〇年代の文化研究』（共編著、新曜社、二〇〇〇年）など。

ひつじ研究叢書〈文学編〉7

# 明治の翻訳ディスクール

——坪内逍遙・森田思軒・若松賤子

Discourse of theTranslated Literature in the Meiji Era
Osamu Takahashi

発行　二〇一五年二月二六日　初版一刷
定価　四六〇〇円＋税
著者　©高橋修
発行者　松本功
印刷所　三美印刷株式会社
製本所　小泉製本株式会社
発行所　株式会社 ひつじ書房
〒一一二-〇〇一一
東京都文京区千石二-一-二　大和ビル二階
Tel. 03-5319-4916　Fax. 03-5319-4917
郵便振替00120-8-142852
toiawase@hituzi.co.jp　http://www.hituzi.co.jp/
ISBN978-4-89476-729-4　C3090